KNAUR

Über das Buch:
In einem Wuppertaler Luxusviertel wird die angesehene Psychologin Tessa Winkler kopfüber in einem Brunnen gefunden. Würgemale und Druckstellen deuten darauf hin, dass sie unter Wasser gehalten wurde. Die Kommissare Mia Sommer und Björn Lassner haben zuerst den Ex-Mann im Visier, der seine eigene Trauer nutzt, um die Ermittler zu manipulieren. Und den Vater eines Mädchens, das bei einem Unfall starb, der von Tessa Winkler verursacht wurde. Doch dann wird die Leiche einer zweiten Frau an der bunt beschrifteten Holsteiner Treppe in Elberfeld entdeckt, zwischen den Stufen »Schlechtes Gewissen« und »Ehre«. Zufall oder der Beginn einer Mordserie? Mia Sommer und Björn Lassner tauchen in die Vergangenheit der beiden Frauen ein und entdecken allmählich in ihrem jeweiligen Liebesleben unheimliche Ähnlichkeiten …

Über den Autor:
Andreas Schmidt, Jahrgang 1969, wurde in Wuppertal geboren. Schon als Heranwachsender verfasste er Beiträge für die regionalen Medien und machte erste Erfahrungen mit dem Schreiben von Texten. Ende der 1990er-Jahre arbeitete er zunächst nebenberuflich als Autor für unterschiedliche Heftroman-Formate und entwickelte so seine Leidenschaft für Spannungsgeschichten. 1999 erschien sein erster Kriminalroman *In Satans Namen*. Es folgten zahlreiche Regionalkrimis und einige historische Romane unter dem Pseudonym Susanne von Berg. Mit *Hass ist meine Liebe*, dem Auftakt einer neuen Krimireihe, begibt sich Andreas Schmidt in düstere literarische Gefilde.

ANDREAS SCHMIDT

HASS IST MEINE LIEBE

Kriminalroman

KNAUR

Besuchen Sie uns im Internet:
www.droemer-knaur.de

MIX
Papier | Fördert gute Waldnutzung
FSC® C083411
www.fsc.org

Originalausgabe Oktober 2025

Ein Imprint der Verlagsgruppe Droemer Knaur GmbH & Co. KG
Maria-Luiko-Straße 54, 80636 München

Redaktion: Birgit Förster
Covergestaltung: semper smile, München
Coverabbildung: semper smile unter Verwendung eines Motivs von Shutterstock.com
Satz und Layout: Sandra Hacke, Dachau
Druck und Bindung: CPI books GmbH, Leck
ISBN 978-3-426-56130-0

Kontaktadresse nach EU-Produktsicherheitsverordnung:
produktsicherheit@droemer-knaur.de

2 4 5 3 1

PROLOG

Nichts. Da war ein tiefes Schwarz, das sie umgab, als sie zu sich kam. Ihr Schädel dröhnte, als hätte sie zu viel Alkohol getrunken. Sie kämpfte gegen die aufsteigende Übelkeit an und verspürte einen pelzigen Geschmack im Mund. Sie schluckte trocken, blinzelte träge zu der Stelle, an der sie die Decke vermutete. Doch auch da war nichts, nicht einmal ein graues Rechteck, das sich wohlwollend vom Schwarz des Raumes abhob, um ihr den Ansatz einer Orientierung zu ermöglichen. Kein Lichtstrahl drang durch die alles verschlingende Dunkelheit. Nur das leise Tropfen von Wasser in einer undichten Stelle irgendwo über ihr durchbrach die Stille. Eiskalte Wände umschlossen sie wie ein Sarg.

Vergeblich versuchte sie, sich an die letzten Stunden zu erinnern, doch auch in ihrem Kopf herrschte eine beängstigende Leere. Das Vakuum wurde von einer aufsteigenden Panik verdrängt. Ohne zu wissen, an welchem Ort sie sich befand, wie sie hierhergekommen war und was der Grund für ihren Aufenthalt an diesem Ort war, gewann die nackte Angst ums Überleben die Oberhand. Sie spannte die Muskeln an und registrierte erst jetzt, dass sie auf dem Rücken lag. Ein weicher Untergrund ließ auf eine Matratze oder eine dicke Isomatte schließen. Der plötzliche brennende Schmerz an ihren Hand- und Fußgelenken verriet, dass sie gefesselt war. Die groben Stricke schnitten in ihre Haut. Wenigstens hatte sie keinen Knebel in ihrem Mund. Als sie versuchte zu schreien, versagte ihre Stimme. Vielleicht, so dachte sie, war es besser, nicht auf sich aufmerksam zu machen. Fast regungslos lag sie auf der unbequemen Unterlage am Boden und starrte in die Finsternis.

In einer Endlosschleife fragte sie sich, warum sie hier war. Die Angst vor dem Unbekannten wurde unerträglich. Krampfhaft versuchte sie, ihre Gedanken zu ordnen. Ihr Gehirn war leer. Verzweifelt wurde ihr klar, dass sie so niemals Antworten auf ihre Fragen bekommen würde.

Die Erinnerung an das, was vor ihrem Blackout geschehen war, wäre sicherlich hilfreich. Doch da war nichts in ihrem Kopf. Es schien, als hätte man ihr Gedächtnis gänzlich ausgelöscht. So, wie man ein Smartphone auf seine Werkseinstellungen zurücksetzte und nur noch die Grundfunktionen vorhanden waren, während alle Daten im Nirwana verschwunden waren.

Ich funktioniere.

Mehr nicht.

Dieser Gedanke ließ erneut Panik in ihr aufsteigen. Obwohl eine feuchte Kälte herrschte, perlte Schweiß auf ihrer Stirn. Sie zwang sich, ruhig zu bleiben, und brachte ihren Atem unter Kontrolle. Dabei kroch ein muffiger Geruch in ihre Nase. Ihr Rücken schmerzte. Mühsam rappelte sie sich auf und war froh, sich trotz der hinter dem Rücken zusammengebundenen Hände in eine sitzende Position bringen zu können.

Immerhin, sie saß eher schlecht als recht in krummer Haltung und fühlte sich nicht mehr ganz so ausgeliefert. Erneut grub sie in ihrer Erinnerung, stieß aber wieder auf ein tiefes Vakuum. Panisch blickte sie sich um, doch sie sah nichts.

Nur das monotone Glucksen blieb. Wie ein Sekundenzeiger, der in Zeitlupe vor sich hin tickte, ertönte das gleichmäßige Tropfen des Wassers.

Fieberhaft überlegte sie, was passiert war. Man musste sie mit K.-o.-Tropfen außer Gefecht gesetzt haben.

Zum Wann und Wo gab es keine Antworten. Immer wieder versuchte sie, das Nichts mit ihren Blicken zu durchdringen, als in einer Ecke des Raumes ein winziges rotes Licht ihre Aufmerksamkeit erregte.

Ein schwaches, blinkendes Glühen, das jedoch nicht reichte, um die Konturen ihrer Umgebung zu erhellen. Wie das Zyklopenauge eines lauernden Ungeheuers war das winzige rote Licht auf sie gerichtet.

Eine Kamera, durchzuckte es sie. Man hat eine fucking Kamera aufgestellt, um mich zu beobachten. Arschlöcher!

Ihre Angst schlug in Wut um. Sie zerrte wieder an den Fesseln, fühlte erneut den Schmerz und ließ locker, als sie spürte, wie ihr die Tränen in die Augen schossen. Viel Zeit, um sich weitere Gedanken zu machen, blieb ihr nicht, denn ein Geräusch beanspruchte ihre Aufmerksamkeit. Von irgendwoher näherten sich Schritte. Schwere, gleichmäßige Schritte. Wer auch immer kam, er schien es nicht sonderlich eilig zu haben. Demnach fühlte er sich sicher. War es ein Er?

Ihr Puls beschleunigte sich, als ein Schlüssel in ein unsichtbares Schloss geschoben wurde. Kurz danach öffnete sich eine knarrende Eisentür. Quälend langsam, fast wie in einem schlechten Horrorfilm, bahnte sich ein Lichtstreifen den Weg zu ihr. Die Dunkelheit, in der sie gefangen war, wurde vom grellen Schein einer nackten Glühbirne im angrenzenden Raum durchbrochen. Ein Schatten trat in den Leuchtkegel, eine hochgewachsene Gestalt, die sie nur schemenhaft erkennen konnte. Regungslos stand der Unbekannte da und schien sie zu betrachten wie ein Stück Vieh auf einer Auktion.

Ihr Atem stockte bei seinem Anblick. Unter die Angst mischten sich Wut und eine verzweifelte Ohnmacht. Das Gefühl, ihm ausgeliefert zu sein, trieb sie an den Rand des Wahnsinns. Ihre Gedanken kreisten panisch um die Frage, was als Nächstes geschehen würde.

Die Wahrscheinlichkeit, dass er sie gehen ließ, war gering, und so steigerte sich ihre Angst, als er einen Schritt in ihr Gefängnis machte. Nun fiel das Licht ungehindert in den Raum. Hastig blickte sie sich um und versuchte, sich ihre Umgebung einzuprägen. Sie befand sich in einem gewölbeähnlichen Keller mit niedriger kuppelförmiger Decke. Rostige Rohre verliefen an der Decke, führten quer durch den Raum und verschwanden rechts und links im Mauerwerk. Eine der

Leitungen war undicht. Daher auch das Tropfen des Wassers. Der Putz blätterte von den feuchten Wänden, überall lag Unrat herum. Eine Matratze und ein Zinkeimer, in den sie offensichtlich ihre Notdurft verrichten sollte, waren die einzigen brauchbaren Gegenstände im Raum. Spinnweben spannten sich in den Ecken. Als sie im Augenwinkel einen huschenden Schatten erblickte, kam ihr ein spitzer Schrei über die Lippen. Fiepend suchte eine Ratte Unterschlupf unter dem Müll in einer Ecke. Dort entdeckte sie auch die Kamera, die sie beobachtete. Es gab ein Stativ, dessen drei Standbeine im Unrat steckten. Die Kamera schien ein extrem lichtempfindliches Modell zu sein, das auch bei völliger Dunkelheit brauchbare Aufnahmen lieferte. Es handelte sich um eine dieser winzigen Actioncams, mit denen Sportler ihre waghalsigen Stunts aufzeichneten und sie millionenfach im Internet verbreiteten. Kursierten die Aufzeichnungen, die man von ihr anfertigte, schon im Netz?

Ein kalter Schauer rieselte ihren Rücken herunter. Allein die Vorstellung, dass jede ihrer Bewegungen aufgezeichnet wurde, verstärkte in ihr das Gefühl der Ohnmacht.

Die Tür war ihre einzige Fluchtmöglichkeit. Allerdings rechnete sie sich ihre Chancen als gering, wenn nicht sogar als nicht vorhanden, aus. Sie saß gefesselt auf der Matratze. Bevor sie sich aufrichten konnte, würde ihr Entführer jeden Fluchtversuch im Keim ersticken. Breitbeinig baute sich der Fremde vor ihr auf.

Er demonstriert Stärke, durchzuckte es sie. Macht. Er zeigt mir, dass ich nicht den Hauch einer Chance habe.

Starr vor Angst betrachtete sie den Fremden. Im Gegenlicht erkannte sie schwarze Kleidung, schwere Stiefel, eine Hose mit aufgenähten Taschen und einen weiten Hoodie, dessen tief ins Gesicht gezogene Kapuze verhinderte, dass sie ihn identifizieren konnte. Jetzt fiel das Licht so, dass sie die totenbleiche Maske erblickte, die er trug.

Feiges Arschloch.

Es handelte sich um eine dieser hässlichen Clownsmasken, die mit einer verzerrten Fratze auf sie herabzublicken schien. Unter dem Plastik hörte sie den keuchenden Atem ihres Gegenübers, sie sah den unsteten Blick seiner Augen hinter den Sehschlitzen. Trotzdem ließ seine Haltung keinen Zweifel aufkommen, dass er ihr überlegen war. Sie war ihm ausgeliefert und spürte die Wut aufsteigen, die ihre Angst verdrängte.

»Was willst du von mir?«, keuchte sie heiser.

»Du würdest es nicht verstehen«, behauptete er. »Noch nicht.«

Beim Klang seiner Stimme erstarrte sie vor Schreck. Offensichtlich benutzte er einen Stimmenverzerrer, denn seine Worte klangen elektronisch verfremdet wie die eines Roboters.

Ihr war klar, dass sie seine Stimme nicht erkennen sollte. Dafür konnte es nur zwei Gründe geben. Entweder kannte sie ihn, oder er wollte ihr wirklich Angst einjagen. Er hielt ihr eine Plastikflasche hin. »Trink was.« Seine Stimme jagte ihr einen Schauer über den Rücken.

Energisch schüttelte sie den Kopf. »Vergiss es. Ich werde nichts trinken. Da sind sicher auch wieder K.-o.-Tropfen drin.«

»Wie kommst du darauf?«, fragte er. Ohne ihre Antwort abzuwarten, schraubte er den Verschluss der PET-Flasche mit seinen behandschuhten Händen auf. Das leise Zischen der Kohlensäure ließ ihr das Wasser im Mund zusammenlaufen.

Ich habe Durst, geisterte ihr durch den Kopf. Sie fühlte sich kraftlos. An Flucht war nicht zu denken.

Ich darf nicht davon trinken, beschloss sie schließlich mit einem Kopfschütteln. Angst, Wut und eine tiefe Ohnmacht überfluteten sie. Es lag auf der Hand, dass er sie mit dem Wasser erneut außer Gefecht setzen wollte – wieder ein paar Stunden, die sie nicht bei Bewusstsein erleben sollte, warum auch immer. Sie mochte gar nicht daran denken.

Er legte eine Hand so auf ihren Kopf, dass sie seinem Griff nicht entkam, während er mit der anderen Hand die Flasche brutal gegen ihren Mund presste. Dabei sprach er kein einziges Wort. In seinen Augen lag jetzt ein wütendes Funkeln, sein Atem beschleunigte sich.

Ein spitzer Schrei kam über ihre Lippen, kurz nur, doch lange genug für ihn, um ihr die Flasche in den Mund zu drücken.

Ihr Schrei erstickte mit einem Gurgeln. Eiskalt sickerte das Wasser in ihre Kehle. Panisch versuchte sie, den Kopf zur Seite zu drehen, hatte aber keine Chance. Gegen den Schluckreflex kam sie nicht an, und so nahm sie die Flüssigkeit auf. Sie hustete, doch er ließ nicht locker und flößte ihr das Wasser gegen ihren Willen ein. Dabei fixierte er ihren Kopf so brutal, dass er mit dem Rand der Flasche ihre Lippen aufriss. Der metallische Geschmack ihres eigenen Blutes vermischte sich mit dem Wasser. Erst als sie kurz davor war, sich zu übergeben, ließ er von ihr ab. Achtlos warf er die Flasche in eine Ecke. Das für sie so kostbare Nass sickerte heraus und bildete einen Wasserfleck auf dem staubigen Boden.

Er nahm den Zinkeimer in die Hände und schwenkte ihn bedeutungsvoll. Die kleinen Scharniere quietschten bei jeder Bewegung. Ein kalter Hauch kroch ihre Wirbelsäule hinauf.

Schweigend trat er vor sie und deutete auf ihren Schoß.

»Ich muss nicht pinkeln, ich muss hier weg«, keuchte sie. Eine Haarsträhne hing ihr wirr ins Gesicht, sie pustete sie aus ihrem Sichtfeld und sah mit wutverzerrter Miene zu ihm auf. »Was soll der Scheiß, warum bin ich hier?«

Er machte einen halben Schritt zurück, zuckte mit den Schultern und warf den Eimer in die Ecke. Das metallische Scheppern malträtierte ihren Schädel. Kurz verharrte ihr Kerkermeister, um sie zu betrachten. Einmal wieder fühlte sie sich machtlos, wie sie vor ihm auf der Matratze am Boden hockte und zu ihm aufsah.

Es war, als würde er in die Tiefe ihrer Seele blicken können. Täuschte sie sich, oder lag da etwas Nachdenkliches in seinem Blick?

Bevor sie sich darüber Gedanken machen konnte, spannte sie alle Muskeln an und versuchte aufzustehen. Sie taumelte, hatte kaum eine

Chance, sich auf den Beinen zu halten, und drohte auf die Matratze zu sacken. Als er ihre Bemühungen wahrnahm, stieß er sie mit einem Arm zur Seite. Mit einem keuchenden Laut auf den geschundenen Lippen ging sie zu Boden, kam hart mit der rechten Seite auf der Schulter auf, schrie.

Zusammengerollt kauerte sie auf der Matratze und beobachtete ihn. Er trat an die Kamera und schien die Funktion überprüfen zu wollen.

»Du hast also alles im Blick«, stellte sie wütend fest.

»Worauf du dich verlassen kannst«, scharrte seine Roboterstimme.

»Was willst du von mir?«, fragte sie, diesmal energischer. Langsam drehte er sich zu ihr um. »Ich möchte ein Zeichen setzen.«

»Indem du mich hier festhältst?« Sie schüttelte den Kopf und ignorierte den Schmerz in ihrem Mund. Ein feiner Blutfaden rann aus ihrem Mundwinkel, die Lippen fühlten sich dick und geschwollen an.

»Es ist Teil der Nachricht, die ich rausschicken werde.« Er musterte sie einen Augenblick. »Also komm klar damit.« Ohne sich ein letztes Mal zu ihr umzudrehen, verließ er das Gewölbe. Auf dem Gang warf er die Eisentür mit einem ohrenbetäubenden Scheppern ins Schloss, drehte den Schlüssel und stapfte davon. Stille umfing sie. Nur das gleichmäßige Tropfen des maroden Wasserrohrs an der Decke war zu hören.

Als sie den Kopf hob, sah sie das rote Zyklopenauge der Kamera, deren Linse auf sie gerichtet war. Sie schloss die Augen und versuchte, sich zu entspannen. Doch je länger sie über ihre Situation nachdachte, umso aussichtsloser erschien sie ihr. Wimmernd brach sie zusammen. Tränen rannen über ihre Wangen, ihr Körper verfiel in unkontrollierte Zuckungen. Die Kraft, sich einen Plan zurechtzulegen, verlor sich mit jeder Stunde in der Dunkelheit im Nichts.

KAPITEL 1

Eine feuchte Kälte umfing sie, als sie am späten Abend aus dem Bus stieg. Der Fahrer, ein junger Südländer mit säuberlich gestutztem Kinnbart, nickte ihr wortlos zu, bevor er den Türmechanismus betätigte und sich nach einem prüfenden Blick in den linken Außenspiegel in den Verkehr einordnete.

Sie schloss die Knopfleiste ihres Mantels und zupfte den cremefarbenen Schal zurecht. Sekundenlang blieb sie fröstelnd am Straßenrand stehen, um dem himmelblauen Linienbus nachzublicken, der sich mit röhrendem Dieselmotor talwärts schob. Wie eine gleißende Insel aus Licht wurde das schwere Gefährt schon bald vom dicken Novembernebel verschluckt. Die roten Rücklichter geisterten kurz durch die Nacht, dann verschwanden auch sie im Grau der Herbstnacht. Einsamkeit umschloss sie, als sie sich in Bewegung setzte. Den Rest des Weges musste sie zu Fuß zurücklegen. Im Gehen bildete der Atem winzige Wölkchen vor ihrem Gesicht. Überall im Unterholz irrlichterten Schatten, hervorgerufen vom Wind, der durch die Zweige des Geästs jenseits der verlassenen Straße strich. Nach einigen Metern hielt sie sich rechts. Jetzt führte eine kleine Straße leicht bergan durch den Grüngürtel, der das kleine Wäldchen umgab. Unheilvoll strich der Wind durch die Wipfel der alten Bäume, die längst ihr Laub verloren hatten. Nun bildeten die nassen Blätter auf dem Boden einen glitschigen Untergrund.

Wind kam auf und wehte die dichter werdenden Nebelschwaden über den feucht schimmernden Asphalt. Sie fühlte sich, als wandere sie durch eine bizarr anmutende Parallelwelt. Die Realität versteckte sich hinter einer Schallglocke und schien kilometerweit entfernt zu sein. Angst hatte sie keine, denn sie kannte sich hier aus. Nur der Gedanke, allein zu sein, bereitete ihr Unbehagen.

Als hinter ihr ein Ast knackte, blieb sie wie angewurzelt stehen. Ohne ihn zu sehen, spürte sie seine Anwesenheit, die etwas Gefährliches, etwas Bedrohliches ausstrahlte.

Er. Ist. Da.

Drei kleine, unbedeutende Wörter nur, die aber von einer Sekunde zur anderen ihr Denken und ihr Handeln beherrschten. Sie wagte es nicht, einen Blick nach hinten zu riskieren, wollte ihm keine Unsicherheit suggerieren und setzte ihren Weg fort. Er würde sie nicht einschüchtern. Mit jedem Meter, den er sie unbehelligt weiterkommen ließ, wuchs die Wahrscheinlichkeit auf Hilfe, denn bald würden die ersten Häuser des Villenviertels in Sicht kommen. Doch noch war es nicht so weit. Ohne es zu bemerken, beschleunigte sie ihr Tempo. Jetzt schien er aufzuholen, verringerte mit jedem Schritt seine Distanz zu ihr.

Er. Verfolgt. Mich.

Sie schob die Hände in die Manteltaschen und spürte das Smartphone, das ihr eine vermeintliche Sicherheit versprach. Verzweifelt strich sie mit den Fingerkuppen über das glatte Glas des Displays. Es wäre ein Leichtes gewesen, den Notruf abzusetzen. Doch die Polizei würde zehn Minuten, vielleicht sogar eine Viertelstunde benötigen, um herzukommen. Zu lange für sie.

Du. Hast. Keine. Angst.

In einer nicht enden wollenden Schleife rasten diese vier Wörter durch ihren Kopf. Es fiel ihr immer schwerer, sich nicht zu ihm umzublicken. Sie bildete sich ein, hinter sich seinen rasselnden Atem zu hören. Immer schneller wurden ihre Schritte. Das Klackern der Absätze ihrer Lederstiefel übertönte die Tritte ihres Verfolgers. Für einen kurzen Augenblick glaubte sie, dass er den Abstand zu ihr wieder vergrößerte. Tatsächlich wurde er langsamer. Nun wagte sie einen flüchtigen Blick nach hinten. Da war ein gleitender Schatten, eine huschende schwarze Gestalt, die sich im Schutz der Bäume mit fließenden Bewegungen näherte.

Bloß keine Unsicherheit zeigen, ermahnte sie sich. Denn dann hat er sein Ziel erreicht, und diesen Triumph gönne ich ihm nicht. Doch es fiel ihr schwer, die aufsteigende Angst vor dem Ungewissen zu unterdrücken.

Die Vernunft schaffte es nicht, ihren Fluchtinstinkt zu besiegen. Hastig richtete sie den Blick wieder nach vorn. Womöglich handelte es sich bei dem Verfolger auch um jemanden, der zufällig den gleichen Weg hatte.

Kein Grund auszuflippen.

Inzwischen schien er wieder zu ihr aufgeschlossen zu haben. Der alte Baumbestand entlang des Weges bot ihm Schutz. So blieb er unerkannt. Sein Atem ging rasselnd, er schien körperliche Anstrengung nicht gewohnt zu sein.

Sie hingegen besuchte dreimal in der Woche das Gym und fühlte sich fit. Ob ihre Kraft und Kondition allerdings genügten, um sich gegen ihn zu wehren, bezweifelte sie, denn er war groß. In der Manteltasche umklammerte sie das Smartphone.

Sollte sie Hilfe holen?

Sei nicht hysterisch, schrie alles in ihr. Er tut dir nichts, will dich nur einschüchtern. Das geilt ihn auf, das braucht er. Nicht mehr. Erleichtert stellte sie fest, dass sich vor ihr der historische Brunnen aus dem Dunst der Nacht schälte. Das muntere Plätschern des Wassers war neben den Schritten das einzige Geräusch, das an ihre Ohren drang. Immer deutlicher erkannte sie das achteckige Bauwerk mit den drei darüberstehenden steinernen Schalen, aus denen sich das Wasser kaskadenartig in das große Becken ergoss. Die Straße umschloss das historische Bauwerk, führte rechts und links daran vorbei. Sie nahm den kürzesten Weg und lief mitten auf der Fahrbahn. Das Kopfsteinpflaster, das man rund um den Brunnen verlegt hatte, ließ ihre Schritte stakkatoartig klackern. Rechts reckte sich der Toelleturm wie ein mahnend erhobener Zeigefinger in den nebligen Nachthimmel, links lag der Spielplatz, tagsüber ein beliebter Treffpunkt, um diese Zeit verwaist. Die Klettergerüste erinnerten sie an Skelette von Urtieren, die man hier zur Schau stellte. Das Gelände grenzte an den Waldrand der Barmer Anlagen, dahinter tat sich ein grünes Nichts auf, das um diese Uhrzeit beängstigend und wie das Tor zu einer anderen Welt wirkte.

Fröstelnd richtete sie den Blick wieder nach vorn. Es waren nur noch ein paar Meter, bis sie den Anfang des Villenviertels erreicht hatte. Doch noch war es nicht so weit.

»Bleib stehen!«, gellte die Stimme ihres Verfolgers durch die Nacht.

Vergiss es, erwiderte sie in Gedanken. Letzte Hoffnungen, dass es sich um jemanden handelte, der zufällig den gleichen Weg ins Villenviertel hatte, waren damit passé.

»Du sollst stehen bleiben!«

Im Leben nicht, hämmerte es in ihrem Kopf. Ich bin doch nicht verrückt. Sie rannte los und zog im Laufen das Smartphone aus der Manteltasche. Die Gesichtserkennung entsperrte das Gerät.

»Handy weg!«, gellte seine Stimme durch die Nacht.

Das hättest du wohl gern, dachte sie und beschleunigte ihre Schritte. Sie sah zu, dass sie den Abstand zu ihrem Verfolger vergrößerte, doch er hielt mit. Es fiel ihr schwer, im Rennen die rote Notruftaste des Smartphones zu betätigen. Ihre Stiefel eigneten sich nicht für eine Flucht, und so musste sie darauf achten, nicht zu stolpern. Denn dann, so viel war ihr klar, hatte sie verloren. Sie mobilisierte alle Kräfte, um weiter voranzukommen. Als sie sich auf der Höhe des Brunnens befand, spürte sie seine schwere Hand auf ihrer Schulter. Brutal hielt er sie fest und nahm dabei in Kauf, dass sie stürzte. Wild ruderte sie mit den Armen und achtete darauf, das Handy nicht zu verlieren. Er packte die Enden ihres Schals und zog die Schlaufe an ihrer Kehle fest zu. Auf der Stelle blieb ihr die Luft weg. Panisch versuchte sie, die sich zuziehende tödliche Schlinge zu lockern.

»Lass los, du kranker Idiot«, röchelte sie.

Er lachte leise, während er ihr brutal die Hände auf den Rücken riss und ihr einen schrillen Schmerzenslaut entlockte. Sie fühlte sich, als hätte er ihr die Schultern ausgerenkt. Etwas in ihrem Kreuz knackte vernehmlich, ein brennender Schmerz strömte durch ihren Körper. Die Schlaufe um ihren Hals zog sich weiter zu, plötzlich explodierten Lichtblitze vor ihren Augen. Gleichzeitig spürte sie, wie die Kraft sie verließ.

»Wir sind noch nicht fertig«, zischte er hinter ihr. Der Geruch seines Atems widerte sie an.

»Du sollst mich loslassen!« Sie setzte alles daran, sich aus seiner Umklammerung zu befreien. Vergeblich, denn sein Griff glich dem einer Schraubzwinge. Sie hatte nicht damit gerechnet, dass er so stark war. Brutal presste er sie an sich. Ihr blieb die Luft weg. Um ein Haar wäre ihr das Smartphone aus der Hand geglitten, doch sie umklammerte es, so fest es ging. Ihr war, als hinge ihr Leben an dem Gerät.

»Handy weg«, flüsterte er gleich neben ihrem Ohr. Sein fauliger Atem schlug ihr ins Gesicht. Ekel packte sie.

»Das kannst du vergessen, ich werde die Bullen rufen!«, krächzte sie. »Und dann bist du am Arsch.«

Er lachte humorlos auf. »Bis die hier sind, hast du es schon hinter dir.«

Sie riss den Kopf zur Seite und versuchte, ihm ins Gesicht zu blicken, doch er wich geschickt aus.

Er will nicht, dass ich ihm in die Augen sehen kann.

Seine Kleidung war schwarz; als sie den Blick nach unten richtete, erkannte sie schwere Springerstiefel an seinen Füßen. Das Gesicht lag im Schatten der Kapuze, seine Hände steckten in Handschuhen. Und er trug eine dunkle FFP2-Maske, wie es zu Pandemiezeiten üblich gewesen war. Die Maske verdeckte große Teile seines Gesichts. Und sie verhinderte auch, dass er im Kampf seine DNA auf ihrer Kleidung verteilte, dachte sie. Gebannt starrte sie auf seine Handschuhe.

Und er will keine Fingerabdrücke hinterlassen, durchzuckte es sie panisch. Für den Bruchteil einer Sekunde lockerte er seinen Griff, doch sie hatte nicht den Hauch einer Chance gegen ihn, denn schon im nächsten Augenblick zog er die Schlinge ihres Schals enger zu. Röchelnd riss sie die Arme hoch und versuchte, sich aus der Umklammerung zu befreien. Das Handy in ihrer Hand behinderte sie, doch sie sie ließ es nicht los. Als sie um Hilfe schreien wollte, entrang sich nichts als ein heiserer Laut ihrer Kehle.

Fuck, dachte sie, der Notruf, ich muss Hilfe holen.

Ihr Angreifer schob sie weiter zum Brunnen. Wehrlos ahnte sie, was er mit ihr vorhatte. Brutal drückte er sie gegen den steinernen Rand des unteren Beckens. Kraftlos ging sie in die Knie. Unsanft kam sie auf und spürte den harten Untergrund durch den Stoff ihrer Hose.

Vor ihr lag jetzt das Wasser der Steinschale. Tief und bodenlos, der Grund des Beckens war nicht auszumachen. Mit einer Hand zog er die Schlinge weiter zu, während er mit der anderen ihren Hinterkopf fixierte und sie nach unten drückte.

Er will mich ertränken. Panisch traten ihre Augäpfel aus den Höhlen. Sie fühlte, wie ihr die Luft wegblieb, und kam dem Wasser bedrohlich nahe. Verzweifelt versuchte sie, den Kopf zur Seite zu drehen, doch er war stärker. Es folgte ein kurzer und ungleicher Kampf. Er hatte sich breitbeinig hinter ihr aufgebaut, um für einen sicheren Stand zu sorgen. Quälend langsam presste er sie der Wasseroberfläche entgegen. Als sie sich mit beiden Händen am Beckenrand festklammern wollte, um das Schlimmste zu verhindern, entglitt ihr das Handy. Mit einem glucksenden Laut tauchte es ins Wasser ein und taumelte im Zeitlupentempo auf den Boden des Beckens.

Sie sammelte ihre Kräfte, weigerte sich, ihm wehrlos ihr Leben zu überlassen, und stemmte sich nach hinten. Sie trat aus wie ein Pferd, doch er wich geschickt aus.

Lachend drückte er ihren Kopf in das Wasserbecken. Die Kälte brannte kurz in ihrem Gesicht. Wie winzige Stecknadeln, die sich in ihre Haut zu bohren schienen. Das eiskalte Wasser flutete ihren Kopf. Sie schloss den Mund und die Augen, wartete, bis es vorbei war, doch als sich die Schlinge weiter zuzog, schnappte sie instinktiv nach Luft. In dem Augenblick, als sich ihre Lippen voneinander lösten und sie den Mund nur einen Spaltbreit öffnete, wusste sie, dass das ein tödlicher Fehler war. Das Wasser drang im Bruchteil einer Sekunde in ihre Kehle und bahnte sich den Weg in die Luftröhre. Schwindel lähmte ihre Gliedmaßen, das Brennen in ihrem Körper wurde schlagartig von einer unbeschreiblichen Kälte abgelöst.

Du hast verloren.

Jetzt spürte sie, wie das Leben aus ihrem Körper entwich. Ihre Kräfte verließen sie, alle Abwehrversuche waren sinnlos, um sich aus der Gewalt ihres Peinigers zu befreien. Die Geräusche klangen verzerrt an ihre Ohren, wurden vom Wasser geschluckt. Ihr Vorsatz, nicht zu atmen, scheiterte kläglich. Immer mehr Wasser bahnte sich seinen Weg in ihren Körper, ohne dass die Schlinge um ihren Hals sich lockerte. Die eisige Kälte, die sie umfing, erzeugte ein unkontrolliertes Zucken ihrer Muskeln. Sie spürte, wie ihre Hände den Beckenrand losließen. Ihre Arme glitten kraftlos ins Wasser. Sie fühlte, dass es nicht mehr lange dauern würde, bis sie starb. Das Ende hatte sie sich immer anders vorgestellt. Doch niemand hatte sie gefragt, wie sie ihren eigenen Tod erleben wollte. Ihre Gedanken geisterten zäh durch ihren Kopf, sie fühlte sich wie eine Puppe und schien in ihrem Körper gefangen zu sein, bereit zu sterben. Wäre da nur nicht diese verdammte Kälte. In dem Augenblick, als das Leben sie verließ, lockerte sich sein Griff. Doch es war längst zu spät für sie, um jetzt noch Gegenwehr zu leisten. Fast schon spürte sie Erleichterung, als sie sich dem Sterben hingab, dann umfing sie eine alles verschlingende Dunkelheit. Sie hatte den kurzen, ungleichen Kampf verloren und damit ihren Tod besiegelt.

KAPITEL 2

Zufrieden ließ er von seinem Opfer ab. Er lockerte die Schlinge und betrachtete die Frau, deren Oberkörper sich im Wasser der Brunnenschale seicht wiegte. Während er sie betrachtete, massierte er sich die schmerzenden Hände. Die Knöchel knackten vernehmlich. Der Schal hatte tiefe Furchen in seine Haut gegraben. Es war schneller gegangen, als er gedacht hatte. Mit einem prüfenden Blick versicherte er sich, dass es keine Zeugen gab. Für ihn war es gut gelaufen. Er richtete sich auf und atmete tief durch. Der aufkommende Wind trieb Nebelschwaden über den Boden und ließ das Licht der wenigen Straßenlaternen milchig erscheinen. Die feuchtkalte Luft roch nach Morast und Verwesung. Nur der unheilvolle Ruf eines Käuzchens fehlte, um die Kulisse eines alten Gruselfilms zu vervollständigen.

Ihr Oberkörper trieb im Brunnenwasser. Das muntere Plätschern der Kaskaden überspielte das Grauen, das sich hier ereignet hatte. Sein Plan war aufgegangen.

Mit Genugtuung hatte er miterlebt, wie das Leben aus ihrem panisch zuckenden Körper gewichen war. Unter Krämpfen hatte sie versucht, Luft zu holen, und dabei das Wasser förmlich inhaliert. Vergeblich, denn gegen ihn hatte sie keine Chance gehabt.

Eigentlich hatte er gedacht, dass ihr Todeskampf länger dauern würde. Für ihn war es ein Leichtes gewesen, sie zu überwältigen. Für ihn war es ein Genuss gewesen, sie sterben zu sehen. Der Gedanke daran, dass er Macht über Leben und Tod hatte, versetzte ihn in eine freudige Erregung. Er hatte sie gerichtet und den Zeitpunkt ihres Ablebens bestimmt.

Befriedigt trat er einen Schritt zurück, klopfte sich den Schmutz von der Hose und verharrte auf der verlassenen Straße, um den Augenblick auszukosten.

Wie eine leblose Stoffpuppe kniete sie vor dem Brunnen, der Oberkörper dümpelte auf der Wasseroberfläche, das Gesicht nach unten gerichtet. Ihr Haarknoten hatte sich im Kampf geöffnet. Nun umgab das lange dunkle Haar ihren Kopf wie eine Gloriole. Die Hände trieben auf dem Wasser, es schien, als wiegten sie sich im Takt der Ströme, die aus den oberen Schalen in das Becken plätscherten. Kurz war er versucht, das Smartphone aus der Tasche zu ziehen, um die Szene zu fotografieren und ein Andenken an seinen Sieg für immer zu konservieren. Doch er widerstand der Verlockung und gab sich damit zufrieden, diesen Anblick in seiner Erinnerung zu verewigen.

Das Geräusch eines Autos riss ihn aus seinen Gedanken. Er richtete sich auf und stieß einen Fluch aus. Zeugen konnte er jetzt nicht gebrauchen. Das Motorengeräusch näherte sich bedächtig. Der Wagen schien sich aus dem Villenviertel auf den Brunnen zuzubewegen. Langsam und gemächlich, aber unaufhaltsam. In der nächsten Sekunde sah er die Lichtbahnen der Scheinwerfer, die sich tiefer in den Nebel bohrten.

Hau ab, bevor es zu spät ist!

Ohne sich ein letztes Mal nach seinem Opfer umzublicken, schlug er sich in die Büsche. Mit großen Schritten rannte er davon und erreichte den Schutz des kleinen Eiscafés, das sich wie ein schwarzer Quader am Rand des Spielplatzes aus dem Dunst schälte. Gerade im rechten Moment, denn jetzt erschien der Wagen, der sich dem Brunnen näherte. Es war ausgeschlossen, dass der Fahrer die tote Frau im Becken übersah.

***

Sie war von einem Geräusch erwacht. Orientierungslos blinzelte sie ins Schwarz ihrer Umgebung. Ein Knacken und Knistern, so als würde man eine alte Schallplatte auflegen, schwirrte in der Luft. Auf der

Stelle raste ihr Herz, die flaue Müdigkeit war verflogen. War er zurückgekommen?

Hastig versuchte sie, ihre Gedanken zu ordnen. Sosehr sie sich auch anstrengte, vermochte sie nicht zu sagen, ob sie Stunden oder nur Minuten geschlafen hatte. Jetzt befand sich ihr Körper in völliger Alarmbereitschaft.

Das Knistern schien von der Decke zu kommen.

Brannte es?

Schwerfällig richtete sie sich auf und sog die Luft durch die Nase ein. Doch sie nahm keinen Brandgeruch wahr und redete sich ein, dass das ein gutes Zeichen war. Panisch warf sie einen Blick in die Ecke, in der sich die Kamera befand. Jetzt schien es, als hätte das rote Leuchten an Intensität zugenommen. Die Umgebung der Kamera war in ein tiefrotes Glühen getaucht. Was hatte das zu bedeuten?

Das Knistern wandelte sich in ein Rauschen, das den Meereswellen ähnelte. Als sie blinzelte, bildete sie sich ein, an einem Strand zu liegen, um mit geschlossenen Augen dem gleichmäßigen Brausen der Brandung zu lauschen. Auch das Pfeifen des Windes mischte sich unter die eigenartige Kakofonie.

»Was soll das?«, gellte ihre Stimme durch das Verlies. »Hör auf damit!«

Erst tat sich nichts. Dann erschallte ein hämisches Gelächter, das sie mit seinen Schallwellen zu umschließen schien. Sie warf den Kopf in den Nacken und erkannte im Glutrot einen winzigen Lautsprecher, der in einer rostigen Halterung unter der Decke klemmte.

»Du bringst mich nicht in die Klapse, also spar dir den kranken Psychoterror!«, rief sie. Wie gern hätte sie sich die Hände vor die Ohren gepresst, um dem Lärm zu entgehen, doch die Fesseln an den Handgelenken ließen das nicht zu. Sie war der Geräuschkulisse wehrlos ausgeliefert. Der Wind schwoll zu einem brausenden Sturm an, der nur hörbar, aber nicht zu spüren war. Es war ein perfides Spiel, das ihr Peiniger mit ihr trieb. Wahrscheinlich wollte er sie mürbe machen, doch sie nahm sich vor, sich von ihm nicht in den Wahnsinn treiben zu lassen. So gut es ging, blendete sie die allgegenwärtige Beschallung aus und ließ sich zur Seite fallen. Ewig konnten diese geisterhaften Geräusche ja nicht andauern. Und um sie weichzukochen, musste er früher aufstehen.

Als hätte er ihre Gedanken gelesen, verebbte der Sturm aus dem Lautsprecher. Stille kehrte ein, das Blut rauschte ihr in den Ohren, als sie ins Dunkel blinzelte. Auch das kräftige Glühen der Kamera war verschwunden. Nur die kleine Leuchtdiode sandte ihr kaum wahrnehmbares Licht. Der Spuk war vorbei. Doch erleichtert war sie nicht, denn der Gedanke daran, dass er sein morbides Spiel weiterspielen würde, bereitete ihr Angst. Was würde als Nächstes passieren?

KAPITEL 3

Manfred »Manni« Böklund nippte an dem Thermosbecher und fluchte, als er sich an dem schwarzen Kaffee die Lippen verbrannte. Wütend schob er den Becher in den Halter der Mittelkonsole und beschleunigte das Taxi. Die herrschaftlich anmutenden Villen zogen beiderseits der Straße an ihm vorüber. Meist waren die prächtigen Häuser durch Mauern, hohe Hecken und blickdichte Zäune vor neugierigen Blicken geschützt. Die Reichen und Schönen der Stadt wollten ungestört sein.

Eben hatte Manni ein elegant gekleidetes Paar von Anfang dreißig nach Hause gebracht. Die beiden hatten es kaum erwarten können, sein Taxi zu verlassen. Schon während der Fahrt, die sie vom Opernhaus auf die Südhöhen der Stadt geführt hatte, waren die beiden auf der Rückbank in innige Zärtlichkeiten versunken. Sie hatten hemmungslos geknutscht, getuschelt, gekichert und gefummelt.

Einmal hatte er im Innenspiegel sehen können, wie die Hand des Mannes im Maßanzug unter den kurzen Rock seiner blonden Begleiterin gewandert war. Wenn Manni im Schein der Straßenlaternen richtig gesehen hatte, dann hatte die junge Frau kein Höschen getragen. Angesichts dieser Beobachtung hatte er an einer roten Ampel fast einen Auffahrunfall verursacht. Sie hatte das mitbekommen und ihm über den Spiegel einen lasziven und gleichermaßen schadenfrohen Blick zugeworfen. Schon in der Haustür waren die beiden förmlich übereinander hergefallen.

Manni verdrängte den äußerst appetitlichen Anblick aus seinem Kopf und konzentrierte sich auf die Fahrt. Seine Nachtschicht hatte eben erst begonnen, und er war gespannt, welche skurrilen Gestalten noch in seinen Wagen steigen würden.

Solange keiner kotzt oder mir ein Messer an die Kehle hält, ist alles gut, sagte er sich. Kurz warf er einen Blick auf das Foto seiner Frau Monika auf dem Armaturenbrett. Sie lag wahrscheinlich längst im Bett. In all den Jahren ihrer Ehe waren sie es gewohnt, sich an manchen Tagen kaum zu sehen. So auch heute. Tagsüber hatte er versucht zu schlafen, um in der Nacht fit zu sein. Der Kaffee, an dem er sich eben verbrannt hatte, sollte dazu beitragen. Manni Böklund hatte es nicht eilig. Mit einem Blick auf die Uhr im Armaturenbrett stellte er fest, dass der neue Tag vor einer halben Stunde begonnen hatte. Nachdem er sich in der Zentrale frei gemeldet hatte, war er angewiesen worden, den nächsten Taxi-Sammelpunkt anzufahren, um dort auf die kommende Tour zu warten. Durch das einen Spaltbreit offen stehende Seitenfenster drang die Kälte in den Wagen, doch er brauchte frische Luft. Das Nachtprogramm der ARD berieselte ihn mit leiser Musik in der äußerst unwirtlichen Nacht. Nebelschwaden geisterten im Scheinwerferlicht auf den Wagen zu, um vom Fahrtwind zerrissen zu werden und sich hinter dem Taxi zu neuen, surrealen Gebilden zu formieren. Manni war froh, dass er nicht aussteigen musste.

An dem kleinen Platz, an dem die Adolf-Vorwerk-Straße und die Hohenzollernstraße aufeinandertrafen, endete der Asphaltbelag. Jetzt rumpelte der Wagen über das Kopfsteinpflaster, das nach Ansicht der Stadtplaner besser zu diesem historischen Ort passte. Links lag weiter hinten der Toelleturm, rechts erstreckten sich die Barmer Anlagen, ein parkähnlich angelegtes Waldstück. Der Spielplatz sorgte dafür, dass auch Kinder ihre Freude an diesem Ort hatten.

Um diese Zeit wirkte die Umgebung wie die Kulisse eines düsteren Films. Er richtete den Blick auf den Toelleturm, der sich links aus dem Nebel schälte. Als er den Kopf nach rechts wandte, sah er im letzten Moment eine gleitende Bewegung. Ein hochgewachsener Schatten nur, der ins Dickicht verschwand und dann unsichtbar wurde. Viel Zeit, um darüber nachzudenken, fand der Taxifahrer nicht. Jetzt lag der Vorwerk-Brunnen vor ihm. Dort erregte etwas seine

Aufmerksamkeit. Er sah das leuchtende Senfgelb eines Mantels. Das Kleidungsstück gehörte zu jemandem, der in seltsamer Haltung vor dem Brunnen zu knien schien. Vom Lenkrad aus konnte Manni das Gesicht der Gestalt nicht sehen, es machte aber den Eindruck, als würde sie den Kopf unter Wasser halten. Der Umstand, dass sich die Person nicht rührte, bereitete ihm Angst. Erst beim zweiten Hinsehen erkannte er die bizarre Haltung der Gliedmaßen.

»Was zur Hölle …?«, entfuhr es dem Taxifahrer, während er sich den Kopf nach der Person im Brunnen verrenkte. »Was geht da ab?«, stieß er heiser hervor und brachte das alte Taxi zum Stehen. Mit zitternden Fingern betätigte er die Warnblinkanlage. Er löste seinen Sicherheitsgurt, wuchtete die Tür auf und sprang aus dem Wagen, um zu Hilfe zu eilen. Manni hechtete zu der Person am Brunnen und spürte, dass ihn die wenigen Schritte in Atemnot brachten. Er nahm sich vor, ein paar Kilo abzunehmen, so, wie Monika es ihm seit Jahren empfahl.

»Hallo?!«, rief er schon von Weitem und registrierte, wie geisterhaft seine Stimme im Nebel klang. »Hallo, geht es Ihnen gut?«

Was für eine unsinnige Frage, schalt er sich einen Narren. Jetzt erkannte er, dass es sich bei der Gestalt um eine Frau handelte. Sie liegt kopfüber im Brunnen, da wird es ihr wohl kaum gut gehen. Außer Puste erreichte er sie. Er beugte sich über sie.

»Kommen Sie da raus«, rief er atemlos und packte den Oberkörper der Unbekannten an den Schultern, um sie aus dem Wasser zu ziehen. Dicke Tropfen rannen ihr aus der Kleidung und den langen, dunklen Haaren. »Hallo!«, wiederholte er verzweifelt und rüttelte an ihr, doch sie gab kein Lebenszeichen von sich. Als er sich zu ihr hinunterbeugte, stellte er fest, dass ihre Lippen blutleer waren und der Mund offen stand. Das Schlimmste aber waren die weit aufgerissenen Augen, mit denen sie ihn anzustarren schien.

»Scheiße«, flüsterte Manni. Die Angst, dass die Frau tot war, griff mit eiskalten Klauen nach ihm. Doch er wollte so schnell nicht aufgeben, legte seine Arme unter ihre Achseln und zog sie keuchend vom Brunnen fort. Das Wasser triefte ihr aus der Kleidung und den langen, dunklen Haaren.

Sein Pullover war auf der Stelle durchnässt. Auch wenn sie nichts mehr spürte, bettete er die Fremde behutsam neben seinem Taxi auf das Kopfsteinpflaster. Ohne zu zögern, begann er mit der Mund-zu-Mund-Beatmung. Innerlich fluchte er, weil sein letzter Erste-Hilfe-Kurs schon viel zu lange zurücklag. Vor den Auffrischungskursen, die ihm sein Chef immer ans Herz legte, hatte er sich jedes Mal erfolgreich gedrückt.

Ein Geräusch am Waldrand riss ihn aus seinen Überlegungen. Kurz erinnerte er sich an den geisterhaften Schatten, den er drüben beim Eiscafé bemerkt hatte. Er sah auf, suchte die Umgebung mit seinen Blicken ab, ohne im Nebel etwas erkennen zu können.

»Hallo!?«, rief er und wunderte sich über den eigenartigen Klang seiner Stimme. Vermutlich hatte ein Tier das Geräusch verursacht. Er war allein.

Mit einem Blick nach hinten vergewisserte er sich, dass die Frau von seinem Taxi geschützt war. Der Wagen stand mit Standlicht und eingeschalteter Warnblinkanlage mitten auf der Fahrbahn. So drohte trotz des Nebels keine Gefahr, dass sie von einem anderen Wagen überrollt wurde. Gleich würde Manni das Warndreieck aufstellen und die reflektierende Warnweste anlegen, doch jetzt galt es erst einmal, sich um die leblose Frau zu kümmern und einen Notruf abzusetzen.

KAPITEL 4

Träge nur registrierte Björn Lassner das dumpfe Brummen seines Diensthandys, das, vom Vibrationsmotor im Innern des Gehäuses angetrieben, über die Nachtkonsole wanderte. Als er verschlafen blinzelte, erblickte er den bläulichen Schein des Displays. »Mia ruft an«, stand dort. Die Einrichtung des Schlafzimmers erschien in einem surrealen Licht.

»Dein Telefon«, murmelte Lena schlaftrunken neben ihm, während sie an seiner Schulter rüttelte. »Es klingelt.«

»Ich hör nichts«, brummte er widerwillig und zog sich die Bettdecke über den Kopf. »Wie spät ist es?«

»Gleich halb zwei.«

»Nee, oder?«

»Doch, Björn. Nun mach schon, umso schneller kann ich weiterschlafen.« Lena zog ihm die Bettdecke fort. Björn beschwerte sich, während er sich schwerfällig aufrichtete. Der eiserne Rahmen ihres französischen Ehebettes knarrte vernehmlich. Es war höchste Zeit für ein neues Bett, doch gerade hatte er andere Sorgen. Die Kälte kroch an ihm hoch, denn Lena legte Wert darauf, die Heizung in ihrem Schlafzimmer nur in Ausnahmefällen zu nutzen. Durch die Ritzen der Jalousie erkannte er den milchigen Schein der Straßenlaterne vor dem Haus, ansonsten herrschte tiefe Dunkelheit in der Siedlung. Nur er musste sicher gleich los – eine eher unschöne Vorstellung.

Björn Lassners Kollegin, Kriminalkommissarin Anna-Maria »Mia« Sommer, hatte Bereitschaft im Polizeipräsidium. Wenn sie mitten in der Nacht anrief, bedeutete das nichts Gutes.

»Einen wunderschönen guten Morgen«, flötete sie ihm gut gelaunt ins Ohr, nachdem er den Anruf angenommen hatte.

»Das seh ich anders, Mia«, knurrte er und rollte mit den Augen, was seine Kollegin am anderen Ende der Leitung natürlich nicht sehen konnte. »Schieß los – was ist passiert?« Er warf einen bangen Blick auf Lena, die neben ihm wieder eingeschlafen zu sein schien. Gut so, denn wenn sie erwachte, war die Laune seiner Frau üblicherweise denkbar schlecht.

»Leblose Person, aufgefunden im Vorwerk-Brunnen am Toelleturm«, antwortete Mia am anderen Ende der Leitung.

»In einem Brunnen?« Mühsam richtete sich Björn auf. »Ertrunken?«

»Sieht so aus. So, und jetzt spring in die Buxe, ich stehe in einer Viertelstunde vor deiner Haustür, die Kollegen vom Sechsten und der erste Angriffstrupp sind schon vor Ort.«

»Na toll«, brummte Lassner.

»Ich kann es nicht ändern. Du weißt ja – Tatort ist nicht nur sonntags.«

»Leck mich.« Lassner wusste, dass seine Partnerin einen Slogan des Bundes Deutscher Kriminalbeamter zitierte, der sich vor einigen Jahren kritisch mit der Attraktivität des Berufes auseinandergesetzt hatte. »Ich mach mich fertig.«

»Geht doch.« Mia unterbrach die Verbindung. Lassner streckte sich und gähnte herzhaft.

Lena erwachte unter seinem demonstrativen Gähnen. Sie rieb sich den Schlaf aus den Augen und warf Björn einen vorwurfsvollen Blick zu.

Er murmelte eine Entschuldigung. »Es gibt Arbeit«, erklärte er zerknirscht.

»Fein.« Lena zog eine Grimasse, streckte den Arm zur Nachtkonsole aus und schaltete die kleine Lampe ein.

Er hielt das Smartphone noch in der Hand, während er seine Frau im fahlen Lichtschein betrachtete. »Ich fürchte, die Nacht ist vorbei.«

»Da lasse ich meinen Mann also zu nachtschlafender Zeit von einer anderen Frau abholen«, stellte Lena pikiert fest. Sie verschränkte die Arme vor der Brust und starrte an die Schlafzimmerdecke.

»Lena, bitte – jetzt nicht.« Björn seufzte. Seiner Frau war es ein Dorn im Auge, dass Frank Thies, der Leiter des Wuppertaler KK 11, ihrem Mann ausgerechnet eine Teampartner*in* zur Seite gestellt hatte. Obwohl er ihr in ihrer sechzehnjährigen Ehe immer treu gewesen war, konnte sie ihre Eifersucht einfach nicht ablegen. Auch wenn er sich öfter nach leidenschaftlichem Sex mit ihr sehnte, während ihr Kuscheln und körperliche Nähe meistens genügten, hatte er ihr nie einen Grund gegeben, misstrauisch zu sein.

Trotzdem schwebte ihre Eifersucht ständig wie ein unheilvolles Damoklesschwert über ihnen. In dieser Situation zu streiten, lag ihm aber fern. »Ich bin kurz im Bad, dann muss ich los.«

»Ich weiß.« Hinter ihm stieß Lena die Bettdecke zur Seite und schlüpfte in Jogginghose und Hoodie.

Im Bad hörte er, wie sie die Treppe ins Erdgeschoss hinabstieg. Eilig warf er sich eine Handvoll Wasser ins Gesicht und war auf der Stelle hellwach. Während er sich wusch, dachte er über das kurze Telefonat mit Mia nach. Ein wenig verärgert stellte er fest, dass er nicht viel von ihr erfahren hatte.

Missmutig betrachtete er sich im Spiegel über dem Waschbecken. Dunkle Bartschatten zeichneten sein Gesicht und ließen ihn deutlich älter wirken als Mitte vierzig, doch die Rasur musste warten. Nachdem er sich angezogen hatte, schob er das Smartphone in die Hosentasche und schlurfte hinunter in die Küche. Dabei achtete er darauf, keinen unnötigen Lärm zu veranstalten, um Leon nicht aufzuwecken. Der Junge brauchte seinen Schlaf, um in der Schule fit zu sein. Als Björn die Tür mit dem handgemalten Schild »Caution Teenager« passierte, hielt er kurz die Luft an, um zu lauschen. Doch hinter der Tür rührte sich nichts, und so setzte er seinen Weg nach unten fort.

Das grelle Licht der Küchenlampe blendete ihn, aber der aromatische Duft nach frischem Kaffee versöhnte ihn schnell. Lena saß mit übereinandergeschlagenen Beinen am kleinen Tisch, vor ihr stand eine Tasse mit dampfendem Kaffee.

»Wie ist sie so?« Sie legte das Handy, an dem sie gerade gespielt hatte, auf den Tisch und zupfte die Wachstuchdecke zurecht.

»Was? Wer?«

»Na, die Neue, deine Mia.«

Björn stöhnte auf. »Anna-Maria ist nicht *meine* Mia.«

»Aber deine neue Partnerin.«

»Das schon.« Björn zog es vor, stehen zu bleiben, und lehnte sich an die Arbeitsplatte. Erst vor einigen Wochen war Mia aus dem sechzehnten Kommissariat, der Kriminalwache, zum Elften gewechselt. »Sie ist wortgewandt, gebildet, interessiert sich für Kultur und die Geschichte der Stadt. Sie besitzt eine gute Auffassungsgabe, und sie ist …«

»Hübsch?«, unterbrach Lena ihn schnippisch.

»Lena, bitte«, entfuhr es ihm lauter, als er es beabsichtigt hatte. Er hoffte, dass ihr fünfzehnjähriger Sohn nichts von dem sich anbahnenden Streit mitbekam. »Sie sieht normal aus.«

»Normal ist relativ.«

»Eben.« Björn verspürte keine Lust auf eine Grundsatzdiskussion. Er wandte sich zu einem der Hängeschränke um und nahm einen Thermosbecher heraus. Schweigend trat er an die Kaffeemaschine und befüllte die große Tasse. Im Polizeidienst gehörte es zum Alltag, dass die Mitglieder eines Teams oft mehr Zeit miteinander verbrachten als mit ihren Lebenspartnern. Doch jetzt war nicht der richtige Zeitpunkt, um mit Lena über ihre Befindlichkeiten zu sprechen. Mit dem Becher in der Hand betrachtete er seine Frau. Lena war zwei Jahre jünger als er, sie war schlank und trug die blonden Haare offen. Ihre strahlend blauen Augen sahen ihn anklagend an. Gerade als Björn sich zu ihr beugen wollte, um sie zu küssen, fuhr draußen ein

Wagen vor. Björn trat ans Küchenfenster und schob das Plisseerollo nach unten, um in die Nacht hinausblicken zu können. Dichte Nebelschwaden waberten über den Boden, die von den Scheinwerfern eines silbernen Passat Variant angestrahlt wurden, der mit laufendem Motor vor dem Haus stand.

»Mia ist da«, bemerkte Björn, winkte der im Auto wartenden Kollegin zu und wandte sich vom Fenster ab.

Er seufzte, als er Lenas leidenden Blick sah, und blieb kurz stehen. »Mach dir keinen Kopf«, sagte er in sanftem Tonfall. Er beugte sich zu ihr herab und küsste sie. »Es besteht kein Grund zur Eifersucht.«

Als Lena zu ihm aufblickte, war ihre Miene versteinert. Schweigend nickte sie. Björn seufzte, drückte ihre Hand und begab sich in den Flur, um die Jacke vom Garderobenhaken zu nehmen.

»Drück Leon von mir«, rief er in die Küche, dann schloss er die Haustür auf und stand im nächsten Moment in der nebelverhangenen Nacht. Die feuchte Kälte kroch in wenigen Sekunden unter seine Kleidung und ließ ihn frösteln. Der Motor des Passats surrte im Leerlauf, als er die Beifahrertür öffnete und einstieg.

Mia wirkte im Gegensatz zu ihm fit und ausgeschlafen. »Guten Morgen, Herr Kollege«, säuselte sie.

»Leck mich.« Er schob den Thermosbecher in das Ablagefach in der Türverkleidung und schnallte sich an. Während Mia den Wagen rückwärts zur Straße lenkte, blickte er sich noch einmal zum Haus um. Lena stand mit regungsloser Miene am Küchenfenster. Er hauchte ihr einen Kuss zu, dann entschwand das Reihenhaus, in dem sie seit zehn Jahren lebten, seinem Blickfeld.

»So gut gelaunt?«, fragte Mia mit einem süffisanten Lächeln, ohne die Augen von der Fahrbahn zu nehmen.

Er knurrte etwas Unverständliches.

»Lena?«, fragte Mia. »Ist sie wieder eifersüchtig?«

»Jo. Es interessiert sie nicht, dass es um eine tote Frau geht.«

Die fast ausnahmslos dunkel daliegenden Häuser am Stadtrand

von Elberfeld flogen an ihnen vorbei. Mia schien es eilig zu haben, sie legte einen zügigen Fahrstil an den Tag. Dabei kam ihr gelegen, dass auf den Straßen kein Betrieb herrschte und ein Großteil der Ampeln um diese Zeit abgeschaltet waren.

Mia lachte, als sie Björns verschlossene Miene sah.

»Mensch, Lassner«, rief sie amüsiert. »Wann willst du deiner Frau endlich sagen, dass ich mit Männern nichts anfangen kann?«

***

Er war geblieben. Die Neugier auf das, was gleich passieren würde, hatte ihn jede Vernunft vergessen lassen. Von seinem Versteck, zwischen dem Eiscafé und einem alten Ahornbaum, konnte er das Geschehen drüben beim Brunnen gut beobachten, ohne selbst gesehen zu werden. Die feuchte Kälte stieg in ihm auf, und er erschauderte. Doch wegzulaufen kam ihm jetzt nicht in den Sinn. Er atmete weiter in die Maske und tippelte von einem Bein auf das andere. Der Wagen, ein Taxi, war neben ihr stehen geblieben. Nun stand der alte Mercedes mit eingeschalteter Warnblinkanlage und Standlicht mitten auf der verlassenen Fahrbahn. Der Taxifahrer hatte gekeucht und geächzt, während er sie mühsam aus dem Wasser zog. Jetzt lag sie vor ihm auf der Straße und konnte sich gegen seine vergeblichen Wiederbelebungsversuche nicht verwahren.

Lass sie, dachte er in seinem Versteck. Sie hat es nicht verdient, sie hat es nicht überlebt, spar dir deine Mühe. Doch der Taxifahrer gab so schnell nicht auf. Dabei keuchte der Dicke wie nach einem Halbmarathon. Er ahnte nicht, dass er zu spät kam. Oder wollte es nicht glauben.

Ich habe über Leben und Tod entschieden. Bei diesem Gedanken schlug sein Herz ein paar Takte schneller.

Und ich habe ihr Leben beendet, weil ich es für richtig gehalten habe.

Immer wieder unterbrach der Taxifahrer seine Bemühungen und tätschelte der Frau die Wangen. »Hallo?«, rief er immer mit zitternder Stimme. »Kommen Sie zu sich!«

Er musste sich ein Lachen verkneifen. Sie hört dich nicht mehr. Mutig wagte er sich einen halben Schritt nach vorn, um besser sehen zu können. Als er sein Gewicht verlagerte, knackte ein trockener Ast unter ihm. Sein Herzschlag schien einen Moment auszusetzen. Er zerquetschte einen Fluch auf den Lippen und zog sich in den Schutz der Dunkelheit zurück. Drüben schien auch der Taxifahrer auf ihn aufmerksam geworden zu sein. Schwerfällig erhob er sich, um zu dem kleinen Waldstück zu blicken.

»Hallo?«, rief der Mann. Er wandte den Kopf und sah jetzt genau in seine Richtung.

Rückzug, gellte es in ihm. Er machte auf dem Absatz seiner Stiefel kehrt und stürmte in die Dunkelheit hinein, als wäre der Leibhaftige hinter ihm her. Sein Voyeurismus wäre ihm fast zum Verhängnis geworden. Orientierungslos rannte er auf einen unbefestigten Weg zu, der geradewegs in den angrenzenden Wald und in die Barmer Anlagen führte.

Er hat mich gesehen. Gehetzt stolperte er weiter und wagte nicht ein einziges Mal, sich umzuschauen. Wenige Sekunden später wurde er vom Nebel verschluckt, und es schien, als hätte es ihn niemals gegeben.

***

Eine Viertelstunde später erreichten sie die Einsatzstelle. Der Fundort des Opfers war weiträumig abgesperrt. Sichtschutzwände sicherten die Tote vor den neugierigen Blicken der Schaulustigen, die sich trotz nächtlicher Stunde mit ihren Smartphones eingefunden hatten, um das Geschehen zu filmen und es so schnell wie möglich in den sozialen Netzwerken zu verbreiten.

»Ich werde mich nie an diese Aasgeier gewöhnen«, brummte Lassner schlecht gelaunt, als die Handykameras auf den Dienstwagen gerichtet wurden. Wütend klappte er die Sonnenblende herunter.

Mia ahnte, dass seine schlechte Laune noch am Streit mit seiner Frau lag, von dem er kurz berichtet hatte. Lassner war glücklich verheiratet – eigentlich. Sie wusste von ihm, dass er einen Sohn hatte, der mitten in der Pubertät steckte, und dass sie zu dritt in einem dieser spießigen, geklinkerten Reihenhäuser am Rand von Elberfeld lebten. Wäre da nicht die in Mias Augen krankhafte Eifersucht seiner Frau, dann wäre Björn Lassner wohl ein glücklicher Mann gewesen. Doch Lenas Beschuldigungen gingen ihm immer an die Nieren.

»Ich hasse diese Parasiten«, schnaubte er kopfschüttelnd und löste den Gurt des Beifahrersitzes.

»Und ich dachte immer, du bist der digitale Crack von uns beiden«, sagte Mia grinsend, nachdem sie den Passat vor der Absperrung zum Stehen gebracht hatte.

»Das da«, Lassner zeigte auf die Menschenmenge, »sind keine Digital Natives, das sind Gaffer, die sich am Leid der anderen aufgeilen.«

Insgeheim musste Mia ihrem Partner recht geben. Doch es war nicht ihre Aufgabe, die Schaulustigen auf Distanz zu halten. Dafür waren die Kollegen vom Streifendienst zuständig. Nachdem sie ausgestiegen waren, umfing sie die klamme Kälte der Novembernacht.

»Scheißwetter«, brummte Lassner.

»November halt.« Fröstelnd schlug Mia den Kragen ihrer gesteppten Jacke hoch und schob die Hände in die Jackentaschen. Sie gab ihrem Partner ein Zeichen. »Dann mal los.«

»Ja. Auf in den Kampf.« Nebeneinander stapften sie auf eine uniformierte Kollegin zu, die an der Absperrlinie auf sie wartete. Das schraffierte Plastikband flatterte im seichten Nachtwind.

Nachdem sie sich ausgewiesen hatten, durften sie passieren. Die Arbeit hinter den Sichtschutzwänden war bereits im vollen Gange.

Die Kollegen der Kriminaltechnik hatten Stecknummern rund um den Fundort des Opfers aufgestellt, jemand in einem weißen Einmalanzug machte Fotos vom Geschehen, auch die 360-Grad-Kamera wurde gerade in Position gebracht.

Blaulicht zuckte gespenstisch durch die Nacht und geisterte über die umliegenden Bäume und die angrenzenden Häuser des kleinen Platzes. Rund um den Brunnen hatte man leistungsstarke Scheinwerfer aufgestellt, die auch die letzte Dunkelheit vertrieben. Der immer dichter werdende Nebel sorgte für eine surreale Stimmung. Ein offenbar herrenloses Taxi stand mit eingeschalteter Warnblinkanlage und offener Fahrertür auf Höhe des großen Brunnens mitten auf der Straße. Das Standlicht und das Taxizeichen auf dem Dach leuchteten milchig im Dunst. Mia hatte den Eindruck, als wäre das Fahrzeug fluchtartig verlassen worden.

Neben dem Taxi lag eine Gestalt, die mit einem schwarzen Tuch abgedeckt war, offenbar die tote Person.

Mia sah Kriminalhauptkommissar Peter Nohlen von der KTU neben dem Brunnen stehen. Die Kriminaltechnik gehörte zum fünfzehnten Kommissariat und arbeitete in vielen Fällen eng mit den anderen Abteilungen zusammen. Von der Leiterin des KK 15, Elisabeth Völker, war nichts zu sehen. Mia vermutete, dass sie im warmen Bett lag, um ihren Schönheitsschlaf zu halten.

Nohlen wechselte gerade ein paar Worte mit dem Notarzt, der offensichtlich eben die erste Leichenschau vorgenommen hatte. Mia erkannte Dr. Dirk Rosengarten. Sie nickten sich zu. Als Nohlen, ein hochgewachsener Mann mit braunen Augen und dunklem Haar von Anfang fünfzig, die beiden erblickte, beendete er das Gespräch mit dem Arzt und trat auf sie zu. »Guten Morgen, Kollegen.«

»Gut ist anders«, brummte Lassner und rang sich ein müdes Grinsen ab. »Was ist passiert?«

Nohlen deutete mit dem Kinn auf das Taxi. »Der Fahrer, ein gewisser Manfred Böklund, kam gerade aus Fahrtrichtung Marpe, als er auf die Tote im Brunnen aufmerksam wurde. Der Zeuge gibt an, dass die Frau bei seinem Eintreffen mit dem Oberkörper im Wasser lag. Er hat sie umgehend herausgezogen und Reanimationsmaßnahmen eingeleitet – leider erfolglos.«

»Böklund?« Mia lachte. »Wie die Würstchen?«

Nohlen stöhnte auf. »Mitunter ist deine gute Laune etwas anstrengend«, attestierte er ihr.

»Also haben wir einen Zeugen«, stellte Lassner fest, ohne auf das Geplänkel der beiden einzugehen.

»Zeuge ist zu viel gesagt. Er kam ja zu spät.« Nohlen wandte sich ihm zu. »Zumindest hat er die Frau in ihrer misslichen Lage aufgefunden. Wie sie in den Brunnen gelangt ist, hat er nicht beobachtet.«

»Also ist sie ertrunken?«, mutmaßte Lassner.

»Rosengarten hat ›Todesursache ungeklärt‹ im Totenschein angekreuzt. Alles andere muss die Obduktion ergeben.« Nohlen nickte dem Mediziner zu, der gerade im Begriff stand, sich von den Polizisten zu verabschieden. Kurze Zeit später setzte sich sein Einsatzwagen in Bewegung.

Mia ging neben der abgedeckten Frauenleiche in die Hocke. »Ist sie denn ins Wasser gefallen? Stand sie unter dem Einfluss von Betäubungsmitteln, oder hat jemand nachgeholfen?«

Peter Nohlen überflog den Bericht des Arztes. »Hier steht was von Hämatomen im Halsbereich, möglicherweise Würgespuren. Kann sein, dass sie mit ihrem eigenen Schal erwürgt wurde.«

»Also hat zuvor ein Kampf stattgefunden.«

»Der oder die Täter haben die Frau überwältigt und ihren Kopf unter Wasser gedrückt, sodass sie ertrunken ist«, vermutete Lassner.

»Sieht so aus«, stimmte Nohlen ihm zu.

Lassner ließ den Blick über das Geschehen schweifen, bevor er sich an Nohlen wandte. »Wo ist der Taxifahrer?«

»Er sitzt mit den Kollegen im Bulli.« Nohlen zeigte auf einen Mercedes Vito des Streifendienstes. Die Innenbeleuchtung brannte, die Scheiben waren jedoch beschlagen und verhinderten, dass man in das Fahrzeug blicken konnte.

»Ich möchte mit ihm sprechen.« Mia wechselte einen Blick mit ihrem Partner, dann sah sie zu Nohlen auf. »Über die Identität der Frau ist nichts bekannt, nehme ich an?«

»Eigenartigerweise doch«, erwiderte der Kollege. »Wir haben ihr Schlüsselbund und ein Portemonnaie gefunden, das sie in der Jackentasche mitführte.«

»Trug sie kein Handy bei sich?«, wollte Mia wissen.

»Das ist der Hammer«, erwiderte Nohlen mit einem breiten Grinsen. Er hielt einen Asservatenbeutel hoch, in dem sich ein Smartphone befand, offenbar ein höherwertiges Modell. Der Klarsichtbeutel war von innen beschlagen.

»Das ist nass«, stellte Lassner fest.

Nohlen nickte. »Die Kollegen haben das Gerät aus dem Brunnen gefischt. Es muss ihr ins Wasser gefallen sein.«

»Vermutlich nicht zu retten«, schätzte Mia. »Und damit wertlos für uns, nehme ich an?«

Lassner schüttelte den Kopf. »Das ist ein iPhone 16«, stellte er mit Kennerblick fest. »Die Dinger haben eine IP68-Schutzklasse.«

»Bedeutet *was?*« Mia verstand nicht allzu viel von technischen Dingen.

»Dass das Gerät bis zu dreißig Minuten lang und bis zu einer Tiefe von sechs Metern keinen Schaden nehmen sollte«, erklärte Lassner. Er zwinkerte Nohlen zu. »Es besteht also Hoffnung.«

»Ich werde Basti gleich damit beauftragen, alles da rauszuholen, was noch zu retten ist«, versprach Nohlen. »Aber eines noch: Wir haben gesehen, dass das Opfer versucht hat, einen Notruf abzusetzen, das Gerät befand sich im entsprechenden Modus.«

»Sie wollte Hilfe holen«, murmelte Mia mit einem Schaudern.

»Leider kam es dazu nicht mehr«, bemerkte Lassner.

Während Nohlen das Smartphone in einen Koffer steckte, betrachteten Lassner und Mia die anderen Asservatenbeutel. Darin befanden sich eine hochwertig aussehende Geldbörse aus braunem Leder und ein Schlüsselbund. Mia erkannte die typische Kombination, die aus Haustür- und Briefkastenschlüssel bestand.

»Um wen handelt es sich?«, wollte sie wissen.

Nohlen warf einen Blick auf seine Dokumentation. »Die Tote heißt Theresa Winkler, zweiundvierzig Jahre alt. Wohnhaft hier in der Nähe, in der Adolf-Vorwerk-Straße.« Nohlen hantierte mit seinem Smartphone und rief das Bild des Personalausweises auf, dann nannte er ihnen die Hausnummer. »Am besten hört ihr euch an der Meldeadresse mal um. Möglicherweise gibt es Angehörige.«

Mia nickte. »Sonst noch was?«

»In ihrem Portemonnaie fanden wir Visitenkarten, aus denen hervorgeht, dass sie in Elberfeld eine Praxis für Psychologie führte.«

Lassner pfiff durch die Zähne. »Eine Seelenklempnerin«, sagte er. »Da kann es sich bei dem Täter um einen enttäuschten oder frustrierten Patienten handeln.«

»Deine Fantasie geht mit dir durch«, stellte Mia amüsiert fest.

»Hat es alles schon gegeben.« Lassner seufzte. »Was ich nicht verstehe«, überlegte er, »warum hat der Täter ihr die persönlichen Dinge gelassen?«

Mia wusste, worauf ihr Partner hinauswollte. Normalerweise nahmen Gewaltverbrecher ihren Opfern Gegenstände, die auf deren Identität hindeuteten, ab. »Es gibt nur zwei Möglichkeiten. Dass es ein Unfall war, können wir aufgrund der Hämatome so gut wie ausschließen. Aber die zweite Möglichkeit wäre, dass der oder die Täter …«

»… auf frischer Tat ertappt wurden und das Weite gesucht haben«, beendete Lassner den Satz.

»Erwischt von dem Taxifahrer.« Mia nickte. »Wir sollten mit ihm reden.« Sie ging neben der Toten in die Hocke, streifte sich Gummihandschuhe über und sah zu Nohlen auf. »Darf ich?«

Der Kriminaltechniker hatte keine Einwände. Zaghaft zog Mia

das Tuch zurück. Vor ihr lag eine dunkelhaarige, schlanke Frau. Das Gesicht war fein geschnitten, ihre Schminke zerlaufen. Die Haut war blass und wirkte bereits wächsern, die Lippen waren blutleer. Zu Lebzeiten musste Theresa Winkler eine hübsche Frau gewesen sein. Sie trug einen dicken senfgelben Mantel, um den Hals einen cremefarbenen Schal, helle Designerjeans und Sneaker einer namhaften Marke.

Auch wenn der Anblick von Toten Bestandteil ihres Berufes war, gingen Mia solche Momente immer noch nahe. Sie mahnte sich, professionell zu agieren, und fotografierte die Frau mit dem Smartphone.

»Was wissen wir von den Anwohnern?«, fragte Mia an Nohlen gewandt, ohne sich zu ihm umzusehen. »Hat niemand etwas Verdächtiges mitbekommen? Schreie, einen lautstarken Streit oder ein Auto, das sich schnell vom Tatort entfernt hat?«

»Vielleicht hat einer der Schaulustigen etwas gesehen«, fügte Lassner hoffnungsvoll hinzu. Nohlen zuckte mit den Schultern. »Die Befragung der Anwohner müsstet ihr organisieren, da bin ich raus.«

»Wird gemacht.« Mia zückte das Handy, um Verstärkung anzufordern.

***

Während Mia sich um die Einsatzleitung kümmerte und alles Weitere veranlasste, suchte Lassner den Zeugen auf, den man in den Polizei-Vito gebracht hatte. Eine erste Befragung hatte bereits stattgefunden, dennoch wollte er sich selbst einen Eindruck von dem Mann verschaffen. Als Lassner den blau folierten Kleinbus des Streifendienstes erreichte und die Schiebetür öffnete, starrte Manfred Böklund ihn an wie einen Geist. Der Taxifahrer war von untersetzter Statur, unrasiert und hatte dunkle Ringe unter den Augen. Das schwarze Haar war von silbrigen Strähnen durchzogen und hätte mal wieder einen Schnitt vertragen können. Der marineblaue Wollpullover spannte über dem üppigen Bauch des Mittfünfzigers, darüber trug er eine beigefarbene Steppweste mit einem silbernen Mercedes-Stern auf der Brusttasche. Zusammengesunken hockte der Mann auf der zweiten der beiden Bänke im Fond des Kleinbusses.

Ihm gegenüber, durch einen Klapptisch getrennt, saß ein junger uniformierter Kollege an einem Laptop, der sich Lassner kurz und knapp als »Stein, Tobias Stein« vorstellte. Man hatte Böklund mit heißem Tee und einer Decke versorgt, nach eigener Aussage hatte er das Gespräch mit einem Polizeiseelsorger abgelehnt.

»Ich brauch keinen Therapeuten, ich bin doch nicht bekloppt«, stieß er energisch hervor, als Stein ihn zum wiederholten Mal darauf ansprach. Er warf Lassner einen Hilfe suchenden Blick zu. Ratternd glitt die Schiebetür ins Schloss. Eine Standheizung sorgte für angenehme Wärme im Fahrzeug.

»Schon gut«, sagte Lassner, während er sich neben dem Kollegen auf die Bank schob und sich vorstellte. »Mein Name ist Björn Lassner von der Kriminalpolizei Wuppertal.« Er warf Böklund ein aufmunterndes Lächeln zu. »So«, sagte Lassner und faltete die Hände auf dem kleinen Tisch. »Dann erzählen Sie mir doch, was vorgefallen ist.«

»Wie oft denn noch?« Böklund schien genervt zu sein. »Das habe ich Ihrem Kollegen schon erzählt«, rief er und zeigte auf den aufgeklappten Laptop vor Tobias Stein. »Und der junge Mann hat alles in das Ding da getippt.«

Lassner hatte nicht vor, sich mit dem Taxifahrer zu streiten. Er setzte ein versöhnliches Lächeln auf und nickte. »Selbstverständlich«, stimmte er zu. »Ich würde trotzdem gern von Ihnen hören, was passiert ist.«

Fahrig strichen Böklunds Hände über die Tischoberfläche. Er stierte den Teebecher an und begann zu erzählen. »Da war noch etwas«, sagte er schließlich, als er mit seinem Bericht fertig war, und sah Lassner regungslos an.

»Was denn?« Lassner tauschte einen Blick mit dem uniformierten Kollegen, der unmerklich mit den Schultern zuckte.

»Nur ein Geräusch. Es kam vom Waldrand, drüben beim Eiscafé.«

»Was war das für ein Geräusch?«

»Keine Ahnung, irgendwas hat im Unterholz geknackt.«

»Ein Tier vielleicht?« Lassners Spannung wuchs.

»Nee.« Der Taxifahrer schüttelte den Kopf. »Das war kein Tier. Da ist jemand weggerannt.«

»Wohin?« Lassner horchte auf.

»In den Wald.« Böklund zuckte die Schultern. »Auf mein Rufen hat jedenfalls niemand reagiert.«

Lassner hob eine Augenbraue. »Und daran erinnern Sie sich erst jetzt?«

»Ist mir gerade wieder eingefallen«, antwortete Böklund zerknirscht. »Sorry, bin ziemlich durch den Wind.« Jetzt grinste er schief. »Wissen Sie, es ist eines, Besoffene nach Hause zu fahren oder sich von Fahrgästen ihre Lebensgeschichte erzählen zu lassen. Da bekommt man oft genug Dramen mit, sag ich Ihnen.« Böklund seufzte. Er stand eindeutig immer noch unter Schock und barg das Gesicht in den Händen. Als er weitersprach, klang seine Stimme tonlos. »Aber eine tote Frau zu finden, die kopfüber in einem Brunnen liegt, ist schon eine andere Sache.«

Lassner ahnte, was der Taxifahrer meinte, und nickte zustimmend. »Und Sie sind sicher, dass jemand weggerannt ist?«

»Da war ein Schatten, aber das kann ich mir auch eingebildet haben in der dicken Suppe. Nachts sind ja alle Mäuse grau.« Er grinste.

»Katzen«, verbesserte Lassner ihn.

»Mir egal. Also, ich habe da was beobachtet.«

»Könnte es sein, dass ein Mensch das Weite gesucht und sich in den Schutz des Waldes zurückgezogen hat?«

»Möglich.«

»Ich verstehe.« Lassner nickte. »Zeigen Sie mir die Stelle, von der das Geräusch kam?«

»Kann ich machen.« Böklund nickte. »Meinen Sie, das ist wichtig?«

»Vielleicht gibt es ja doch einen Zeugen«, antwortete Lassner hoffnungsvoll. »Oder es war der Mörder der Frau, der sich in die Büsche geschlagen hat.«

»Machen Sie keinen Quatsch.«

»Dafür werde ich nicht bezahlt.« Lassner nickte Tobias Stein zu. Der junge Kollege vom Streifendienst schob Böklund seinen Personalausweis hin. Der Taxifahrer nahm das Kärtchen mit regungsloser Miene an sich und schob es in die Brusttasche seiner Weste.

Lassner öffnete die Schiebetür und stieg aus. »Dann los.«

»Ich kann Ihnen nichts versprechen.« Böklund seufzte, dann erhob er sich schwerfällig von der Sitzbank und folgte Lassner.

***

Auf dem Weg zum Brunnen trafen sie auf Mia. Sie telefonierte und nickte ihnen zu. Dabei wanderte sie mit dem Smartphone am Ohr neben dem Fundort der Leiche auf und ab. Die Kollegen der Kriminaltechnik hatten ihre Arbeit fortgesetzt. Etwas abseits parkte der schwarze Kombi eines ansässigen Bestatters. Die beiden Männer im Wagen warteten offensichtlich auf die Freigabe des Leichnams.

»Bleiben Sie bitte hier.« Lassner gab Böklund ein Zeichen, der Taxifahrer nickte und blieb stehen, während Lassner sich seiner Partnerin näherte. Er bedeutete Mia, das Gespräch zu beenden. Böklund stand mit in den Hosentaschen versenkten Händen etwas abseits und betrachtete das Geschehen. Trotz nachtschlafender Stunde drängten sich noch immer die Schaulustigen an der Absperrlinie. Inzwischen hatte sich auch die örtliche Presse eingefunden. Ein Fotograf machte Aufnahmen der Umgebung. Dabei wurde er von einem uniformierten Polizisten auf die nötige Distanz gehalten.

Mia nickte verstehend, als Lassner ihr die Uhr zeigte. »Ich melde mich gleich wieder«, sprach sie in den Hörer, dann unterbrach sie die Verbindung. Mit wenigen Sätzen berichtete Lassner seiner Partnerin von der Beobachtung des Taxifahrers. »Wir brauchen Team Hummel mit einer Wärmebildkamera«, schloss er seine Ausführungen. »Vielleicht können die Kollegen der Fliegerstaffel unseren flüchtigen Tatverdächtigen aus der Luft sehen.«

»Wenn es sich denn um den Tatverdächtigen handelt«, gab Mia zu bedenken. »Vielleicht war es auch nur ein Passant, der etwas gesehen hat und in Panik getürmt ist, um nicht unter Verdacht zu geraten.«

»Wer auch immer getürmt ist – er kann uns sicher etwas erzählen.«

»Ich werde den Alarmhubschrauber anfordern.« Mia wählte die Nummer der Bereitschaft am Düsseldorfer Flughafen. Es galt keine Zeit zu verlieren.

Lassner rief den Taxifahrer herbei. »Kommen Sie«, forderte er Böklund auf. »Zeigen Sie mir ganz genau, woher das Geräusch kam.«

Mia folgte den Männern in die Dunkelheit bis zu der Stelle, an der die Barmer Anlagen den Platz um den Brunnen wie ein grüner Gürtel umgaben. Die dunkle Nacht, die gespenstische Stille, eine Tote und viele Fragen bedeuteten für sie den Beginn einer langwierigen Suche nach der Wahrheit.

***

Er hatte jedes Gefühl für Raum und Zeit verloren. Wie lange er schon in dem Gewölbe mit der niedrigen Decke aus Felssteinen kauerte, wusste er nicht. Sein Rücken schmerzte von der gebückten Haltung. Seine Füße waren nass und kalt, da ein Ausläufer des Murmelbachs durch den Tunnel unter dem Wanderweg führte und in einen kleinen Tümpel mündete. Soweit er es erkennen konnte, waren Wände und die Decke mit Moos überwachsen. Spinnweben wischten ihm jedes Mal durchs Gesicht, wenn er sich ein wenig bewegte. So kauerte er nahezu regungslos in seinem Unterschlupf und versuchte, sich einen Plan zurechtzulegen. Ewig konnte er hier nicht bleiben, sicher waren die Bullen längst am Start. Sie würden ihm die Hölle heißmachen, wenn er sich oben am Brunnen sehen ließ. Missmutig versuchte er, das Halbdunkel mit seinen Blicken zu durchdringen. Er schätzte, dass hier schon seit Jahren kein Mensch mehr gewesen war. Ein muffiger Geruch erzeugte Übelkeit bei ihm. Vorsichtig robbte er an den schmalen Eingang seines Verstecks.

Der Blick nach draußen ließ ihn frösteln. Dichte Nebelschwaden geisterten über das trübe Gewässer am Rande des verwildert wirkenden Parks. Im Sumpf gluckste es leise. Mühsam kroch er zurück in sein Versteck und überlegte, wann er von hier verschwinden musste.

Der verdammte Taxifahrer hatte garantiert die Bullen gerufen und einen Großeinsatz ausgelöst. Und der Kerl hatte ihn bemerkt, hatte vermutlich sogar gesehen, wie er in den Wald getürmt war.

Aller Wahrscheinlichkeit nach zog schon eine Hundertschaft durch die Parkanlage, um ihn zu suchen. Obwohl sich dieses Drecksloch am untersten Ende des Parks befand, gab es keine Sicherheit für ihn, unentdeckt zu bleiben. Er sollte von hier verschwinden, bevor die Dämmerung einsetzte. Leichter gesagt als getan, und so überlegte er fieberhaft, wie ihm ungesehen die Flucht von diesem Ort gelingen konnte. Er robbte tiefer in die Höhle hinein, die ihm ein wenig Schutz gewährte. Dabei wollte er zurück, um nach ihr zu sehen. Doch sie befand sich in Sicherheit und musste warten. Wenn sie ihn jetzt erwischten, würde sie niemals entdeckt werden und in ihrem Loch elendig verrecken.

Es galt also, sich in Geduld zu üben.

Es wäre fatal, wenn er den Bullen auf seinem Rückzug geradewegs in die Arme laufen würde. Er versuchte, sich zu orientieren, wusste nicht, wann er zuletzt an diesem Ort gewesen war. Vermutlich als Kind, mit seinen Eltern, die jeden Park und jeden Wald, der die Stadt umgab, erkundet hatten. Schon damals hatte er sich gern in dieser Höhle versteckt. Seinerzeit war sie ihm wesentlich größer vorgekommen. Wenn er sich recht erinnerte, führte ein Weg von hier aus zu den ehemaligen Truppenübungsplätzen der Bundeswehr. Dort war ein großes Naherholungsgebiet für Stadtmenschen entstanden. Sollte es ihm gelingen, von dort aus zur Schnellstraße zu gelangen, dann konnte er auf dem Parkplatz unweit der Blombachtalbrücke einen Lkw-Fahrer bitten, ihn ein Stückchen mitzunehmen. Sein Auto würde er später noch abholen können.

Ein Geräusch riss ihn aus seinen Überlegungen. Lauschend legte er den Kopf schräg. Es war ein dumpfes, gleichmäßiges Grollen, das ihn an einen lang anhaltenden Donnerschlag erinnerte. Er wagte es, zum Ende des Gewölbes zu kriechen, um besser hören zu können. Während er nach vorn robbte, kam ihm in den Sinn, dass es sich mit Sicherheit um einen tieffliegenden Helikopter handelte. Kaum dass er kurz den Kopf ins Freie hielt, sah er den Hubschrauber. Die Maschine kreiste über dem weitläufigen Gelände und wirbelte Äste und die Kronen der alten Bäume auf. Als er den Schein des Suchscheinwerfers erblickte, der über die Umgebung geisterte und das letzte Dunkel aus dem Park vertrieb, zog er sich hastig in sein Versteck zurück. Das Rattern der Rotorblätter klang jetzt bedrohlich nahe. Sekundenlang schien der Hubschrauber direkt über seinem Unterschlupf zu kreisen.

Fluchend presste er sich fest an das feuchte Mauerwerk in seinem Rücken. Jetzt haben sie mich. Er hielt sich die Ohren zu, als könne er die Gefahr damit abwenden. Es ist vorbei. Warum war er nur auf die blöde Idee gekommen, sich ausgerechnet hier zu verstecken?

KAPITEL 5

Die Straßenlaternen warfen ihr neblig-trübes Licht auf die dunklen Villen, die sich hinter hohen Hecken und schmiedeeisernen Toren verbargen. Die kalte Luft hing schwer über dem Toelleturmviertel. Um diese Zeit herrschte absolute Stille, die nur vom leisen Rascheln der bunten Blätter im seichten Wind durchbrochen wurde.

»Ganz schön elitäre Wohngegend«, bemerkte Lassner, während er die Fassade der Jugendstilvilla betrachtete, die sich vor ihnen aus dem Nebel schälte. Ein großer, selbst um diese Jahreszeit gepflegt wirkender Garten umgab das Bauwerk mit den verspielten Erkern und Türmchen. Kleine Leuchten säumten den mit Kies belegten Weg, der von der Straße aus zum Haupteingang der Villa führte.

»Hier wohnen keine armen Polizeibeamten wie wir«, sagte Mia grinsend, die von dem Haus ebenfalls beeindruckt war. Fröstelnd schlug sie den Kragen ihrer Jacke hoch und schob die Hände in die wärmenden Taschen. »Das Villenviertel hat der Fabrikant Adolf Vorwerk im letzten Jahrhundert aus dem Boden gestampft, wohl, nachdem ihm die Luft im Tal zu stickig wurde.« Anders als Lassner, für den Wuppertal eine Stadt wie jede andere war, interessierte sie sich für die Geschichte ihrer Heimat.

»Aber wohnen hier Seelenklempner?« Lassner bedachte Mia mit einem fragenden Gesichtsausdruck. »Und wenn ja – warum laufen Psychotherapeuten nachts zu Fuß durch die Gegend?« Er zeigte auf den knallgelben Porsche 911, der unter einem hölzernen Carport parkte. »Geht ja auch anders.«

»Mit etwas Glück werden wir es gleich erfahren«, antwortete Mia. Sie marschierte voran und betätigte nach einem Blick auf das schimmernde Namensschild den vergoldeten Klingelknopf neben dem Eingang. »Winkler«, sagte sie an Lassner gerichtet. »Wir sind auf jeden Fall richtig.« Drinnen ertönte ein dezenter Gong. Es dauerte einen Moment, bis sich im Haus etwas tat. Erst nach dem dritten Klingeln, das Lassner mit energischem Klopfen an der Tür begleitete, näherten sich im Innern der Villa Schritte.

Durch das gläserne Oberlicht der Tür war zu sehen, dass im Flur das Licht eingeschaltet wurde. Jemand trat an die Tür, jedoch ohne sie zu öffnen.

»Wer ist da?«, rief eine schlaftrunkene Männerstimme durch die geschlossene Tür.

»Anna-Maria Sommer, Kripo Wuppertal«, antwortete Mia. »Und mein Kollege, Hauptkommissar Lassner.« Sie wunderte sich, dass es in einem solch luxuriösen Haus keine Videoüberwachung gab. Zumindest war auf den ersten Blick keine zu entdecken. Dass sich so kein potenzieller Einbrecher abschrecken ließ, schien den Hausbesitzer nicht zu interessieren. »Wir kommen wegen Frau Theresa Winkler.«

Anstatt einer Antwort wurde jenseits der Tür ein Schlüssel im Schloss umgedreht und ein massiver Riegel zurückgeschoben. Die schwere Haustür öffnete sich zunächst einen Spalt. Ein sichtlich verschlafen wirkender Mann im Morgenmantel betrachtete sie argwöhnisch. Bevor er sein Misstrauen bekunden konnte, zeigten Mia und Lassner ihm ihre Dienstausweise.

»Herr Winkler?«, fragte Lassner.

»Ja.« Die Tür wurde nun ganz geöffnet. »Ist Tessa etwas zugestoßen?«

Winkler war Anfang fünfzig, zwei Köpfe größer als Mia und von kräftiger Statur. Ein feiner Herrenduft umgab ihn, und sie erwischte sich dabei, einen tiefen Atemzug zu nehmen. Dabei bemerkte sie jedoch eine Fahne. Offensichtlich hatte er Alkohol getrunken. Der Mann war ein typischer reifer Schönling, der es leicht mit dem letzten in die Jahre gekommenen Bachelor im Fernsehen hätte aufnehmen können. Er betrachtete seine Besucher aufmerksam mit seinen tiefbraunen Augen.

»Tessa?«, fragte Mia und tauschte einen Blick mit Lassner.

»Ja.« Winkler deutete ein Lächeln an. »Ich nenne sie Tessa, eigentlich heißt sie aber Theresa.« Sein Lächeln erlosch. »Ist ihr etwas zugestoßen?«

»Vielleicht dürften wir kurz ins Haus kommen?«, fragte Mia mit einem freundlichen Lächeln.

»Sicher.« Winkler machte eine einladende Geste. Mia und Lassner traten ein und fanden sich in einer pompösen Empfangshalle wieder. Der Flur war mit dunklem Holz getäfelt, an der Decke hing ein schwerer Kronleuchter. Der Duft von poliertem Holz und teurem Parfüm hing in der Luft. Ein dicker Teppich lag auf weiten Teilen des Parketts und dämpfte ihre Schritte. An den weiß getünchten Wänden deuteten großformatige Schwarz-Weiß-Fotografien mit Motiven der Stadt auf die Heimatverbundenheit der Hausbewohner. Neben der steilen Treppe ins Obergeschoss verbreitete eine Stehlampe ihren heimeligen Lichtschein.

»Sie sind der Ehemann von Theresa Winkler?«, fragte Mia, nachdem der Hausherr die Tür ins Schloss gedrückt hatte. Lassner trat zurück und öffnete sie wieder einen Spaltbreit. »Vorschrift«, erklärte er, als er den fragenden Blick seines Gegenübers sah.

»Damit Verstärkung reinkommt, wenn ich Ihnen eins überbrate?« Winkler lächelte spöttisch.

»Sozusagen.«

»Aber zurück zu Ihrer Frage«, wechselte Winkler das Thema. »Mein Name ist Adrian Winkler, ich bin der Ex-Mann von Tessa.«

Mia warf ihrem Partner einen verwunderten Blick zu.

»Also wohnt Ihre … Ex-Frau gar nicht hier?«, fragte Lassner.

»Doch, doch.« Winkler lächelte seine Besucher nachsichtig an. »Wir leben, wie es in Juristenkreisen so schön heißt, getrennt von Bett und Tisch unter einem Dach.«

Für Mia war es unvorstellbar, mit ihrer Ex-Partnerin nach einer Trennung weiter zusammenzuleben. Doch der Wohnraum in Wuppertal war knapp, und möglicherweise handelte es sich hier um eine Übergangslösung.

»Also – was ist mit Tessa?«, nahm ihr Adrian Winkler den nächsten Satz ab.

»Wo können wir reden?«, fragte Lassner, während er sich suchend umsah.

»Kommen Sie.« Winkler machte eine einladende Geste und führte seine Gäste durch ein dunkles und offensichtlich unbeheiztes Wohnzimmer. Soweit Mia das erkennen konnte, war das Mobiliar hochwertig, angefangen von der britisch anmutenden Ledercouch über die Schränke und das deckenhohe und prall gefüllte Bücherregal. Auch hier verhinderten dicke Läufer eine übermäßige Abnutzung des Parkettbodens. Ein gigantischer Flatscreen nahm fast eine gesamte Wand gegenüber dem Sofa ein.

Ein Wintergarten schloss sich an das Haus an. Er war durch eine Schiebetür zu erreichen, die Winkler gerade öffnete. »Hier ist es angenehmer.«

Zu Mias Verwunderung herrschte in dem gläsernen Anbau tatsächlich eine behagliche Wärme. Mia fragte sich, was es wohl kostete, den überdimensionalen Glaskasten auch während der kalten Jahreszeit zu heizen, weil die mannsgroßen Palmen in den Ecken sicherlich keinen Frost vertrugen. Große, von gusseisernen Streben gerahmte Glasflächen boten einen Blick in den weitläufigen Garten, der sich bei den aktuellen Lichtverhältnissen nur erahnen ließ. Einige der kugelrunden Büsche im Freien wirkten wie aus dem 3D-Drucker, so penibel waren sie in Form gebracht worden. Die Hecken, die Bäume und die Sträucher, alles wirkte getrimmt und wie am Reißbrett entworfen. Für Mias Geschmack kam die ursprüngliche Natur hier viel zu kurz.

»Nehmen Sie Platz«, bat Winkler und zeigte auf eine Lounge-Ecke. Mia nahm die Einladung an und setzte sich zu ihm, während Lassner es vorzog, stehen zu bleiben.

»Also ist Tessa etwas zugestoßen.« Die Worte klangen aus Adrian Winklers Mund wie eine Feststellung.

Mia warf Lassner einen Blick zu, der sich aber in Schweigen hüllte, wohl, um ihr den Vortritt zu lassen.

Winkler wurde schnell ungeduldig. »Nun schießen Sie aber los«, forderte er seine Besucher auf. Er lehnte sich auf der flachen Couch zurück und verschränkte die Hände hinter dem Kopf. Dabei klaffte der anthrazitfarbene Morgenmantel auseinander. Mia konnte erkennen, dass er darunter nichts trug, und wendete den Blick ab.

»Herr Winkler, wir bedauern, Ihnen mitteilen zu müssen, dass Ihre Ex-Frau tot ist«, sagte sie schließlich, während sie auf jede Regung in Winklers Gesicht achtete.

»Das … das ist tragisch«, kam es tonlos über seine Lippen. Ein Ruck ging durch den Mann, als er sich der Bedeutung von Mias Worten bewusst wurde. Mit versteinerter Miene beugte er sich vor und fuhr sich mit den Händen übers Gesicht, dann betrachtete er Lassner, der an der Tür zum Wohnzimmer stand. »Was ist passiert?«

»Die näheren Umstände sind noch unklar«, erwiderte Mias Partner ausweichend. »Ein Taxifahrer fand sie im Brunnen beim Toelleturm. Sie lag kopfüber im Wasser und war bereits tot, als der Mann sie vorfand.«

»Im … Vorwerk-Brunnen?« Er erhob sich und trat an einen Servierwagen, auf dem sich zahlreiche Flaschen mit hochprozentigem Inhalt und passende Gläser befanden. Seine Hand zitterte, als er zu einem schottischen Single Malt griff. Hastig schenkte er sich ein, dann betrachtete er seine Besucher.

»Mögen Sie auch?« Er sah erst Lassner, dann Mia an. Beide verneinten unisono. »Im Brunnen ertrunken«, murmelte Winkler und kippte den Inhalt des Glases in sich hinein. Er schenkte sich nach und kehrte mit dem Whisky zurück zu den Loungemöbeln, um sich zu setzen. Nachdenklich drehte er das Glas in der Hand und schien sich im Moment zu verlieren. Dann trank er.

»Im alten Brunnen, ja.« Mia nickte. »Wissen Sie, warum Ihre Ex-Frau um diese Zeit zu Fuß unterwegs war?«

»Sie hat keinen Wagen. Tessa legte ihre Wege üblicherweise mit den öffentlichen Verkehrsmitteln zurück. Taxis mied sie, das war ihr zu dekadent.« Winkler schmunzelte. »Wie dem auch sei, wenn man sie im Brunnen fand, könnte es durchaus sein, dass sie mit dem Bus kam, dort an der Haltestelle ausstieg, um den Rest des Weges zu Fuß zurückzulegen.«

»Und dabei muss es geschehen sein«, bemerkte Mia.

Winkler stieß einen schweren Seufzer aus und stellte das leere Glas auf den Tisch. Er stierte sekundenlang ins Nichts. »Welch ein Drama.« Als er den Blick auf Mia richtete, schimmerten seine graublauen Augen feucht. Unwillkürlich fragte sie sich, ob er zu viel getrunken hatte und deshalb plötzlich sentimental wurde.

»Also befand sich Ihre Ex-Frau auf dem Heimweg«, schlussfolgerte Lassner. »Wissen Sie, wo sie den Abend verbracht hat?«

Winkler dachte kurz nach, dann schüttelte er den Kopf. »Sie ist mir keine Rechenschaft mehr schuldig«, sagte er schließlich, und Mia glaubte, Bedauern aus seiner Stimme herauszuhören.

»Wie war Ihr Verhältnis?«, wollte Lassner wissen. »Ich meine, wenn Sie geschieden sind und unter einem Dach lebten …«

»Ob es Streit gab?« Winkler betrachtete den Polizisten mit einem süffisanten Grinsen. »Ob es einen Rosenkrieg gab?«

»Die Situation war sicher nicht leicht«, vermutete Lassner, ohne auf Winklers provokante Fragen einzugehen.

»Wir waren einander freundschaftlich verbunden.« Der Hausherr lächelte versonnen, als er zu Lassner aufsah. »Oder – wie sagt man heute? Freundschaft mit Benefits?« Er grinste wieder, als sein Blick zu Mia glitt. Sie schwieg. Wenn sie dem Mann Glauben schenken wollte, dann waren Theresa und Adrian Winker geschieden. Sie wohnten zusammen, und sie schliefen miteinander. Eine Antwort auf die Frage, warum sie dann überhaupt geschieden waren, wollte ihr nicht einfallen. »Also hatten Sie ein gutes Verhältnis zueinander?«, fragte sie stattdessen.

»Absolut.« Adrian Winkler nickte. »War ...«, er rang die manikürten Finger und wich ihren Blicken aus, »war es ein Unfall?«

»Die Ermittlungen zum Hergang laufen noch«, erklärte Mia.

»Also ist Mord nicht auszuschließen?«

Mia wunderte sich, dass er schon kurz nach der Todesbotschaft ein Gewaltverbrechen in Betracht zog. »Wie gesagt – auch ein Unfall könnte die Ursache sein.«

»Ich wüsste nicht, warum Tessa in den Brunnen fallen sollte«, behauptete Winkler distanziert. »Sie war ja nicht blöd.«

»Hatte sie Feinde?«, fragte Lassner unvermittelt.

»Nicht, dass ich wüsste.« Adrian Winkler hielt dem bohrenden Blick von Mias Partner stand und zuckte mit den Schultern. »Oder war sie betrunken, als sie in den Brunnen stürzte?«

Mia warf Lassner einen Blick zu. Sie ärgerte sich, dass sie nicht selbst darauf gekommen war, und beschloss, diesen Verdacht des Ex-Mannes bei der rechtsmedizinischen Untersuchung des Leichnams kundzutun.

»Hatte Ihre Ex-Frau denn ein Problem mit Alkohol?«, fragte Lassner in das entstandene Schweigen hinein.

»Sie ist ... sie *war* eine Genießerin«, antwortete Winkler ausweichend. »Dass sie eine Alkoholikerin ist ... war, würde ich aber nicht behaupten.«

Draußen ertönte das Geräusch ratternder Rotorblätter. Der Hubschrauber mit der Wärmebildkamera war angekommen, um das Gebiet der Barmer Anlagen abzusuchen.

»Was ist das?«, fragte Winkler und warf einen irritierten Blick nach draußen. Ein Suchscheinwerfer geisterte über die Pflanzen im Garten und die umliegenden Häuser.

»Das sind die Kollegen«, erklärte Mia schnell.

»Wen suchen Sie denn?«

»Wir haben Grund zur Annahme, dass sich ein potenzieller Zeuge noch unweit des Geschehens aufgehalten hat, als der Taxifahrer auf Ihre Frau aufmerksam wurde«, erklärte Lassner.

»Ex-Frau«, wurde er prompt von Winkler verbessert.

»Ex-Frau.« Lassner nickte. »Ob es sich dabei um einen Beteiligten handelt, wissen wir noch nicht. Trotzdem wüssten wir gern, was er oder sie uns zu erzählen hat.«

»Also war es doch Mord.«

»Wir ermitteln in alle Richtungen«, entgegnete Lassner kühl.

»Und deshalb so einen Aufwand?« Eine steile Falte stand auf Winklers Stirn.

»Wenn unsere ersten Vermutungen stimmen, könnte in der Tat ein Mörder auf der Flucht sein«, erklärte Mia geduldig.

»Sie machen auch nur Ihre Arbeit, entschuldigen Sie meine Fragen.« Winkler nickte mit einem feinsinnigen Lächeln.

»Und Sie?«, fragte Mia. »Was machen Sie?«

Adrian Winkler hatte schnell zu seiner Selbstsicherheit zurückgefunden und grinste süffisant. »Ich bin Inhaber eines Autohauses für Luxusmarken.«

»Und da hatte Ihre Frau kein Auto?« Verwundert sah Mia von ihren Notizen auf. Lassner begegnete ihrem Blick und zuckte unmerklich mit den Schultern.

»Sie ist …«, Adrian Winkler rang die Finger, »Tessa war eine Verfechterin des Mobilitätswandels. Sie vertrat die Auffassung, dass es ihre Pflicht sei, den ökologischen Fußabdruck so klein wie möglich zu halten. Ich meine … der Klimawandel, die zunehmenden Starkregenereignisse. Erinnern Sie sich noch an die Unwetter vor einigen Jahren, als die Wupper über die Ufer trat und schwere Schäden im gesamten Stadtgebiet angerichtet hat? Allein Beyenburg mit seinem malerischen Stausee … fast der ganze Stadtteil stand damals unter Wasser, viele Betroffene warten immer noch vergeblich auf staatliche Hilfen, die man ihnen zugesichert hatte.«

»Gewagte Worte aus dem Munde eines Autohändlers«, fand Mia. Insgeheim wunderte sie sich darüber, wie schnell Adrian Winkler den Tod seiner Ex-Frau verdrängt hatte, um ihnen einen moralisierenden Vortrag zum Thema Mobilität zu halten. Seine Worte wirkten so künstlich wie die Plastikpalme in ihrem Loft. Sie beschloss, Lassner später darauf anzusprechen.

»Tessa hatte gute Denkansätze, die … die sogar mich überzeugen konnten.« Adrian Winkler klang kleinlaut.

»Trotzdem verkaufen Sie Luxusautos«, stellte Lassner klar.

»So ist es. Ich lebe davon, und ich habe Benzin im Blut, wie man so schön sagt.«

Mia hatte keine Lust auf eine Grundsatzdiskussion rund ums Autofahren. »Danke.« Sie klappte den Block zu, als in ihrer Hosentasche ein kleines Streichorchester, gefolgt von Blasinstrumenten, einsetzte.

Winkler grinste, als er die Titelmelodie erkannte. »Klaus Doldinger, 1970«, nannte er den Komponisten, der Fernsehgeschichte geschrieben hatte. »*Tatort* – wie passend.«

Mia erwiderte darauf nichts. Sie wunderte sich immer noch darüber, wie gefasst Adrian Winkler auf die Todesbotschaft reagiert hatte, und warf einen Blick auf das Display. Mit einer Entschuldigung auf den Lippen erhob sie sich. »Da muss ich rangehen«, sagte sie und ließ die Männer allein zurück.

***

Die Zeit hatte aufgehört zu existieren. Noch immer wusste sie nicht, wie lange sie schon hier war. Tage, Wochen oder gar Monate? Vermisste man sie bereits?

Der Alltag, den sie bisher kannte, war in einer anderen Welt verschwunden. Nichts war mehr so, wie es einmal gewesen war, die Stadt, in der sie gelebt hatte, schien nicht mehr zu existieren. Ihr gesamtes Umfeld war unerreichbar für sie geworden.

So blieb ihr nur die Hoffnung, dass sich die Welt jenseits der Mauern bereits um sie sorgte und alle Hebel in Bewegung setzte, um sie zu finden und zu befreien.

Sie war nicht im Büro erschienen, sie antwortete weder auf Textnachrichten noch auf Anrufe, auch E-Mails blieben unbeachtet. Termine wurden nicht wahrgenommen, keine ihrer Freundinnen konnte sie erreichen.

War ihr Verschwinden schon aufgefallen? Vermisste er sie bereits? Es gab Zeiten, da hörten sie tagelang kaum etwas voneinander. Jeder ging seiner eigenen Wege, sie waren beide frei, und trotzdem: Diese jetzt anhaltende Funkstille müsste ihm längst aufgefallen sein.

Das monotone Tropfen des Wassers klang wie ein Herzschlag, fast so, als würde das Gebäude, in dem sie sich befand, leben. Sie wippte mit dem Fuß mit und ordnete ihre Gedanken, so gut es ging.

Krampfhaft versuchte sie, sich zu erinnern. An das, was vor ihrem Blackout passiert war. Sie war mit einer Freundin zum Essen verabredet gewesen. In einem teuren Laden am Rheinufer in Köln, der seit einiger Zeit total gehypt wurde.

Es war unwahrscheinlich, dass man ihr dort etwas ins Glas gekippt hatte. Ganz auszuschließen war es zwar nicht, aber es war schwer vorstellbar, dass ihr Peiniger ihr im Restaurant aufgelauert hatte.

Eine andere Möglichkeit kam ihr in den Sinn: Womöglich war sie später, auf dem Heimweg, zufällig Zeugin eines Verbrechens geworden, und man wollte die lästige Augenzeugin aus dem Verkehr ziehen. Wobei man sie dann vielleicht auch gleich hätte umbringen können. Ihre Gedanken wirbelten durch den Kopf, und eine plausible Erklärung wollte ihr nicht einfallen.

Entführung, dachte sie dann, es ist eine Entführung, denn er hält mich gegen meinen Willen fest. Sie versuchte, klar zu denken. Darauf steht eine Freiheitsstrafe von fünf bis fünfzehn Jahren, rief sie sich ins Gedächtnis. Doch das Wissen um das Strafmaß half ihr nicht weiter.

Je länger sie grübelte, umso schlüssiger erschien ihr der Gedanke.

Sie war felsenfest davon überzeugt, dass sie jemandem in die Quere gekommen war. Anders konnte sie es sich nicht vorstellen. Tief atmete sie ein und schloss die Augen. Die so gewonnene Erkenntnis half ihr nicht aus der Situation, aber sie half ihr, die Umstände zu erklären. Nun galt es, sich einen Plan zurechtzulegen. So leicht wollte sie sich nicht in die Knie zwingen lassen. Fast sehnsüchtig hoffte sie auf ein Zeichen von ihm, auf seine Rückkehr. Doch diesen Gefallen tat er ihr nicht, und so blieb sie allein in ihrem Gefängnis.

***

»Nichts?« Mia war enttäuscht. »Wen auch immer der Taxifahrer gesehen hat, er kann sich doch nicht in Luft aufgelöst haben!«

Unruhig wanderte sie durch die dunkle Halle von Winklers Haus.

»Vielleicht hat der Mann im Taxi doch nur ein Tier gesehen«, erwiderte Polizeioberkommissar Lars Handbein, der Co-Pilot des Hubschraubers. Er hatte Mia aus der Luft kontaktiert, nachdem er Rücksprache mit dem Operator im Heck des Helikopters gehalten hatte. Man hatte innerhalb kürzester Zeit die gesamte Umgebung mit der Wärmebildkamera gescannt. Der Kontrollflug war ergebnislos verlaufen. Mia wollte die Hoffnung noch nicht aufgeben. »Und ihr seid sicher, dass …?«

»Die Technik lügt nicht«, unterbrach Handbein sie. Das Knattern der Rotorblätter war im Hintergrund zu hören. »Habt ihr sonst noch eine Idee, wo wir suchen könnten?«

Mia dachte angestrengt nach. Sie erinnerte sich, von unterirdischen Gängen gelesen zu haben, die mehrere Villen mit den Barmer Anlagen verbanden. Einige der wohlhabenden Fabrikanten hatten sich diese Privatzugänge Anfang des letzten Jahrhunderts anlegen lassen, um möglichst ungesehen direkt vom Haus aus in die nahe gelegene Natur zu gelangen. Vermutlich waren die Gänge längst zugeschüttet worden, doch sie wollte nichts außer Acht lassen. »Könnt ihr mit der

Wärmebildkamera auch Menschen erfassen, die sich in Höhlen oder in unterirdischen Gängen verstecken?«

»Negativ.« Handbein schnaubte. »Da sind wir mit unserer Technik raus, und ihr müsst selber suchen.«

Mia seufzte. »Danke trotzdem«, sagte sie in den Hörer. »Dann ab nach Hause mit euch, aber haltet euch bereit, falls wir euch noch benötigen.«

»Machen wir«, erwiderte der Co-Pilot des Helikopters.

Mia unterbrach die Verbindung. Sie würde nicht darum herumkommen, eine Hundertschaft und die Suchhundestaffel anzufordern. Das klang nach viel Aufwand für die Suche nach einem Mann, von dem sie nicht einmal wussten, ob er etwas mit der toten Theresa Winkler zu tun hatte. Doch ein Bauchgefühl sagte ihr, dass der Flüchtende ihr Mann war. Die Suchmaßnahmen würden wohl erst erfolgreich sein können, sobald sich der Nebel auflöste und es hell wurde. Es war ein Wettlauf gegen die Zeit. Wenn der Unbekannte sich in einem der Gänge versteckt hielt, dann würde er womöglich auch wissen, wie er unbemerkt aus seinem Versteck entkommen konnte.

***

Erleichtert stellte er fest, dass sich das Rattern der Rotorblätter entfernte. Eine gefühlte Ewigkeit lang war der Polizeihubschrauber im Tiefflug über dem Waldgebiet gekreist. Suchscheinwerfer hatten die Bäume abgeleuchtet, und immer wieder war die Maschine minutenlang an einem Punkt in der Luft stehen geblieben, bevor sich die Besatzung das nächste Planquadrat vornahm, um das Gelände zu scannen. Es waren Minuten der Angst für ihn gewesen, und das dumpfe Geräusch des Helikopters hatte er nur schwer ertragen.

Ich muss zu ihr.

Jetzt schien der Hubschrauber abzudrehen, ohne ihn in seinem Versteck gefunden zu haben. Ein Grinsen stahl sich auf sein Gesicht.

Stille kehrte ein, die nur vom Glucksen des Brackwassers zu seinen Füßen unterbrochen wurde. Nun galt es, von hier zu verschwinden, bevor sie eine Suchstaffel oder Drohnen auf ihn ansetzten. Wenn erst eine Hundertschaft das Gelände durchkämmte, könnte es eng für ihn werden. Noch konnte er die Flucht im Schutz des Nebels und der Dunkelheit wagen. Zögernd kroch er aus dem Gewölbe. Draußen angekommen, streckte er den vom langen Hocken schmerzenden Rücken durch. Bald würde das Morgengrauen einsetzen. Höchste Zeit also, von hier zu verschwinden. Außerdem hatte er noch viel vor heute. Er setzte sich in Bewegung und achtete darauf, jeden Baum und jedes Gebüsch als mögliche Deckung zu nutzen. Dabei hoffte er, dass der Heli nicht zurückkehrte. Sollte das der Fall sein, wäre er geliefert. Er rannte los.

***

Als Mia zu ihrem Partner und Adrian Winkler in den Wintergarten zurückkehrte, nickte Lassner ihr zu. »Wir sind dann fertig«, bemerkte er und steckte seinen Notizblock in die Innentasche seiner gesteppten Jacke. »Es gibt viel zu tun.«

»Allerdings«, gab Mia ihm recht. Es fiel ihr schwer, die Enttäuschung über den Misserfolg des Hubschraubereinsatzes zu verbergen.

»Wir würden uns gern den Laptop Ihrer Ex-Frau ansehen«, bemerkte Lassner an Winkler gewandt. »Würden Sie uns das Gerät aushändigen?«

»Brauchen Sie dafür keinen richterlichen Beschluss?«

»Den reiche ich Ihnen gern nach«, antwortete Lassner freundlich. »Natürlich quittiere ich Ihnen den Erhalt des Gerätes.«

»Vergessen Sie es.« Winkler erhob sich seufzend und zog den Gürtel des Morgenmantels straff. »Folgen Sie mir.«

Lassner und Mia begleiteten den Hausherrn in das Arbeitszimmer seiner Ex-Frau. Es befand sich im Erdgeschoss des Hauses. Die Fenster lagen zum Garten hinaus, es gab einen großen antiken Schreibtisch, eine kleine Ledercouch vor einem niedrigen Glastisch und deckenhohe Regale an den Wänden, die sich unter der Last der zahlreichen Bücher bogen. Mia betrachtete die Bücherregale interessiert. Es gab Sachbücher, die sich mit dem Bergischen Land und Wuppertal beschäftigten, darunter großformatige Bildbände, und Fachliteratur, die sich mit den vielfältigen Themen der modernen Psychologie auseinandersetzte. Theresa Winklers Arbeitsplatz wirkte aufgeräumt. Auf der Schreibunterlage ruhte der Laptop der Toten. Winkler nahm ihn an sich und reichte ihn Lassner, der eilig eine Bestätigung in seinen Block kritzelte. Anschließend riss er das Blatt heraus und legte es an die Stelle, wo sich eben noch der mobile Rechner befunden hatte.

»Wer auch immer Tessa auf dem Gewissen hat – finden Sie das Schwein, und buchten Sie es ein!«, forderte Adrian Winkler verbittert, als sie an der Haustür standen.

»Wir machen unsere Arbeit«, versicherte Mia ihm. Sie reichte ihm eine Visitenkarte. »Bitte informieren Sie uns, wenn Ihnen noch etwas einfällt.«

***

»Es ist der falsche Zeitpunkt.« Lassner wanderte mit hochrotem Kopf vor dem Dienstwagen auf und ab. »Lena, ich möchte mich jetzt nicht streiten, und … ja … mach das. Tschüss.« Lassner sah kopfschüttelnd auf sein Handy, bevor er es in die Hosentasche schob und eine Entschuldigung murmelte.

»Das klingt nach Stress«, kommentierte Mia, während sie den Wagen über die Funkfernbedienung aufschloss. Sie stiegen ein.

»Allerdings«, brummte Lassner. »Lena nervt mit ihrer Eifersucht.« Er wollte sich anschnallen, zog aber zu heftig am Sicherheitsgurt, sodass er blockierte. Wütend zerrte er an dem Schloss, bis sich der Gurt wieder frei bewegen ließ. Im Augenwinkel sah Mia, dass Adrian

Winkler an eines der großen Fenster der Villa getreten war, um ihnen nachzusehen. Mit regungsloser Miene stand er da und schien geradewegs durch sie hindurchzuschauen.

»Was hältst du von ihm?« Mia startete den Motor.

Lassner folgte ihrem Blick, gerade als Winkler sich vom Fenster zurückzog. »Er wirkt ziemlich selbstverliebt. Aber als du draußen warst, hat er mir eine ganze Liste von Leuten diktiert, die nicht gut auf seine Ex-Frau zu sprechen waren.«

»Sie hatte also doch Feinde?« Nachdem sie den Wagen gewendet hatte, fuhren sie zurück zum Einsatzort. Gemächlich rollten sie an den Villen vorüber. Inzwischen brannte in fast allen Häusern entlang der Straße Licht.

»Ob man sie als Feinde bezeichnen kann, weiß ich nicht, aber einige Zeitgenossen hatten wohl ein Problem mit Theresa Winkler.«

»Wir werden sie uns alle vorknöpfen müssen«, fürchtete Mia.

»Ich werde das Gefühl nicht los, dass er uns etwas verschwiegen hat.« Lassner legte den Laptop der Toten auf die Rückbank und nickte mit grimmiger Miene. »Wer hat dich eigentlich angerufen?«, fragte er beiläufig.

»Team Hummel«, erwiderte Mia. »Sie sind auf dem Weg zurück zum Düsseldorfer Flughafen.« Mit wenigen Sätzen berichtete sie ihrem Partner, dass sie nichts gefunden hatten.

»Fuck«, kam es über Lassners Lippen. »Und jetzt?«

»Wir benötigen Suchtrupps und Drohnen.«

»Was, wenn Böklund sich getäuscht hat und es doch ein Tier war?«, gab Lassner zu bedenken. »Der Aufwand ist groß …«

»Aber gerechtfertigt, denn ich gehe davon aus, dass er sich nicht getäuscht hat und jemand in den Wald geflüchtet ist.« Für Mia war die Sache damit erledigt.

Lassner schwieg.

»Nimmst du Winkler diese Story ab?«, wechselte Mia das Thema. Sie warf ihrem Partner einen fragenden Blick zu.

»Wovon redest du?«, fragte er mit gerunzelter Stirn.

»Dass die Frau eines Autohändlers eine Verfechterin des Mobilitätswandels war?«

Lassner grinste. »Vielleicht ist das der Grund, weshalb sie geschieden sind.«

»Mal ernsthaft, Björn.«

»Was mich wundert«, sagte Lassner, »ist der Umstand, dass er offensichtlich großen Wert darauf legte, uns diese Story aufzutischen, anstatt angemessen um seine Ex-Frau zu trauern.«

»Das klingt eigenartig, aber ich verstehe, was du meinst.« Mia nickte. »Wir sollten uns darum kümmern, sobald wir im Präsidium sind.«

»Meinst du, er hat etwas mit dem Tod seiner Ex-Frau zu tun?«

Mia zuckte die Schultern. »Wir werden es herausfinden. Ich vermute aber, dass er uns etwas verschweigt.«

»Warum?«

»Ein Bauchgefühl, Björn, mehr nicht.« Sie seufzte. »Wir werden ihn uns genauer anschauen müssen, fürchte ich.«

Lassner hatte keine Einwände. Während der Fahrt blickte er hinaus in die Nacht. Mia ahnte, dass seine Gedanken um seine eifersüchtige Frau kreisten, und ersparte sich einen Kommentar.

***

Sie fühlte sich benebelt, als sie erwachte. Verrannte sich in der Frage, ob es Tag oder Nacht war, und richtete sich auf. Wieder einmal wusste sie nicht, wie lange sie geschlafen hatte. Er ließ sich nicht bei ihr blicken.

Als sie den Kopf nach links wandte, sah sie das kleine Zyklopenauge in der Ecke. Es schien sie anzustarren. Obwohl sie wusste, dass es sich bei der Quelle des roten Lichts um eine Kamera handelte, machte ihr das Ding Angst. Der Gedanke, dass sie beobachtet und möglicherweise sogar belauscht wurde, verunsicherte sie. Doch eigentlich bereitete ihr die Frage, wer sie überwachte, mehr Angst. Und was diese Person mit den Aufnahmen vorhatte. Konnte man ihr im Netz zuschauen und sich an ihrer beschissenen Lage aufgeilen?

Kranke Köpfe gab es überall auf der Welt. Sie hatte mal eine Seite gesehen, auf der man schlafende Menschen beobachten konnte. Ohne deren Wissen, versteht sich. Dabei handelte es sich um Frauen und Männer, aber auch um Kinder, die offensichtlich digitale Endgeräte auf dem Nachttisch stehen hatten. Irgendwelche Cracks hatten sich in deren Systeme eingehackt und die Webcams ohne das Wissen der Besitzer aktiviert. Schon damals hatte sie sich gefragt, wer sich an solch krankem Scheiß aufgeilt. Je länger sie darüber nachdachte, wer sie jetzt gerade beobachtete, umso mehr wuchs ihre Wut auf den Menschen, der sie in diese Lage gebracht hatte. Noch immer befand sich ein tiefes Loch in ihrer Erinnerung. Dafür gab es wohl nur eine Erklärung: Man hatte sie mit K.-o.-Tropfen ausgeknockt.

Ein anderes Gefühl machte ihr zu schaffen: Sie musste pinkeln. Vorhin hatte er ihr noch den Zinkeimer angeboten, um sich darin zu erleichtern. Doch lieber hätte sie sich eine Hand abgehackt, als den Eimer vor seinen Augen zu benutzen. Dann hätte er ihr die Fesseln abnehmen müssen. Vielleicht eine Chance zur Flucht, überlegte sie.

Was bedeutete vorhin? Waren inzwischen Stunden vergangen? Tage?

Sie wusste es nicht und richtete sich stöhnend auf der Matratze auf. Ihr Kreuz schmerzte höllisch, die unbequeme Lage mit den auf dem Rücken gefesselten Händen war kaum noch auszuhalten. Sie musste ihn bei seinem nächsten Besuch davon überzeugen, ihr die Fesseln abzunehmen.

Sie stierte an die gegenüberliegende Wand, die Wand, wo sich, wie sie inzwischen wusste, die Tür zu ihrem Gefängnis befand. Kurz war sie versucht, aufzustehen, um sich an der Türklinke bemerkbar zu machen. Würde es helfen, wenn sie um Hilfe rief?

Der Druck auf ihre Blase nahm von Sekunde zu Sekunde zu. Fast hielt sie es nicht mehr aus. Doch sie würde ihm nicht den Gefallen tun und in die Hose pinkeln. Je länger sie nachdachte, umso sicherer wurde sie, dass der Typ pervers war. Anders konnte sie sich nicht erklären, warum er sie hier gefangen hielt wie ein Tier. Schwerfällig erhob sie sich und humpelte durch den Raum. Die Fesseln an den Fußgelenken ermöglichten ihr nur winzige Tippelschritte. Vorsichtig tastete sie sich mit den Füßen durch das Schwarz.

Bald hatte sie die gegenüberliegende Wand erreicht. Sie machte eine Kehrtwendung und stand mit dem Rücken an der rauen Oberfläche. Mit den Fingerkuppen tastete sie über den Putz, spürte schließlich den kalten Stahl der feuerfesten Tür. Ihr Herz begann zu rasen. Sie bekam die Klinke zu fassen und versuchte, sie zu betätigen. Ein schwieriges Unterfangen mit den gefesselten Händen, sie hatte aber nicht vor, aufzugeben. Dabei musste sie immer damit rechnen, ihn auf den Plan zu rufen. Doch jenseits der Tür tat sich nichts. Keine Stimme, keine Schritte, die sich näherten.

Beängstigende Stille.

Nur das Tropfen der defekten Wasserleitung.

Es gab keine Chance, diesem verfluchten Loch zu entkommen.

»Mach die verdammte Tür auf, ich muss pinkeln!«, rief sie.

Verzweiflung stieg in ihr auf. Sie hörte erst auf, nach ihm zu rufen, als ihre Hände brannten und die Arme schmerzten. Tränen traten ihr in die Augen, sie fluchte und wimmerte, drehte sich um und versuchte, sich zu beruhigen.

Du musst einen klaren Kopf bewahren, also dreh nicht durch, ermahnte sie sich. Schluchzend wandte sie sich um. Das Blinken der Kamera schien ihr gefolgt zu sein. Es war, als würde das geisterhafte Auge sie geradewegs anstarren.

»Wenn du mich hören kannst, dann hol mich hier raus, du krankes Arschloch«, zischte sie in Richtung der Kamera. Wieder geschah nichts. Ein anderer Gedanke breitete sich in ihr aus. Was, wenn er nicht kommen konnte, weil ihm etwas zugestoßen war – oder, was noch schlimmer war, wenn er sie einfach zurückgelassen hatte, um sie in diesem Loch elendig verrecken zu lassen?

***

Er bildete sich ein, das zaghafte Grauen des neuen Morgens am Himmel zu erkennen. Inzwischen wusste er nicht mehr, wie lange er schon zu Fuß unterwegs war. Die Kälte kroch seit einigen Kilometern an ihm hoch, und er hoffte, sich nicht zu erkälten. Keuchend stellte er fest, dass er ausgedehnte Fußmärsche nicht mehr gewohnt war. Kraftlos strauchelte er über das herumliegende Totholz des naturbelassenen Waldes und entging nur knapp einem Sturz. Wie harte Peitschen fegten ihm die blattlosen Zweige der Bäume durch das Gesicht, längst hatte er aufgehört, zu fluchen. Seine Füße schmerzten, die Lunge brannte wie Feuer in seinem Oberkörper. Kurz hielt er inne, um Luft zu holen. Vor ihm breitete sich eine sanfte Hügellandschaft aus, die von bewaldeten Höhenrücken eingerahmt wurde.

Das ehemalige Übungsgelände der Bundeswehr hatte er also erreicht. Wer heute durch das Naherholungsgebiet streifte, der vermochte sich kaum vorzustellen, dass hier vor Jahren tonnenschwere Panzer durch die Botanik gedonnert waren. Vereinzelt warnten längst verwitterte Schilder vor dem Betreten des militärischen Bereiches, die man wohl beim Abzug der Truppen vergessen hatte. Viel war vom Standortübungsplatz nicht mehr übrig geblieben. Dort, wo sich tagsüber Freizeitsuchende den frischen Wind um die Nase wehen ließen, herrschte nun ein nahezu trügerisches Idyll, das nur vom entfernten Blöken einzelner Schafe unterbrochen wurde. Als er den Blick gen Süden richtete, sah er den leuchtenden Himmel. Er wusste, dass sich dort die Landeseinrichtungen und die Justizvollzugsanstalt befanden. Das Flutlicht des Gefängnisses war aus der Entfernung gut auszumachen. Da musste er hin, dann an dem Knast vorbei und sich durch das Dickicht bis zum Parkplatz an der Schnellstraße durchschlagen. Von dort würde er per Anhalter den Rest seines Heimweges antreten können.

KAPITEL 6

Auf dem Weg ins Präsidium hielt Mia an einer Tankstelle. Sie versorgten sich mit einem notdürftigen Frühstück und heißem Kaffee. Die riesige Bockwurst aus dem Glastopf, für die Lassner sich entschied, war nicht nach Mias Geschmack, doch das konnte ihn nicht von seiner Auswahl abhalten. Schon der schwere Geruch von Senf am frühen Morgen im Auto erzeugte bei Mia Übelkeit.

»Wer so was isst, der isst auch kleine Kinder«, behauptete sie mit einem angewiderten Gesichtsausdruck. Mia hatte das Seitenfenster einen Spaltbreit geöffnet und sog die frische Luft tief ein.

»Wie gehen wir gleich vor?«, fragte Lassner völlig unbeeindruckt von ihrer Kritik, bevor er herzhaft in seine Bockwurst biss. Das Knacken erzeugte einen Schauer bei Mia. Den missbilligenden Blick seiner Partnerin übersah er großzügig.

»Als Erstes werden wir Frank ein Update geben«, schlug Mia vor. »Danach sehen wir uns die Liste mit den Namen an, die Winkler dir diktiert hat. Vielleicht ist davon schon jemand bei uns aktenkundig.«

»Der- oder diejenige wäre dann im Recall.« Lassner grinste. »Und Basti soll sich den Laptop des Opfers ansehen. Vielleicht geht aus der Korrespondenz etwas hervor, das für uns von Interesse sein könnte.«

Mia hatte keine Einwände. Ihre Gedanken kreisten um den seltsamen Vorfall. Sie kannten die Erzählungen des Taxifahrers, der Theresa Winkler nach eigenen Angaben im Brunnen aufgefunden hatte. Und sie kannten Adrian Winklers Auffassung, eine Ehe als Zweckgemeinschaft fortzusetzen. Irgendetwas stimmte an den Geschichten nicht, doch Mia wusste noch nicht, was das war. Aber sie war sich sicher, dass sie bald schon Licht ins Dunkel bringen würden.

***

Eigentlich nahm er keine Anhalter mit. Warum Christian Alberts ausgerechnet an diesem frühen Morgen eine Ausnahme machte, konnte er sich selbst nicht erklären. Seit vier Jahren fuhr Alberts für den Subunternehmer eines Lebensmitteldiscounters. Er sorgte dafür, dass die Regale in den Supermärkten stets gut gefüllt waren. Heute lagen noch Düsseldorf, Neuss und Köln auf seiner Tour, danach würde er Feierabend machen und den Tag verschlafen, um am Abend wieder loszufahren. Es gab Schlechteres, denn nachts herrschte auf den Autobahnen nicht der Wahnsinn, so, wie es tagsüber der Fall war. Staus gehörten eher zu den selteneren Vorfällen während einer Schicht.

Er hatte seinen Sattelzug auf dem Parkplatz an der Schnellstraße, die die Autobahnen 1 und 46 miteinander verband, zum Stehen gebracht und war aus dem Fahrerhaus gesprungen, um einem dringenden Bedürfnis nachzugeben. Den Motor hatte er laufen lassen, er war ja nicht weit weg. Mit großen Schritten hatte Alberts das Fahrerhaus des Mercedes Actros umrundet und war sekundenlang vom Licht der Scheinwerfer geblendet. Eigentlich war er spät dran gewesen, doch es nutzte nichts – er musste pinkeln. Und da es weit und breit keine öffentliche Toilette gab, hatte er sich im Morgengrauen in die Büsche geschlagen.

Nachdem er sich im Unterholz am Rand des Parkplatzes erleichtert hatte, war er zu seinem Lkw zurückgekehrt. Er war zusammengeschreckt, als er die hochgewachsene Gestalt neben dem Fahrerhaus bemerkt hatte, die sich offensichtlich für seinen Lastwagen interessierte. Der Fremde trug dunkle Kleidung, ein Kapuzenshirt und feste Stiefel. Die Hände hatte er in den Hosentaschen versenkt, während er den Lkw zu betrachten schien. Oder wartete er auf ihn?

»Hey«, rief Alberts schon von Weitem. Er beschleunigte seine Schritte und verfluchte für den Augenblick seinen Leichtsinn, den Motor laufen lassen zu haben. »Was wird das?«

Der Mann schien nichts Gutes im Schilde zu führen. Erst als Alberts sich zum zweiten Mal durch lautstarkes Rufen bemerkbar machte, hob er abwehrend die Hände und wandte sich zu dem Lkw-Fahrer um.

»Nichts für ungut, Alter«, rief der Fremde. Er grinste Alberts an. »Aber ich brauche eine Mitfahrgelegenheit.«

Christian Alberts erreichte schwer atmend seinen Lkw.

»Du?«, fragte er. »Du wolltest mir den Truck klauen.« Er ballte die Hände zu Fäusten und war bereit, sie einzusetzen, sollte es nötig werden. Während sich die beiden Männer mit Blicken maßen, donnerten wenige Meter neben ihnen die Fahrzeuge vorüber.

»Ich … ich kann so ein Ding gar nicht fahren«, behauptete der Fremde. »Ich hatte eine Panne und bin zu Fuß hierhergelaufen.«

Alberts trat näher und musterte den Mann misstrauisch. »Du bist aber nicht zufällig aus dem Knast abgehauen?«

»Ich?« Der Fremde lachte. »Dafür bin ich zu alt. Das ist ein Jugendknast, Alter.«

»Das wusste ich nicht – sorry, ich bin nicht von hier.« Langsam entspannte sich Christian Alberts. Vielleicht war er manchmal zu misstrauisch. »Wo steht deine Karre?«

Der Fremde deutete ins Gebüsch. »Da hinten, es gibt eine kleine Hofschaft, und … «, brach er ab. Alberts folgte seinem Blick. In einer Talsenke brannte in den ersten Häusern Licht. Der Fremde fuhr fort: »Ich werde mich gleich um eine Werkstatt kümmern, aber da erreiche ich jetzt noch niemanden.«

»Also gut.« Christian Alberts machte eine einladende Geste. »Steig schon ein, ich kann dich ein Stück mitnehmen – wenn's dir hilft.«

»Und ob mir das hilft.« Der Fremde grinste breit. »Wenn du mich bis Lichtscheid mitnimmst, kann ich da in einen Bus einsteigen.« Er umrundete das Fahrerhaus mit großen Schritten und öffnete die Beifahrerseite. Während er in die wohlig beheizte Kabine kletterte, bemerkte Christian Alberts, dass die Stiefel des Fremden schmutzig waren. Morast haftete an den Schäften und im Profil der grobstolligen Sohlen.

»Versau mir nichts«, warnte Alberts den Anhalter.

»Nee, warte.« Der Mann hielt auf der obersten Stufe inne und klopfte die Stiefel notdürftig ab, dann zog er sich auf den Beifahrersitz und sah sich im Fahrerhaus um. »Ganz schön hoch hier.«

»Alles Gewohnheitssache.« Christian Alberts saß bereits hinter dem Lenkrad. »Dann mal los.«

»Ja.« Der Fremde nickte. »Dann mal los.« Erleichtert lehnte sich der Anhalter im Sitz zurück.

Als Christian Alberts den Lkw anrollen ließ, stellte er mit einem Seitenblick auf seinen Gast fest, dass offenbar eine zentnerschwere Last von dem Mann abfiel. Manchmal ist es einfach, Menschen zu helfen, dachte er zufrieden, als er sich in den vorbeifließenden Verkehr einordnete und das Gaspedal tief durchtrat.

KAPITEL 7

In den frühen Morgenstunden wurde Frank Thies von einem Anruf geweckt. Mia Sommer und Björn Lassner untersuchten den Fall einer Frau, die leblos in einem Brunnen am Toelleturm aufgefunden worden war. Nach ersten Erkenntnissen handelte es sich um ein Tötungsdelikt, und der oder die Täter waren noch auf freiem Fuß.

Höchste Zeit für den Ersten Kriminalhauptkommissar, sich auf den Weg ins Präsidium zu machen. Als Abteilungsleiter des KK 11 oblag es ihm, sämtliche Ermittlungen im Umfeld des Opfers zu koordinieren.

Dabei hätte Thies nichts dagegen einzuwenden gehabt, noch ein paar Stunden zu schlafen. Am Vorabend hatte er sich im *Katzengold* mit Katharina, einer selbstbewussten, fünfundvierzigjährigen Event-Managerin, getroffen. Auf einer Onlineplattform hatten sie sich kennengelernt, zunächst miteinander geschrieben und am Tag zuvor zum ersten Mal telefoniert. Dabei hatten sie festgestellt, dass sie offenbar auf einer Wellenlänge lagen, und spontan ein Treffen vereinbart, das im Luisenviertel stattgefunden hatte. Darüber hatten sie die Zeit vergessen, und so war es kurz vor Mitternacht gewesen, als Frank Thies seine Bekanntschaft zu Hause abgeliefert hatte. Nach einem innigen Abschiedskuss im Auto hatten sich ihre Wege getrennt. Überhaupt war es ungewöhnlich, dass es schon beim ersten Date zum Kuss kam. Doch vielleicht, so überlegte Thies, wurde er langsam alt. Außerdem war er mit seinen vierundfünfzig Jahren in einem Alter, in dem es keine Zeit zu verlieren galt. Und Katharina dachte offenbar ähnlich. Wie dem auch sei, es hatte sich einfach ergeben, und die Initiative war von ihr ausgegangen. Nach einem langen, etwas zögerlichen Blick in die Augen hatten sie sich einander genähert, sanft ihre Lippen berührt, und aus einem zunächst zaghaften

Kuss war eine wilde und leidenschaftliche Knutscherei entstanden. Wir haben uns verhalten wie Teenager, dachte er grinsend. Als sie sich nach einer gefühlten Ewigkeit widerwillig voneinander gelöst hatten, waren die Scheiben seines Autos dicht beschlagen gewesen. So hatte sie wenigstens niemand beobachten können. Er hatte sich so beschwingt wie seit Jahren nicht mehr gefühlt, und Katharina war es offenbar ähnlich ergangen, denn sie hatten beide herzhaft über ihre Situation gelacht.

Als Frank Thies jetzt daran dachte, wurde ihm schon wieder ganz warm ums Herz. Dennoch – aufgrund seines Rendezvous war die Nacht denkbar kurz gewesen, und er war entsprechend müde.

All das ging ihm durch den Kopf, während er der Kaffeemaschine zusah, wie sie den braunen Muntermacher durch das Pad presste. Plätschernd rann der Kaffee in die Tasse.

Thies mahnte sich zu mehr Konzentration. Am Küchentisch warf er einen Blick auf das Tablet. Natürlich war die Tote vom Toelleturm längst omnipräsent in den sozialen Netzwerken. Schon jetzt kursierten im Internet die wildesten Gerüchte, die es zu widerlegen gab. Stöhnend erhob er sich vom knarrenden Stuhl und nahm das Smartphone vom Ladekabel. Das grüne Icon mit der roten Eins zeigte den Eingang einer Textnachricht an. Er entsperrte das Gerät. Die WhatsApp stammte von Katharina. Sekundenlang verlor sich Thies darin, das herzerwärmende Lächeln ihres Profilbildes zu betrachten. Dass er dabei selbst sehnsüchtig lächelte, bemerkte er nicht, während er die Nachricht las.

»Es war sehr schön«, stand dort. »Bitte dringend um Wiederholung! K.« Dahinter ein Kuss-Emoji.

Thies fragte sich, ob sie niemals schlief. »Ich freue mich auf ein Wiedersehen«, tippte er. »Schön war es mit dir.« Sekundenlang schwebte sein Daumen ebenfalls über dem Kuss-Symbol, dann zögerte er und fügte ein pochendes Herz hinzu.

Als der Kaffee fertig war, schob er das Smartphone in seine Hosentasche, gab den Inhalt der Tasse in den bereitstehenden Thermosbecher, verschraubte ihn sorgfältig und trat in die Diele. Hastig schlüpfte er in die schwarzen Lederschuhe und den neuen Sakko, der am Bügel der Garderobe hing. Nach einem prüfenden Blick in den Spiegel nahm er den Schlüssel vom Haken und verließ die Wohnung. Im Treppenhaus vermied er unnötigen Lärm. Die Nachbarn schliefen sicher noch. Draußen auf der Straße stellte er mit einem Blick zum Haus fest, dass er sich nicht getäuscht hatte, denn die meisten Fenster waren dunkel. Die Morgenluft war frisch und kühl. Mit jedem Atemzug bildeten sich kleine Wölkchen vor seinem Gesicht. Der Wagen parkte ein paar Meter weiter am Straßenrand. Auf Dach, Haube und den Scheiben schimmerten winzige Tautröpfchen im Schein der Straßenlaternen. Er betätigte den Knopf. Klickend sprang die Zentralverriegelung auf. Seufzend sank er in den Fahrersitz.

Kurz war er versucht, am Fundort der Frauenleiche vorbeizufahren. Der Toelleturm lag nur einen Steinwurf von seiner Wohnung entfernt. Die Idee verwarf er. Sicher wurde er im Präsidium dringender benötigt. Nachdem er eingestiegen war, glaubte er noch den Duft von Katharinas Parfüm wahrzunehmen. Genießerisch sog er die Luft ein. Als hätte sie es geahnt, spürte er die sanfte Vibration in seiner Hosentasche. Er zog das Smartphone hervor und warf einen Blick auf das Display.

Katharina hatte ihm geantwortet.

»Du bist schon wach?«, stand dort. »Sicher musst du schon Verbrecher jagen.« Wieder ein Kuss-Emoji. Das Herz von Thies schlug schneller, ein Grinsen legte sich auf seine Mundwinkel. Eilig tippte er eine Antwort.

»Das Böse schläft nie.« Danach ein lachendes Emoji. Zwar hatte er Katharina erzählt, dass er Polizist sei, aber nicht, in welcher Position. Erst einmal wollte er abwarten, ob sich ihre Bekanntschaft festigte und sogar mehr daraus wurde. Dann eine weitere Nachricht mit einem Kuss-Emoji. Kurz fragte er sich, ob das zu viel war, als das Smartphone in seiner Hand vibrierte. Eine knappe, kurze Antwort.

»Hdl«, stand dort und ein Herzchen.

Hdl … fieberhaft überlegte er, was das zu bedeuten hatte, und startete den Motor. Die Scheiben waren bereits beschlagen.

Hdl … diese drei Buchstaben geisterten durch seinen Kopf. Plötzlich wusste er, was die Abkürzung zu bedeuten hatte. Hab dich lieb, rief ihm seine innere Stimme zu. Hab dich lieb!

Es gibt Schlimmeres, dachte er, während er den Becher in den Cupholder schob, den Motor startete und den Weg zum Präsidium antrat. Nun war es an ihm, ihr bei nächster Gelegenheit eine passende Antwort zu schicken.

***

»Stimmt das eigentlich wirklich, oder war das nur ein blöder Spruch vorhin?« Lassner schielte um den Bildschirm seines Computers herum und betrachtete Mia nachdenklich. Die Befragung von Winklers Nachbarschaft war zeitintensiv und erfolglos verlaufen. Peter Nohlen und sein Team waren noch immer mit der Tatortarbeit beschäftigt, um Spuren zu sichern. Erste Ergebnisse hatte er ihnen für das in einer Stunde beginnende Meeting zugesichert. So waren Mia und Lassner ein wenig frustriert ins Präsidium an der Friedrich-Engels-Allee gefahren, um sich auf die Morgenrunde vorzubereiten. Später würden sie gemeinsam mit dem Ersten Kriminalhauptkommissar und einem Vertreter der Pressestelle eine Meldung für die Medien vorbereiten, doch das musste noch warten.

Die Luft im Büro roch nach abgestandenem Kaffee, auch die Birkenfeige in der Ecke schien schon bessere Zeiten gesehen zu haben. Mia betrachtete die große Landkarte ihres Einsatzgebietes an der gegenüberliegenden Wand, deren Ränder bereits vergilbt waren. Sie erhob sich von ihrem Platz und öffnete das Fenster, um frischen Sauerstoff in den Raum zu lassen. Auf der Straße vor dem Präsidium hatte inzwischen die morgendliche Rushhour eingesetzt. Autokolonnen schoben sich in entgegengesetzte Richtungen nach Barmen und nach Elberfeld.

Lassner spielte mit dem kleinen Polizeiauto auf seinem Schreibtisch und schien angestrengt nachzudenken. »Also, stimmt es?«, fragte er und sah Mia im Schein ihrer Schreibtischlampe an. Das kleine Polizeiauto, einen alten grün-weißen Mercedes W 123, hielt er fest. Mit der Kuppe des Zeigefingers strich er über das winzige Blaulicht auf dem weißen Dach. Lassner behauptete in passenden Situationen immer gern, dass der kleine Polizei-Mercedes der einzige Benz sei, den er sich leisten konnte.

»Was stimmt?«, fragte Mia, während sie sich wieder setzte.

»Dass du mit Männern nichts anfangen kannst.«

Amüsiert stellte Mia fest, dass ihn ihre Aussage am frühen Morgen noch zu beschäftigen schien. »Na ja«, sagte sie grinsend und sah ihn an, »bei dir könnte ich eine Ausnahme machen.«

Er warf ihr eine Büroklammer zu, der sie geschickt auswich. »Mal im Ernst«, verlangte er. »Du stehst auf Frauen?«

»Ist das so außergewöhnlich?«, fragte sie. »Außerdem weißt du, dass ich seit einem halben Jahr mit Lea zusammenwohne.«

Lassner seufzte. »Klar«, sagte er, »aber ich dachte, ihr seid befreundet und habt eine WG gegründet, nachdem Lea sich von Kai hat scheiden lassen.«

»Befreundet ist gut.« Mia lachte. »Das ist schon ein bisschen mehr mit uns. Und nach der Trennung von ihrem Mann hat Lea gemerkt, dass sie auf Frauen steht.«

»Da bin ich froh.« Lassner atmete tief durch.

»Warum? Bist du froh, weil sie sich nicht wegen mir hat scheiden lassen?«

»Nee – ich bin froh, dass ich jetzt ein gutes Argument bei Lena habe, dann muss sie nicht eifersüchtig auf dich sein.« Lassner grinste. »Darf ich fragen, seit wann du auf Frauen stehst?«

»So lange wie du, schätze ich.« Mia hatte ihre helle Freude an seinem verdutzten Gesichtsausdruck. »Seit meiner Pubertät. Ich habe noch nie auf Männer gestanden – sorry.«

»Mach dir nichts draus.« Lassner grinste schief. »Ich auch nicht.«

KAPITEL 8

Was für eine Drecksbude«, brummte er, während er im Morgengrauen des trüben Novembertages an der mit anzüglichen Graffiti verunstalteten Fassade des Mehrfamilienhauses am Elberfelder Ölberg emporblickte. Pracht und Glanz des Baus aus der Gründerzeit waren abgefallen wie eine bröckelnde Maskerade. Die Fenster waren staubblind und teils mit schäbigen Gardinen verhangen, die er als eine Beleidigung für das Auge wertete. Drei ausgetretene Steinstufen führten zum Hauseingang, in einer Ecke hatte jemand eine Pappschale, in der sich eine Handvoll Pommes frites und ein unansehnlicher Klecks Mayonnaise befanden, entsorgt. Er machte einen Ausfallschritt und stemmte sich gegen die Tür, die erwartungsgemäß nur angelehnt war, weil der Türöffner schon vor Wochen seinen Dienst quittiert hatte. Im Treppenhaus warf ihm eine nackte Glühbirne, mit der man den prunkvollen Kronleuchter an der einst prächtigen Stuckdecke ersetzt hatte, ihr kaltes Licht entgegen. Er blinzelte wie ein Vampir im Sonnenlicht und wandte den Blick ab. Der fahle Geruch nach altem Mittagessen und Weed kroch in seine Nase und erzeugte Übelkeit bei ihm. Irgendwo im Haus wurde lautstark in einer ihm fremden Sprache gestritten.

Fluchend machte er sich, ohne einen Blick in den verbeulten Briefkasten zu werfen, auf den Weg in seinen Unterschlupf, der im ersten Stock lag. Die morschen Holzstufen knarrten bei jedem Schritt. Das Geländer drohte nachzugeben, als er sich daran hochzog. Aus einer der Wohnungen im oberen Stockwerk dröhnte ihm orientalische Musik entgegen. Er schnitt eine Grimasse und sah zu, dass er in seine schäbige Bleibe kam. Seine Hand wischte über die Wand neben der Tür, sie suchte und fand den Lichtschalter, um ihn zu betätigen. Schwach glimmte ihm die alte Energiesparbirne in der ufoförmigen

Deckenlampe entgegen. Immerhin blendete sie ihn nicht. Zufrieden drückte er die von zahlreichen Einbruchsversuchen lädierte Tür zu und drehte den Schlüssel im Schloss um. Anschließend legte er die Panzerkette vor und schob den massiven Riegel in den Bügel. Erst jetzt empfand er ansatzweise das Gefühl von Sicherheit. Die Nacht war lang und strapaziös gewesen.

Müdigkeit umfing ihn. Gähnend streifte er die mit Dreck beschmutzten Stiefel ab, kickte sie in die Ecke und zog sich den Hoodie über den Kopf, um ihn achtlos auf den Boden fallen zu lassen. Kurz überlegte er, sich ein Bier aus dem monoton brummenden Kühlschrank in der kleinen Küche zu holen, entschied sich dann aber dagegen und stieß die Wohnzimmertür mit der rissigen Milchglasscheibe auf. Auch dieser Raum war alles andere als vorzeigbar. Das Mobiliar erweckte den Eindruck, als sei es vom Sperrmüll zusammengesucht worden.

Auf Socken schlurfte er in das fast quadratische Wohnzimmer. Muffiger Geruch schlug ihm entgegen. Er konnte wetten, dass sich hinter einer der Holzvertäfelungen Schimmelpilz gebildet hatte. Doch er verzichtete darauf zu lüften und warf sich auf das knarrende Sofa. So lag er auf dem Rücken, verschränkte die Arme hinter dem Kopf und starrte im Schein der Straßenlaternen vor dem Haus hinauf an die hohe Decke.

Alles war gut gelaufen, besser noch, als er es sich erhofft hatte. Niemand ahnte, wer er war und warum er es getan hatte.

Unter einem der schäbigen Sofakissen klemmte sein Tablet. Er nahm es an sich und entsperrte es. Zufrieden scrollte er durch die Nachrichten. Seine nächtliche Aktion war erwartungsgemäß Thema Nummer eins im Tal.

Radio Wuppertal und die WDR *Lokalzeit Bergisches Land* berichteten vom Fund einer leblosen Frau im historischen Vorwerk-Brunnen. In den einschlägigen Gruppen der sozialen Netzwerke überschlugen sich die Halbwahrheiten über sein Opfer und mögliche

Tatmotive. Über die Identität der Toten schwieg man sich bisher aus. Ihm konnte es recht sein. Möglicherweise handele es sich um einen Raubüberfall, schrieb man.

Kalt, dachte er spöttisch, ganz kalt und weit entfernt von der Wahrheit. Bilder in meist schlechter Qualität zeigten den Ort des Geschehens. Polizei-Absperrband, Scheinwerfer und Polizeiautos vor eilig aufgestellten Sichtschutzwänden verrieten nicht allzu viel von dem, was passiert war.

Fake News, dachte er abschätzig. Die Realität ist schlimmer als jeder Albtraum. Eigentlich, überlegte er weiter, lief es besser, als er es sich in seinen kühnsten Träumen erhofft hatte.

Die Polizei gehe von Mord aus, der Täter sei flüchtig, hieß es offiziell in den Medien. Im Laufe des Tages erwarte man eine Pressekonferenz der Behörden.

Nachdem er den Internetbrowser geschlossen hatte, löschte er den Verlauf und wählte die Webcam an. Zu lange schon hatte er sich nicht um sie gekümmert. Grinsend betrachtete er das Bild, das ihm die kleine, lichtempfindliche Kamera bot. Obwohl nur Schwarz- und Grautöne zu sehen waren, erkannte er genug. Das Bild der Liveübertragung rauschte und war grobkörnig aufgelöst, doch es genügte ihm, um ihre Verzweiflung zu erkennen. Sie kauerte rücklings an der Stahltür und heulte wie ein Schlosshund. Das Zucken ihrer Schultern war deutlich sichtbar, die Beine hatte sie angezogen. Fast wirkte sie wie ein trotziges Kind, das von den Eltern Hausarrest bekommen hatte.

Gut so, dachte er zufrieden. Ich werde dich zermürben. Und ich habe Zeit, viel Zeit. Ein wenig war er darüber verwundert, wie wenig ihn ihr Leiden berührte. Doch dann wurde er sich wieder bewusst, dass sie es verdient hatte. Er würde sich später um sie kümmern. Alles zu seiner Zeit. Jetzt brauchte er dringend etwas Schlaf. Nachdem er das Tablet in den Ruhezustand versetzt hatte, schob er es zurück unter das Kissen. Gähnend rollte er sich zusammen und zog die braun karierte Wolldecke am Fußende bis zu den Schultern hoch. Er warf einen letzten Blick zum Fenster, bevor er die Augen schloss. Draußen lichtete sich träge das Grau der Herbstnacht. In den Straßenschluchten am Fuße des Ölbergs erwachte ein neuer Tag. Ihm konnte es recht sein, er hatte seine Mission erfüllt und nutzte die Zeit zum Entspannen, um Kraft zu tanken. Der nächtliche Fußmarsch durch das weitläufige Naherholungsgebiet hatte ihn müde gemacht. Mit jeder Minute, die er regungslos in embryonaler Haltung auf dem Sofa lag, senkte sich sein Puls. Die Müdigkeit kroch an ihm hoch und lähmte ihn. Im Herüberdämmern tauchte noch kurz ihr angstverzerrtes Gesicht vor seinem geistigen Auge auf, er glaubte, das platschende Geräusch des Wassers zu hören, während er sie in den Brunnen presste, dann war er eingeschlafen.

KAPITEL 9

Bevor Mia etwas auf Lassners Antwort erwidern konnte, stürmte nach kurzem Anklopfen Frank Thies ins Büro. Er leitete das Kriminalkommissariat für Kapitaldelikte, Todes- und Brandermittlungen im Bergischen Städtedreieck. Frank Thies war groß und von schlanker Statur. Das in Ehren ergraute dichte Haar und der Bart waren sorgsam gestutzt. Trotz früher Stunde war er geschmackvoll und modisch gekleidet – zu einer dunklen Jeans und Lederschuhen trug er ein hellblaues Hemd und eine zum Sakko passende Krawatte. Mia kannte ihren Vorgesetzten gut genug, um zu wissen, dass er sehr eitel war. Seit seiner Scheidung lebte er allein in einer kleinen Mietwohnung am Fuße der Barmer Anlagen.

Unter vier Augen hatte er Mia anvertraut, sich nach seiner Scheidung oft einsam zu fühlen. Doch er war ein Workaholic und fand nur selten Zeit, sich in dieser Einsamkeit zu verlieren. Dennoch sehnte er sich nach einer festen Freundin. Nachdem Mia ihm gesteckt hatte, dass Männer, die kochen können, für Frauen besonders anziehend waren, hatte er auf der Stelle einen Kochkurs besucht. Doch auch die neu erlangte Fähigkeit hatte ihm bisher nicht zu einer neuen Partnerschaft verholfen. Über seinen aktuellen Beziehungsstatus war ihr nicht viel bekannt. Jetzt warf sie ihm einen überraschten Blick zu.

»Was ist denn los?«, fragte sie verwundert.

»Ihr ahnt es nicht«, rief Frank Thies, während er sich einen Stuhl heranzog und mit einem Schnellhefter in der Hand wedelte. »Das Opfer hat einen Eintrag bei uns.«

»Theresa Winkler hat Gutachten im Auftrag des Wuppertaler Landgerichtes und der Staatsanwaltschaft verfasst«, brummte Lassner. »Hat ihr Tod damit was zu tun?«

»Möglich, aber das meine ich nicht.« Thies schüttelte den Kopf. »Vor einiger Zeit gab es einen tragischen Zwischenfall.«

»Mach es nicht so spannend«, forderte Mia ihn auf.

»Theresa Winkler ist betrunken Auto gefahren und hat dabei ein kleines Mädchen überfahren. Für das achtjährige Kind kam jede Hilfe zu spät.« Er hielt den Hefter hoch. »Und das hier«, sagte er mit feierlicher Miene, »ist die Unfallakte, die von den Kollegen seinerzeit angelegt wurde.«

»Das ist krass.« Lassner war blass geworden. Als Familienvater machten ihn Fälle, in die Kinder involviert waren, betroffen. Frank Thies schien es ähnlich zu ergehen. Mia wusste von ihm, dass er zwei erwachsene Kinder hatte, eine Tochter und einen Sohn. Auch wenn sie längst auf eigenen Füßen standen, waren es immer noch seine Kinder.

Lassner stellte das Polizeiauto, mit dem er eben gespielt hatte, auf die Tastatur seines Rechners. Nachdenklich betrachtete er das Oldtimer-Modell, tippte sich an die Stirn und warf Mia einen vielsagenden Blick zu. »Das erklärt einiges.«

»Von wegen Mobilitätswandel«, stimmte Mia ihm zu. Sie ahnte, worauf ihr Partner hinauswollte. »Das kam mir gleich komisch vor.«

»Wovon redet ihr?« Frank Thies betrachtete sie beide abwechselnd.

Mia berichtete ihm in wenigen Sätzen, was sie von Adrian Winkler erfahren hatten. »Uns erschien es eigenartig, dass die Frau vom Besitzer eines Autohauses mit den öffentlichen Verkehrsmitteln unterwegs war.«

»Ex-Frau«, verbesserte Lassner sie.

»Geschenkt.« Mia winkte ab.

»Moment«, rief Thies dazwischen. »Sie ist mit dem Bus gefahren?«

»Ihr Ex-Mann hat das zumindest vermutet«, sagte Mia. »Und es würde passen, denn die Haltestelle Toelleturm wird um 23:49 Uhr von der Linie 640 angefahren, das stimmt mit der Zeit überein, in der sie von dem Taxifahrer aufgefunden wurde. Es könnte also sein, dass sie den Rest des Weges zu Fuß zurückgelegt hat, ihr Ex-Mann hat unsere Annahme als plausibel bewertet. Es sei die übliche Art seiner Ex-Frau, nach Hause zu kommen. Möglicherweise ist ihr dabei jemand gefolgt.«

»Gute Arbeit.« Thies grinste zufrieden. »Die Busse der Stadtwerke haben doch Überwachungskameras.«

»Ich kümmere mich bereits drum«, sagte Lassner. »Wenn Theresa Winklers Mörder mit ihr im Bus war und er mit ihr an der gleichen Haltestelle ausgestiegen ist, haben wir Bildmaterial von ihm.«

»Danke.«

»Wie war das mit diesem Unfall?«, wollte Mia wissen.

»Das ist gut zwei Jahre her«, erklärte Thies. Er blätterte in dem Hefter und versank einen Moment in der Dokumentation. »Gegen 22:30 Uhr erfasste sie mit dem Wagen auf der Erbschlöer Straße in Ronsdorf ein achtjähriges Mädchen, das zwischen zwei geparkten Autos auf die Fahrbahn lief, wohl um die Straßenseite zu wechseln. Das Kind wurde frontal erwischt und mehrere Meter durch die Luft geschleudert.«

Lassner zog eine Grimasse und schüttelte den Kopf.

»Der Notarzt konnte nur noch den Tod feststellen«, fuhr Thies fort.

»Was macht ein achtjähriges Kind um diese Uhrzeit auf der Straße?«, wunderte sich Mia, die mitschrieb.

»Nach Angaben der Eltern war sie nach einem Streit von zu Hause ausgerissen«, erläuterte Thies. »Der Führerschein von Theresa Winkler wurde von den Kollegen des Einsatz-Streifendienstes sichergestellt.«

»Was gab es denn für strafrechtliche Konsequenzen?«, erkundigte sich Lassner.

Thies studierte seine Aufzeichnungen. »Der Alkoholtest nach der Trunkenheitsfahrt ergab 1,2 Promille, damit sind wir im Bereich einer Geld- oder Freiheitsstrafe. Die Eltern des Kindes sind mit Schadensersatz- und Schmerzensgeldforderungen an sie herangetreten. Ihr damaliger Mann hat alles für seine Frau bezahlt, um sie vor dem Gefängnis zu bewahren.«

»Interessant.« Lassner tauschte einen schnellen Blick mit Mia. »Ich frage mich nur, warum er uns das nicht erzählt hat.«

»Ihr werdet es herausfinden«, sagte Thies. Er schob Mia den Schnellhefter hin und erhob sich. »In einer Stunde ist Morgenrunde, dann wissen wir vielleicht schon etwas mehr.« Gerade als Mia ihm antworten wollte, brummte der Vibrationsalarm seines Handys in der Hosentasche.

»Sorry«, murmelte er und zog das Smartphone hervor. Thies hielt es so, dass weder Lassner noch Mia einen Blick auf das kleine Display in seiner Hand werfen konnten. Offenbar hatte er eine Textnachricht erhalten, denn er versank im Lesen und grinste mit roten Wangen.

»Frank?« Mia sah zu ihrem Vorgesetzten auf.

»Was?«, fragte dieser, ohne sich zu ihr umzudrehen.

»Wer ist es?«

»Was? Wer?« Thies betrachtete sie verwirrt. »Das, ach so … eine Bekannte.«

»Na dann.«

»Ja, na dann. Bis gleich also.« Gedankenverloren verließ Frank Thies das Büro.

»Eine Bekannte«, äffte Lassner ihn nach. »Frank hat's erwischt, jede Wette. Hast du gesehen, wie er gegrinst hat?«

Mia ersparte sich eine Antwort und blätterte in den Unterlagen, die Frank ihnen dagelassen hatte. In der Mappe befand sich auch Bildmaterial, das den Unfallort zeigte. Als Mia das dunkle Leichentuch am Straßenrand erblickte, unter dem sich offenbar das tote Mädchen befunden hatte, rieselte ihr ein Schauer den Rücken herunter. »Mobilitätswandel«, murmelte sie kopfschüttelnd. »Ist klar.«

***

Er wusste nicht, wie lange er geschlafen hatte, als er von einem polternden Geräusch vor dem Haus geweckt wurde. Erschrocken richtete er sich auf, fuhr sich mit den Händen durch das Gesicht und schüttelte den Schlaf ab. Das kalte Licht der Herbstsonne drang durch das schmutzige Fenster und ließ feinste Staubpartikel im Sonnenlicht tanzen. Als der Lärm erneut aufbrandete, registrierte er, dass es sich offensichtlich um die Müllabfuhr handelte. Nach einem Blick auf das Smartphone stieß er die Wolldecke weg und erhob sich. Sekundenlang saß er auf dem abgewetzten Sofa und ließ die Stunden der letzten Nacht vor seinem geistigen Auge Revue passieren. Auch wenn er sich wie gerädert fühlte, war er zufrieden mit dem Ergebnis seiner Arbeit. Schwerfällig wie ein alter Mann erhob er sich und durchquerte den Raum. Die Dielen unter dem Teppich knarrten vernehmlich, als er an das Fenster trat, um einen Blick hinunterzuwerfen. Tatsächlich bahnte sich ein orangefarbener Müllwagen den Weg durch die enge Straßenschlucht. Die Müllwerker verrichteten lautstark ihre Arbeit. Während sich die Männer unterhielten, wurden die Abfalltonnen gerückt, um sie in die Schüttvorrichtung des Lkw zu hieven.

Kurz erinnerte er sich daran, dass er als Kind Müllmann werden wollte. Das gleichmäßige Klappern der Tonnen beim Entleeren hatte ihm gefallen, und dass man anschließend auf dem Trittbrett des schweren Wagens mitfahren durfte, hatte eine Faszination auf ihn ausgeübt, die den Wunsch, eines Tages dazuzugehören, gefestigt hatte. Irgendwie war nichts daraus geworden. Jetzt kümmerte er sich auf seine eigene Art um den Dreck der Gesellschaft.

Unten ertönte ein schriller Pfiff, und der Müllwagen setzte sich träge in Bewegung, um ein paar Meter vorzurollen, bevor sich das Spiel vor dem nächsten Haus wiederholte. Eifrige Anwohner, die ihre frisch geleerten Tonnen auf der Stelle zurück ins Haus rollten, suchte man in diesem Quartier vergeblich. Der Stadtteil wurde von einer nahezu lähmenden Gleichgültigkeit beherrscht. Niemand interessierte sich für seinen Nachbarn und dessen Mülltonnen. Ihm kam diese Apathie sehr entgegen. Man konnte herrlich anonym bleiben, da sich die Anwohner nicht um einen kümmerten.

Nachdem er die Kindheitserinnerungen und die heile Welt, die damals sein Leben geprägt hatten, verdrängt hatte, wandte er sich vom Fenster ab. Nachdenklich suchte er das kleine Bad auf. Es galt, die nächsten Schritte zu planen. Zuerst musste er seinen Wagen abholen, den er am Vortag in einer Seitenstraße unweit des Brunnens geparkt hatte. Er sah sich um.

Über der Badewanne befand sich die Gastherme, gegenüber hing das kleine Waschbecken mit den vielen unansehnlichen Rissen schräg an der Wand. Die rostige Mischarmatur förderte nur selten warmes Wasser zutage. Daneben lenkte der himmelblaue Plüschbezug des Klodeckels die Aufmerksamkeit auf sich.

Sekundenlang betrachtete er sich in dem angelaufenen Spiegel über dem schäbigen Waschbecken. Irgendwo hatte er mal gehört, dass Zahncreme helfen sollte, um das Spiegelglas wieder klar zu bekommen, doch er hatte nicht vor, in dieser Bude alt zu werden. Unter bitterem Fluchen wusch er sich mit eiskaltem Wasser und verdrängte so die restliche Müdigkeit. Auch die Zähne musste er sich mit kaltem Wasser putzen. Erst als er fast fertig damit war, sprang in seinem Rücken die Flamme der Gastherme an. Mit gespreizten Fingern fuhr er sich durch das Haar – eine Bürste oder einen Kamm gab es hier nicht – und warf einen letzten prüfenden Blick in den Spiegel. Rasieren würde er sich später, jetzt galt es erst einmal, den nächsten Schritt vorzubereiten. Im Wohnzimmer griff er zum Tablet, um einen Blick in ihr Verlies zu werfen. Immerhin hockte sie nicht mehr an der Tür. In embryonaler Haltung eingerollt lag sie auf der Matratze und schien zu schlafen. Er erwischte sich dabei, wie seine Fingerkuppen fast zärtlich über das Display strichen, und zog die Hand zurück, als hätte er sich verbrannt. Sie musste warten. Es galt, seinen lang vorbereiteten Plan in die Tat umzusetzen. Von Gefühlsduseleien durfte er sich jetzt nicht verrückt machen lassen. Er versetzte das Tablet in den Ruhezustand und schob es auf den Couchtisch. Es war höchste Zeit, dass er weitermachte. Im Flur schlüpfte er in die schwarze Kapuzenjacke und streifte die Schuhe über.

Niemand beobachtete, wie er nach einer Viertelstunde das Haus verließ. Die Müllmänner waren bereits weitergezogen, um ihrer Arbeit nachzugehen. So, wie er es jetzt auch tun würde.

KAPITEL 10

Oh, mein Gott, so spät schon?« Auf der Stelle war sie hellwach und sprang auf die Bettkante. Ana hatte verschlafen, denn als sie erwachte, warf die Herbstsonne bereits ihr kaltes Licht in den Raum. Der Straßenlärm der Kaiserstraße drang gedämpft an ihre Ohren. Nein, dachte sie, es ist nicht sechs Uhr, es muss schon viel später sein. Aufgeregt nahm sie das Smartphone vom Nachtschrank, um zu prüfen, ob sie den Wecker nicht eingeschaltet hatte. Das Display blieb schwarz. Auch als sie verzweifelt den Homebutton betätigte, geschah nichts. Hatte sie vergessen, das Gerät zu laden? Nein, das Ladekabel steckte sogar noch in der Buchse. Aber das Ding war tot.

»Scheiße, scheiße, scheiße.« Ana schlug mit den Fäusten auf die Matratze, nachdem sie einen bangen Blick auf die große Uhr an der Wand des lichtdurchfluteten Schlafzimmers geworfen hatte. »Ich schaff es nicht, pünktlich zur Probe zu kommen.«

Neben ihr tat sich etwas. »Was machst du für einen Stress?«, brummte ihr Freund Gregor, während er sich schlaftrunken die Bettdecke über das Gesicht zog. Er war erst gegen drei Uhr am Morgen nach Hause gekommen und hatte tief und fest geschlafen – bis sie ihn auf ungewohnt unsanfte Weise geweckt hatte.

»Wir haben verschlafen.« Sie bemerkte den schrillen Unterton in ihrer Stimme. »Ich muss los.«

»*Du* hast verschlafen«, stellte Gregor unter der Bettdecke klar. »Und deine Hupfdohlen werden auch ohne dich klarkommen, Ana.«

»Sprich nicht so abwertend von meinen Tänzerinnen«, tadelte sie ihn mit einem mahnenden Unterton. Ihr war klar, dass Gregors Verständnis für Kultur sich auf die Clubnächte beschränkte, in denen er Dienst hatte. Als Sicherheitschef verdingte er sich am Eingang des *Gasometers*, eines Clubs im Osten der Stadt. Mit klassischem Tanz hatte er wenig am Hut. Sie hatte die strenge Schule des Balletts durchlaufen, Musik und Tanz studiert und sich hochgearbeitet. Jetzt war sie die Chefchoreografin des bekannten Wuppertaler Tanztheaters. Ana zupfte an Gregors Bettdecke herum und erntete dafür ein widerwilliges Brummen. »Ich werde mich schnell fertig machen und zusehen, dass ich wegkomme.«

»Echt jetzt?«

»Echt jetzt.« Sie nickte und streichelte ihm verliebt über das Gesicht. Wenn er nachts arbeitete, fanden sie kaum Zeit füreinander.

»Jetzt chill doch mal.« Plötzlich schien Gregor hellwach zu sein. Mit einem breiten Grinsen schlug er die Bettdecke zurück. Darunter war er nackt. Sein erigiertes Glied stand pochend in die Höhe. Trotz des verlockenden Anblicks durfte Ana jetzt nicht schwach werden und keine weitere Zeit verlieren.

»Ich dachte, du bist noch ein wenig …«, er zeigte auf seine pralle Männlichkeit, »nett zu mir.«

»Ich fürchte, du musst selber nett zu dir sein«, erwiderte sie unbeeindruckt und warf ihm ein Kissen ins Gesicht, bevor sie ruckartig aufsprang. »Ich muss mich jetzt beeilen, mein Hengst.«

Gregor rollte beleidigt mit den Augen. In seinem Blick lag die pure Enttäuschung. »Dann mach das.« Er blinzelte zu ihr auf. »Oder hast du einen anderen? Ich bring ihn um!«

»Spinner.« Ana tippte sich bezeichnend an die Schläfe. Mitunter konnte seine Eifersucht anstrengend sein. Dabei bestand für ihn kein Anlass zur Sorge, auch wenn es den einen oder anderen Mann gab, der ihr gegenüber nicht abgeneigt wäre. Plötzlich erinnerte sie sich an ihre Verabredung am Abend. »Übrigens«, rief sie eilig, »bin ich später mit Jacko im *Spunk* verabredet.«

»Mit dieser Tucke? Ausgerechnet heute?«

»Ja.«

»Ich habe frei heute«, eröffnete Gregor ihr mit einem gekränkten Gesichtsausdruck. »Und ich dachte, wir könnten zusammen etwas …«

»Dann lass ich es nicht so spät werden, damit wir noch Zeit für uns haben«, versprach sie und riskierte einen Blick auf seine Männlichkeit. Hastig schlug sie seine Decke zurück, bedeckte seinen muskulösen Oberkörper und beugte sich zu ihm herab, um ihm einen flüchtigen Kuss auf den Mund zu hauchen. »Bis später. Benimm dich.«

Er stöhnte gequält auf. »Wer schläft, sündigt nicht.«

KAPITEL 11

Eine knappe Stunde nachdem sich Frank Thies einen Überblick über die Situation verschafft hatte, trafen sich alle beteiligten Teams im Büro des Abteilungsleiters vom elften Kriminalkommissariat. Ihm war das größte Büro auf dem Flur im zweiten Stock des Präsidiums zugeteilt worden, und so gab es neben seinem Arbeitsplatz noch einen langen Konferenztisch, an dem sich jetzt alle Beamten versammelten, um die ersten Ermittlungsergebnisse auszutauschen.

Sarah Weber, Frank Thies' Assistentin, hatte Kannen mit Tee und Kaffee bereitgestellt, dazu eine Schale mit Gebäck. Bei der guten Seele des Fachkommissariates handelte es sich um eine dralle Mittfünfzigerin mit blond gefärbtem Pagenschnitt, die von Thies bei jeder sich bietenden Gelegenheit als seine rechte Hand vorgestellt wurde. Hinter dem Rücken der beiden kursierte das Gerücht, dass sie vor langer Zeit eine flüchtige Affäre miteinander hatten. Mia wusste nur von Sarah Weber, dass sie wohl die letzte Frau im Präsidium war, die Steno beherrschte. Sarah Weber trug einen perfekt sitzenden schwarzen Hosenanzug zu einer hellblauen Bluse, deren obere Knöpfe offen standen und einen Blick auf ihr üppiges Dekolleté erlaubten.

Sie hatte, bewaffnet mit Block und Stift, neben Thies Platz genommen und war bereit, die Sitzung zu protokollieren. Die beiden tuschelten miteinander, Thies nickte und räusperte sich dann. Mia saß an der Seite von Lassner am gegenüberliegenden Ende des langen Tisches und betrachtete die nacheinander eintreffenden Kollegen. Sie war froh, dass auch Peter Nohlen es zur Runde geschafft hatte. Sicher konnte er erste Erkenntnisse über die Spurenlage am Tatort bekannt geben. Ihm gegenüber saß Sebastian »Basti« Koch, der gedankenverloren auf das Display seines iPads stierte und in Aufzeichnungen versunken zu sein schien. Koch war Anfang fünfzig, das von grauen

Strähnen durchzogene Haar war sportlich kurz, ebenso der Kinnbart. Hinter den dünnen Gläsern seiner modischen Brille lagen zwei aufmerksame blaue Augen. Er trug einen grauschwarzen Hoodie zu Jeans und Sneakern.

Jetzt war auch seine Vorgesetzte, die Erste Kriminalhauptkommissarin des fünfzehnten Kriminalkommissariates, Elisabeth Völker, anwesend. Die Abteilungsleiterin war Ende vierzig, von großer und schlanker Statur. Das dunkle Haar trug sie modisch kurz. In ihrem dunkelblauen Hosenanzug strahlte sie unnahbare Eleganz aus. Tatsächlich war Elisabeth Völker eine kühle Analystin. Ihre Anforderungen ans Team des Fünfzehnten waren hoch und wurden meist erfüllt.

Neben ihr hatten Sophie Stein und ihr Partner Michael Stüttgen Platz genommen. Während die Kollegin von stämmiger Natur war und die langen blonden Haare meist offen trug, wirkte der hagere Stüttgen wie ein in den Neunzigerjahren stehen gebliebener Großstadtcowboy. Entgegen aller Modetrends trug er seine Westernboots und das karierte Flanellhemd voller Überzeugung. Das ungleiche Team war unschlagbar in der Recherche, wobei Stüttgen bei Befragungen gerne mal über die Stränge schlug, um an die gewünschten Informationen zu kommen.

Neben Michael Stüttgen hockte Karl Brauers, ein eher unscheinbarer Typ mit kurzem dunklem Haar und zahlreichen Furchen im Gesicht, das von einer übergroßen Nickelbrille beherrscht wurde. Brauers war ein brillanter Ermittler, ein Kopfmensch, dem man nachsagte, dass Empathie für ihn ein Fremdwort sei. Dafür hatte Thies ihm Gino Moretti, einen Schönling mit italienischen Wurzeln, an die Seite gestellt. Moretti war für einen Italiener ungewöhnlich groß. Er trug die schwarzen Haare ebenso kurz wie den Dreitagebart, seine Haut hatte auch jetzt in der kühlen Jahreszeit einen gesunden bräunlichen Teint. Der Duft seines Aftershaves hing schwer im Raum. Moretti ließ bei Ermittlungen gerne mal seinem südlichen Temperament freien Lauf, etwas, das Thies stets skeptisch beobachtete.

Auch einige Kollegen der Kriminalwache und des Streifeneinsatzdienstes, die Mia größtenteils nur vom Sehen kannte, saßen mit am Tisch.

Sarah Weber erhob sich, nachdem alle Platz genommen hatten, um die Bürotür zu schließen. Thies nickte ihr dankend zu und begrüßte die Anwesenden. Er fasste das bisher Bekannte kurz zusammen, dann erteilte er Peter Nohlen das Wort.

Der Kriminaltechniker räusperte sich, bevor er in die Runde blickte. »Die Auswertung der Spuren am Fundort läuft noch, auffällig sind Fußspuren am Rand des Brunnens, die nicht vom Opfer stammen, aber in rekonstruierbaren Bahnen rund um den Tatort gesichert werden konnten. Demnach hat der Fremde sie verfolgt bis zur Ummauerung des historischen Bauwerkes, wo es zu einem Handgemenge gekommen sein könnte, an dessen Ende das Opfer brutal unter die Wasseroberfläche gepresst wurde.«

Thies schien zufrieden zu sein. »Also handelt es sich beim Verursacher der Formspuren um den Täter?«

»Das ist nicht auszuschließen«, erwiderte Nohlen vorsichtig. »Sollte sich dieser Verdacht bestätigen, wissen wir, dass der Täter sich zuvor in dem kleinen Waldstück aufgehalten hat, das den Grüngürtel zur Straße bildet – dafür sprechen die morastigen Anhaftungen im Profil.«

»Das klingt, als redeten wir von Stiefeln?« Brauers horchte auf. Er machte sich Notizen.

»Dem Erscheinungsbild nach zu urteilen schon.« Nohlen nickte. »Wir werden den Print durch die Datenbanken jagen und wissen sicher noch heute Vormittag mehr zur Herkunft der Schuhe. Jetzt würde ich sagen, dass es sich um Gummistiefel oder um sogenannte Springerstiefel handeln könnte.«

»Wie kamen der oder die Täter zum Tatort?«, fragte Elisabeth Völker in die Runde.

»Gleich nach dem Meeting werde ich die Stadtwerke ins Boot

holen, um den Bus, mit dem Theresa Winkler zum Toelleturm gelangt ist, ausfindig zu machen. Dann sichten wir die Aufzeichnungen der bordeigenen Überwachungskameras und wissen, ob jemand mit Theresa Winkler an der betreffenden Haltestelle ausgestiegen ist oder ob sie dem Täter erst dort begegnet ist.«

»Bedenkt, dass die Stadtwerke die Aufnahmen der Busse nur vierundzwanzig Stunden vorhalten«, erwiderte Völker.

»Hab ich auf dem Schirm«, versicherte Lassner ihr. Mia sah ihrem Partner an, dass ihm die neunmalkluge Art der Ersten Kriminalhauptkommissarin gegen den Strich ging.

Thies fasste zusammen, was sie von der Toten wussten. Den tragischen Unfall, den Theresa Winkler während ihrer Trunkenheitsfahrt verursacht hatte, ließ er nicht unerwähnt. Am Tisch kehrte betroffenes Schweigen ein. Unglücksfälle, bei denen Kinder zu Schaden kamen, gingen auch gestandenen Polizisten nahe. Thies wechselte das Thema. »Wie wir wissen, war die Tote zu Lebzeiten Psychologin mit eigener Praxis in Elberfeld. Neben ihrer Tätigkeit hat sie Gutachten über Gewaltverbrecher erstellt, die sich in Untersuchungshaft befinden.«

»Das birgt Zündstoff.« Stüttgen lehnte sich grinsend zurück. Alle Augen waren auf ihn gerichtet. »Ich meine, dass ihre Beurteilungen sicherlich nicht immer im Sinne der Verdächtigen waren und dass es zu … sagen wir mal, *Unstimmigkeiten* gekommen sein könnte.«

»Du meinst, dass sie vor Gericht nicht immer auf verminderte Schuldfähigkeit plädieren konnte?« Karl Brauers zog eine Augenbraue hoch. Er griff zur Thermoskanne und schenkte sich Tee ein. »So etwas könnte zu Unmut bei den Betroffenen geführt haben«, stimmte er Stüttgen zu.

»Und damit sind einige Gewaltverbrecher, die auf Freispruch wegen mangelnder Deliktsfähigkeit gehofft hatten, für viele Jahre hinter Gitter gewandert.« Gino Moretti spielte mit dem Kugelschreiber, während er laut dachte.

»Und einer von denen, die wieder auf freiem Fuß sind, hat sich für den jahrelangen Aufenthalt in einer Justizvollzugsanstalt gerächt«, spann Mia den Faden weiter.

»Es wäre zumindest eine Überlegung wert«, sagte der Erste Kriminalhauptkommissar.

»Möglich.« Lassner nickte und nahm einen Schluck von seinem Kaffee. Nachdenklich drehte er den Becher in den Händen. »Adrian Winkler hat mir eine Liste mit Namen von Leuten diktiert, die nicht gut auf seine Ex-Frau zu sprechen waren.«

Thies blickte in die Runde. »Wer übernimmt das?«

»Kann ich machen«, bot sich Moretti an.

»Die Klientendaten auf dem Rechner der Toten wären interessant.« Lassner wandte sich an Koch. »Gibt es bereits Erfolge beim Knacken von Smartphone und Laptop des Opfers?«

Der IT-Spezialist nickte euphorisch. »Gebt mir eine Stunde, dann habe ich sämtliche Vorgänge auf dem Schirm und kann euch mit Daten füttern, Männer.« Als er die missbilligenden Blicke seiner Kolleginnen bemerkte, räusperte er sich. »Und Männerinnen«, fügte er kleinlaut hinzu.

Sophie Stein grinste schief. »Lass das mit dem Gendern«, riet sie ihm. »Du kannst das nicht.« Sie wickelte einen Blätterkrokant aus dem Papier und schob ihn sich mit einem süffisanten Grinsen in den Mund. Mia wusste, dass sie Blätterkrokant über alles liebte und sich jedes Jahr zur Weihnachtszeit den Vorrat für das restliche Jahr anlegte.

»Danke.« Thies schrieb mit. Danach richtete er den Blick auf Mia und Lassner. »Was ist mit dem Ex-Mann der Toten?«

Mia berichtete ihm, was sie über Adrian Winkler wussten.

»Kommt er für die Tat infrage?«

»Wir können es nicht ausschließen.« Mia erinnerte sich an ihr Bauchgefühl, nachdem sie mit Adrian Winkler gesprochen hatten. »Aber wir sind dran.«

»Überprüft sein Alibi und sammelt Beweise«, empfahl Thies ihnen. »Oft genug handelt es sich bei Tötungsdelikten um Beziehungstaten.«

»Wieder was gelernt«, erwiderte Mia spitzfindig. »Der Ex-Mann des Opfers führt ein Autohaus für Nobelkarossen«, fuhr sie fort, bevor die Runde in ein sinnloses Geplänkel ausuferte. »Seitens der Kundschaft hört man immer wieder von Unregelmäßigkeiten. Ich habe mir eben mal die Kundenbewertungen in verschiedenen Internetforen angesehen.«

»Fühlt ihm mal auf den Zahn«, riet Thies.

Mia nickte. »Wird gemacht.« Sie blätterte in ihren Unterlagen. »Noch interessanter finde ich allerdings die Frage, warum er den tragischen Unfall seiner Ex-Frau völlig unerwähnt ließ, als wir ihn aufgesucht haben.«

»Er wird behaupten, unter Schock gestanden zu haben«, vermutete Karl Brauers mit ironisch erhobener Augenbraue.

»Möglich.« Mia gab ihm in Gedanken recht und machte sich Notizen, während Frank Thies zum nächsten Tagesordnungspunkt überging.

»Dann gab es den Einsatz der Hubschrauberstaffel, der Suchstaffel und der Drohnen.« Er betrachtete Mia und Lassner mit fragendem Blick.

Lassner drückte den Rücken durch und stellte seinen Kaffeebecher ab. »Der Taxifahrer hat angegeben, unweit des Leichenfundortes etwas bemerkt zu haben. Jemand sei in den Wald geflüchtet.«

»Ich verstehe.« Thies schien mit dieser Erklärung zufrieden zu sein, denn seine Gesichtszüge entspannten sich.

»Bedauerlicherweise verliefen alle eingeleiteten Maßnahmen ergebnislos«, fügte Mia mit säuerlicher Miene hinzu. »Womöglich könnte es sich bei dem Verursacher des Geräusches auch um ein Tier gehandelt haben.«

Karl Brauers richtete sich auf. »Vielleicht steckt der Taxifahrer tiefer in der Sache drin, als er zugeben will.«

»Was meinst du?«, fragte Lassner mit gerunzelter Stirn.

»Vielleicht wollte er von sich ablenken.«

»Den Eindruck hatte ich nicht«, entgegnete Mia kopfschüttelnd.

»Wir sollten nichts außer Acht lassen«, riet Thies.

Peter Nohlen hatte einen Blick mit seiner Vorgesetzten ausgetauscht. Elisabeth Völker hob die Hand. »Dann würden aber die von uns gefundenen Schuhprints nicht ins Bild passen«, gab sie zu bedenken.

»Wir sollten trotzdem nichts außer Acht lassen«, fand Thies.

»Ich kann mir den Taxifahrer vornehmen«, bot Karl Brauers an.

Thies nickte. »Mach das. Frag seine Frau, wenn er denn eine hat, und die Taxizentrale über seine Einsätze aus.«

»Er gab zu Protokoll, dass er einige Minuten vor dem Fund ein frisch verliebtes Paar in der Adolf-Vorwerk-Straße abgeliefert hat«, trug Mia vor. Sie scrollte sich durch die Berichte auf ihrem Tablet, die der Streifeneinsatzdienst vor Ort angefertigt hatte. Die Kollegen der Schutzpolizei waren noch mit den Nachbarschaftsbefragungen beschäftigt. Ihre Hoffnungen, handfeste Anhaltspunkte zu bekommen, schwanden mit jeder Stunde. Oft gab es unzählige vermeintliche Augenzeugen, die etwas gesehen haben wollten. Bei näherer Betrachtung führten die Hinweise meist ins Leere.

»Besser ein frisch verliebtes Paar als den Täter«, feixte Stüttgen und nahm sich eine Nussecke vom Tablett.

»Seine Aussage lässt sich überprüfen«, brummte Thies.

»Wird erledigt«, nickte Brauers nickte mit entschlossenem Blick.

»Wie geht es weiter?«, fragte Thies.

»Ich beschäftige mich mit dem Mailverkehr, den Klientendaten und dem Verlauf der Textnachrichten von Theresa Winkler«, bot Koch an und knackte unternehmungslustig mit den Fingern. »Und dann könnt ihr den Klienten unseres Opfers auf den Zahn fühlen.«

Mia nickte. »Das klingt spannend.«

»Dann wäre da noch die Obduktion in der Uniklinik Düsseldorf, gleich um elf Uhr«, warf Thies mit einem Blick auf Mia und Lassner ein. »Als leitende Ermittler euer Part.«

»Wenn das für dich in Ordnung ist, würden wir uns um das Opferumfeld kümmern«, antwortete Mia.

»Wir können die Anwesenheit bei der Obduktion übernehmen«, bot Sophie Stein an, nachdem sie einen raschen Blick mit ihrem Partner gewechselt hatte. Stüttgen schien keine Einwände zu haben.

»Wir sind auch dabei«, stimmte Peter Nohlen zu.

»Also fahrt ihr nach Düsseldorf zur Obduktion?«, fragte Mia hoffnungsvoll.

»Wenn Frank damit kein Problem hat«, erwiderte Sophie Stein und warf dem Abteilungsleiter einen fragenden Blick zu.

»Das geht in Ordnung«, erwiderte Thies nickend.

»Danke.« Mia lächelte zufrieden. Die Fahrt nach Düsseldorf hätte zu viel Zeit in Anspruch genommen, deshalb war sie froh über das Angebot von Stüttgen und Sophie Stein.

»Das kostet aber ein Croissant aus der Kantine«, brummte Stüttgen in gespieltem Ernst.

»Selbstredend.« Thies trommelte mit den Fingern auf der Tischplatte herum.

»Bis Basti so weit ist, würden wir uns noch einmal mit dem Ex-Mann des Opfers unterhalten wollen, um die offenen Fragen zu klären«, sagte Lassner.

»Immer zu.« Thies hatte keine Bedenken. »Ich könnte mir vorstellen, dass er euch noch eine Menge zu erzählen hat.« Der Abteilungsleiter zwinkerte ihnen zu, bevor er sich an Elisabeth Völker wandte. »Was macht der Background-Check von Theresa Winkler?«

»Ist in Arbeit«, erklärte die Erste Kriminalhauptkommissarin. »Ich habe ein Team eingeteilt, das sich mit den Aktivitäten des Opfers in den sozialen Netzwerken beschäftigt.«

»Könntet ihr uns die Praxis des Opfers abnehmen?«, fragte Thies.

»Ich werde versuchen, zwei Teams abzustellen, die sich vor Ort umsehen.«

»Danke.« Thies richtete sich an die uniformierten Kollegen. »Was haben die Nachbarschaftsbefragungen bis jetzt ergeben?«

Saskia Grundmann, eine schlanke Polizistin von Anfang dreißig, räusperte sich. »Es sind zwar noch nicht alle Ergebnisse ausgewertet, aber es lässt sich schon jetzt sagen, dass keiner der Anwohner etwas Auffälliges im Zusammenhang mit der Tat bemerkt hat. Keine Beobachtungen, kein Lärm, nichts.«

»So viel zum Thema wachsamer Nachbar«, seufzte Lassner. Niemand wagte es, ihm zu widersprechen.

***

Auf dem Weg ins Bad zog sie sich das übergroße Schlafshirt über den Kopf und ließ es achtlos zu Boden fallen. Hastig sprang sie unter die Dusche und wartete darauf, dass das Wasser eine einigermaßen akzeptable Temperatur erreichte. Doch sie wartete vergeblich, denn die Brause blieb kalt. Fluchend hängte sie den Duschkopf zurück und drehte den Hahn ab. Offenbar stimmte etwas mit der Gastherme im Keller des alten Hauses nicht. »Shit«, zischte sie und trat an das Waschbecken, um sich hastig ein paar Spritzer Wasser ins Gesicht zu werfen. Fröstelnd rieb sie sich mit dem Handtuch ab und putzte sich die Zähne. Beim Blick in den Spiegel stellte sie fest, dass ihre Haare in alle Windrichtungen vom Kopf abstanden. So konnte sie unmöglich im Opernhaus erscheinen. Sie beugte sich tief in das Waschbecken, um ihre Haare wenigstens flüchtig zu waschen. Ihr war, als würde sie sich unter den Wasserfall eines Eisbaches bücken. Die Kopfhaut kribbelte, doch immerhin vertrieb das eisige Wasser die restliche Müdigkeit aus ihrem drahtigen Körper.

Zwei Minuten später rubbelte sie sich mit dem Handtuch trocken, wickelte es notdürftig um den Kopf und verließ das Bad. Ihre Klamotten lagerte sie aus Platzgründen in einem Schrank im Wohnzimmer.

Unbekleidet erreichte sie den kleinen Raum mit der hohen Altbaudecke. Er war einfach eingerichtet – ein weißes Sofa, ein modischer, niedriger Tisch und ein Bücherregal. Die Wände weiß gestrichen. Der hellbraune frisch aufgearbeitete Dielenboden erinnerte an die alten Zeiten, in denen dieses Haus Arbeiterfamilien auf engstem Raum beherbergt hatte. Weiße flauschige Läufer bildeten anheimelnde Inseln auf dem Boden. Nur die Pflanzen in den Töpfen auf der Fensterbank mit Blick auf die Kaiserstraße leuchteten wie bunte Farbtupfer. Ana verharrte kurz, als ihr Blick auf der geleerten Weinflasche und dem langstieligen Glas haften blieb.

Der Rioja war fruchtig gewesen und hatte ihrem Gaumen wohl etwas zu sehr geschmeichelt, denn so, wie es aussah, hatte sie die Flasche allein geleert, während sie auf Gregors Heimkehr gewartet hatte. Das rächte sich jetzt. Selber schuld, hallte es in ihrem Kopf, während sie an den Schrank trat.

Die gerade am Wohnzimmerfenster vorbeifahrende Schwebebahn bemerkte sie kaum noch. Das Wahrzeichen der Stadt rumpelte alle paar Minuten am Haus vorbei. Hatte sie sich anfangs von den Fahrgästen der Bahn beobachtet gefühlt, nahm sie die Züge inzwischen gar nicht mehr wahr. Gewohnheit war alles im Leben.

***

»Er scheint nicht zu Hause zu sein«, bemerkte Björn, während er mit dem Kinn zu Winklers Carport deutete. Der gelbe Porsche, den er in der Nacht bestaunt hatte, war verschwunden. Mia war vorangegangen und stand schon an der Tür der Villa. Eine getigerte Katze strich durch den Rhododendronbusch neben dem Eingang. Mia ging in die Hocke und flüsterte dem Tier ein paar leise Worte zu.

Lassner mochte keine Katzen. Er war ein bekennender Hundemensch. Wenn es nach ihm gegangen wäre, hätten sie längst einen Hund, der ihre Familie komplettierte. Doch bisher hatte er immer auf die Einwände seiner Frau gehört. Und insgeheim musste er ihr auch recht geben, denn Lena war berufstätig, er oft tagelang am Stück im Dienst, und ihr Sohn Leon hatte alles andere im Kopf, als sich in seiner Freizeit noch mit einem Vierbeiner zu beschäftigen.

Lena, durchzuckte es ihn. Ich muss ihr schreiben, was hier los ist. Auf der Stelle verspürte er ein flaues Gefühl in der Magengegend. Sie wird mich hassen. Oft verdrängte Björn, dass er schon Polizist gewesen war, als sie sich kennengelernt hatten. Vom ersten Tag an hatte er keinen Hehl daraus gemacht, dass Überstunden in seinem Beruf eine Selbstverständlichkeit waren. Auch dass sie sich, wenn er im Einsatz war, tagelang nicht zu Gesicht bekamen, hatte sie akzeptiert.

Die Tatsache, dass er mit Frauen zusammenarbeitete, war zunehmend zum Problem für Lena geworden. Dabei war ihre Eifersucht unbegründet. Als Björn ihr von seiner neuen Partnerin berichtet hatte, kannte Lenas Eifersucht keine Grenzen mehr. Ständig machte sie ihm schwere Vorwürfe. Auch den Einwand, dass Frank Thies ihm eine Frau zugeteilt hatte, ließ sie nicht gelten. Björn beschloss, bei nächster Gelegenheit ein klärendes Gespräch mit ihr zu führen, denn es lag ihm fern, ihre Ehe aufs Spiel zu setzen. Dafür war er zu harmoniebedürftig.

»Träumst du?«, riss Mias Stimme ihn aus den Gedanken. Grinsend war sie neben ihn getreten, während sein Blick auf den parkähnlichen Garten hinter dem verlassen daliegenden Haus gerichtet war.

»Nein, ich … was ist denn nun?«, fragte er.

»Niemand zu Hause.«

»Und jetzt?«

»Fahren wir zum Autohaus – denn vermutlich ist er dort.«

Björn nickte und hatte schon wieder vergessen, dass er sich bei

Lena melden wollte. »Dann los«, sagte er und marschierte zum Dienstwagen, der vor der Villa parkte.

***

»Nächste Station: Hammerstein!« Begleitet von einem melodischen Signalton erklang die künstliche Frauenstimme aus den Lautsprechern der Schwebebahn. In einer Höhe von gut acht Metern über der Straße wand sich der Zug wie ein stählerner Lindwurm durch die Straßenschluchten Vohwinkels. Während der Autoverkehr immer wieder ins Stocken geriet, zog das Wuppertaler Wahrzeichen unbeirrt von Staus und roten Ampeln seine Bahn am stählernen Gerüst.

Die regelmäßigen Ansagen der Sprachassistentin nervten ihn. Sie klangen überall auf der Welt gleich, die Siris, Geminis, Alexas und die Stimmen aus den Navigationssystemen in den Autos. Seit der große KI-Hype ausgebrochen war, hatte er sich geistig von der Digitalisierung verabschiedet, die sich wie ein Flächenbrand in der Gesellschaft ausbreitete. Nichts und niemandem konnte man mehr trauen. Egal, ob Bilder, Stimmen oder ganze Filmsequenzen, keiner wusste, ob das Material, das in allen Medien zur Schau gestellt wurde, überhaupt noch von Menschenhand geschaffen worden war. Neulich hatte er gelesen, dass ein Radiosender sein komplettes Programm auf KI umgestellt hatte. Die Moderationen, die Zusammenstellung der Playlists, sogar die Nachrichten und der Wetterbericht stammten von einer künstlichen Intelligenz. Der Betreiber des Senders war fein raus: Er sparte die Honorare für die Moderatoren und die Musikredakteure. Das Studio glich in seiner Vorstellung der Kommandozentrale eines Raumschiffes. Mikrofone und Mischpulte benötigte man nicht mehr. ChatGPT generierte das gesamte Radioprogramm, und das rund um die Uhr. Langsam wurde es gruselig, fand er. Und jetzt wurden schon die Haltestellendurchsagen in Wuppertals altehrwürdigem Wahrzeichen von einem Computer generiert. Offenbar war er jedoch der einzige Fahrgast, dem die Stimme aus der Retorte gegen den Strich ging.

Niemand in dem hellblauen Zug schien sich überhaupt für die Ansage zu interessieren. Die Bahn war mäßig besetzt um diese Uhrzeit, denn alle Berufstätigen und die Schüler, die die Schwebebahn regelmäßig nutzten, waren längst in den Fabriken und Schulen entlang der Strecke angekommen.

Er verdrängte die Gedanken und konzentrierte sich auf das, was er gleich erleben würde. Um diese Zeit war sie manchmal noch zu Hause. Er wusste es, hatte ihre Gewohnheiten wochenlang studiert und war so zu einem Teil ihres Lebens geworden, ohne dass sie ahnte, dass er längst ein Schatten in ihrem Alltag war. Als Perfektionist stellte er hohe Anforderungen an sich und seine Arbeit.

Seine Vorfreude, gleich mit etwas Glück einen Blick von ihr erhaschen zu können, glich der eines Kindes kurz vor der Bescherung. Noch wusste er nicht, welche Geschenke für ihn unter dem Baum lagen, und dennoch konnte er die Freude nicht von der Spannung trennen, die sich mit jedem Meter, den die Bahn zurücklegte, in ihm aufbaute. Keiner der anderen Passagiere ahnte, was in seinem Kopf vorging. Es war ein Feuerwerk der Emotionen, und das alles nur für einen winzig kleinen Augenblick, nicht länger als ein Wimpernschlag.

Je näher der Zug ihrem Haus kam, umso mehr steigerte sich seine Erregung. Mit etwas Glück würde er sie gleich sehen, einen winzigen Blick in ihr Refugium erhaschen, für den Bruchteil einer Sekunde an ihrem Privatleben teilhaben können.

Ob sie das wollte oder nicht.

Er spürte, wie seine Handinnenflächen schwitzten, und versetzte das Handy, mit dem er bis eben Bilder von ihr betrachtet hatte, in den Ruhezustand und konzentrierte sich auf die Fahrt. Seine Finger zitterten, als er das Smartphone in die Hosentasche schob, um von seinem Sitzplatz aufzuspringen. Auch jetzt beachtete ihn niemand.

Auf der rechten Seite des Zuges gab es nur Stehplätze. So klammerte er sich an einer Haltestange fest und stierte hinaus auf die Häuserzeilen, an denen sich die Schwebebahn vorbeischob und einen ungeschönten Blick in die Fenster der Wohnungen preisgab.

Gleich, hämmerte es in seinem Schädel, gleich ist es so weit. Er fieberte dem winzig kurzen Moment entgegen, in dem er einen Blick in ihre Wohnung werfen konnte. Nun umklammerte er die Haltestange der Bahn so fest, dass seine Knöchel weiß unter der Haut hervortraten. Seine Kieferknochen mahlten vor Aufregung. Dann endlich passierte die Schwebebahn das Haus, in dem sie wohnte. Dabei handelte es sich um einen schäbigen Altbau, in dessen Erdgeschoss sich jahrelang eine Blumenhandlung befunden hatte. Jetzt hatte jemand, der mit Sonderposten einen schnellen Euro machen wollte, die Ladenfläche angemietet.

Geiz ist geil, dachte er abfällig.

Gebannt starrte er auf die erste Etage des Hauses. Vier Fenster gehörten zu ihrer Wohnung. Gardinen gab es nicht.

Zuerst konnte er einen Blick in ihr Schlafzimmer erhaschen. Dort war sie nicht. Als Nächstes kam das schmale Badezimmerfenster. Es bestand aus einer Milchglasscheibe und stand auf Kipp. Danach folgte, das hatte er längst herausgefunden, ihr Wohnzimmerfenster. Schlaglichtartig erblickte er eine zierliche Gestalt. Unbekleidet, nur ein Handtuch auf dem Kopf. Es ging zu schnell, um Details wahrzunehmen. Nur der Umstand, dass sie sich völlig unbefangen nackt am offenen Fenster zeigte, während wenige Meter vor dem Haus die Bahn vorbeirumpelte, blieb haften.

Ein Irrtum war ausgeschlossen, er war sicher, dass es sich bei der nackten Frau um sie gehandelt hatte. Doch warum, um Himmels willen, lief sie nackt am Fenster herum?

Abfuck, hämmerte es in seinem Kopf. Warum ist sie nackt, wenn eine Schwebebahn vorbeikommt? Ist sie nicht allein? Liegt etwa ein anderer Typ in ihrem Bett? Der Gedanke daran machte ihn krank. Je länger er darüber nachdachte, umso sicherer wurde er, dass sie nackt durch die Wohnung lief, weil ein anderer Typ bei ihr war.

Was bildet sie sich ein? Sie gehört doch mir, verdammt noch mal! Wütend und voller Eifersucht ballte er die Hände zu Fäusten. Er würde es ihr schon zeigen.

Die Gedanken tobten wie ein Tornado durch seinen Schädel. Er ließ die Haltestange los und sank zurück auf den Sitzplatz, stierte mit versteinertem Blick nach vorn und ballte die Fäuste. Seine Finger knackten ungewöhnlich laut, doch er war in seinen Gedanken gefangen und nicht imstande, klar zu denken. Als er kurz die Augen schloss, tauchte ihr Bild schlaglichtartig in seiner Erinnerung auf. Wie der winzige Schnipsel einer Filmsequenz sah er sie, bevor im nächsten Augenblick der Filmriss das Gesehene und das unvollendete Bild zunichtemachte.

In ihm reifte ein Entschluss.

Abfuck, dachte er, warum ist sie nackt? Immer wieder stellte er sich diese eine Frage. Das wirst du bereuen. Langsam nur beruhigte sich sein Puls. Als der Fahrer der Bahn das Tempo drosselte und der Zug in die Station Hammerstein rollte, stand sein Entschluss fest. Dafür wirst du büßen, du kleine Schlampe.

***

Hektisch wühlte Ana in ihrer Kleidung und entschied sich für einen dicken Strickpulli in Weinrot, für den dunkelgrünen Minirock aus Wolle und für eine blickdichte bordeauxfarbene Strumpfhose. Es war Herbst, die Blätter an den Bäumen hatten sich schon im letzten Monat bunt gefärbt – warum also sollte sie nicht auch farbenfroh aus dem Haus gehen?

Nachdem sie in die braunen Lederstiefel geschlüpft war und sich die Handtasche über die Schulter geworfen hatte, sah sie ein letztes Mal ins Schlafzimmer. Gregor schien wieder eingeschlafen zu sein.

Das einzige Geräusch im Raum war sein gleichmäßiges Atmen. Ana war froh, dass ihr Freund nicht zum Schnarchen neigte. Außer, wenn er etwas getrunken hatte, dann wurde es neben ihm im Bett unerträglich. Doch gottlob war das nicht oft der Fall. Sekundenlang lehnte sie im Türrahmen, um ihn zu beobachten. Gregor war fast zwei Meter groß. Sein durchtrainierter Oberkörper war tätowiert und männlich. Sie stand auf seine Tattoos. Doch jetzt schlief er selig wie ein Baby.

»Ich bin weg«, sagte sie halblaut, wartete sein zustimmendes Brummen ab, dann wandte sie sich zum Gehen. In der Diele nahm sie den Schlüssel vom Brett, über dem ihre zahlreichen Erinnerungsfotos hingen, und trat ins Treppenhaus. Um ein Haar hätte sie, wie sie es sonst tat, die Wohnungstür abgeschlossen. Im letzten Moment besann sie sich darauf, dass Gregor da war, und ließ den Schlüssel in der Tasche verschwinden. Eilig rannte sie die hölzerne Treppe hinunter und stand im nächsten Augenblick in der Herbstsonne vor dem Haus. Ihre Laune besserte sich schlagartig.

KAPITEL 12

Mia und Lassner hatten sich aufgemacht, um Adrian Winkler an seinem Arbeitsplatz aufzusuchen. Sein Geschäft befand sich an der Straße zwischen Langerfeld und dem benachbarten Schwelm, einen Steinwurf von der großen Autobahnbrücke, die sich über das Tal spannte, entfernt. Das Rauschen der Schnellstraße war allgegenwärtig, als sie ausgestiegen waren. Den unauffällig lackierten Dienstwagen hatten sie zwischen den Neuwagen auf dem großen Platz vor dem imposanten Glaskasten geparkt. Beim Betreten des Verkaufsraumes war die Luft vom Geruch nach Leder und Benzin erfüllt. Aus den Lautsprechern an der Decke erklang das Programm von Radio Wuppertal. Lassner war vom Glanz und der Eleganz der ausgestellten Fahrzeuge wie geblendet. Er konnte seine Augen kaum von den glänzenden Lackierungen und den luxuriösen Innenräumen der Autos nehmen.

»Björn, Mensch, du sabberst gleich«, zischte Mia ihrem Partner zu. Es war an ihr, den führenden Part des Gespräches zu übernehmen. Protzige Autos bedeuteten ihr nicht viel – der alte und verbeulte Caddy ihrer Freundin Lea genügte, um trocken von A nach B zu kommen. Für die kurzen Wege nutzte sie ihren geliebten E-Chopper.

Mia trat an den Empfangstresen und stellte sich und Lassner vor, der gerade den Innenraum eines schwarzen BMW in Augenschein nahm.

»Guten Morgen.« Ein unverbindliches Lächeln wie aus der Zahnpastawerbung strahlte ihnen entgegen. »Kann ich etwas für Sie tun?« Sie versuchte, die Dienstausweise ihrer Besucher mit dem nordrhein-westfälischen Amtswappen zu ignorieren, doch Mia hielt ihr Kärtchen höher.

Sie schätzte die dunkelhaarige Schönheit an der Theke auf Mitte zwanzig. Das Make-up war für Mias Geschmack etwas zu grell, die schulterlangen Haare fielen locker auf ihre schmalen Schultern. Unter dem marinefarbenen Blazer mit Reverskragen trug sie eine weiße durchschimmernde Bluse, deren ersten beiden Knöpfe offen standen und den Ausblick auf ein Dekolleté erlaubten, das dem eines Models in nichts nachstand. Nur das filigrane Silberkettchen lenkte Mias Blick vom Ansatz ihrer Brüste ab. Auf dem Tresen erblickte sie das Namensschild der jungen Mitarbeiterin. »Laura Jackstädt«, las sie die in das aluschimmernde Plättchen eingravierten Lettern.

»Polizei?«, fragte Laura Jackstädt jetzt und errötete unter dem Make-up.

Mia nickte.

»Wir würden gern mit Herrn Winkler sprechen.« Lassner legte seine Hände auf den Tresen und lächelte der Empfangsdame freundlich zu. Ihm war nicht entgangen, dass die junge Frau überrascht vom Besuch der Polizisten war.

»Ich sehe nach, ob Herr Winkler schon im Haus ist«, antwortete Laura Jackstädt und erhob sich von ihrem Platz.

»Zu Hause war er jedenfalls nicht«, erwiderte Lassner.

»Bitte entschuldigen Sie mich.« Die junge Frau ließ die Polizisten zurück und suchte die Büros auf, die sich im hinteren Teil des Empfangsbereiches befanden. Lassner blickte sich um. Neben der Theke, über der ein von der Decke hängendes Schild die Besucher »HERZLICH WILLKOMMEN« hieß, lud eine Lounge-Ecke die Kunden zum Verweilen ein. Auf dem niedrigen Tisch warteten aktuelle Tageszeitungen und Autofachzeitschriften auf ihre Leserschaft. Eine hochwertige Kaffeemaschine stand der in einem Café in nichts nach.

Mia stellte amüsiert fest, dass Lassner beim Anblick der Fahrzeuge im Showroom immer noch vor Begeisterung strahlte. Vor einem silberfarbenen Mercedes Kombi mit breiten Reifen und abgedunkelten Scheiben blieb er stehen, schirmte die Augen mit den Händen ab und warf einen Blick in das Innere. Als er sich zu Mia umblickte, glühte sein Gesicht. »Der wär es. AMG-Paket, Allradantrieb und 333 PS.«

»Ist klar.« Mia winkte ihn heran und führte ihn zu der eisernen Stele neben dem Wagen. »Bist du sicher?«, fragte sie und deutete auf das Preisschild, dessen Liste mit den Mehrausstattungen nicht enden wollte. Als Lassner den Endpreis erblickte, wich er einen halben Schritt zurück. Das Grinsen war verschwunden.

»Vielleicht nehmen sie deinen alten Kombi in Zahlung«, sprach Mia ihm Mut zu.

Lassner winkte ab. Gerade als er eine Lobeshymne auf seinen schier unzerstörbaren, aber in die Jahre gekommenen Volvo anstimmen wollte, näherten sich Schritte.

»Frau Sommer, Herr Lassner, herzlich willkommen in meinem Reich.« Adrian Winkler trug einen anthrazitfarbenen Maßanzug zu braunen Schuhen. Er hatte die Arme ausgebreitet wie ein Showmaster, der seine Kandidaten begrüßte, und zeigte seine strahlend weißen Zähne. Mit eleganten, fast tänzelnden Schritten trat er ihnen entgegen. Von Winkler ging eine nahezu überschwängliche Selbstsicherheit aus. Mia war klar, dass er sich auf seinem Terrain bewegte und die Blicke seiner Angestellten genoss. So, wie ein Promi über den roten Teppich flanierte, trat er jetzt auf seine Gäste zu.

Es hatte nicht den Anschein, als würde eine schlaflose Nacht hinter Winkler liegen, seit sie bei ihm gewesen waren. Der Inhaber des Autohauses wirkte frisch und ausgeschlafen. Eine unsichtbare Aftershave-Duftwolke umgab ihn. Nachdem Winkler seiner Mitarbeiterin freundlich, aber reserviert gedankt hatte, nahm Laura Jackstädt wieder ihre Stellung am Empfangstresen ein. Winkler hatte seine Besucher erreicht.

»Sie sind nicht gekommen, um ein Auto zu kaufen, nehme ich an.«

»Tatsächlich nicht.« Lassner schüttelte den Kopf und blickte sich um. »Können wir irgendwo ungestört reden?«

»Aber natürlich.« Winkler machte eine einladende Geste. »Bitte folgen Sie mir in mein Büro.« Als Mia und Lassner nicht widersprachen, ging er voran. Während die Büros der beiden Autoverkäufer nur durch gläserne Wände vom Verkaufsraum abgetrennt waren, verfügte Winkler über einen nicht einsehbaren Raum, der von einem großen Schreibtisch mit ledernem Chefsessel beherrscht wurde. Den Platz auf dem Tisch teilten sich Monitor, Maus und die ultraflache Tastatur mit unzähligen Automodellen, die in winzigen Vitrinen vor Staub geschützt wurden. Großformatige Fotografien an den Wänden zeigten edle Fahrzeuge vor atemberaubenden Kulissen.

Hinter der Tür versteckte sich ein kleiner runder Tisch, um den vier einfache Küchenstühle versammelt waren. Der Tisch bog sich unter der Last von Autozeitungen und Prospekten. Von den großen Fenstern des Eckbüros aus konnte man die Autobahnbrücke sehen. Der Verkehr floss zügig in Fahrtrichtung Dortmund vorbei.

Winkler hatte inzwischen die Bürotür geschlossen und verschanzte sich hinter seinem Schreibtisch. Gefällig deutete er auf die beiden Besucherstühle. »Nehmen Sie doch Platz.«

Mia nahm das Angebot an, während Lassner dankend stehen blieb. Lässig lehnte er sich gegen eine Fensterbank und betrachtete den Besitzer des Autohauses mit verschränkten Armen. Kaffee, Saft oder Tee lehnten beide ab.

»Sie scheinen niemals zu schlafen«, stellte Winkler mit einem süffisanten Grinsen auf den Lippen fest. »Oder wollen Sie mir verkünden, Tessas Mörder schon gefunden zu haben?«

»Bedauerlicherweise nein.« Lassner nahm das Gespräch an sich und schüttelte den Kopf. »Wir würden gern wissen, wie das Verhältnis zu Ihrer Ex-Frau war.«

»Das habe ich Ihnen doch schon heute Nacht geschildert.« Winkler stöhnte auf. »Wir lebten nach der Scheidung weiter gemeinsam in meinem Haus, Tessa hatte ihren eigenen Bereich und das Arbeitszimmer, das Sie bereits kennen.«

»Wir meinen nicht, wie wir uns die räumliche Aufteilung vorzustellen haben«, half Mia ihm auf die Sprünge. »Gab es Streit? Gab es jemanden im Leben Ihrer Ex-Frau, haben Sie möglicherweise eine neue Freundin, die …?«

»Sie meinen, ob Eifersucht im Spiel war? Ob ich möglicherweise sogar …?« Adrian Winkler brach mitten im Satz ab, lehnte sich weit zurück und lachte amüsiert. »Hören Sie auf«, bat er Mia. »Auch wenn Eifersucht bei Tötungsdelikten eines der häufigsten Tatmotive ist … ich habe damit nichts zu tun.« Als Mia und Lassner nicht gleich antworteten, fuhr er fort: »Ich lese leidenschaftlich gern Kriminalromane, müssen Sie wissen. Nur für den Fall, dass Sie sich über meine Fachkenntnis wundern.«

Er wirkte ein wenig überheblich. Da war eine Nuance in seiner Stimme, die Mia nicht gefiel. Sie warf Lassner einen raschen Blick zu. Er nickte unmerklich, hatte den eigenartigen Unterton des Autohändlers offenbar ebenfalls bemerkt.

»Wenn Sie Kriminalromane lesen, dürften Sie folgenden Satz bereits kennen«, konterte Mia distanziert. »Unsere Ermittlungen gehen in alle Richtungen.«

»Es ist verblüffend, wie souverän Sie die abgedroschenen Klischees bedienen«, fand Winkler, dann wurde er ernst. »Aber es ist nicht der richtige Zeitpunkt zum Scherzen. Ich möchte Ihnen die Frage beantworten: In meinem Leben gibt es keine neue Frau, hier und da mal eine flüchtige Affäre oder einen Flirt, ansonsten aber … bin ich mit dem, was mir Tessa trotz unserer juristischen Trennung noch zu bieten hat, sehr zufrieden. Gewesen.« Da lag ein seltsamer Blick in seinen Augen, während er Mia taxierte. »Hatte«, fügte er hinzu. »Es fällt mir noch schwer, in der Vergangenheitsform von ihr zu sprechen.«

»Wie stand es bei Ihrer Ex-Frau?«, ergriff Lassner das Wort. Ihm schien nicht entgangen zu sein, wie Winkler Mia angeschaut hatte. »Gab es jemanden in ihrem Leben?«

»Darüber haben wir uns nicht ausgetauscht«, erwiderte Adrian

Winkler schnell, für Mias Geschmack etwas zu schnell. »Und offen gestanden war es mir auch egal, mit wem sie – außer mir – gevögelt hat.« Als er Mias missbilligenden Blick sah, murmelte er eine halbherzige Entschuldigung. »Bitte verzeihen Sie meine vulgäre Ausdrucksweise.« Er blickte mit einem süffisanten Grinsen zu Lassner auf. »Wie Sie sehen, scheidet dieses Tatmotiv aus.«

»Das würde ich so nicht unterschreiben«, entgegnete Mia. »Was, wenn Ihre Ex-Frau einen neuen Freund hatte, von dem Sie nichts wissen? Was, wenn er dahinterkam, dass sie, so wie Sie behaupten, immer noch mit Ihnen schlief?«

»Wer auch immer er ist – wenn es ihn denn gibt –, er wäre töricht, Tessa aus diesem Grunde zu töten.«

»Wo waren Sie gestern Abend?« Mia fixierte ihn mit ihrem Blick.

»Ernsthaft?« Winklers Augen verengten sich zu schmalen Schlitzen. Seine Souveränität fiel von ihm ab. »Das fragen Sie nicht wirklich.«

»Wie gesagt – wir ermitteln in alle Richtungen.« Mia ließ sich nicht von ihm einschüchtern. »Also. Bitte beantworten Sie meine Frage.«

»Zu Hause«, erwiderte er mit versteinerter Miene. »Ich war einfach zu Hause und habe eine neue Serie bei Netflix gestreamt. Und, falls das Ihre nächste Frage sein sollte – nein, dafür gibt es keine Zeugen.« Als er Mias Blick sah, stammelte er weiter. »Hören Sie, von mir aus lassen Sie mein Handy tracken. Dann wissen Sie, dass ich das Haus nicht verlassen habe.«

»Sie könnten das Haus auch ohne Ihr Smartphone verlassen haben«, erwiderte Mia.

»Dann von mir aus die Videoüberwachung in meinem Haus – nutzen Sie die Aufnahmen als Beweis, dass ich mit Tessas Tod nichts zu tun habe.«

»Sie haben also doch eine Videoüberwachung?«

»Sicher. Um Einbrecher stellen zu können.« Winkler nickte und spürte, dass er wieder an Oberwasser gewann. »Ich stelle Ihnen die

Aufnahmen gern zur Verfügung. Man sieht auf den Bildern, wie ich durchs Haus gelaufen bin, man kann mich beobachten, wie ich auf der Couch herumlümmele, mich betrinke und wie ich mir einen runterhole. Aber wenn es mich vor dem Knast bewahrt – bitte.«

Mia ersparte sich eine Antwort. Der Autoverkäufer wurde ihr immer unsympathischer. Lassner sah ihr ihre Abneigung an und übernahm wieder das Gespräch. »Bitte schicken Sie uns die Aufnahmen zur betreffenden Zeit«, bat er ihn. »Ich nehme an, dass Datum und Uhrzeit im Bild eingeblendet werden?«

»Selbstredend.« Winkler nickte.

Lassner schob ihm eine Visitenkarte zu. »Bitte an diese Mailadresse.«

»Geht in Ordnung«, erwiderte Winkler verbissen.

»Herr Winkler, haben Sie eine Ahnung, wo Ihre Ex-Frau sich gestern Abend aufgehalten hat, bevor sie sich zu vorgerückter Stunde mit den öffentlichen Verkehrsmitteln auf den Heimweg gemacht hat?« Lassner fixierte den Autohändler mit seinem Blick.

»Bedauerlicherweise nicht, nein.«

»Gab es Freizeitaktivitäten, Sport, Freunde, regelmäßige Restaurantbesuche oder Ähnliches?«, setzte Mias Kollege nach. Er hatte bereits einen Block und seinen Stift gezückt, um sich Notizen zu machen.

»Sie war ein Workaholic«, erwiderte Winkler seufzend. »Freizeit musste bei ihr immer hintanstehen. Deshalb gab es in der Vergangenheit auch oft Streit zwischen uns.«

»Also hatte sie keine Hobbys?«

»Nicht, dass ich wüsste. Mutmaßlich keine anderen Männer, keine Hobbys, nichts.« Winkler beugte sich vor und barg das Gesicht in den Händen. Plötzlich wirkte er klein und zerbrechlich. Seine souveräne Fassade war von ihm abgefallen. »Und daran ist unsere Ehe irgendwann zerbrochen.«

»Sie sind selbstständig«, mischte sich Mia nun ein. »Da ist Freizeit auch eher ein Fremdwort, oder?«

Er lachte trocken in die hohle Hand, bevor er aufblickte. »Ich habe das Privileg, eine zuverlässige Belegschaft zu beschäftigen.«

»Ihre Frau nicht?« Lassner hob fragend eine Augenbraue.

Winkler schüttelte den Kopf. »Sie hat nur eine Mitarbeiterin, die ihr beim Bürokram hilft – und eine Angestellte auf Minijobbasis, ach ja, und eine Putzfrau. Da blieb viel Arbeit an Tessa hängen. Oft ist sie bis spät in die Nacht im Büro geblieben.«

»Wir werden das überprüfen«, versicherte Lassner ihm.

»Tun Sie das.« Winkler nickte. »Wie weit sind Sie mit der Liste von Freunden und Feinden, die ich Ihnen heute Nacht mitgegeben habe?«

»Die Kollegen arbeiten sie gerade ab.« Lassner stieß sich von der Fensterbank ab und warf einen schnellen Blick nach draußen. Auf dem Hof standen unzählige Gebrauchtwagen in Reih und Glied. Im hinteren Bereich gab es eine Werkstatt. Die Tore der Halle standen offen, er konnte auf die Hebebühnen und Gruben blicken. »Warum haben Sie uns nichts von dem Unfall erzählt, den Ihre Frau im alkoholisierten Zustand verschuldet hat?«, fragte er in nebensächlichem Ton, ohne sich zu Winkler umzudrehen. Mia sah, dass er den Autohändler im Spiegelbild der Scheibe betrachtete.

Winkler zuckte unmerklich zusammen. Mit einer fahrigen Bewegung wischte er über die Schreibunterlage, dann hatte er sich wieder unter Kontrolle. Er schenkte seinen Besuchern ein Zahnpastalächeln und fand schnell zu seiner Selbstsicherheit zurück.

»Ich bin davon ausgegangen, dass Sie das schon wussten«, behauptete Winkler. »Immerhin stand Tessas Identität heute Nacht bereits fest, als Sie zu mir kamen. Offen gestanden war ich sogar verwundert darüber, dass Sie das nicht angesprochen haben.«

»Sie verschweigen uns etwas«, sagte Mia.

»Warum sollte ich das tun?« Adrian Winkler gab sich empört. »Und was hat das mit dem Mord an meiner Frau … Ex-Frau zu tun?«

»Wir werden es herausfinden«, versicherte Mia ihm, während sie sich erhob. Sie gab Lassner ein Zeichen. Er nickte und machte ebenfalls Anstalten, den Raum zu verlassen.

»Warten Sie«, rief Adrian Winkler ihnen hinterher.

Mia, die bereits an der Tür angekommen war, wandte sich zu ihm um.

»Es gab ein Problem.« Winkler bedeutete ihnen zurückzukommen. »Der Vater des Mädchens, das damals ums Leben kam, hat Tessa die Hölle heißgemacht.«

»Ach was.« Mia sog die Luft durch die Nase ein. »Schön, dass wir drüber sprechen.« Ironie schwang in ihrer Stimme mit. Sie setzte sich wieder, Lassner blieb stehen. »Was ist passiert?«

»Es gab Drohbriefe – Mails und Textnachrichten auf Tessas Handy. Der Mann hat sie für den Tod seiner Tochter verantwortlich gemacht.«

»Was ja auch den Tatsachen entspricht«, sagte Mia in sachlichem Tonfall.

»Sie hätten es sowieso herausgefunden, wenn Sie Tessas Handy und Laptop schon durchleuchtet hätten«, murmelte Winkler, diesmal kleinlaut. »Ich habe Tessa angeboten, einen befreundeten Privatdetektiv auf diesen Wahnsinnigen anzusetzen, damit endlich wieder Ruhe einkehrt.«

»Haben Sie es mal mit der Polizei versucht?«, entgegnete Lassner. »Wie wir wissen, haben Sie die Geldstrafe übernommen, um Ihre Frau vor der drohenden Haftstrafe zu bewahren.« Auf dem Weg hatte er sich in die Unfallakte eingelesen.

»Wissen Sie, was im Frauenknast abgeht?«, antwortete Adrian Winkler kämpferisch. »Es soll die Hölle sein.«

»Sein Kind zu verlieren, weil jemand betrunken Auto fährt, ist sicher ebenfalls die Hölle.«

»Darüber bin ich mir im Klaren.«

»Haben Sie Kinder?« Mia ließ den Besitzer des Autohauses nicht aus den Augen.

»Nein, wir wollten immer Kinder haben, aber es hat nicht geklappt.« Winkler barg das Gesicht in den Händen, bevor er zu Mia aufblickte. »Spielt das jetzt eine Rolle?«

»Nur, wenn es um Ihr Mitgefühl für die Eltern des Mädchens geht«, konterte Mia schlagfertig.

Lassner schrieb mit und wandte sich an Winkler. »Also sind Sie nicht gegen den Vater des Kindes vorgegangen? Waren Sie nicht bei der Polizei, um Anzeige zu erstatten?«

»Nein, was hätte das schon gebracht?«

»Eine Unterlassungsklage zum Beispiel«, erwiderte Mia. »Erzählen Sie uns, was in dieser Nacht geschah?«

»Wenn es sein muss.« Winkler seufzte. Als er seine Besucher ansah, schimmerten seine Augen feucht. »In jener verhängnisvollen Nacht gab es einen Streit zwischen Tessa und mir. Rückblickend kann ich mich nicht einmal an den Grund unserer Auseinandersetzung erinnern. Wir hatten getrunken, möglicherweise ist die Situation auch deshalb eskaliert. Sie setzte sich ins Auto und fuhr ziellos durch die Nacht. Einfach so.« Er seufzte schwer und stierte ins Leere. »Es war dunkel, und es hat geregnet, die Sicht war schlecht, Tessa viel zu schnell unterwegs. Plötzlich muss das Kind zwischen geparkten Autos auf die Straße gelaufen sein. Tessa wollte ausweichen, hatte aber keine Chance. Auf der regennassen Fahrbahn war der Bremsweg länger als sonst, und … Das achtjährige Mädchen verstarb an den Folgen des Unfalls.«

Winkler lehnte sich zurück. »Der folgende Gerichtsprozess war eine Tortur. Schon damals mussten Gerichtsangestellte den aufgebrachten Vater des Kindes maßregeln. Imhof, so heißt er, beschimpfte Tessa wüst und drohte ihr schon im Gerichtssaal an, dass sie für den Tod seiner Tochter büßen werde. Die Gerichtsdiener mussten mehrfach einschreiten.«

Mia nickte. Sie versuchte, sich auszumalen, was im Kopf des Vaters vorgegangen sein musste. Verzweiflung und Wut über den unsinnigen und vermeidbaren Tod einer Achtjährigen konnten zu Überreaktionen führen. »Hat Imhof gedroht, Ihre Ex-Frau umzubringen?«

Winkler betrachtete sie lange. »Nicht direkt«, sagte er schließlich. »Aber er stand stundenlang vor unserem Haus, hat gedroht und Tessa gestalkt, psychologischen Druck ausgeübt. Einmal bin ich mit ihm aneinandergeraten. Ich habe ihm eine blutige Nase verpasst, danach kehrte etwas Ruhe ein.«

»Spätestens zu dem Zeitpunkt hätten Sie die Polizei einschalten müssen.« Mia seufzte. »Also schließen Sie aus, dass der Kindesvater etwas mit dem Tod Ihrer Ex-Frau zu tun hat?«

»Das kann man nicht, Imhof ist sehr impulsiv und unberechenbar. Sein erklärtes Ziel, uns das Leben zur Hölle zu machen, hat er jedenfalls erreicht.« Winkler schüttelte den Kopf. »Er war wie im Wahn, als ich ihn zuletzt gesehen habe.«

»Wann war das?«, schoss es aus Lassner heraus.

»Vor ein paar Tagen erst. Er saß in seinem Auto vor meinem Haus. Einfach so. Saß da und hat zu unseren Fenstern hochgeschaut. Mit einem Blick, der mir Angst gemacht hat.« Adrian Winkler wirkte wieder verwundbar. »Der Mann ist wahnsinnig.«

Mia ersparte sich eine Antwort. Lassner gab ihr ein Zeichen. Hier war nichts mehr zu holen. Mia nickte ihm zu und verabschiedete sich von Winkler. »Wir finden allein raus«, bemerkte sie, als er Anstalten machte, sich zu erheben.

KAPITEL 13

Unpünktlichkeit ist inakzeptabel. Ana ärgerte sich fürchterlich, dass sie gegen ihre eigenen Prinzipien verstoßen hatte. Sie war die personifizierte Perfektion – jedenfalls behaupteten das ihre Freunde immer von ihr. Sie war ehrgeizig und fordernd, ging stets an die Grenzen des Machbaren, um ihre Ziele zu erreichen.

Heute war alles schiefgegangen, es war der jungen Choreografin so, als hätte sich die Welt an diesem Herbstmorgen gegen sie verschworen. Nachdem ihr Smartphone sie nicht geweckt hatte, war das Wasser der Dusche kalt geblieben und die Schwebebahn wegen eines technischen Defekts nicht gefahren. Man hatte gemunkelt, dass ein geistig verwirrter Fahrgast in einer Bahn die Notbremse gezogen und somit den Rest der Strecke für die folgenden Züge blockiert hatte. Die eingesetzten Ersatzbusse waren überfüllt und ungewöhnlich lange unterwegs gewesen. Und noch etwas hatte sie wahrgenommen. Seit sie den Bus bestiegen hatte, hatte sie das Gefühl, verfolgt zu werden. Von einem nahezu unsichtbaren Schatten, denn immer, wenn sie sich wachsam umgeblickt hatte, war da niemand gewesen. Trotzdem blieb das mulmige Gefühl.

Mittags war sie mit Alina, einer Freundin aus Studientagen, zum Essen verabredet. So schlecht, wie ihr Tag begonnen hatte, würde sich Ana nicht wundern, wenn Alina das Treffen kurzfristig absagen würde.

Unpünktlichkeit ist absolut inakzeptabel, schallte es in Anas Schädel, als sie durch den Engelsgarten zum Seitentrakt des Wuppertaler Opernhauses rannte. Sie warf einen Blick über die Schulter, doch sie war allein.

Schlecht gelaunt und abgehetzt erreichte sie den Bühneneingang der Spielstätte. Da die Klingel mit dem Schild »Pforte« seit einigen

Tagen nicht funktionierte, hämmerte sie energisch gegen das Glas der Tür. »Mach auf!«, rief sie durch das Metall. Ihre Atemluft bildete einen beschlagenen Kranz auf der Scheibe. Sie schirmte mit den Händen die Augen ab und warf einen Blick hinter die Tür. Das karge Treppenhaus lag verlassen da.

Unter dem Vordach zu ihrer Rechten stand ein Lkw, der gerade entladen wurde. Von der Ladefläche waren lautes Rumpeln und das Fluchen der Arbeiter zu vernehmen.

Jetzt tauchte jemand in Arbeitskleidung auf. Der Hausmeister nahm die Stufen nach unten, die zum Personaleingang führten. »Ich komm ja schon.« Er runzelte kurz die Stirn, dann erhellte sich seine Miene, und er ließ Ana eintreten. Sie nickte Dieter, dem pausbäckigen Hausmeister, zu. Wie immer war er unrasiert, stank nach Alkohol und trug einen schmutzigen grauen Arbeitskittel. Und wie immer betrachtete er sie mit einem lüsternen Blick. »Schlecht gelaunt?«

»Ich möchte nicht darüber sprechen.« Kopfschüttelnd schob sich Ana an ihm vorbei, hangelte sich die Treppen hinauf und stand im nächsten Augenblick in einem spärlich beleuchteten Gang, dessen hohe Wände schwarz gestrichen waren. Überall stapelten sich schwer aussehende Holzkisten und technisches Equipment. Von der schillernden Welt des Theaters, die die Besucher während der Aufführungen erlebten, war hier nicht viel zu sehen.

»Wir verkaufen dem Publikum Illusionen«, hatte ihre Ausbilderin an der Hochschule für Musik und Tanz immer gesagt, wenn es um die Magie des Theaters ging. Ana dachte noch daran, als sie den Proberaum des Ensembles erreichte. Die Aufführung eines neuen Stückes stand kurz bevor, schon in acht Wochen sollte nach dem Willen des Intendanten die Uraufführung stattfinden. Dann würde die kulturbegeisterte Welt wieder auf Wuppertal blicken, denn das Tanztheater war weit über die Grenzen der Stadt hinaus bekannt.

Entsprechend hoch waren die Erwartungen des Theaterleiters, der sich in den letzten Tagen immer wieder bei den Proben sehen ließ, wohl um auf Ana Druck auszuüben. Er machte sie als Choreografin des Ensembles für etwaige Misserfolge verantwortlich. Diesmal ging es um ein amüsantes und temporeiches Stück, das mit Gesang, Tanz- und Sprecheinlagen bei einem minimalistischen Bühnenbild sein Publikum begeistern sollte. Für Ana, die schon als junges Mädchen in Russland Musik, Gesang und Tanz studiert hatte, war es die zweite Spielzeit als Choreografin. Auch dabei ganz Perfektionistin, gab sie sich ehrgeizig und fordernd. Sie verlangte den Mitgliedern des Tanztheaters, einer bunt gemischten Truppe aus vielen Ländern, alles ab. Doch trotz ihres mitunter harten Führungsstils schätzten die jungen Tänzerinnen und Tänzer sie sehr.

Gerade weil ihr der Ruf als Perfektionistin vorauseilte, wurde sie bei ihrer Ankunft im Proberaum mit überraschten Blicken betrachtet. Es dauerte einen Moment, bis sich Anas Augen an das hier herrschende Zwielicht gewöhnt hatten. Die jungen Frauen und Männer des Ensembles hockten auf dem Parkettboden. Mit Anas Erscheinen erhoben sich die Tänzer. Auf ihren Wunsch hin sollte die heutige Probe noch nicht in Kostümen stattfinden. Deshalb trugen die jungen Leute bequeme Kleidung, Jogginghosen und Leggins zu übergroßen T-Shirts, fast alle waren barfuß.

»Guten Morgen«, rief Ana in die Runde und klatschte in die Hände. »Ich bin spät dran, und ich möchte nicht darüber sprechen.«

Einige lachten verschämt und lockerten ihre Glieder.

Ana zog die Jacke aus, warf sie über den Klavierhocker, legte die Tasche daneben und hielt kurz inne, massierte ihre Schläfen, als sie den pochenden Schmerz spürte, und sank auf den Hocker, um sich zu sammeln. Für einen Augenblick schien sich die Welt um sie herum zu drehen. Mühsam kämpfte sie gegen den Schwindel an und versuchte, alle Missgeschicke des heutigen Morgens auszublenden.

Ein schlaksiger junger Mann löste sich aus der Gruppe. Er griff zu einem der bereitstehenden Pappbecher, füllte ihn mit Wasser und trat mit sorgenvoller Miene zu Ana, die ihm den Becher dankend abnahm und einen großen Schluck trank. Dass er sie, während sie trank, besorgt musterte, blieb ihr nicht verborgen. »Ist was?«, fragte sie.

»Alles gut bei dir?« Alexander, so sein Name, blickte ihr tief in die Augen. Ana ahnte seit geraumer Zeit, dass er heimlich in sie verliebt war. Dabei hatte sie ihm oft genug zu verstehen gegeben, dass sie vergeben war und kein Interesse an einer Affäre mit einem ihrer Tänzer hatte. Immer wenn er sich ihr gegenüber zu vertraulich zeigte, wies sie ihn in seine Schranken, doch das hielt ihn nicht davon ab, ihr seine Zuneigung zu demonstrieren. Ana betrachtete ihn unauffällig.

»Ja. Danke dir.« Sie nickte und reichte ihm den leeren Becher. »Alles gut. Können wir dann?«

Die Enttäuschung stand ihm in seinem ausgemergelt wirkenden Gesicht geschrieben, als er sich nickend von ihr abwandte. Es war nicht zu übersehen, dass er sich etwas mehr Zuneigung für seine Hilfsbereitschaft erhofft hatte.

»Sicher.«

Als die Tänzerinnen und Tänzer ihre Positionen eingenommen hatten, startete sie die Musik. Von einer Sekunde zur anderen erwachte das Theater zum Leben. Immer wieder musste sie eingreifen, wenn jemand patzte. Die eigenartigen Blicke, die Alexander ihr zuwarf, blieben ihr dabei nicht verborgen. Es schien, als würde er mit seinen Augen in die Tiefen ihrer Seele vordringen wollen. Es fühlte sich unangenehm an, und wäre er nicht so ein begnadeter Tänzer gewesen, hätte sie ihn längst ersetzt. Doch sie brauchte ihn für das Stück. Als Zweitbesetzung wäre sein Talent vergeudet.

Ana beschloss, später ein ernstes Gespräch mit ihm zu führen. Einen enttäuschten Bewunderer konnte sie gerade nicht gebrauchen. Außerdem würde Gregor es nicht gutheißen, sich mit einem jungen Verehrer messen lassen zu müssen.

Rasch verdrängte Ana die Gedanken und konzentrierte sich auf die Darstellung des Ensembles. Es gab noch viel zu tun, damit die bald anstehende Uraufführung ein Erfolg wurde.

***

»Weißt du, was ich eigenartig finde?« Diesmal saß Lassner hinter dem Steuer des Dienstwagens. Er warf Mia einen knappen Seitenblick zu. Inzwischen hatten die Wuppertaler ihre Arbeitsplätze erreicht, entsprechend frei waren die Straßen entlang der Talachse. Vor einer Stunde hatte sich die Herbstsonne hinter einer dichten Wolkendecke versteckt. Das triste Grau riss nur noch selten auf an diesem bedrückenden Novembermorgen. Immerhin blieb es trocken, doch der Wetterbericht hatte schon für die Abendstunden Regen angekündigt.

»Was denn?«

»Dass der Vater des toten Kindes die Winklers bedroht, sie sich aber nicht an die Polizei wenden.«

»Vielleicht wollten sie abschließen mit der Geschichte, so dramatisch sie auch ist«, vermutete Mia.

»Oder sie haben etwas zu verbergen.«

Der Verkehr auf der Bundesallee, die parallel zur Wupper durch das Tal verlief, floss problemlos dahin. Immer wieder blitzte zwischen den Häuserzeilen zu ihrer Linken das lindgrüne Gerüst der Schwebebahn durch.

»Hast du bemerkt, wie nervös er war? Ich finde, dass er ein schlechter Schauspieler ist.«

»Frank hat sich ja schon dafür ausgesprochen, dass wir uns Adrian Winkler näher anschauen sollten. Offenbar fürchtet er die Behörden wie der Teufel das Weihwasser.« Mia sah aus dem Seitenfenster. »Und das wird seinen guten Grund haben, Björn.«

»Wie machen wir weiter?« Er stoppte den Wagen an einer roten Ampel.

»Ich will mir den Kindsvater vornehmen«, erwiderte Mia. »Sollte er das Paar nach dem Unfall aus Rachegelüsten unter Druck gesetzt haben, könnte er tatsächlich mit dem Tod von Theresa Winkler zu tun haben.«

Lassner wiegte den Kopf. Die Ampel sprang auf Grün um, er ließ den Wagen anrollen. »Dann sollten wir ihn uns vorknöpfen.«

Mia griff zum Telefon, um ihren Vorgesetzten zu informieren. Thies meldete sich gleich nach dem ersten Freizeichen. Geduldig hörte er zu, als Mia ihm von ihrem Besuch bei Winkler berichtete.

»Ich werde die alte Akte einsehen und euch die Kontaktdaten des Vaters schicken«, versprach er. »Wie steht es um die Auswertung der Videoüberwachung aus dem Bus?«

Lassner machte eine betretene Miene, was Thies natürlich nicht sehen konnte. »Ich kümmere mich gleich drum«, versicherte er, ohne den Blick von der Straße zu nehmen.

»Gut. Schafft ihr das in den nächsten zwei Stunden?«

»Ich denke schon«, antwortete Lassner, bevor Thies das Telefonat beendete.

***

Er beobachtete Ana ganz genau. Heute schien etwas mit ihr nicht zu stimmen. Er fragte sich verzweifelt, was ihr widerfahren war. Sie wirkte unkonzentriert, ihre Bewegungen waren fahrig, ihre Stimme klang eine Nuance schriller als sonst. Die zierliche Choreografin war gereizt. Immer wenn einem der Tänzer ein Fehler unterlief, unterbrach sie die Probe und mahnte zu mehr Konzentration. Töne waberten durch den mit schwarzen Vorhängen abgedunkelten Raum, die sich schon bald zu einer tragischen Melodie zusammenfügten und die Mitglieder des Ensembles antrieben. Getragen von der Musik fügte sich das Gesamtkunstwerk zusammen. Doch er spürte an diesem Vormittag, wie kraftlos er war. Und Ana, so bemerkte er immer wieder, schien die Arbeit heute ebenfalls schwerzufallen. Seine

Aufmerksamkeit galt ihr. So unauffällig wie möglich beobachtete er sie von seiner Tanzposition aus. Er spürte den Bleigürtel, der sich wie eine Fessel um sein Herz zu schließen schien, und den Schwindel, der seine Bewegungen lähmte.

Es geht ihr nicht gut, wirbelten die Worte durch seinen Kopf, während er sie kaum aus den Augen ließ. *Sie benötigt Schutz*.

»Alexander«, hörte er sie gerade rufen. Sie sah ihn direkt an. »Wo bist du?«, herrschte sie ihn an.

»Hier, Ana«, erwiderte er kleinlaut. »Ich bin hier.«

»Dann reiß dich zusammen – deine Performance ist grauenhaft heute!« Ihre Augen schienen zornige Blitze in seine Richtung abzufeuern. Wütend baute sie sich vor ihm auf und stemmte die Hände in die Hüften, eine Geste, die gar nicht zu ihrer zierlichen Statur passen wollte.

»Ja, Ana.« Demütig senkte er den Blick, holte tief Luft und versuchte, die Gedanken, die ihn seit ihrem Eintreffen im Proberaum beschäftigten, zu verdrängen. Alle Augen waren jetzt auf ihn gerichtet. Er murmelte eine Entschuldigung und ging erneut auf seine Position, wartete, bis die Musik einsetzte, und bewegte sich so, wie es ihre Choreografie vorsah. Dabei ignorierte er die stickige Luft in dem fensterlosen Raum und mahnte sich zu mehr Konzentration.

Ich will sie nicht enttäuschen. Er wollte ihr gefallen, um ihre Gunst zu erlangen, doch das war heute schwerer als an den anderen Tagen. Sie verband so viel, und dennoch schien Ana sich nicht für ihn zu interessieren. Je länger er sich im Takt der Musik wiegte, umso mehr reifte ein Entschluss in ihm. *Bald*, so war er sich sicher, *wird sie sich für mich interessieren*. Sein Herz klopfte schneller, er ignorierte den Geruch von Schweiß, blendete die brennenden Muskeln aus und tat, was das neue Stück von ihm verlangte. *Ja*, dachte er entschlossen, *Ana wird sich für mich interessieren. Sehr bald schon*.

***

Auf dem Betriebshof der Stadtwerke im Industriegebiet am Hölker Feld herrschte reges Treiben. Eine ganze Busflotte rollte gerade durch den offenen Schlagbaum. Lassner brachte den Wagen vor dem Pförtnerhäuschen zum Stehen. Mia hatte ihr Kommen beim Datenschutzbeauftragten der Verkehrsbetriebe bereits telefonisch angekündigt. Man hatte ihnen schnelle und unbürokratische Hilfe zugesichert. Tatsächlich wurden sie schon erwartet. Norbert Zumhofe, der Fahrdienstleiter, leistete dem Pförtner Gesellschaft und begrüßte Lassner und Mia freundlich. »Inzwischen haben wir den betreffenden Bus, mit dem die Person zum Toelleturm gelangt ist, identifiziert«, bemerkte Norbert Zumhofe. »Sie haben Glück, denn das gewünschte Fahrzeug ist heute im Depot.«

Er zeigte ihnen den Weg über das weitläufige Gelände zur Wagenhalle. Sie fuhren hinüber, als sich wie von Geisterhand eines der großen Tore öffnete. Nachdem sie den Dienstwagen vor der Halle abgestellt hatten, stiegen sie aus und betraten das Halbdunkel des Depots. Der Geruch von Diesel und Gummi hing schwer in der Luft. Hier stand ein gutes Dutzend Busse, die auf ihren nächsten Einsatz warteten. Weit und breit war kein Mensch zu sehen. Kabel und Schläuche hingen von der hohen Decke. Sie waren mit den Bussen verbunden und erinnerten Mia an einen OP-Saal. Es hatte den Anschein, als würden die mächtigen Fahrzeuge sich in einer Art Dämmerschlaf befinden.

»Sie haben Glück«, wiederholte Norbert Zumhofe. »Es waren ein paar kleinere Reparaturen nötig, weshalb wir diesen Bus heute nicht eingesetzt haben.« Er führte die Besucher zu einem blauen Mercedes Citaro. Das vordere Türenpaar stand offen. Sie enterten den Bus, nachdem Zumhofe eine einladende Geste gemacht hatte. Im Innern des Gelenkbusses herrschte Dämmerlicht, eine ungewohnte Atmosphäre, Mia kannte Busse nur, wenn sie mit Fahrgästen besetzt und hell erleuchtet waren.

»Nehmen Sie Platz«, sagte Zumhofe an Mia gewandt. Nach kurzem Zögern rutschte sie hinter das Steuer des achtzehn Meter langen

Fahrzeuges. Für sie war es das erste Mal, dass sie auf dem Fahrersitz eines Linienbusses saß. »Und jetzt?«

»Die Festplatte befindet sich über Ihrem Kopf«, erklärte Zumhofe. Er deutete auf ein verstecktes Fach oberhalb des Fahrerplatzes und machte sich an der Klappe zu schaffen. Dahinter kam ein Computer zum Vorschein.

»Was ist das?«, wollte Mia wissen.

»Das Herz der Überwachungsanlage.« Zumhofe deutete in den hinteren Bereich des Busses. »Im Fahrgastraum sind die Kameras verbaut, die wir schon seit gut zwanzig Jahren einsetzen. Sie zeichnen das Geschehen im Bus auf und speichern es vierundzwanzig Stunden auf der Festplatte. Wenn nichts anderes gefragt ist, wird die Platte danach wieder mit neuen Daten überschrieben.«

»Sie kontrollieren Ihre Fahrgäste?«, fragte Mia skeptisch.

»Seit wir die Kameras in den Bussen verbaut haben, sank die Zahl von Vandalismusschäden und der Angriffe auf Busfahrer um mehr als die Hälfte. Die Anlage hat auch eine abschreckende Wirkung.«

»Dann sind wir noch in der Zeit?«, fragte Lassner hoffnungsvoll, der sich weniger für die Hintergründe interessierte.

»So ist es.« Zumhofe beugte sich über Mia, die zum Seitenfenster rutschte. Er machte sich in dem versteckten Fach über dem Fahrerplatz zu schaffen, dann hielt er die kleine Festplatte in den Händen. »Da wäre das gute Stück.«

»Wir quittieren Ihnen selbstverständlich den Empfang«, bemerkte Mia.

Norbert Zumhofe winkte ab. »Die Bürokratie kann warten. Wichtiger ist, dass Sie den Mörder fangen. Erst recht, wenn er in einem unserer Busse zum Tatort gelangt ist.« Für ihn schien der Fall damit erledigt zu sein. »Bringen Sie mir das Ding einfach bei Gelegenheit zurück.«

***

Frank Thies telefonierte, als Mia und Lassner eine Viertelstunde später nach einem flüchtigen Anklopfen sein Büro betraten. Er saß weit zurückgelehnt an seinem Platz, hatte den Knoten der Krawatte gelockert und fuhr sich mit der freien Hand durch das kurze Haar. Die Hektik in den Büros schien an ihm abzuperlen wie tropischer Regen auf einer Lotuspflanze, das Arbeitsaufkommen, das immer nach dem Eintreten eines Gewaltverbrechens herrschte, wurde mit dem Regen abgespült wie der Schmutz und Staub des Waldes. Die Gesichtszüge des Ersten Kriminalhauptkommissars wirkten entspannt. Mia registrierte, dass seine Stimme sanft und fast unterwürfig klang. Sie schmunzelte Lassner zu, der die Hände lässig in die Hosentaschen geschoben hatte.

»Ich ruf dich wieder an«, hörten sie Thies gerade sagen. »Ja, es war schön, deine Stimme zu hören«, säuselte er noch. Mia glaubte, er hauche einen Kuss ins Telefon, bevor er die Verbindung unterbrach und sich seinen Mitarbeitern widmete.

»Mia, Björn, da seid ihr ja.« Er legte das Smartphone in einer Flucht parallel neben die dunkelgrüne Schreibunterlage und beugte sich weit vor. »Der Durchsuchungsbeschluss für Theresa Winklers Praxis lässt noch auf sich warten, ich habe schon mit der Staatsanwaltschaft telefoniert.«

»Entschuldige, dass ich indiskret bin, aber das da«, Mia deutete auf das Smartphone, »war nicht der Staatsanwalt, den du mit einem Küsschen verabschiedet hast, oder?«

»Ach, das.« Thies errötete und schüttelte den Kopf. »Eine Bekannte.« Er winkte ab. »Ihr werdet alles erfahren.«

»Über unseren Fall?«, fragte Lassner grinsend und zog sich einen Besucherstuhl heran, um sich verkehrt herum darauf niederzulassen. Als er saß, zog er die Festplatte aus der Tasche. »Hier«, sagte er und legte sie auf den Tisch von Frank Thies, »wenn der Mörder im selben Bus war wie Theresa Winkler, dann ist er hier drauf.« Er tippte auf das Metallgehäuse.

»Sehr gut.« Thies grinste. »Ich werde Basti bitten, sich sofort darum zu kümmern.«

Mia lehnte sich an die Fensterbank und betrachtete den Abteilungsleiter. »Wir würden gern dem Vater des Kindes einen Besuch abstatten.«

»Macht das.« Frank Thies nahm die Festplatte an sich und nickte. Aus einer Schublade im Schreibtisch zog er eine Mappe hervor, auf der sich ein Etikett mit einem Aktenzeichen befand. »Ich habe auch etwas für euch.«

Mia runzelte die Stirn.

»Das ist die Unfallakte von Theresa Winkler. Nehmt sie mit, dann kann Mia alles nachlesen.«

»Mit den Kontaktdaten der Eltern des verstorbenen Kindes?« Lassner warf einen Blick auf das Etikett des Deckblattes. » In meiner Kopie haben sie gefehlt.«

Thies nickte. »Darin ist alles dokumentiert.« Er seufzte schwer. »Keine Ahnung, wie ich reagieren würde, wenn man eines meiner Kinder überfahren hätte.« Thies schüttelte den Kopf. Egal, wie lange man auch bei der Polizei arbeitete, sobald Kinder ins Spiel kamen, schmolz die beruflich bedingte Distanz wie Butter in der Sonne dahin.

Mia stieß sich von der Fensterbank ab und klemmte sich die Mappe unter den Arm. Sie wollte keine unnötige Zeit verlieren und gab Lassner ein Zeichen. Er sprang von seinem Platz auf und nickte.

»Gut, dann sind wir wieder unterwegs.« Mia nickte Thies zum Abschied zu.

***

Sie hatte ihn versetzt, ohne etwas davon zu ahnen. Doch so leicht ließ er sich nicht abwimmeln. Zu lange hatte er sie studiert, als dass sie ihn an der Nase hätte herumführen können. Er kannte ihre täglichen

Abläufe und die Gewohnheiten, die sie im Alltag pflegte. Und er wusste immer, was sie als Nächstes tun würde. So entkam sie ihm nicht.

Heute war sie spät dran. Ungeduldig warf er in Minutenabständen Blicke auf seine Armbanduhr, doch am Bühneneingang des Opernhauses tat sich nichts.

Die Herbstsonne hatte sich hinter die immer tiefer hängenden Wolken verkrochen. Er fröstelte, was möglicherweise auch an seinem Schlafdefizit lag. Doch ihm blieb keine Zeit, um sich auszuruhen. Vor einer Stunde hatte er im Schatten einer alten Rotbuche Stellung bezogen, den Seiteneingang dabei fest im Blick behalten. Auf der vierspurigen Friedrich-Engels-Straße schob sich der Verkehr zäh in beide Fahrtrichtungen dahin. Immer wieder ertönte das Summen einer in der zweiten Ebene am Fluss entlangfahrenden Schwebebahn, das ihn aus der Ferne an das schrille Pfeifen von Flugzeugturbinen erinnerte. Auf einer der Bänke schlief ein offensichtlich Obdachloser seinen Rausch aus. Darunter lagen die wenigen Habseligkeiten des Mannes, den zusammengerollten Rucksack nutzte er als Kopfkissen. Von ihm ging keine Gefahr aus.

Keiner der Passanten interessierte sich für ihn. Seine Umgebung wirkte grau und trostlos. Daran änderte auch das imposante Engels-Denkmal in seinem Rücken nicht viel. Knapp vier Meter ragte die Bronzestatue in den grauen Himmel über Barmen. Friedrich Engels schien über das nachzudenken, was sich gerade zu seinen Füßen ereignete.

Seine Ungeduld wuchs mit jedem Blick auf seine Armbanduhr.

Wo bleibt sie nur?, fragte er sich und wurde kurz unsicher. Ob sie mir durch den Haupteingang entkommen ist? Nein, fügte er in Gedanken hinzu. Das Foyer ist tagsüber geschlossen. Er verließ sein Versteck und näherte sich dem Seiteneingang. Von hohem Buschwerk gedeckt, erreichte er den Gedenkstein, der daran erinnerte, dass an dieser Stelle einst das Geburtshaus des Mitbegründers des wissenschaftlichen Sozialismus gestanden hatte. Er nutzte die aufrecht stehende Platte als Deckung, duckte sich und spähte über Stein und Hecke zum Eingang. Dort tat sich immer noch nichts. Seine anfängliche Wut darüber, dass sie ihm offenbar entkommen war, wandelte sich in Sorge. Er musste ihr folgen, sich wie ein unsichtbarer Schatten an ihre Fersen heften.

»Was machen Sie denn da?«, krächzte eine Stimme hinter ihm. Erschrocken fuhr er auf dem Absatz seiner Stiefel herum und blickte in das runzelige Gesicht einer alten Frau, die sich auf einen Rollator stützte, während sie voller Misstrauen zu ihm aufblickte. In ihren wassertrüben blauen Augen lag purer Argwohn. Er fragte sich, warum er sie nicht hatte kommen hören, und ärgerte sich über seine Leichtfertigkeit. »Verstecken Sie da etwa Hasch in der Hecke?« Ihre Stimme nahm einen schrillen Unterton an. Mit dem knorrigen Zeigefinger deutete sie auf die Hecke hinter dem Gedenkstein.

»Ob ich … was?«, stammelte er. Dann lachte er. »Nein, gute Frau, wo denken Sie hin?« Er spürte, wie ihm das Blut in den Kopf schoss. So ertappt hatte er sich seit seiner Schulzeit nicht mehr gefühlt. Wut brandete in ihm auf. Er hasste es, wenn er sich anderen ausgeliefert fühlte, doch musste er gute Miene zum bösen Spiel machen.

»Was tun Sie denn dann da?« Die Alte ließ nicht locker. »Soll ich die Polizei rufen?«

Das hatte ihm gerade noch gefehlt. Am liebsten hätte er die alte Frau mitsamt ihrem Rollator in die Hecke geschubst. Doch das würde nur die Aufmerksamkeit weiterer ungebetener Zeugen auf ihn lenken. So mahnte er sich, ruhig zu bleiben.

»Ich warte auf jemanden«, erklärte er mit einem freundlichen Lächeln. Und das ist nicht einmal gelogen, du alte Schachtel, fügte er in Gedanken hinzu.

»Sie spionieren hier herum.«

»Nein, so ist es nicht.«

»Und ob.« Die Alte nickte mit grimmigem Blick. »Und ob Sie das tun. Ich beobachte Sie schon eine ganze Weile.« Dann zeigte sie auf ihn. »Ich werde mir Ihr Gesicht merken und das meiner Mama erzählen.«

Er glaubte sich verhört zu haben. Die Alte war mindestens neunzig Jahre alt.

»So«, sprach sie in seine Überlegungen hinein. »Ich muss jetzt rein, es gibt gleich Abendessen.«

Es ist gerade mal Mittag, erwiderte er in Gedanken, dann ahnte er, dass die alte Frau dement war. Irgendwo hatte er gelesen, dass sich demenzkranke Menschen nicht an die jüngste Vergangenheit erinnerten, dafür aber ihre Kindheit stets präsent war. Offensichtlich lebte die Alte in einer Art Scheinwelt.

»Ist in Ordnung«, sagte er deshalb. »Dann ab mit Ihnen.« Bevor sein Gegenüber etwas erwidern konnte, legte er verschwörerisch den Zeigefinger auf seine Lippen. »Und kein Wort von dem, was Sie gesehen haben.«

Die Seniorin schüttelte das graue Haupt. »Und ob«, sagte sie, während sie ihren Rollator umdrehte. »Und ob ich das meiner Mama erzählen werde.« Ohne sich ein letztes Mal zu ihm umzudrehen, stapfte sie davon. Er stand regungslos da und blickte ihr nach, wie sie ihr Gefährt an den frisch gemähten Wiesen des Engelsgartens vorbeischob und schon bald seinem Sichtfeld entschwunden war. In der Nachbarschaft des Opernhauses befand sich das große Altenzentrum. Vermutlich wohnte die alte Frau dort. Gerade verschwand sie um die Straßenecke und schien ihn schon vergessen zu haben.

Gut so, dachte er erleichtert, während er den Blick wieder über die Hecke schweifen ließ. Im Augenwinkel hatte er dort eine Bewegung wahrgenommen. Tatsächlich schnappte die Tür ins Schloss. Und er sah sie. Es war knapp gewesen, denn sie entfernte sich eiligen Schrittes in Richtung Alter Markt. Dabei sah sie sich kein einziges Mal um. Er nahm den kleinen Trampelpfad, der an dem Stein vorbei zum

Vorplatz des Opernhauses führte, und spähte um die Ecke des Seitentraktes, bevor er die Verfolgung aufnahm.

***

Die Forststraße führte von der Erbschlöer Straße eine kleine Anhöhe hinauf. Ein- und Zweifamilienhäuser säumten ihren Weg. Nachdem Lassner eine Parklücke gefunden hatte, stiegen sie aus.

»Nett hier«, kommentierte Lassner, während er den Blick über die umliegenden Häuser schweifen ließ.

»Mir wär das zu spießig«, konterte Mia wahrheitsgemäß. Sie liebte das zwanglose Leben, das sie mit Lea in dem umgebauten Fabrik-Loft mit Blick über Elberfeld führte, und konnte sich nur schwer vorstellen, in diesem bürgerlichen Idyll zu wohnen. Und ihre Partnerin, die sich seit ihrer Scheidung von Kai, dem biederen IT-Experten einer Bank, als Malerin betätigte, fand dank der großen Glasflächen in den schrägen Sheddächern geeignete Lichtverhältnisse zum Arbeiten.

»Träumst du?«, riss sie die Stimme ihres Kollegen aus ihren Überlegungen.

Mia wandte sich zu Lassner um. »Nee, seh ich so aus?«

»Ja.« Grinsend schob er die Hände in seine Hosentaschen. »Da ist es.« Lassner zeigte auf ein Einfamilienhaus, das durch einen schmalen Vorgarten von der Straße abgetrennt war. Einen Zaun gab es nicht. Große Steinplatten führten an einer sorgsam gestutzten Heckenkirsche vorbei zum Eingang des Hauses.

»Es steht zum Verkauf«, sagte Mia, als sie ein entsprechendes Schild neben der Tür bemerkte.

»Hm.« Lassner brummte etwas Unverständliches und legte nach einem prüfenden Blick auf das Klingelschild den Daumen auf den Knopf. Drinnen schlug ein Gong an. »Mal sehen, ob um diese Zeit überhaupt jemand zu Hause ist.«

Bevor Mia etwas antworten konnte, wurde ihnen die Tür geöffnet.

Sie sahen in das verwunderte Gesicht einer Frau von etwa Mitte dreißig. Ihr Teint war auffallend blass, das lange, blonde Haar trug sie zu einem Zopf gebunden. Der blassblaue Pulli passte zur Farbe ihrer Augen, die Jeans betonte ihre schlanke Figur, nur die lustigen Plüschpantoffeln mit knallgrünen Krokodilgesichtern passten nicht ins Bild. Mia hatte ein Faible für blonde Frauen und ertappte sich dabei, Saskia Imhof mit Lea zu vergleichen.

»Frau Imhof?«, fragte Mia mit einem zuvorkommenden Lächeln. »Saskia Imhof?«

Der Blick der Frau wanderte zwischen Mia und Lassner hin und her. »Wer will das wissen?«

»Mein Name ist Mia Sommer, das ist mein Kollege Björn Lassner von der Kripo Wuppertal.«

»Polizei?« Saskia Imhof zog überrascht die Augenbrauen hoch.

»Ja.« Mia warf einen raschen Blick über die Schulter. Auf der gegenüberliegenden Straßenseite fegte eine alte Frau in geblümter grüner Arbeitsschürze den Bürgersteig. Die neugierigen Blicke, mit denen sie die Polizisten beobachtete, blieben Mia nicht verborgen. »Können wir vielleicht im Haus sprechen?«

»Sicher.« Saskia Imhof sah an Mia und Lassner vorbei und wusste, warum Mia sie gebeten hatte, ins Haus zu dürfen. Bereitwillig gab sie den Eingang frei und führte ihre Gäste in die Küche. Hier gab es einen Tisch mit vier Stühlen. »Nehmen Sie Platz.«

Mia und Lassner setzten sich. Das Angebot, etwas zu trinken, lehnten sie ab. »Wir möchten Sie nicht lange stören«, versicherte Mia ihr. So unauffällig wie möglich sah sie sich um. Die Küche war sauber und aufgeräumt, das Mobiliar modern, auch die Geräte waren hochwertig. Aus der Spülmaschine unter der Arbeitsplatte drang ein dezentes Rauschen. Das Display verriet, dass die Maschine noch sieben Minuten lief.

»Danke, dass Sie sich die Zeit nehmen«, begann Lassner in freundlichem Ton. »Wir sind froh, Sie zu Hause anzutreffen.«

Saskia Imhof zog sich einen Stuhl heran und setzte sich zu den Polizisten. »Ich habe Spätdienst.«

»Darf ich fragen, was Sie beruflich machen?«, fragte Mia.

»Ich bin Altenpflegerin. Oben am Friedenshort in den Seniorenhäusern.«

Mia fiel auf, dass sie keinen Ehering trug. »Wir machen es kurz«, versprach sie erneut.

Der Ansatz eines schwachen Lächelns huschte um Saskia Imhofs Mundwinkel. »Ist es wegen Emily?«, fragte sie mit brüchiger Stimme.

Mia sah ihr an, dass ihr das Reden plötzlich schwerfiel.

»Indirekt«, erwiderte sie. »Es geht um Ihren Mann.«

»Hat er mal wieder was angestellt?«

»Wieder?« Mia warf Lassner einen schnellen Blick zu.

Er zuckte unmerklich mit den Schultern. »Wir haben keinen Eintrag gefunden, der darauf hindeutet, dass er sich etwas hätte zuschulden kommen lassen«, bemerkte ihr Partner.

»Das glaube ich gern.« Saskia Imhofs Lachen klang ein wenig hysterisch, fand Mia. »Er hat es immer geschafft, unter dem Radar der Behörden zu fliegen.«

»Also hat er schon etwas angestellt?«, hakte Mia vorsichtig nach. Im Augenwinkel sah sie, dass Lassner Block und Stift zückte, um mitschreiben zu können.

»Es gab immer wieder Streit, nachdem …« Saskia Imhof brach ab und barg das Gesicht in den Händen. »Seit der Unfall passiert ist.« Sie seufzte. »Uwe begann zu trinken. Immer wenn er betrunken war, wurde er gewalttätig. Er beschimpfte mich wüst, er schlug mich.« Sie blickte ihre Besucher mit regungsloser Miene an. »Die Nachbarn wurden schon auf uns aufmerksam, es ist mir aber immer gelungen, sie davon abzuhalten, die Polizei zu rufen.«

Mia sah, dass Lassner die Worte »häusliche Gewalt« notierte. »Sie reden von ihm in der Vergangenheit«, stellte sie fest.

»Wir sind getrennt«, erwiderte Saskia Imhof leise. »Es gab keine

Basis mehr für uns. Seit Emily bei diesem Unfall ums Leben kam …« Tränen traten ihr in die Augen. Sie griff zu einem Päckchen Papiertaschentücher, das in einer Holzschale auf dem Tisch lag, um sich die Nase zu putzen. »Uwe machte mir ständig Vorwürfe, er beschimpfte mich. Das hat schließlich dazu geführt, dass wir uns getrennt haben, drei Monate danach …« Saskia Imhof schnäuzte sich die Nase, erhob sich und warf das Taschentuch in den Mülleimer, bevor sie sich wieder zu ihnen setzte.

»Sie sind geschieden?« Lassner klackerte mit dem Stift.

»Nein, aber die Scheidung läuft.«

»Also wohnt er nicht mehr hier im Haus?«

Saskia Imhof antwortete mit einem Kopfschütteln. »Er hat sich eine eigene Wohnung genommen, wir gehen uns aus dem Weg. Wenn er herkommt, um seine letzten persönlichen Dinge zu holen, sehe ich zu, dass ich nicht zu Hause bin.«

Mia nickte verstehend. »Wo treffen wir Ihren Mann jetzt an?«

Saskia Imhof warf einen Blick auf die große Küchenuhr über der Tür. »Er müsste jetzt zu Hause sein. Uwe arbeitet auch im Schichtdienst.«

»Danke.« Lassner schien nachzudenken, ob es hier noch etwas zu besprechen gab. Da er seinen Block und den Stift in die Tasche schob, war das offenbar nicht der Fall.

»Sie verkaufen das Haus?«, fragte Mia.

»Ich muss.« Sie nickte. »Nach dem Auszug von Uwe kann ich es mir nicht mehr leisten. Außerdem …«, sie schluckte und wischte mit fahrigen Bewegungen imaginäre Staubkörner von der Tischdecke, »außerdem war es das Haus einer glücklichen Familie. Einer Familie, die es nicht mehr gibt.«

KAPITEL 14

Ein unsichtbarer Geist schien ihr zu folgen, seit sie das Opernhaus über den Seiteneingang verlassen hatte, um in die Mittagspause zu gehen. Ana erinnerte sich daran, dass sie bereits heute Morgen, nachdem sie vor das Haus getreten war, ein ähnliches Gefühl gehabt hatte. Fast so, als sei ihr jemand auf den Fersen. Jetzt, auf dem Weg zum Treffen mit ihrer Freundin Alina, hätte sie um ein Haar eine Rentnerin mit Rollator umgestoßen. Ohne ihre Schritte zu stoppen, entschuldigte sie sich bei der alten Frau. Doch die schickte Ana wilde Beschimpfungen hinterher und drohte, ihrer Mutter davon zu erzählen. Sicherlich ist sie dement, dachte Ana. Offenbar war die alte Frau unterwegs zum Altenzentrum Wuppertaler Hof, einer Einrichtung in direkter Nachbarschaft zum Opernhaus.

Ana freute sich auf das Wiedersehen mit Alina. Sie war froh, dass sie das Treffen trotz ihrer Befürchtung nicht gecancelt hatte. Die Zeit, in der sie mit Jasper, Florian und Philipp in der Studenten-WG am Johannisberg gelebt hatten, schien eine Ewigkeit her zu sein. Florian hatte Elektrotechnik studiert und sich anschließend mit einer kleinen Firma für Licht- und Werbetechnik selbstständig gemacht. Später war aus ihm und Ana ein Paar geworden, doch das war lange her. Nach dem Studium hatten sich die Wege der Mädchen getrennt. Seitdem sahen sie sich nur noch in unregelmäßigen Abständen. Doch umso schöner waren dann die Treffen der Freundinnen. Während Ana an der Hochschule für Musik und Tanz studierte, war Alina nach dem BWL-Studium an der Bergischen Universität in der Wirtschaft unterwegs gewesen. Jetzt arbeitete sie seit einigen Jahren als Verwaltungsfachkraft im Barmer Rathaus. Für heute stand endlich mal wieder eine gemeinsame Mittagspause im *Cafe Extrablatt* an. Sie hatten nicht so viel Zeit wie sonst, aber dennoch freute sich

Ana. Sicher würde Alina ihr helfen, auf andere Gedanken zu kommen.

Doch das Gefühl, verfolgt zu werden, ließ sie nicht los. Immer wenn sie sich umdrehte, sah sie einen großen, schwarz gekleideten Mann. Viel konnte sie von seinem Gesicht nicht erkennen, denn es lag im Schatten einer Kapuze. Er war weit entfernt und schien sich nicht für sie zu interessieren, dennoch bereitete es Ana Angst, dass er ihr auf den Fersen sein könnte. Oder war es ein Zufall? Ana beschleunigte ihre Schritte. Inzwischen hatte sie die belebte Fußgängerzone erreicht.

Immer wieder warf Ana gehetzte Blicke nach hinten, doch da war niemand, der ihr folgte. Es schien, als habe sich ihr Schatten in Luft aufgelöst. Ana tauchte ein in die Anonymität der Stadt. Sie atmete tief durch und versuchte, sich zu beruhigen.

Ich spinne schon, sagte sie sich. Vermutlich bin ich urlaubsreif. So einfach ist das. Doch vor der Uraufführung des neuen Stücks war an Urlaub nicht zu denken. Jetzt galt es erst einmal, die Erwartungen ihres Intendanten und der gesamten Kulturwelt zu erfüllen. Während sie sich zügig durch das Gedränge am Werth kämpfte, dachte sie an den missglückten Vormittag. Heute war sie besonders fordernd zu ihren Tänzern gewesen, mitunter sogar ungerecht und gereizt, wenn eine Bewegung der Choreografie nicht passte. Ihre Nerven lagen blank, darüber war sie sich durchaus im Klaren. So beschloss sie, am Nachmittag mit dem Ensemble zu reden. Sicher war eine kleine Entschuldigung für ihr aufbrausendes Verhalten angebracht.

Die jungen Tänzerinnen und Tänzer waren Anas fordernde Art gewohnt, doch heute hatte sie einige Patzer gleich mit spitzer Zunge kommentiert. Sogar den feinfühligen Alexander hatte sie ein paarmal ihre Laune spüren lassen. Dabei war der junge Russe sensibel und einfühlsam. Sie ahnte, dass er in sie verliebt war. Obwohl sie ihn als einen begnadeten Tänzer und als Mensch schätzte, würde sie sich nicht mit ihm einlassen. Auch der Umstand, dass ihre Wurzeln in

Russland lagen, verband sie nicht tiefer. Seit einem knappen halben Jahr war sie mit Gregor zusammen. Die Art, wie sie sich kennengelernt hatten, war außergewöhnlich, so außergewöhnlich wie die Beziehung, die sie seitdem führten. Nach seiner Entlassung aus dem Gefängnis hatte Ana ihm einen Job im *Gasometer* verschafft. Sie kannte den Betreiber des Clubs gut und hatte ein wohlwollendes Wort für ihren Freund eingelegt. Jetzt arbeitete Gregor dort als Türsteher, wenngleich er sich gerne als Sicherheitschef ausgab.

Und mit seinem bulligen Erscheinungsbild am Eingang des Clubs sorgte er ja tatsächlich, ganz auf seine Art, für die Sicherheit der Gäste.

Gregor war zwei Meter groß und breitschultrig, der Blick seiner braunen Augen hatte sie bei ihrem ersten Aufeinandertreffen förmlich dahinschmelzen lassen. Ihm war es offensichtlich ähnlich ergangen. Dabei wusste Ana nicht viel von ihm. Außer dass er außergewöhnlich eifersüchtig war. Aber aufgrund seiner körperlichen Statur wagte es kaum ein anderer Mann, sich Ana in irgendeiner anzüglichen Art zu nähern. Niemand, der Gregor kannte, bezweifelte, dass er lästige Verehrer mit den Fäusten auf Distanz zu halten wusste.

Gregor hatte natürlich eine Vergangenheit in die Beziehung mitgebracht. Doch das war kein Problem für Ana, denn sie hatte ihm geglaubt, dass er zu Unrecht in den Knast gewandert war. Im Gegenteil: Sie empfand es sogar als reizvoll, mit einem ehemaligen Häftling zusammen zu sein. Sie stand auf Bad Boys, warum, wusste sie selbst nicht.

Gregor war nicht zu vergleichen mit Florian. Dieser führte einen kleinen Betrieb für Werbemittel, er war fleißig und unendlich langweilig gewesen. Nicht einer der Typen, die als Jugendliche über den Zaun des Freibades geklettert waren, um verbotenerweise ein paar Runden zu schwimmen. Er hatte nie getrunken oder gekifft, dafür war er folgsam, fast schon unterwürfig gewesen. Ein Langweiler, wie er im Buche stand.

Auch Alexander, der hagere Tänzer, erschien im Vergleich zu Gregor mädchenhaft und weich. Dabei rechnete sich der junge Russe offenbar ernsthaft Chancen aus, bei ihr zu landen. Ana beschloss, Klartext mit ihm zu reden. Nur durfte Gregor davon nichts mitbekommen. Es wäre denkbar ungünstig, wenn sich ihr Freund aus purer Eifersucht mit einem Mitglied des Ensembles prügelte.

»Da bist du ja!«, riss sie die warme Stimme ihrer Freundin aus den Überlegungen. Inzwischen hatte Ana das *Cafe Extrablatt* erreicht. Alina, die den kürzeren Weg hierher gehabt hatte, erwartete sie bereits. Wie immer war Alina perfekt gekleidet. Sie trug zur dunklen Stoffhose einen cremefarbenen Rollkragenpullover, darüber einen modischen hüftlangen Mantel. Ihre Füße steckten in schwarzen Lederboots, die schulterlangen kastanienbraunen Haare ergossen sich locker auf ihre Schultern.

Die Begrüßung der jungen Frauen fiel herzlich aus. Für den Augenblick hatte Ana ihre Verfolgungsängste vergessen. Langsam bröckelte die innere Anspannung. Eine wohltuende Leichtigkeit breitete sich in ihr aus.

»Bist du hungrig?« Alina betrachtete sie aufmerksam.

»Warum?«

»Weil du immer hungrig bist«, sagte sie lachend, hakte sich bei Ana unter und führte sie in das Innere des Lokals. Drinnen empfing sie angenehme Wärme. Aus versteckten Lautsprechern rieselte Musik, die sich über das Stimmengewirr der Anwesenden legte. Junge Kellnerinnen wieselten zwischen den Gästen umher.

Ana ertappte sich dabei, sich suchend an den Tischen umzublicken. Doch auch hier befand sich niemand, der ihr mehr Interesse als üblich schenkte. Die neugierigen Blicke, mit denen die jungen Frauen im ersten Moment taxiert wurden, ließen schnell nach. Nur ein untersetzter Mittfünfziger mit modischem Pulli und einem trendigen Hut auf dem Kopf blickte ihnen interessiert hinterher. Er saß bei einem großen Pott Kaffee am Laptop.

»Das ist ein Schriftsteller«, erklärte Alina, als sie Anas neugierigen

Blick bemerkte. »Er sitzt oft hier, beobachtet die Leute und schreibt an seinem neuen Roman.«

»Du kennst ihn?«

»Nur vom Sehen.«

»Na dann.« Ana grinste.

»Wohin?«, fragte Alina und sah sich suchend um.

»Nach hinten«, erwiderte Ana hastig. Sie ging voran und führte ihre Freundin in den hinteren Bereich des Cafés. Dort saßen sie etwas erhöht und hatten einen guten Überblick über das Geschehen an den Nachbartischen. Nachdem sie ihre Jacken und Mäntel an die Garderobe gehängt hatten, nahmen sie Platz. Eine Kellnerin trat an den Tisch und befragte sie nach ihren Wünschen. Sie orderten zwei Latte macchiato und schlugen die Speisekarten auf. Tatsächlich verspürte Ana Hunger. Kein Wunder, sie hatte heute Morgen aus Zeitgründen auf ein Frühstück verzichtet.

Eine andere Kellnerin kam, um die Bestellung aufzunehmen. Anschließend beugte sich Alina zu Ana über den Tisch. »Wie kommst du mit der neuen Inszenierung voran?«, erkundigte sie sich voller Neugier.

Ana winkte müde ab. »Ich möchte nicht darüber sprechen.«

»Warum nicht?«

»Heute ist nicht mein Tag, und alles scheint schiefzulaufen. Der Termin für die Premiere rückt näher, aber irgendwie komme ich mit dem Ensemble nicht voran.«

»Ich bin sicher, dass du es schaffen wirst.«

»Danke – deinen Optimismus möchte ich haben.« Ana grinste schief. »Aber wahrscheinlich hast du recht, und alles ist heute nur so schrecklich, weil ich schon mit dem falschen Bein aufgestanden bin.« Sie berichtete der Freundin von dem missglückten Start in den arbeitsreichen Tag.

»Ist denn schon Freitag, der Dreizehnte?« Alina betrachtete ihre Freundin verwundert.

»Das nicht, aber so kommt es mir vor.« Ana zuckte mit den Schultern.

»Dann wird morgen ein guter Tag«, versicherte Alina ihr. Sie bedachte die Freundin mit einem prüfenden Blick. »Und sonst geht es dir gut?«

»Ja – warum?« Ana fühlte sich ertappt. Alina kannte sie gut genug, um intuitiv zu spüren, wie es ihr ging.

»Etwas bewegt dich.« Alina sah ihr tief in die grünen Katzenaugen. »Ist was mit deinem Knacki?«

Unmerklich zuckte Ana zusammen. Sie mochte es nicht, wenn man Gregor als »Knacki« bezeichnete, und wusste, dass es für Alina undenkbar war, sich mit einem ehemaligen Häftling einzulassen. Auch Ana war von Natur aus konservativ, sie zahlte ihre Rechnungen immer sofort, hatte nirgendwo Schulden und war überall beliebt. Nie gab es Ärger mit der Polizei oder anderen Behörden, Drogen und Alkohol waren grundsätzlich kein Thema in ihrem Leben. Trotzdem hatte es sie damals gereizt, mit einem Straftäter in Kontakt zu treten. Erst hatten sie einander nur Briefe geschrieben. Später hatte sie ihn in der JVA besucht, und schon bei der ersten Begegnung hatte Ana gemerkt, dass es zwischen Gregor und ihr eine tiefere Verbindung gab. Er übte eine gewisse Faszination auf sie aus, und nach seiner Entlassung waren sie ein Paar geworden. Das war auch der Anlass für sie gewesen, sich sozial zu engagieren.

»Er ist kein Knacki«, stellte Ana ein wenig pikiert klar.

»Jetzt nicht mehr, *I know.*« Alina zwinkerte ihr zu. »Nichts für ungut. Also …« Sie nahm die Hand ihrer Freundin und sah Ana tief in die Augen, so tief, als wolle sie sie hypnotisieren. »Was stimmt mit dir nicht?«

»Ich glaube, jemand folgt mir.«

Alinas Augen verengten sich zu Schlitzen. »Seit wann?«

»Seit heute Morgen, als ich zum Opernhaus unterwegs war.«

»Jetzt auf dem Weg hierher auch?« Alina blickte sich suchend um.

Ana nickte. Ihr Blick schweifte über die Tische, doch niemand schenkte ihr Beachtung. Durch die großen Fenster sah sie nach draußen in die Fußgängerzone. Die Passanten bummelten mehr oder weniger eilig an dem Café vorüber, einige warfen kurze Blicke hinein, um dann wieder ihres Weges zu ziehen. Unter ihnen befand sich niemand, der Ana beobachtete. Trotzdem blieb das mulmige Gefühl.

»Der da?« Alina zeigte auf den Schriftsteller. Als er bemerkte, dass sich die beiden Frauen offenbar über ihn unterhielten, sah er kurz von seiner Arbeit auf und schenkte ihnen ein freundliches Lächeln. Danach richtete er den Blick wieder auf das Display und ließ die Finger über die Tastatur huschen. »Nee, der nicht.« Ana schüttelte den Kopf. »Eben hast du mir ja erzählt, dass der Typ in Ordnung ist. Außerdem guckt der viel zu lieb.«

»Wenn du wirklich gestalkt wirst … hast du eine Ahnung, wer das sein könnte?«, fragte Alina besorgt.

»Nee, echt nicht.« Diese Frage hatte sich Ana natürlich auch schon gestellt. »Erst dachte ich, dass Gregor mir nachspioniert.«

»Wegen seiner Eifersucht?«

»Ja.« Ana nickte. Sie hatte Alina schon mehrfach berichtet, wie misstrauisch Gregor war, dachte aber, dass er nach seinem Aufenthalt im Gefängnis unter Verlustängsten litt.

»Hast du ihn mal gefragt?«, riss Alinas Stimme sie aus ihren Gedanken.

»Nee.« Ana schüttelte den Kopf. »Ich trau mich gar nicht, ihm davon zu erzählen, dass ich mich verfolgt fühle.«

»Weil er ausrasten würde?«

Ana nickte. »Er hat ja schon wegen Körperverletzung gesessen. Das muss ich nicht haben, echt nicht.«

»Vielleicht solltest du zur Polizei gehen?«

Ana lachte humorlos auf. »Was soll ich denen denn sagen?«

»Dass du dich verfolgt fühlst.«

»Sie werden mich nicht ins Zeugenschutzprogramm aufnehmen«, sagte Ana mit einem ironischen Augenaufschlag.

»Du nimmst mich nicht ernst«, stellte Alina schmollend fest. Ihr war die Sorge um Ana deutlich anzusehen.

»Doch.« Ana zuckte hilflos die Schultern. »Sie werden mich für verrückt halten. Wie soll mir die Polizei denn helfen?«

»Notfalls müssen sie ab und an einen Streifenwagen vorbeischicken, der nach dem Rechten sieht.«

»Das werden sie nicht machen«, war sich Ana sicher. »Ich kann ja niemanden beschreiben. Ich weiß nicht, wer er ist und wie er aussieht. Da ist nur dieses Gefühl …« Sie stutzte. »Vielleicht ist mein Verfolger ja unsichtbar.« Bei dem Gedanken musste sie lachen.

***

Die Tür des heruntergekommenen Hauses an der Erbschlöer Straße war nur angelehnt. Im Innern drang ihnen ein muffiger Geruch entgegen. Mia vermutete, dass es unter der in all den Jahren unansehnlich gewordenen Schieferfassade ein massives Schimmelproblem gab. Sie warf Lassner einen vielsagenden Blick zu und atmete flach. Ihr Partner stand noch auf der Schwelle und suchte am Klingelbrett den richtigen Knopf, fand ihn wohl nicht und folgte ihr ins Halbdunkel des Hauses.

»Hier stinkt's«, kommentierte er mit säuerlicher Miene.

»Allerdings.« Mia sah sich im Treppenhaus um. Unter der hohen Decke verbreitete eine ausrangierte Esszimmerlampe aus den Achtzigerjahren ihren matten Schein. Die Briefkästen an der Wand wirkten demoliert, einige von ihnen waren schon seit Ewigkeiten nicht mehr geleert worden. Prospekte und die lokalen Anzeigenblättchen quollen aus den Schlitzen. Der abgewetzte Fliesenboden wies ein schwarzweißes Schachbrettmuster auf, die Wände waren halbhoch mit braun gestrichenen Nut-und-Feder-Brettern verkleidet. Auch die Holzstufen in die oberen Stockwerke vermittelten keinen vertrauenerweckenden Eindruck.

»Immerhin scheint die Miete erschwinglich zu sein«, sagte Lassner grinsend, als er Mias Gesicht sah. Sie erwiderte nichts darauf. »Oben?«, fragte sie stattdessen.

»Ich denke schon.« Lassner ging voran. Die Treppenstufen knarrten bei jedem seiner Schritte. Mia zögerte, bevor sie ihm folgte. Sie vermied es, das klebrige Holzgeländer zu berühren, und erblickte voller Ekel die Spinnweben, die sich in den Ecken spannten. Hier hatte schon seit Jahren niemand mehr geputzt. In einer der Wohnungen dudelte ein Radio. Hinter einer der Wohnungstüren führte eine Frau einen lautstarken Monolog. Mia vermutete, dass die Unbekannte telefonierte.

»Hier ist es.« Lassner war vor einer Tür stehen geblieben und deutete auf das Klingelschild.

»U. Imhof« stand dort auf einem handgeschriebenen Etikett, das von einem angelaufenen Metallrahmen eingefasst wurde. Hinter der Milchglasscheibe herrschten Dunkelheit und Stille.

»Dann los.« Mia trat neben Lassner und sah ihm zu, wie er die Klingel betätigte. Gleich nach dem ersten Klingeln tat sich etwas. Das Licht im Korridor flammte auf, Schritte näherten sich der Tür. Demnach hatte Saskia Imhof richtig vermutet, ihr Mann war zu Hause. Nach einem kurzen Augenblick des Wartens wurde ihnen geöffnet.

Sie sahen in das unrasierte Gesicht eines großen Mannes Anfang vierzig. Das braune Haar wirkte ungepflegt, unter den grauen Augen ihres Gegenübers lagen dunkle Ringe. »Was ist?«, fragte der Mann unfreundlich. Es war offensichtlich, dass er sich gestört fühlte. »Bevor Sie fragen«, fuhr er fort, »ich möchte nicht mit Ihnen über Gott sprechen, und meine Tiefkühlpizza kaufe ich mir selber im Supermarkt.«

»Wir sind weder von den Zeugen Jehovas, noch sehen wir aus wie Eismänner«, antwortete Lassner unbeeindruckt, während er ihrem

Gegenüber den Dienstausweis zeigte. »Hauptkommissar Lassner«, stellte er sich vor und deutete auf Mia, »und meine Kollegin, Hauptkommissarin Sommer. Sie sind Herr Imhof?«

»Steht ja da.« Er beugte sich halb in das Treppenhaus und zeigte auf die Klingel. »Polizei?«, fragte er dann. »Hab ich was verbrochen?«

»Das würden wir gern herausfinden«, antwortete Mia ihm. Sie spürte, dass ihre Ungeduld wuchs. Erschwerend kam hinzu, dass Imhof ihr unsympathisch war. »Dürfen wir einen Moment reinkommen?«

»Wenn es sein muss.« Widerwillig gab Imhof den Eingang frei und schlurfte voran in die Wohnung. Er trug einen ausgebeulten Jogginganzug und Badelatschen. Alles in allem wirkte er verwahrlost, so, als hätte er das Haus seit Tagen nicht verlassen. Im Wohnzimmer roch es nach kaltem Rauch, der Aschenbecher auf dem Wohnzimmertisch quoll über, im Fernseher lief eine Talkshow. Das Mobiliar machte auf Mia den Eindruck, als wäre es vom Sperrmüll zusammengesucht. Die dunkelbraune Holzdecke ließ das Zimmer gedrungen erscheinen. Mia trat an das Fenster. Ungefiltert drang der Autolärm durch die auf Kipp stehende Fensterscheibe in den Raum. Gerade fuhr ein Linienbus den Berg hinauf, und Mia besann sich auf den Grund ihres Besuches bei Uwe Imhof.

Zwischenzeitlich hatte er sich auf die abgewetzte Ledercouch sinken lassen. Lassner setzte sich auf den Sessel und betrachtete ihn. »Haben Sie eine Idee, weshalb wir hier sind?«

»Ist es wegen Emily?«

»Gewissermaßen«, sagte Mia. Sie wandte sich vom Fenster ab und marschierte durch den Raum.

»Können Sie mir mein Kind zurückbringen?«, fragte er anklagend. »Nein, können Sie nicht. Warum also belästigen Sie mich?«

Mia ließ sich von ihm nicht aus der Ruhe bringen. »Sicher haben Sie in den Medien gehört, dass in der Nacht eine Frau tot im Vorwerk-Brunnen aufgefunden wurde.«

»Was hab ich damit zu tun?« Er stierte Mia mit unverwandter Miene an. »Das bringt mir mein Kind auch nicht zurück.«

»Bei der Toten handelt es sich um Theresa Winkler«, eröffnete Lassner ihm. »Um die Frau, die alkoholisiert den tödlichen Zusammenstoß mit Ihrer Tochter verursacht hat.«

Imhofs Gesicht zeigte keine Regung. Sekundenlang herrschte eisiges Schweigen im Raum. »Das geschieht ihr recht«, murmelte er nach einer gefühlten Ewigkeit. Seine raue Stimme klang emotionslos. »War es ein Unfall oder Mord?«

»Offensichtlich liegt ein Fremdverschulden vor«, erwiderte Lassner. Er lehnte sich zurück. »Herr Imhof, wir wissen, dass Sie Frau Winkler seit dem Unglück immer wieder verfolgt haben und dass es zu Drohungen gekommen ist.«

»Hat dieser schmierige Autoverkäufer mich angeschissen?«

»Das tut nichts zur Sache«, entgegnete Mia sachlich.

Uwe Imhof betrachtete sie feindselig. »Seit dieser Nacht«, begann er schließlich, »hab ich keine Ruhe mehr. Ich denke ständig darüber nach, wie sinnlos Emilys Tod war. Die Alte fährt besoffen durch die Gegend, war viel zu schnell unterwegs und konnte nicht bremsen, als Emily auf die Straße gerannt ist.« Imhofs graue Augen schimmerten feucht. »Mein Kind könnte noch leben, wenn diese Schlampe nicht gesoffen hätte.« Seine Stimme klang verbittert. »Als der Unfall passiert ist, hatte mein Leben plötzlich keinen Sinn mehr. Das Haus, meine Frau, mein Job. Alles ist sinnlos geworden, von einem Moment auf den anderen. Wissen Sie, was es bedeutet, wenn man nach Hause kommt und das Kinderzimmer leer ist? Wenn Sie wissen, dass das Kind, das darin gelebt hat, nie wiederkommen wird, nie mehr das Haus mit seinem Lachen beleben wird?«

»Nein«, antwortete Mia wahrheitsgemäß. »Das weiß ich wohl nicht.« Plötzlich empfand sie Mitleid mit Imhof. Sie schämte sich dafür, ihn zu Beginn des Gespräches unsympathisch gefunden zu haben. Trotzdem durfte sie nicht vergessen, dass Imhof unter Umständen etwas mit dem Tod von Theresa Winkler zu tun hatte. Eine Verzweiflungstat möglicherweise, ein letzter Racheakt.

»Wann«, fragte Mia, nachdem sie sich geräuspert hatte, »haben Sie Theresa Winkler zum letzten Mal gesehen?«

»Warum?«

»Bitte beantworten Sie meine Frage.«

»Gestern«, erwiderte er schnell. Mia tauschte einen Blick mit Lassner, der sofort aufhorchte.

»Nein, vorgestern muss es gewesen sein«, korrigierte sich Imhof. »Ich war wieder da, um …« Er schüttelte den Kopf. »Ist eh egal jetzt. Sie hat es hinter sich.«

»Herr Imhof, was haben Sie gestern am späten Abend, zwischen dreiundzwanzig und null Uhr, gemacht?«

»Sie verarschen mich.« Uwe Imhof warf Mia einen zweifelnden Blick zu.

»Das liegt uns fern, Herr Imhof.« Mia hielt seinem Blick stand. »Also – wo waren Sie letzte Nacht in der betreffenden Zeit?«

»Ich hatte Nachtschicht.« Uwe Imhof machte eine ausladende Geste. »Danach war ich hier, in dieser Bruchbude. Nachdem Saskia mich rausgeworfen hat, kann ich mir keine andere Wohnung leisten. Der Vermieter hat nicht mal nach der Schufa gefragt.« Kurz grinste er. »War mein Glück.«

Mia ging nicht darauf ein. »Kann das jemand bestätigen?«

»Nee.«

Lassner richtete sich im Sessel auf. »Herr Imhof, dürfen wir erfahren, was Sie beruflich machen?«

»Klar, ist ja kein Geheimnis. Nachdem ich lange ausgefallen bin, weil ich mit meinem Leben nicht mehr klargekommen bin, hat mich mein damaliger Chef rausgeschmissen. Ich sei unzuverlässig geworden, sagte er mir, als er mir die Kündigung brachte. Dabei war der Job in der Verwaltung eines großen Unternehmens im Industriegebiet um die Ecke gut bezahlt.«

Mia vermutete, dass er vom Industriegebiet an der Otto-Hahn-Straße sprach, hakte aber nicht nach. »Und jetzt?«, wollte sie stattdessen wissen.

»Jetzt arbeite ich als Staplerfahrer in einer Spedition. Im Schichtdienst, um ein paar Euro mehr auf dem Konto zu haben. Zu Hause wartet ja niemand auf mich.« Er fuhr sich mit den Händen übers Gesicht. Die Bartstoppeln raschelten vernehmlich. »Seitdem hab ich Albträume und bin beim Psychiater in Behandlung.«

»Haben Sie etwas mit dem Tod von Theresa Winkler zu tun?«, fragte Mia ihn. Sie unterbrach ihre Wanderung durch das Zimmer und fixierte ihn mit ihrem Blick.

In Imhofs Gesicht regte sich nichts. »Das ist krank.« Er schüttelte den Kopf und blickte vorwurfsvoll zu ihr auf. »Das ist einfach nur krank. Ich bin das Opfer. Ich habe mein Kind verloren und mein restliches Leben vor den Baum gefahren.«

»Sie geben aber zu, Frau Winkler gestalkt zu haben.«

»Gestalkt ... wie das klingt!« Imhof hieb sich auf die Knie, dann nickte er. »Also gut – dann habe ich sie gestalkt, aber sie hat niemals Anzeige erstattet. Ich bin ihr gegenüber nie gewalttätig geworden, obwohl sie es verdient hätte. Ja, ich habe den Kontakt gesucht, sie fühlte sich wohl bedroht, aber es war alles nur verbal, nie mit körperlicher Gewalt.«

»Bei Ihrer Frau aber schon«, stellte Mia fest.

»Hat Saskia sich bei euch ausgeheult?« Imhofs Stimme hatte einen drohenden Unterton angenommen. »Ich bring sie um.«

»So, wie Sie Theresa Winkler umgebracht haben?« Mia wusste, dass diese Frage provokant war. Prompt fing sie sich einen mahnenden Blick von Björn ein.

»So ein Blödsinn«, sagte Imhof leise. »Ich habe die Winkler nicht auf dem Gewissen, aber ich bin froh, dass sie endlich tot ist. Jetzt hat sie das bekommen, was sie verdient hat. Sie ist nur ...« Er brach mitten im Satz ab und stierte auf den billigen Laminatboden, auf dem

Staubmäuse vom Luftzug des Fensters über den Boden tanzten wie ausgedörrte Steppenläufer in einem schlechten Western. Sekundenlang herrschte betretenes Schweigen im Raum. »Ich war es nicht«, beteuerte er schließlich mit belegter Stimme.

Kurz verspürte Mia wieder Mitleid mit ihm. Der Unfalltod seines Kindes hatte Uwe Imhof aus der Bahn geworfen. Doch ob er deshalb in der Lage war, einen Mord zu verüben, konnte sie nicht sagen. Möglicherweise handelte es sich um einen Racheakt. Aber noch fehlten die Indizien. Für eine Festnahme reichte es nicht aus. Sie nickte Lassner zu. Er erhob sich und wandte sich zum Gehen.

»War es das dann?«, fragte Uwe Imhof mit einem energischen Kopfschütteln.

»Ja«, sagte Mia. Sie legte ihm eine Visitenkarte auf den Tisch. »Rufen Sie mich an, wenn Ihnen noch etwas einfällt.« Auf dem Weg nach draußen wäre sie im Halbdunkel des engen Flures beinahe über ein paar schwarze Springerstiefel gestolpert, dann stand sie im Treppenhaus.

***

Als die beiden Frauen in seine Richtung sahen, duckte er sich in das Halbdunkel eines Hauseingangs auf der gegenüberliegenden Seite der Fußgängerzone. Dort tat er so, als würde er sich die Schnürsenkel binden. Beinahe wäre ihm dabei die Bratwurst, die er sich zuvor an einem Imbissstand gekauft hatte, aus der Hand gerutscht.

Fuck, schrie alles in ihm, das wär fast schiefgegangen. Als er sich wieder aufrichtete, waren die beiden Frauen im Café in ein Gespräch vertieft. Die Bratwurst wärmte ihn von innen. Während er sich stärkte, ermahnte er sich zu mehr Vorsicht. Er saß am längeren Hebel, er übte schon jetzt Macht auf sie aus, ohne dass sie auch nur einen Schimmer davon hatte.

Ein gutes Gefühl, denn ich habe sie bereits in meiner Hand, ohne dass sie es weiß, machte er sich Mut. Leichtsinnig durfte er jetzt nicht werden, denn das könnte sein Vorhaben gefährden.

Er tunkte die Bratwurst ein in die Pfütze aus Senf am Rand der Pappschale und schob sich das letzte Stück in den Mund. Sorgsam tupfte er sich die Lippen mit der Serviette ab, nahm die Schale und beförderte sie noch kauend in einen Mülleimer.

Vielleicht, dachte er, ist es gar nicht mal so blöd, jetzt ein wenig unterzutauchen. Er schlug die Kapuze seines Hoodies hoch, versenkte die Hände in den Hosentaschen, nickte der Verkäuferin zu und verschwand in Richtung Werther Brücke. Schon im nächsten Augenblick war er in der Menschenmenge verschwunden, und kein Schwein interessierte sich für ihn.

KAPITEL 15

Warum haben wir ihn nicht gleich mitgenommen?« Lassner startete den Motor des Dienstwagens. Mia schnallte sich an und warf einen Blick aus dem Seitenfenster. Oben erschien die Silhouette von Uwe Imhof am Fenster. Mit regungsloser Miene stand er dort und sah zu ihnen herunter.

»Es reicht nicht, um ihm etwas nachzuweisen«, erwiderte sie, während Lassner sich in den fließenden Verkehr der leicht bergan führenden Straße einordnete.

»Wer sagt, dass ich ihm was anhängen will?«, fragte ihr Partner ein wenig pikiert. »Aber er hat einen guten Grund, Theresa Winkler zu töten – Rache.«

»Imhof ist ein armes Schwein.«

»Eines, das mit dem Saufen angefangen und seine Frau verprügelt hat«, stellte Lassner mit grimmiger Miene klar. »Er sieht sich in der Opferrolle und fühlt sich berechtigt, unser Opfer zu stalken und seiner Frau körperliche Gewalt anzutun.«

»Wie willst du weiter vorgehen?« Mia verschränkte die Arme vor der Brust.

»Wir könnten Imhof aufgrund der anstehenden Prüfung von Haftgründen vorläufig festnehmen«, erwiderte Lassner.

Mia pfiff durch die Zähne. »Das klingt wie aus dem Polizeihandbuch auswendig gelernt«, fand sie. »Also umdrehen, Imhof mitnehmen, ihn im Präsidium erkennungsdienstlich behandeln und erst einmal in Gewahrsam nehmen, bis wir was gegen ihn in der Hand haben?«

»Das wäre zumindest eine Option.« Lassner nickte.

Mia schüttelte den Kopf. Sie war sicher, dass Uwe Imhof nichts mit dem Mord an Theresa Winkler zu tun hatte. Es war nur ein Bauchgefühl oder ihre Art von Menschenkenntnis, nichts Greifbares, das sie hätte begründen können, und genau das wurmte sie. Sie hieb sich auf die Schenkel.

»Ich sehe schon, meine Argumente sind schwach.« Er grinste müde. »Es scheint ein langer Tag zu werden.«

»Vielleicht sagst du deiner Frau Bescheid, dass sie nicht mit dem Essen auf dich zu warten braucht.«

»Na danke auch.« Lassner machte eine säuerliche Miene.

»Sag ihr doch, dass ich lesbisch bin.«

Er warf ihr einen schnellen Seitenblick zu und grinste. »Warum?«

»Damit sie beruhigt ist.«

»Und wenn ich sie noch ein wenig ärgern möchte?«

»Dann musst du damit rechnen, dass sie dich rausschmeißt. Frauen können grausam sein.«

»Ich weiß, Mia, ich weiß.« Er rollte theatralisch mit den Augen und winkte ab. Gerade als er etwas hinzufügen wollte, klingelte sein Diensthandy.

***

Geduld war nicht gerade seine Stärke. In immer kürzer werdenden Abständen verließ er sein Versteck und spähte zum Opernhaus hinüber. Keine Spur von ihr weit und breit. Kurz überlegte er, ob sie nach dem Treffen mit ihrer Freundin in die Schwebebahn gestiegen war, um für heute Feierabend zu machen. Wenn das der Fall sein sollte, dann war sie ihm entwischt. Er schob die Hände in die Hosentaschen und spazierte durch den Engelsgarten. Niemand hier beobachtete ihn. Eine alte Frau mit einem Rauhaardackel an der Leine nickte ihm grüßend zu. Kurz überlegte er, ob er sich auch einen Hund anschaffen sollte. Dann konnte er überall herumlaufen, ohne Aufsehen zu erregen. Doch ein Tier passte beim besten Willen nicht in seine Lebensplanung. Schnell verwarf er den Gedanken und sah im Gehen immer wieder zum Bühneneingang des Opernhauses hinüber. Als Ana endlich auf der Bildfläche erschien, beschleunigte sich sein Herzschlag. Er duckte sich hinter die steinerne Gedenktafel und linste über die Hecke zum Seiteneingang, der sich gerade öffnete. Der Typ im Kittel hielt ihr die Tür auf. Selbst aus der Ferne war nicht zu übersehen, dass der schmierige Kerl sie mit einem lüsternen Blick betrachtete.

Unwillkürlich ballte er die Hände zu Fäusten. »Bleib weg von ihr«, zischte er erbost, dann war sie schon im Innern des Gebäudes verschwunden. Der Hausmeister, oder welche Funktion auch immer er bekleidete, zog die Tür hinter sich ins Schloss und entschwand seinem Blickfeld.

Er fragte sich, wie lange er hier stehen musste, bis sie Feierabend machte. Aus der Zeitung wusste er, dass sie ein neues Stück probten. Eine Inszenierung, die schon in Kürze Premiere feiern würde.

Wenn alles gut lief, ohne Ana.

Denn dann hätte er seine Mission fortgesetzt, und Ana würde das Zeitliche gesegnet haben. Der Gedanke an den Tod der jungen Choreografin hatte etwas Erbauliches, fand er. Seine Gesichtszüge entspannten sich. Wenn alles glattlief, würde es schon heute Nacht passieren. Doch noch war es nicht so weit, und er würde sich einmal mehr in Geduld üben müssen. Nicht gerade seine Stärke, wie er sich zum zweiten Mal innerhalb weniger Minuten eingestehen musste. Doch manche Dinge ließen sich nicht ändern.

***

Für Mia war die lästige Büroarbeit ein notwendiges Übel. Seit zwei Stunden saß sie schweigend am Schreibtisch, um Berichte zu schreiben. Eben hatte sie mit Gino Moretti telefoniert. Bisher hatte es nicht den Ansatz eines Verdachts gegen die Personen gegeben, die Adrian Winkler ihnen genannt hatte.

»Alle haben ein Alibi oder kommen aus anderen Gründen nicht infrage«, hatte er gesagt und dabei frustriert geklungen.

Jeder Name wurde jetzt durch die Datenbanken gejagt, um so mögliche vorangegangene Vergehen zu durchleuchten.

Bis jetzt war die Suche ergebnislos verlaufen, ein Grund mehr für Mia, sich über die vergeblich investierte Zeit zu ärgern. Als sie an ihrem Monitor vorbei zu Lassner sah, ahnte sie, dass es ihrem Partner ähnlich erging. Gerade sichtete er die Aufnahmen der Hauskameras, die ihm Adrian Winkler bereits geschickt hatte. Die Schwarz-Weiß-Bilder zeigten Winkler in dem Morgenmantel, in dem er sie später empfangen hatte, aus wechselnden Perspektiven. »Es stimmt«, seufzte Lassner schließlich. »Winkler hat das Haus den ganzen Abend über nicht ein einziges Mal verlassen.«

»Und damit ist er als Verdächtiger raus«, resümierte Mia.

***

Die Frage nach dem Warum beschäftigte sie seit Stunden. Die beiden Theorien, die sie sich vorhin zurechtgelegt hatte, schienen ihr, je länger sie darüber nachdachte, unwahrscheinlich zu sein. Ihre Kräfte schwanden, die Kehle war wie ausgedörrt, und ihr Magen knurrte. Das Haar hing ihr wirr ins Gesicht. Sie fühlte sich, als würde sie langsam verwahrlosen. Als sie sich fragte, wie viel Zeit seit seinem letzten Besuch vergangen war, scheiterte sie schon daran, dass sie nicht wusste, ob es Tag oder Nacht war.

Ihre Rückenschmerzen nahmen zu, auch die wegen der gefesselten Hand- und Fußgelenke unbequeme Haltung wurde zunehmend zur Qual. Da war es fast nebensächlich, dass sie inzwischen eingenässt hatte.

Noch immer hatte sie kein Lebenszeichen von ihrem Entführer erhalten. Auch die schaurigen Laute von der Decke hatten sich nicht wiederholt.

Hatte er sie vergessen?

War er in der Zwischenzeit vielleicht selbst verreckt?

Der Gedanke daran, dass er möglicherweise nicht zurückkam und sie ewig hierbleiben musste, machte ihr Angst. Noch immer umhüllte sie die Dunkelheit wie ein schwarzer Samtmantel. Nur das rote winzige Leuchten der Kamera unterbrach das tiefe Nichts. Der Geruch von Moder und Verwesung legte sich schwer auf ihre Atemwege.

Regungslos hockte sie auf der Matratze am Boden und stierte gedankenverloren in die Dunkelheit.

Warum?

Habe ich ihm etwas angetan, und dies ist nun die Rache?

Fieberhaft überlegte sie, wem sie in letzter Zeit Schaden zugefügt haben könnte, doch niemand fiel ihr ein. Jedenfalls niemand, der sie deshalb hier einsperrte. Sie hatte sich immer an die Regeln gehalten, das war ihr schon als Jugendliche wichtig gewesen. Später hatte sie das zum Beruf gemacht. Für Gerechtigkeit zu sorgen war ihre Profession.

Für wen bin ich in letzter Zeit gefährlich geworden? Sie spürte diesen stechenden Kopfschmerz und schluckte trocken. Zäh lichtete sich der Nebel in ihrem Gehirn. Wie war sie nur in die Fänge dieses Psychopathen geraten? Plötzlich spielte seine Identität nur noch eine untergeordnete Rolle. Viel beängstigender war die Frage, ob sie ihr Versteck jemals lebend verlassen würde.

KAPITEL 16

Es war nicht mehr richtig hell geworden an diesem Tag. Als sich am Nachmittag bereits kurz nach sechzehn Uhr die Dämmerung über das enge Tal der Wupper senkte, versammelten sich die Ermittlerteams wieder im Büro von Frank Thies, um sich über die Ergebnisse ihrer Arbeit auszutauschen. Womöglich kam so eine heiße Spur zum Mörder von Theresa Winkler zum Vorschein, die im besten Fall zur Überführung des Täters führte. Doch noch war es nicht so weit, und Mia spürte, dass die Müdigkeit sie lähmte. Es war höchste Zeit, ein paar Stunden Schlaf nachzuholen. Mit einem Seitenblick auf Björn Lassner, der neben ihr saß, stellte sie fest, dass es ihrem Partner ähnlich erging. Unter seinen Augen lagen dunkle Ringe, der Bartschatten ließ sein Gesicht älter erscheinen, als er war.

Die lästige Büroarbeit hing ihnen in den Knochen. An solchen Tagen wurde Mia bewusst, dass sie für eine Behörde arbeitete und unzählige Stunden am Schreibtisch verbrachte, anstatt draußen die Verbrecher zu jagen.

Neugierig betrachtete Mia das digitale Whiteboard in der Ecke des Raumes. Es zeigte die Gegend rund um den Auffindeort des Opfers. Einige strategische Punkte, die mit Fotos ergänzt wurden, waren auf dem Plan markiert.

Der Erste Kriminalhauptkommissar hatte sich von seiner spendablen Seite gezeigt und für das Team Pizza aus dem *Bella Ciao* schräg gegenüber dem Präsidium liefern lassen. Dazu gab es Tee, Kaffee und kalte Getränke. Der würzige Geruch der Pizza hing schwer im Raum und veranlasste Sarah Weber, die beiden Fenster auf Kipp zu öffnen, um frische Luft ins Büro zu lassen. Es war offensichtlich, dass sie keine Pizza mochte.

Vermutlich isst sie nur Frikadellen und Bratwürstchen, durchzuckte es Mia mit einem Seitenblick auf die rechte Hand des Abteilungsleiters.

»So«, sagte Thies, nachdem sich alle bedient hatten. Er scrollte durch das Protokoll der Morgenrunde, das Sarah Weber angefertigt hatte. »Dann wollen wir mal sehen, was in den letzten Stunden passiert ist.« Thies blickte gespannt in die Runde. Neben ihm saß jetzt auch Staatsanwalt Dr. Alexander Klinger, ein hochgewachsener Mittfünfziger im perfekt sitzenden nachtblauen Zweireiher. Eine feine Wolke von Armani umgab ihn, seine Glatze glänzte, als hätte er sie mit Speckschwarte eingerieben.

Frank Thies wandte sich an Sophie Stein und Michael Stüttgen. »Was hat denn die Obduktion des Opfers ergeben? Im System ist der Bericht der Rechtsmedizin noch nicht hinterlegt.«

»Kommt am späten Abend aus Düsseldorf«, versprach Stüttgen und grinste. »Sind nicht die Schnellsten, fürchte ich.«

»Gut, dass wir dabei waren und einen ersten Bericht haben«, mischte sich seine Partnerin Sophie Stein ein. Sie strich sich die langen blonden Haare aus dem Gesicht und entsperrte ihr Tablet. »Eine gesundheitliche Vorgeschichte scheint unser Opfer nicht zu haben – von einer Narbe abgesehen, die von einer Blinddarmoperation im Kindesalter herrührt, gab es keine Auffälligkeiten.«

Der Staatsanwalt tauschte einen Blick mit Thies und hob fragend eine Augenbraue.

»Aber …«, sagte Sophie Stein und sah bedeutungsvoll in die Runde, »bei der Toten wurden aufgeschürfte Handballen und Kniegelenke festgestellt, die womöglich von einem Sturz – ob herbeigeführt oder durch einen Unfall – stammen. In dem vorläufigen Bericht sind Hämatome dokumentiert, einmal im Bereich der Schultern, der Handgelenke, aber auch auf Höhe der Hüfte.«

»Die Steinschale des Brunnens, in dem sie gefunden wurde«, mutmaßte Frank Thies. »Man hat sie gewaltsam in die Knie gezwungen, um ihren Kopf unter Wasser zu pressen.«

Sophie Stein überflog den Bericht und nickte. »Das könnte sein.«

»Was uns zur Todesursache führt«, gab der Staatsanwalt das Tempo vor. »Also?«

Sophie Stein ließ sich von Klinger, der ungeduldig mit den Fingern auf die Tischplatte trommelte, nicht aus der Ruhe bringen. »Es wurde eine Strangmarke festgestellt, die nach hinten ansteigend verläuft.«

»Der Täter stand über ihr«, vervollständigte Stüttgen und vollführte eine Geste. »Den Fasern auf der Haut der Toten nach zu urteilen, stammt die Drosselmarke von dem Schal, den das Opfer zum Tatzeitpunkt trug.«

»Also wurde sie stranguliert und danach in den Brunnen befördert?« Klinger hob eine Augenbraue.

»Sie ist ertrunken«, berichtete Sophie Stein mit Blick auf den vorläufigen Bericht der Rechtsmedizin. »Das Opfer hatte Wasser in beiden Lungenflügeln, also hat sie noch gelebt, als sie sich mit dem Gesicht unterhalb der Wasseroberfläche befunden hat.«

»Also doch. Der – oder die – Täter überwältigen Theresa Winkler, bugsieren sie unter Gewaltanwendung zum Brunnen, um sie dort in die Knie zu zwingen. Man drückt sie unter die Wasseroberfläche, wo sie schlussendlich ertrinkt«, fasste Thies das mögliche Geschehen zusammen.

Sekundenlang herrschte Schweigen im Raum. Niemand wagte es, zu sprechen.

Michael Stüttgen nickte seiner Partnerin zu, bevor er eine erste Theorie in den Raum stellte. »Der Typ scheint sie in der Tat brutal zum Brunnen geschleift und unter Wasser gedrückt zu haben.«

»Wer macht so was?«, fragte Karl Brauers. Er nahm die Nickelbrille von der Nase, hauchte auf die Gläser und polierte sie mit dem Rand seines Pullovers. »Der Taxifahrer scheidet wohl aus, ich habe ihm auf den Zahn gefühlt. Er scheint ein unbescholtener Bürger zu sein und hat nicht ansatzweise ein Tatmotiv.«

»Auch die am Tatort gefundenen Fußabdrücke sprechen dafür, dass Böklund unschuldig ist«, fügte Peter Nohlen hinzu. »Der Taxifahrer trug ausgelatschte Turnschuhe. Aber dazu gleich mehr.« Er nahm ein Stückchen Salamipizza und biss herzhaft hinein.

»Was hat die toxikologische Untersuchung des Leichnams ergeben?«, wollte Mia von Sophie Stein und Michael Stüttgen wissen. »Hat das Opfer vor seinem Tod Alkohol zu sich genommen?«

Ihre Kollegin scrollte mit gerunzelter Stirn durch den vorläufigen Bericht der Rechtsmedizin. »Hier steht nichts von Alkohol im Blut.«

»Was hat euer Besuch beim Vater des damals ums Leben gekommenen Kindes ergeben?«, fragte Thies und bedachte Mia und Lassner mit einem auffordernden Blick.

Sie schilderten den Anwesenden, was sie von Uwe Imhof in Erfahrung gebracht hatten. »Ein Alibi für die Tatzeit hat er nicht«, schloss Lassner seine Ausführungen.

»Wenn er die Winklers, insbesondere Theresa Winkler, immer wieder aufgesucht und verfolgt hat, stellt sich mir die Frage, warum die Behörden nichts davon wussten«, gab Staatsanwalt Klinger zu bedenken.

»Der Sache werden wir auf den Grund gehen«, versprach Mia ihm. »Angeblich hat der Ex-Mann des Opfers ihr angeboten, einen Privatdetektiv auf Imhof anzusetzen, sie hat das aber immer strikt abgelehnt. Ebenso, wie die Polizei zu rufen, übrigens.«

»Also hätten wir einen ersten Tatverdächtigen?«, fragte der Staatsanwalt hoffnungsvoll.

»So schnell wäre ich nicht«, wehrte sich Mia. Sie spürte, wie ihr das Blut in den Kopf schoss. »Für mich ist Uwe Imhof ein verzweifelter Vater, der sein Kind wegen eines dramatischen Unfalls verloren hat. Nach Angaben seiner Frau, die beiden leben voneinander getrennt, ist ihm die Kontrolle über sein Leben entglitten. Alkohol, die Kündigung und die bevorstehende Scheidung von der Mutter seines toten Kindes lassen ihn eher als Opfer erscheinen.«

»Ein Tötungsdelikt beziehungsweise Mord aus Verzweiflung oder Rache scheidet aber nicht aus, wenn ich mich nicht irre?« Klinger fixierte Mia mit seinem Blick. Sie fühlte sich unwohl und versuchte, ihre Selbstsicherheit nicht zu verlieren.

»Sicher nicht, aber wir müssen uns in Imhofs Umfeld umhören, um an weitere Informationen zu kommen«, sprang Lassner für sie in die Bresche.

»Ich bitte darum.« Dr. Alexander Klinger machte sich Notizen, während Thies Basti Koch das Wort erteilte. »Konntest du das Smartphone von Theresa Winkler auswerten?«

»Natürlich.« Koch grinste stolz in die Runde. Er legte seine Pizza auf den kleinen Teller und wischte sich die Lippen mit einer Serviette ab, bevor er zum Tablet griff. »Der Umstand, dass es sich beim Handy der Toten um ein iPhone handelt, hat mir die Arbeit erleichtert, denn das Entsperren dieser Geräte ist ein Kinderspiel. Weil der Laptop regelmäßig mit dem Smartphone der Toten synchronisiert wurde, konnte ich mit wenig Aufwand an sämtliche Daten seiner Besitzerin gelangen. Die forensische Software hat es mir ermöglicht, dass wir …«

»Verschonen Sie uns mit technischen Details«, bat Klinger mit erhobenen Händen. Er lehnte sich zurück und verschränkte die Arme vor der Brust.

»Selbstredend.« Koch seufzte pikiert. »Also immer schön nach dem Protokoll. Gut.« Der IT-Experte räusperte sich, bevor er fortfuhr. »Zunächst habe ich mein Augenmerk auf das Onlinebanking gerichtet. Dort war sie recht unauffällig, so hat sie in den letzten hundertachtzig Tagen weder höhere Geldsummen an Automaten abgehoben, noch hat sie den Aktionsradius um ihren Heimatort verlassen. Einmal war sie zum Shopping in Köln. Dort nutzte sie Apple Pay zum Bezahlen, keine exorbitanten Beträge übrigens. Die Zahlungen erfolgten in einer Buchhandlung am Neumarkt, in zwei Modegeschäften in der Schildergasse und der Hohe Straße sowie in einem Restaurant am Rheinufer. Auch bei den Überweisungen gab es keine

Auffälligkeiten, ebenso wenig bei ihren eingerichteten Daueraufträgen, die im monatlichen Rhythmus durchlaufen.« Koch legte das Tablet auf den Tisch und blickte in die Runde. »Apropos Daueraufträge: Hat jemand schon mal was von *Bonnie & Clyde* gehört?«

Am Tisch herrschte Schweigen, einige schüttelten den Kopf.

»Bitte klären Sie uns auf«, bat der Staatsanwalt ungeduldig.

»Kein Ding«, sagte Basti Koch. »Also, Kolleginnen und Kollegen, dabei handelt es sich um einen Verein, der es Frauen ermöglicht, inhaftierte Männer per Briefpost kennenzulernen.«

»Wer braucht denn so was?« Michael Stüttgen tauschte einen Blick mit seiner Partnerin und schüttelte den Kopf.

»Halt, doch«, rief Sophie Stein und hob die Hand. »Ich kenne das Bonnie-und-Clyde-Syndrom«, bemerkte sie in das entstandene Schweigen hinein. »Frauen verlieben sich in Straftäter – je brutaler sie sind, umso besser. Neben dem Kick, auch das eigene Leben in Gefahr zu bringen, berichten einige Frauen von einer Art Helfersyndrom.«

»Sophie!« Stüttgen grinste. »So kenne ich dich gar nicht.«

»Ich habe nicht das Bedürfnis, außerhalb der Dienstzeit Knackis kennenzulernen«, erwiderte Sophie Stein unbeeindruckt. »Abgesehen davon, dass ich quasi für die Gegenseite arbeite und Verbrecher lieber hinter Schloss und Riegel bringe. Aber ich lese viele Sachbücher und bin dabei auf dieses Syndrom gestoßen. Einige Frauen reizt es offenbar, Kontakt zu Strafgefangenen aufzunehmen. Ein Spiel mit dem Feuer, sich mit Serienkillern einzulassen vielleicht.«

»Das ist krank«, fand Stüttgen kopfschüttelnd. Er schenkte sich einen schwarzen Kaffee ein und nippte in kleinen Schlucken. »Diese Frauen bringen sich selbst in Gefahr.«

»Manche Frauen erregt die Vorstellung, sich mit einem Kriminellen einzulassen – aber ich denke, das ist nicht das Ziel des Vereins, *solche* Kontakte zu vermitteln«, erklärte Sophie Stein. »Fragt mich nicht, warum, aber es gibt einige fachliche Abhandlungen über dieses Syndrom.«

Koch nickte. An seinem Tablet recherchierte er über die Einrichtung. »*Bonnie & Clyde* bietet solchen Frauen eine Plattform, um mit Inhaftierten in Kontakt zu treten. Online und in Gruppen tauschen sie sich über ihre Erfahrungen aus und können sich den Gefangenen ihrer Wahl quasi aussuchen, um mit ihm in Kontakt zu treten. Dabei geht es um eine reine Brieffreundschaft – zunächst wenigstens.«

»Und was hat Theresa Winkler damit zu tun?« Frank Thies legte den Kopf schräg. »Hatte sie Kontakt zu einem Häftling?«

»Davon ist nichts bekannt«, murmelte Koch. »Aber sie hat der Vereinigung jeden Monat zweihundert Euro überwiesen – per Dauerauftrag. Und sie saß im Vorstand.«

»Warum hat Adrian Winkler uns davon nichts gesagt?«, fragte Lassner fest an Mia gewandt. »Also hatte sie Kontakt zu Kriminellen.«

»Kein Wunder, sie hat doch auch die Gutachten für inhaftierte Straftäter erstellt«, überlegte Mia. »Da besteht sicherlich die Verbindung.«

»Möglich.« Thies nickte, bevor er sich wieder an Koch wandte. »Und sonst keine Auffälligkeiten? Mails, mit denen wir arbeiten können?«

»Nichts.« Koch betrachtete Mia und Lassner. »Also auch keine Nachrichten an oder von diesem Uwe Imhof, solltet ihr darauf hoffen.«

»Es wäre wohl zu schön gewesen.« Lassner seufzte und bediente sich jetzt auch an der Pizza. Er wählte ein Stück Hawaii und biss hungrig hinein. »Und auf Social Media?«, fragte er kauend.

»Nichts«, erwiderte Koch. »Sie hatte bei Facebook knapp zweihundertfünfzig Freunde, bei Insta waren es ein paar mehr. Kaum persönliche Nachrichten, und wenn, dann nur unverfängliches Geplänkel. Fotos von Ausflügen, Restaurantbesuchen, Food Porn, einem Konzert in der Arena in Köln.«

»Okay.« Mia nickte, während sie angestrengt nachdachte und auf der Unterlippe kaute. »Dann müssen wir woanders ansetzen, fürchte ich.«

»Richtig.« Der Staatsanwalt setzte ein Pokerface auf und beugte sich weit über den Tisch, während er in die Runde blickte. »Vorschläge?«

»Wir können uns diese Organisation ja mal anschauen«, schlug Lassner vor.

»Du meinst *Bonnie & Clyde?*« Mia wiegte den Kopf. »Glaubst du, da gibt es einen Ansatzpunkt?«

»Ich will nichts ausschließen«, erwiderte ihr Partner und warf Thies einen Blick zu.

»Die Wahrscheinlichkeit, dass jemand aus diesen Kreisen hinter dem Mord steckt, ist nicht so abwegig«, fand der Erste Kriminalhauptkommissar. Er erntete vom Staatsanwalt ein zustimmendes Nicken.

»Also geht es gleich morgen an die Arbeit.«

»Warum erst morgen?«, fragte Alexander Klinger mit einer erhobenen Augenbraue.

»Weil wir heute nichts mehr erreichen werden«, entgegnete Lassner mit bedauerndem Blick. »Meistens stecken Ehrenamtler hinter solchen Institutionen, da sind die Bürozeiten oft sehr eingeschränkt.«

»Dann aber gleich morgen früh«, stimmte Klinger mit verbissener Miene zu. Er trank von seinem Kaffee und machte sich Notizen, bevor er sich an Peter Nohlen wandte. Der Kriminaltechniker rief seinen Bericht auf, scrollte sich durch die Unterlagen, dann sah er in die Runde.

»Wir haben die Spurensicherung am Tatort so gut wie abgeschlossen. Auffällig war ein Haargummi, das unweit des Brunnens gefunden wurde. Der DNA-Abgleich hat unseren Verdacht bestätigt, dass es dem Opfer gehörte. Wenn wir den Fundort mit einbeziehen, schließt sich der Kreis: Demnach könnte die Frau über das untere Ende der Adolf-Vorwerk-Straße in Richtung des Vorwerk-Brunnens unterwegs gewesen sein. Gut fünf Meter vor dem Brunnen könnte es zu dem bereits erwähnten Handgemenge mit dem Täter gekommen sein, bei dem sie das Gummi verlor.«

»Oder der Täter hat es ihr bewusst und gezielt aus den Haaren gerissen«, brummte Stüttgen.

»Für diese Möglichkeit haben wir einen weiteren DNA-Test veranlasst«, nickte Nohlen. »Denn wenn der mutmaßliche Mörder von Theresa Winkler es mit seinen Händen berührt hat, könnten wir vielleicht seine DNA sichern.«

»Und wenn er Handschuhe trug?«, fragte Mia.

»Wir lassen nichts außer Acht und greifen nach jedem Strohhalm«, sagte Nohlen grinsend. »Und sollte sich seine DNA an dem Haargummi befinden, jagen wir sie durch unsere Datenbanken.«

Zum ersten Mal in dieser Runde meldete sich Nohlens Vorgesetzte, Elisabeth Völker, zu Wort. »Sobald wir eine brauchbare Spur haben, können wir die Personenspürhunde durch den Wald schicken.«

»Er ist längst über alle Berge«, unkte Lassner. »Aber von mir aus, wenn es hilft, umso besser.«

»Wir haben die Geodaten von Theresa Winklers Smartphone ausgewertet«, fuhr Koch fort, der offenbar mit seinem Vortrag noch nicht am Ende war, »und sie mit den Aufnahmen der Überwachungskameras in ihrer Praxis abgeglichen. Demnach hat sie gestern Abend lange gearbeitet, ich habe unter anderem Mails auf ihrem Rechner gefunden, die nach zweiundzwanzig Uhr geschickt worden sind. Aufgrund der Geodaten und der Auswertung der Kameras in ihren Büro- und Praxisräumen wissen wir, dass sie sich bis kurz vor dreiundzwanzig Uhr in der Praxis aufgehalten hat. Danach ist sie durch die Elberfelder Innenstadt zur Schwebebahnstation Döppersberg gelaufen, um nach Barmen zu gelangen. Am Alten Markt stieg sie in den Bus, der sie zum Toelleturm gebracht hat.« Koch wandte sich an Mia und Lassner. »Den Rest kennt ihr. Die Überwachungskamera im Bus hat übrigens ergeben, dass sie als einziger Fahrgast ausgestiegen ist. Niemand ist ihr gefolgt.«

Mia erhob sich und trat an das digitale Whiteboard. Sie zeigte auf die Stelle, an der Tessa Winkler offenbar zum ersten Mal ihrem Mörder begegnet war. »Sie ist allein unterwegs in der Dunkelheit, niemand folgt ihr.« Sie tippte auf eine andere Stelle. »Warum sie nicht die Hans-Sachs-Straße genommen hat, erschließt sich mir nicht, aber nach allem, was wir wissen, hat sie diesen Weg hier bevorzugt.« Alle Blicke waren auf die digitale Tafel gerichtet. »Womöglich hat der Täter ihr in dem kleinen Waldstückchen zwischen der Eisenlohr- und der Adolf-Vorwerk-Straße aufgelauert.«

Der Staatsanwalt hob eine Hand. »Könnte es nicht auch sein, dass es sich bei der Frau um ein Zufallsopfer handelt?« Als niemand am Tisch etwas sagte, fuhr er fort: »Sie sollten auch in diese Richtung ermitteln.«

»Das werden wir tun, wenn alle anderen Möglichkeiten ausgeschöpft sind«, versicherte Frank Thies ihm. Dann kam er zurück zur Tagesordnung und blickte nacheinander in die Gesichter der Anwesenden. »Wenn sie einen Umweg gemacht hat, woher wusste der Mörder davon?«, fragte Frank Thies in die Runde.

Mia musste nicht lange überlegen. »Es ist denkbar, dass der Mörder sie studiert hat, um ihre Gewohnheiten besser kennenzulernen. Vielleicht war es eine lieb gewonnene Gewohnheit, diesen Nachhauseweg zu nutzen. Womöglich fühlte sie sich an der viel befahrenen Oberen Lichtenplatzer Straße sicherer.«

»Ein Trugschluss, wie wir jetzt wissen«, resümierte Karl Brauers. Sekundenlang herrschte Schweigen im Besprechungsraum. Alle hingen ihren Gedanken nach.

»Was hat die Auswertung eurer Spuren noch ergeben?«, fragte Lassner die Kriminaltechniker.

Peter Nohlen stierte auf sein Tablet. »Faserspuren am Rand des Brunnenbeckens, die vom Mantel des Opfers stammen. Leider nichts, was einen Hinweis auf den Täter ergeben könnte.« Er kehrte die Handflächen nach oben. »Bleiben die Schuhabdrücke im Umkreis des Tatortes. Wie gesagt – dieser Taxifahrer scheidet aus. Er ist neben dem Brunnen stehen geblieben und hat sich dem Opfer auf kürzestem Wege genähert, um die Frau aus dem Wasser zu ziehen. Es gibt allerdings Spuren, die wir schon auf dem Pflaster des unteren Abschnittes der Adolf-Vorwerk-Straße gesichert haben. Sie führten zum Brunnen und anschließend zum Beginn des Waldes, etwa auf Höhe des kleinen Eiscafés.«

»Das könnte unser Täter sein«, hoffte Lassner. Er grinste Mia an. »Endlich.«

Nohlen tauschte einen Blick mit seiner Vorgesetzten, bevor er fortfuhr: »Bei den gesicherten Prints handelt es sich um ein grobstolliges Profil, wie bei Stiefeln. Also etwa von Gummistiefeln, robusten Winterschuhen oder Springerstiefeln.«

»Kann man anhand der Abdrücke ermitteln, von welchem Hersteller die Stiefel stammen?«, wollte der Staatsanwalt wissen.

»Bedauerlicherweise nein.« Nohlen schüttelte den Kopf. »Dafür sind die Abdrücke nicht deutlich genug. Aber wir können …«

»Moment«, rief Mia dazwischen. Wie von der Tarantel gestochen sprang sie von ihrem Platz auf und erntete dafür die verwunderten Blicke der Kollegen am langen Tisch. »Springerstiefel?«, fragte sie an Nohlen gewandt.

»Richtig, das könnte gut möglich sein.«

Mia warf Lassner einen Blick zu. »Ich habe Springerstiefel gesehen.«

»Wo?« Lassner schien verwundert zu sein.

»In der Wohnung von Uwe Imhof. Im Zwielicht des Korridors wäre ich fast darüber gestolpert. Die Dinger waren schmutzig, ich glaube sogar, an den Rändern der dicken Sohlen Schlammanhaftungen gesehen zu haben.«

»Und Imhof hat kein brauchbares Alibi?«, fragte Thies.

»Nein.« Mia schüttelte den Kopf. »Er könnte vielleicht doch unser Mann sein.«

»Dann los. Ihr wisst, was zu tun ist.« Thies klatschte in die Hände. »Lasst ihn von einer Streife herholen.«

***

Sie erwachte, als der Schlüssel ins Schloss geschoben und gedreht wurde. Die Dunkelheit im Keller war noch immer so undurchdringlich, dass sie fast greifbar erschien. Nur das leise Tropfen des Wassers an der undichten Stelle unter der Decke war allgegenwärtig, so wie das kleine rote Licht des Kameraauges. Knarrend schwang die Tür auf. Das eintretende Licht blendete sie. Er machte einen Schritt in den Keller.

Dieser widerliche Clown, durchzuckte es sie, als sie sah, dass er wieder die schreckliche Maske trug. Jetzt stand er da, sein Atem rasselte unter dem Kunststoff. In seinen Händen hielt er eine Einkaufstasche.

»Hier«, sagte er und hielt ihr die Tasche hin. »Essen und Trinken für dich.« Nur wenige Worte, die er durch den elektronischen Verzerrer presste. Seine Stimme klang wie in einem Horrorfilm.

»Wie soll das gehen?«, fragte sie wütend und ruckte mit den Armen. Als sie den brennenden Schmerz im Nacken spürte, ließ sie die Arme sinken.

Er lachte, und seine Stimme klang gruselig. Achtlos warf er die mitgebrachte Tasche auf die Matratze neben sie, dann griff er in eine der Taschen auf seiner Hose, um ein Messer hervorzuziehen. Als er es aufklappte, blitzte die scharfe Klinge im einfallenden Licht. Er umklammerte den Griff und zögerte. Hinter den Sehschlitzen der Maske erkannte sie ein unsicheres Flackern in seinen Augen. Kurz dachte sie, dass er ihr die Klinge in den Körper rammen würde. Sie zuckte zusammen, als er näher trat und sie zu sich umdrehte. Ein Schmerzensschrei kam über ihre Lippen. »Pass doch auf!«, zischte sie mit Tränen in den Augen.

Er antwortete ihr nicht, ging neben ihr in die Hocke und machte sich daran, die Stricke, mit denen er ihr die Hände auf dem Rücken fixiert hatte, zu durchtrennen. Das Ratschen des Stoffes erzeugte eine Gänsehaut bei ihr, doch dann waren ihre Hände frei. Hastig sprang er auf.

»Mach keinen Scheiß«, schnarrte er und hielt ihr das Messer bedrohlich nahe. »Jetzt kannst du essen und trinken.«

Sie wollte widersprechen, ihm vorwerfen, dass er alles, was er mitgebracht hatte, sicherlich vergiftet hatte, verzichtete aber darauf. Erst einmal war es wichtig, dass sie die Hände bewegen konnte. Sie streckte die Arme nach vorn und drückte die angespannten Schultern durch. Ihre Knochen knackten vernehmlich, sie glaubte, jeden einzelnen Nerv zu spüren. Mit schmerzverzerrtem Gesicht rieb sie sich die wunden Handgelenke. Währenddessen machte er sich an der Einkaufstüte zu schaffen, um den Inhalt neben ihr auf die Matratze zu schütten. Sie erkannte ein Toastbrot, eine eingepackte Salami und ein Stück Käse. Zwei Flaschen Wasser und eine Packung Butterkekse. Auf der Stelle knurrte ihr Magen. Doch trotz des Hungers überwog ihre Angst, die mitgebrachten Lebensmittel anzurühren.

»Iss«, sagte er.

»Wer sagt mir, dass du das Zeug nicht vergiftet hast?«

»Was hätte ich davon?« Er sog die Luft tief durch die Nasenlöcher der Clownsmaske ein. »Ich brauche dich noch.«

»Wofür?«

»Für das Finale.«

»Welches Finale?«

»Du wirst es erfahren.« Langsam schüttelte er den Kopf. »Und jetzt iss. Und trink was.«

Sie gab dem Hungergefühl nach und verdrängte den Gedanken daran, was er wohl Grausames mit ihr vorhaben könnte. Denn zumindest war sie jetzt noch am Leben. Gierig riss sie die Toastbrotpackung auf und schob sich eine Scheibe in den Mund. Das Zeug war trocken wie ein Schwamm. Sie griff nach einer Flasche. Das Wasser rann ihr die Kehle herunter. Sie verschluckte sich, hustete, trank weiter, griff zur Salami und biss herzhaft in das Ende.

Während sie aß, beobachtete er sie aufmerksam.

Sie spürte, wie das Sättigungsgefühl einsetzte. Übelkeit stieg in ihr auf, sie unterdrückte ein Aufstoßen und sah zu dem widerlichen Clown auf. »Und?«, fragte sie mit einem aggressiven Unterton. »Zufrieden?«

»Ja.« Er nickte. »Du hast in die Hose gemacht.« Sein Zeigefinger war auf ihren Schritt gerichtet.

»Was interessiert dich das!«

Er trat wieder näher, klappte die Klinge des Messers ein und schob den Schaft in die Tasche. »Steh auf.« Er reichte ihr die Hand und zog sie hoch.

Sie ekelte sich vor seinen Berührungen und unterdrückte mit Mühe den Schmerz, als sie sich erhob. »Meine Fußgelenke«, sagte sie bitter und deutete mit dem Kinn abwärts. »Sie sind gefesselt. So kann ich die nasse Hose nicht ausziehen.«

Kurz schien er nachzudenken, um die Risiken abzuwägen, dann nickte er. »Komm.« Der widerliche Clown zog das Messer wieder hervor, klappte es auf und ging neben ihr in die Hocke. Sie beobachtete genau, wie er die Stricke an ihren Fesseln löste. Währenddessen verspürte sie den heftigen Drang, ihn zu überwältigen und endlich aus dieser erniedrigenden Situation zu entfliehen. Doch sofort merkte sie, dass ihr Körper noch zu geschwächt war, die Chancen auf Erfolg waren einfach zu gering.

Nachdem er die Reste der Stricke fortgezogen hatte, richtete er sich auf. »Jetzt.«

Der eklige Clown stand da und schien sie fasziniert dabei zu beobachten, wie sie die Hose öffnete und über die Hüften streifte. Es war ihr unangenehm, sich vor seinen Augen auszuziehen. Auch der Slip war nass, doch sie behielt die Unterhose an.

»Die auch.« Er zeigte auf den Slip.

»Nein.« Energisch schüttelte sie den Kopf.

»Ich bring dir neue Wäsche.«

»Verpiss dich!«, zischte sie nur.

Ohne darauf zu reagieren, schob er das Messer wieder in die Tasche und wandte sich zum Gehen.

»Schlaf jetzt«, sagte er, als er an der Tür angekommen war und sein Gesicht wieder im Schatten lag.

Wieder verspürte sie den starken Impuls, sich an ihm vorbeizudrängeln und zu fliehen. Doch auch diesmal reichte ihre Kraft nicht aus. So stand sie einfach nur da und beobachtete den widerlichen Clown. Er trat in den Gang hinter ihrem Gefängnis, warf die Tür ins Schloss und drehte den Schlüssel. Langsam, ohne Eile, entfernte er sich und ließ sie hilflos und verzweifelt zurück.

Schlaf jetzt, hallten seine unheimlich verzerrten Worte in ihrem Schädel nach, als sie sich wieder ihrem düsteren Schicksal ergab.

Panik ergriff sie. War doch etwas in dem Essen oder in dem Wasser? Ihr Herz klopfte ihr bis zum Hals, als sie im Dunkeln zurück zur Matratze tappte, um sich darauf niederzulassen. Im Schneidersitz hockte sie in der Dunkelheit und stierte ins Nichts. Die Gedanken rasten durch ihren Kopf. Sie tastete nach den Butterkeksen, riss mit zitternden Fingern die Verpackung auf und schob sich drei Kekse in den Mund. Nachdem sie mit einem Schluck Wasser nachgespült hatte, bugsierte sie die Lebensmittel von der Matratze und sank auf die Seite. So lag sie auf dem Boden und starrte an die Decke, während sich in ihrem Kopf Tausende Fragen überschlugen. Wer war dieser schreckliche Clown, warum hatte er sie entführt und hielt sie an diesem düsteren Ort gefangen? Und dann fragte sie sich, was er wohl mit dem großen Finale gemeint hatte. Die Befürchtung, dass sie schon bald Antworten auf all ihre Fragen bekommen würde, verstärkte ihre Ängste noch.

KAPITEL 17

Ich geh dann mal«, rief Ana am späten Abend gegen die stampfende Musik aus den Lautsprecherboxen des *Spunk* an, während sie vom Barhocker glitt, um die beiden Männer allein zu lassen. Jacko, der inzwischen nur noch Augen für den Mann an seiner Seite hatte, zog einen Flunsch. »Jetzt schon?«

»Na klar, ist schon spät.« Ana nickte und warf einen Blick auf die Uhr. Nach der Probe im Opernhaus hatte sie unterwegs eine Kleinigkeit gegessen, um sich anschließend mit ihrem besten Freund in der Kultkneipe am Engelnberg zu treffen. Nach einem langen Arbeitstag tat ihr die Ablenkung gut. Mit Alexander, ihrem Verehrer aus dem Ensemble, hatte sie am Nachmittag ein Gespräch unter vier Augen geführt. Sie hatte ihm klargemacht, dass sie seine Gefühle keinesfalls erwiderte und nicht an einer Affäre interessiert war. Der junge Tänzer war sichtlich enttäuscht gewesen, doch darauf konnte sie keine Rücksicht nehmen.

Seit mehr als drei Stunden hielt sie sich jetzt schon in der Kneipe auf. Kurz nach ihrem Treffen mit Jacko war dieser eigenartige Typ auf der Bildfläche erschienen, von dem sie nur wusste, dass er Luca hieß. Von Anfang an hatte er Jacko schöne Augen gemacht, und ihr Freund war voll auf ihn angesprungen. Seitdem fühlte sich Ana wie das fünfte Rad am Wagen. Sie ließ den Blick durch den Gastraum schweifen. Das *Spunk,* nicht nur in Insiderkreisen der Wuppertaler Kneipenszene ein Hotspot, war gut besucht. Die Musik übertönte das Stimmengewirr der Gäste – einer bunten Mischung aus Jung und Alt und teils skurrilen Typen. Nach der Pandemie hatte der Betreiber lange ums Überleben kämpfen müssen, doch der große Kreis seiner Stammgäste und Fans hatte den Laden mit einer Spendenaktion retten können. So war das *Spunk* ein Schmelztiegel der Wuppertaler Kneipengänger, man traf sich, um hier eine gute Zeit zu verbringen. Auch heute war es der Umgebung und Anas Begleitung durchaus gelungen, sie nach dem aufreibenden Tag auf andere Gedanken zu bringen. Immer wieder betrachtete Ana das muntere Treiben an der Bar der kleinen Kneipe.

»Alles klar bei dir?«, riss Jackos Stimme sie aus den Gedanken. Wie immer trug er ein flippiges Outfit, das heute aus einer verwaschenen und gelöcherten Bluejeans, weißen Sneakern, einem weißen weit offen stehenden Hemd und einem dunklen Nadelstreifensakko bestand. An seine grellblond gefärbten Haare musste sich Ana noch gewöhnen.

»Alles klar«, rief Ana gegen die Musik an.

»Du wirkst so abwesend«, stellte Jacko fest. »Beschäftigt dich was?«

Kurz überlegte sie, ihm von dem seltsamen Schatten zu erzählen, der sie tagsüber verfolgt hatte. Ana fürchtete jedoch, dass er sie nicht ernst nehmen würde, und schüttelte den Kopf. »Hab nur etwas viel um die Ohren. Die Uraufführung des neuen Stücks rückt näher.« Sie gähnte herzhaft und warf einen Blick auf die Uhr.

Jacko winkte ab. »Sind wir nicht alle ein bisschen Pippi?«

Lachend nickte Ana. »Es ist spät geworden, ich muss ins Bett.« Sie gab dem Verlangen zu gähnen erneut nach und murmelte eine Entschuldigung, die im Lärm unterging.

»Schade, Liebes.«

»Nächstes Mal bleib ich länger.«

»Ist gut.«

Luca schien zufrieden mit der Entwicklung des Abends zu sein. Er lächelte siegessicher, als Ana in den Mantel schlüpfte, um sich von den Männern zu verabschieden.

»Und denk dran«, gab Luca ihr noch mit auf den Weg. »Sei immer Pippi, nicht Annika.«

»Schon klar.« Ana nickte, Sie umarmte erst Jacko, dann Luca und machte sich auf den Weg. Gregor hatte kein Problem damit, wenn sie sich mit Jacko traf, denn einen schwulen Mann betrachtete er nicht als Konkurrenz.

»Zieh du mal mit deiner Tucke los«, hatte Gregor am Morgen noch mit einem abwertenden Grinsen gesagt und sich dafür einen vernichtenden Blick von Ana eingefangen.

»Sprich nicht so abfällig über ihn«, hatte sie ihn ermahnt, doch Gregor hatte nur lachend abgewinkt. Manchmal war ihr Freund ziemlich homophob und lebte entgegen aller Trends und Toleranz.

Ana sehnte sich nach ihrem Bett. Vorhin waren sie nach einem Feierabendbier auf Wildberry Lillet und Aperol Spritz umgestiegen – ein Umstand, der sich jetzt bemerkbar machte. Eigentlich vertrug Ana nicht viel Alkohol.

»Soll ich dir ein Taxi rufen?«, fragte Andreas, der Inhaber der Kneipe. Er stand gerade am Tresen und zapfte zwei frische Jever. Ihm schien nicht entgangen zu sein, dass Ana gegen den hohen Seegang ankämpfte.

»Nee, lass mal«, erwiderte sie kopfschüttelnd. »Ich fahre mit Bus und Schwebebahn.«

»Wie du meinst.« Andreas zuckte die Schultern und verabschiedete sich mit einem jovialen Nicken in ihre Richtung. Jacko und Luca bekamen nichts mehr von ihrer Umwelt mit. Sie waren in ein inniges Gespräch versunken und hingen an den Lippen des jeweils anderen. Es schien bereits festzustehen, dass sie die Nacht gemeinsam verbringen würden. Mit einem wissenden Lächeln verließ Ana das *Spunk*. Nachdem die Kneipentür hinter ihr ins Schloss gefallen war, kroch die Kälte der Herbstnacht an ihr hoch. Fröstelnd stand sie einen Augenblick da und betrachtete die Wölkchen, die bei jedem Atemzug vor ihrem Gesicht durch die Nacht tanzten. Das *Spunk* befand sich an der spitzen Ecke zwischen der Flensburger und der Holsteiner Straße. Beide lagen menschenleer vor ihr. Nur aus wenigen Fenstern der umliegenden Häuser drang noch Licht. Leicht schwankend setzte sich Ana in Bewegung. Unter dem einfachen Pavillon hatte sich eine Schar von Rauchern verkrochen. Man lachte und unterhielt sich gut gelaunt. Als Anas Weg an dem Zelt vorbeiführte, drang der Gestank von Nikotin in ihre Nase. Seit ihr Vater, ein starker Raucher, vor vier Jahren an Lungenkrebs gestorben war, hatte sie für Zigaretten, Vapes und alles, was qualmte, nichts mehr übrig. Mit jedem Schritt, den sie tat, lichtete sich der Schleier des Alkohols, der sie in der Kneipe noch umfangen hatte. Es schien, als würde ihr Kopf mit jedem Meter klarer werden. Die Holsteiner Straße war recht schmal und wurde von hohen Häusern, meist aus der Gründerzeit, gesäumt. Autos parkten eng aneinander zu beiden Seiten der Einbahnstraße. Die Straßenlaternen warfen lange Schatten, die sich auf dem Bürgersteig zu unheimlichen Gebilden verzerrten.

In Ana stieg wieder ein Gefühl der Unruhe auf. Sie war sicher, jemanden hinter sich zu hören. Sie warf einen verängstigten Blick über die Schulter, doch da war niemand. Verlassen lag die Straße da. Erste Dunstschwaden kamen auf und waberten über dem feucht schimmernden Asphalt der Fahrbahn. Ana suchte in der Jackentasche nach ihrem Handy. Sie würde die Polizei rufen, wenn es nötig war. Deutlich vernahm sie jetzt Schritte, die ihr auf den Fersen waren. Ana beschleunigte ihr Tempo, doch ihr Verfolger hielt Schritt. Als sie sich erneut umsah, erkannte sie einen hochgewachsenen huschenden Schatten, der sich ihr unaufhaltsam näherte.

***

Langsam fand sie zu ihren Kräften zurück. Er hatte behauptet, er würde ihr neue Kleidung bringen. Der letzte Besuch des schaurigen Clowns musste aber schon wieder Stunden zurückliegen. Immerhin konnte sie inzwischen den Zinkeimer als provisorische Toilette benutzen. Unruhig wanderte sie durch ihr dunkles Gefängnis. Inzwischen fand sie sich blind zurecht. Vier Schritte nach links, dann hatte sie die feuchte Wand erreicht. Halblinks stand die Kamera auf ihrem Stativ und schien jede ihrer Bewegungen aufmerksam zu verfolgen. Das Ding stand auf einem Berg von Unrat und war umgeben von alten, schweren Geräten, deren Funktion ihr unbekannt war. Er hatte es so positioniert, dass sie es nicht erreichen konnte. Nach einigen heftigen Bemühungen hatte sie es aufgegeben und sich unwillig in ihr Schicksal, weiter unter Beobachtung zu stehen, gefügt. Sie vollführte eine Wendung nach links. Jetzt konnte sie die lange Wand abschreiten, in der sich die feuerfeste Tür befand. Das Metall fühlte sich kühl an. Sie betätigte die Klinke, doch erwartungsgemäß erfolglos. Sechs Schritte, dann hatte sie die nächste Wand erreicht. Gerade als sie sich dort entlangtasten wollte, flammte ein grelles Licht auf. Geblendet kniff sie die Augen zusammen. Blitze schienen durch das Verlies zu zucken, begleitet von einem schrillen Alarmton. Das ohrenbetäubende Pfeifen zermarterte ihr Hirn. Erschrocken presste sie sich beide Hände auf die Ohren, suchte nach der Lichtquelle, die sich offenbar unter der Decke befand, gleich neben dem Lautsprecher, der so hoch hing, dass sie ihn nicht erreichen konnte. Fast fühlte sie sich wie in einem schlechten Science-Fiction-Film. Ihr war, als würden sie Laserblitze umgeben, ihr auf jeden Schritt, den sie machte, folgen. Aus einer unsichtbaren Quelle stieg Nebel auf. Rauchschwaden krochen über den Boden und waberten der gewölbeartigen Decke entgegen. Hatte sie eben noch die Gelegenheit nutzen können, um sich zu orientieren, war die Sicht von einer Sekunde zur anderen getrübt. So stolperte sie zurück zu ihrem einfachen Lager und ließ sich niedergeschlagen auf die Matratze sinken. Kaum dass sie saß, endete der Spuk. Dunkelheit umfing sie, die Lichtblitze erloschen, als hätte jemand einen unsichtbaren Schalter betätigt.

Langsam nur beruhigte sich ihr Puls. Fast empfand sie die Dunkelheit, die sie wieder umgab, als beruhigend. Ein Vorteil blieb: Der Nebel, der offenbar immer noch in dichten Schwaden durch den Raum geisterte, würde es ihm unmöglich machen, sie weiter mittels Kamera zu überwachen.

***

Die Treppe war seine große Chance. Mit jedem Schritt, den er sich ihr näherte, intensivierte sich sein Verlangen, über sie zu bestimmen. Er liebte dieses Verfolgungsspiel. Es verlieh ihm das Gefühl, Macht über sein Opfer zu haben. Schon jetzt stellte er sich vor, wie sie sich ängstigte, wohl wissend, was er mit ihr vorhatte. Während er ihr folgte, freute er sich darauf, wie sie sich wehren würde und wie ihre Angst ihn weiter antrieb. Ein sadistisches Grinsen legte sich auf seine Lippen. Er hoffte inständig, dass sie die verschwiegene Holsteiner Treppe als Abkürzung nutzen würde. Zu lange schon hatte er auf diesen Augenblick gewartet.

Kurz hatte er befürchtet, dass sie sich ein Taxi gerufen hatte, denn zunächst war sie vor der Kneipe stehen geblieben. So, als würde sie warten. Doch dann hatte sie sich in Bewegung gesetzt. Unauffällig hatte er sein Versteck, das im Schatten eines alten Ahorns am Rande des kleinen Spielplatzes auf der gegenüberliegenden Straßenseite lag, verlassen, um sich an ihre Fersen zu heften.

Hatte sie Alkohol getrunken? Ihm sollte es recht sein – denn wenn ihre Sinne benebelt waren, hatte er ein leichtes Spiel mit ihr.

Jetzt überquerte sie die Straße und marschierte auf die Holsteiner Treppe zu, die, wie eingeklemmt zwischen zwei Häuserzeilen, abwärts zur Hauptstraße führte. Auf dem Weg dorthin boten ihm dunkle Hofeinfahrten, Garagentore und Hauseingänge Schutz. Immer wieder blieb sie kurz stehen und wandte sich um. Doch er war ein Meister darin, sich unsichtbar zu machen. Inzwischen hatte sie das obere Ende der Holsteiner Treppe erreicht. Kurz schien sie zu zögern. Hatte sie aufgrund ihres Alkoholkonsums Bedenken, auf den glitschigen Stufen zu stürzen und sich eine Verletzung zuzuziehen?

Er hatte sich rechtzeitig hinter einem geparkten Kastenwagen geduckt. Doch schon jetzt stand für ihn fest, dass sie ihm nicht mehr entkommen würde. Zeit, zum Angriff überzugehen. Viel zu lange schon hatte er auf diesen entscheidenden Augenblick warten müssen. Jetzt gab es kein Zurück mehr.

KAPITEL 18

»Du bist verliebt.« Lea Homberg betrachtete ihre Tochter mit einem amüsierten Blick, während sie den Wasserkocher füllte und ihn anschaltete, um sich einen frischen Tee aufzubrühen. Unterdessen nahm sie sich ihre Lieblingstasse mit der stilisierten Schwebebahn aus dem Regal und ließ einen Teebeutel hineingleiten. Die offene Küche mit der großen Kochinsel in der Mitte ging nahtlos in das spärlich beleuchtete Wohnzimmer über. Dort hockte Lisa mit angezogenen Beinen auf dem weinroten Sitzsack, tippte auf ihrem Smartphone herum und grinste immer, wenn der leise Signalton davon kündete, dass eine neue Nachricht einging.

Jetzt, nach Einbruch der Dunkelheit, boten die großen Fensterflächen des Lofts über den Dächern von Barmen einen einzigartigen Blick auf die Stadt. Unten im Tal schlängelte sich das lindgrüne Gerüst der Schwebebahn über dem Fluss, umgeben von unzähligen beleuchteten Häusern und verschachtelten Straßenzügen. Die Silhouette mit ihren Kirchen, Türmen und vereinzelten Hochhäusern zeichnete sich im trüben Licht der Herbstnacht vom Horizont ab.

Mit einem Blick auf die große Designeruhr an der Wand stellte Lea verwundert fest, dass Mia sich seit Stunden nicht bei ihr gemeldet hatte. Lea wusste, dass sie an einem Mordfall arbeitete. Vormittags hatten sie kurz miteinander telefoniert. Obwohl Lea sich nach ihrer Partnerin sehnte, ahnte sie, dass es heute spät werden konnte. Solange die Untersuchungen zu einem Tötungsdelikt liefen, brauchte sie nicht mit ihr zu rechnen. Von ihr hatte Lea gelernt, dass die ersten achtundvierzig Stunden nach einem Gewaltverbrechen entscheidend für den Erfolg der Ermittlungen waren. So hatte sich Lea schon darauf eingestellt, den heutigen Abend allein zu verbringen. Doch noch lümmelte ihre pubertierende Tochter im Wohnzimmer herum, versunken in ihre kleine digitale Welt. Von Leas Idee, zeitig ins Bett zu verschwinden, um am nächsten Morgen ausgeruht in die Schule zu gehen, schien Lisa nicht viel zu halten. Im Widerschein des Handydisplays wirkte ihre Gesichtsfarbe bläulich.

»Erde an Lisa, bitte kommen«, startete Lea einen zweiten Versuch, ein Gespräch mit ihrer Tochter zu beginnen. Das Wasser im Kocher brodelte, kurz darauf schaltete sich das Gerät mit einem vernehmbaren Knacken ab. Ohne Eile goss Lea das heiße Wasser über den Teebeutel und genoss den fruchtigen Duft, der die Luft erfüllte. Sie nahm die große Steinguttasse mit beiden Händen und gesellte sich zu ihrer Tochter. Der Flatscreen an der Backsteinwand lief mit geringer Lautstärke. Lisa hatte sich für einen Musiksender entschieden, der die Videoclips der aktuellen Charts, unterbrochen von grellen und quietschbunten Werbespots, abspielte. Lea ließ sich auf das breite Sofa fallen und betrachtete ihr Kind. Sie war froh, dass Lisa mit ihrer sexuellen Umorientierung im letzten Jahr gut zurechtkam. Nur manchmal konnte sich der Teenager einen flapsigen Spruch nicht verkneifen. Nach der gescheiterten Ehe mit Kai, einem biederen Informatiker, der bei einer Bank arbeitete, hatte Lea von Männern die Nase voll gehabt. Wenig später war sie dann Mia begegnet und hatte gespürt, dass Frauen eine höhere Anziehungskraft auf sie ausübten als Männer. Ihr Freundeskreis hatte teilweise eigenartig reagiert, einige zu ihren Ehezeiten mit ihr befreundete Paare hatten sich gar ganz von ihr abgewandt, doch das hielt Lea nicht von ihrem gemeinsamen Glück mit Mia Sommer ab. Nur der Umstand, dass sie bei der Polizei arbeitete und mitunter Freizeit Mangelware war, erschwerte ihnen die traute Zweisamkeit nach Feierabend.

»Was ist?«, fragte Lisa endlich, ohne von ihrem Smartphone aufzublicken.

»Du bist verliebt«, wiederholte Lea lächelnd. Sie stellte die Tasse auf einen der Korkuntersetzer, die auf dem flachen Wohnzimmertisch bereitlagen.

»Ich, nee.« Lisa schüttelte den Kopf. Doch an ihrem erröteten Gesicht erkannte ihre Mutter, dass sie ins Schwarze getroffen hatte.

»Wie sagt ihr immer?« Lea beugte sich grinsend zu ihrer Tochter herüber. »Laber nicht!«

»Lass das.«

»Was denn?«

»Ich hasse es, wenn alte Leute unsere Sprache nachmachen.« Lisa wirkte genervt.

»Okay, nichts für ungut.« Lea hob beschwichtigend die Hände. »Also – wie heißt er?«

Offenbar hatte Lisa erkannt, dass es sinnlos war, ihre Mutter anzulügen. Sie grinste. »Till«, sagte sie mit glühenden Wangen. »Und er ist so *cute*, Mum.«

»Ist er das?«

»Na klar, er steht total auf vintage, hat einen coolen Klamottenstyle und sieht dazu noch ziemlich *hot* aus.«

»Foto?«

»*What?*« Lisas Augenbrauen schnellten hoch. Sie presste das Smartphone fest an ihre Brust. »Auf gar keinen Fall!«

Lea schmunzelte. »Okay, woher kennst du ihn?«

»Von der Schule. Er ist einen Jahrgang über mir.«

»Wie schön.« Lea nickte, nahm die Teetasse und schlürfte in kleinen Schlucken. Sie genoss das fruchtige Aroma und atmete erneut tief durch.

Lisa besuchte die neunte Klasse der Barmer Gesamtschule und war dort seit ihrem Wechsel auf die weiterführende Schule gut aufgehoben. Dass sie sich mit Beginn der Pubertät für Jungs interessierte, fühlte sich für Lea immer noch etwas befremdlich an.

»Seid ihr zusammen?«, wagte sie einen weiteren Vorstoß.

»Mum, bitte.« Lisa warf ihr einen empörten Blick zu, dann zuckte sie die Schultern und wirkte für einen winzigen Augenblick etwas hilflos. »Kein Plan, was da noch kommt.«

»Gut.« Lea nickte. »Aber jetzt ist es an der Zeit, ins Bett zu verschwinden.« Ihr Blick streifte den Fernseher. An den Musikern, die dort auftraten, spürte wie, dass sie langsam alt wurde. Längst vorbei waren die Zeiten, wo man die Wahl nur zwischen VIVA und MTV gehabt hatte, um an die neuesten Hits zu kommen.

»Jetzt schon?«

»Jetzt schon.« Lea erhob sich vom Sofa. Sie beschloss, ihre Tochter nicht weiter auszufragen, um etwas über diesen Till zu erfahren. Sicher würde Lisa schon bald von selbst zu ihr kommen, um mehr von ihm zu erzählen.

»Am Wochenende ist Party, und da will ich hin.«

»Wo ist Party?«

»Bei Till«, schwärmte Lisa. »Und er hat mich eingeladen.«

»Wie alt ist er?«

»Sechzehn.«

»Gut.« Lea nickte. »Dann reden wir darüber – wobei, am Wochenende bist du bei deinem Vater. Damit fällt die Entscheidung in Kais Kompetenzbereich, und ich bin raus.«

»Das kannst du nicht machen, Mum.« Lisa sprang empört vom Sitzsack auf. »Dad wird mich am Samstagabend niemals allein auf 'ne Party lassen.«

»Ich kann ein gutes Wort für dich einlegen«, versprach Lea. »So, und jetzt: letzter Aufruf. Bad, Zähne putzen und ab in die Kiste mit dir!«

»Chill mal«, rief Lisa, trat vor ihre Mutter und hauchte ihr einen flüchtigen Kuss auf die Wange, bevor sie ins Bad verschwand. »Gute Nacht, Mum!«

Täuschte sich Lea, oder trällerte ihr Kind im Bad? Das tat sie extrem selten und nur dann, wenn sie besonders gut gelaunt war und sich unbeobachtet fühlte. Lea sank wieder auf das Sofa und hing ihren Gedanken nach. Sie war gespannt auf die Reaktion ihres Ex-Mannes, wenn sie ihm eröffnete, dass Lisa auf die Party eines Jungen eingeladen war. »Till«, kam es mit einem versonnenen Lächeln über Leas Lippen. Nachdenklich schüttelte sie den Kopf, als ihr Handy klingelte. Mit einem Blick auf das Display stellte sie fest, dass Mia sie anrief. Das hatte sicher nichts Gutes zu bedeuten.

***

Ana konnte das Gefühl, verfolgt zu werden, nicht abschütteln. So blieb sie auf dem Treppenabsatz der Holsteiner Treppe stehen, atmete tief durch und drehte sich mit suchendem Blick um. Da war doch eben noch ein Schatten gewesen, der sich bewegt hatte. Jetzt lag die Straße verlassen da. Sie richtete den Blick nach vorn, in die Tiefe. Die Treppe war mehr als hundert Jahre alt und hatte den Menschen früher als Abkürzung gedient. Auch heute noch war sie ein beliebter Weg, um schnell in die Innenstadt zu kommen. Vor vielen Jahren hatte sich ein Künstler an der Treppe ausgetobt und die einzelnen Stufen, einer Farbskala gleich, bunt angemalt. Auf jeder einzelnen Stufe stand ein Begriff aus der Gefühlswelt.

»Müde« fehlt, stellte Ana amüsiert fest, während sie sich in Bewegung setzte. Und »betrunken«. Unten ging es mit dem Bus weiter nach Elberfeld, wo sie in die Schwebebahn nach Vohwinkel einsteigen würde. Die Stille der Nacht wurde nur unterbrochen von ihrem eigenen Atem und dem dumpfen Klang ihrer Schritte auf dem Asphalt. Ana erschrak, als sie erneut einen huschenden Schatten im Augenwinkel bemerkte. Angst ergriff sie.

Ich bin nicht allein, schoss es ihr durch den Kopf. Die kleine Straße lag verlassen vor ihr. Niemand folgte ihr. Oder versteckte sich jemand zwischen den eng an eng geparkten Autos am Straßenrand?

»Hallo?«, rief sie in die Nacht und erschrak über den hohlen Klang ihrer Stimme. Niemand antwortete ihr.

Ich spinne schon wieder, dachte sie und ärgerte sich über sich selbst. Lauschend legte sie den Kopf schräg und hielt die Luft an. Da war nichts, keine Stimme, kein Flüstern, kein unheimliches Geräusch. Vielleicht hätte sie den Heimweg trotzdem lieber später mit Jacko antreten sollen. Er hatte aber nur noch Augen für Luca gehabt.

Da ist niemand. Punkt.

Energisch setzte sie ihren Weg fort. Ana nahm sich vor, sich nicht mehr umzudrehen, komme, was wolle. Nach hundertzwölf bunten abwärts führenden Stufen würde sie die Hauptstraße erreicht haben. Dort konnte sie sicherlich notfalls jemanden um Hilfe bitten.

***

»Wir haben ihn wahrscheinlich«, sagte Mia am anderen Ende der Leitung. Ihre Stimme klang müde und trotzdem erleichtert.

»Das ist doch prima, dann kannst du Feierabend machen«, antwortete Lea. »Komm nach Hause, und ich schieb uns eine Pizza in den Backofen.«

Sie hatte es sich, nachdem Lisa ins Bett verschwunden war, auf dem Sofa gemütlich gemacht. Sie drehte sich auf den Rücken und betrachtete die hohe Decke und die alten Balken und noch vorhandenen Rohrleitungen, die dem Loft seinen einzigartigen Charakter verliehen. Im matten Schein der kleinen Lampe spiegelten sich von außen die Lichter der Stadt in den großen Fenstern. Nie hatte sie gedacht, dass eine alte Fabrik so gemütlich sein konnte. Jetzt freute sich Lea auf Mias Heimkehr, denn es gab viel zu erzählen.

»So leicht ist das nicht, Süße.« Mia seufzte. »Zuerst müssen wir unseren Tatverdächtigen erkennungsdienstlich behandeln und dann befragen. Ich weiß nicht, wie lange das dauert.«

Lea hatte Mühe, ihre Enttäuschung zu verbergen. »Ich werde auf dich warten, dann trinken wir ein Glas Wein, und du erzählst mir alles.«

»Das mit dem Wein nehme ich gerne an, aber geh ruhig schon mal schlafen.«

»Ich werde auf dem Sofa warten, dann bekomme ich mit, wenn du nach Hause kommst.«

»Also gut.« Am anderen Ende der Leitung lachte Mia leise. »Ich freue mich auf dich.«

»Und ich mich auf dich.« Lea legte auf, nachdem sie einen Kuss in den Hörer gehaucht hatte. Sie war Mia nicht böse, denn schließlich hatte sie gewusst, worauf sie sich einließ, als sie mit der Polizistin zusammengekommen war. Trotzdem hätte sie ihr gern erzählt, dass ihre Tochter die Liebe entdeckt hatte.

***

Er wartete nicht gern. Schon seit Stunden hatte er sie beobachtet, ihre Bewegungen studiert, ihre Unsicherheit gespürt. Ein wohliges Kribbeln breitete sich in ihm aus. Die Jagd hatte begonnen. Zögerlich setzte sie sich in Bewegung.

In fiebriger Erregung betrachtete er die steil abwärts führende Treppe. Sie war über hundert Jahre alt und diente als Verbindung zwischen dem Engelnberg und der Gathe, einer der Hauptstraßen im Stadtteil. Zu seiner Zeit noch ein Amüsierviertel mit zahlreichen gemütlichen Kneipen und Clubs, heute heruntergewirtschaftet und das, was man, zumindest in den Abend- und Nachtstunden, als einen Angstraum bezeichnen würde. Oft genug las man in der Zeitung von Messerstechereien und sogar von Schießereien, die sich entlang der Gathe ereigneten. Erst neulich hatte er gelesen, dass die Stadtverwaltung daran arbeitete, sogenannte Angsträume zu lokalisieren und sicherer zu machen. Für das, was er vorhatte, war die spärlich beleuchtete Treppe hervorragend geeignet.

Hier würde es um diese Uhrzeit sicher keine ungebetenen Zeugen geben, von einer Videoüberwachung ganz abgesehen. Seine Erregung steigerte sich innerhalb von Sekunden. Gleich war es so weit, und sie hatte keine Chance, ihm zu entkommen. Danach konnte er ungesehen in der Anonymität der Stadt untertauchen und seinen großen Schlag vorbereiten.

***

Als Ana den ersten Fuß auf die Treppe setzte und zum Himmel hinaufblickte, war ihr, als würden die Häuserwände über ihr zusammenwachsen. Unten auf der Straße rauschte der Verkehr in beide Richtungen vorüber. Kurz hielt Ana inne und blickte hinunter auf die Gathe. Es fühlte sich an, als würde sie an einem Abhang stehen, so steil führten die ausgetretenen Steinstufen in die Tiefe. In den Ritzen rechts und links hatte Unkraut sich den Weg an die Oberfläche gebahnt, hier und da lagen Zigarettenstummel und nasses Laub herum. Efeu rankte aus einer Backsteinmauer. Laternen leuchteten ihr den Weg in die Tiefe. Ana dachte kurz daran, einen Umweg zu machen, um die gruselige Treppe zu vermeiden. Doch ihr war kalt, sie war zu müde und wollte so schnell wie möglich zu Igor nach Hause.

Sie griff nach dem eisernen Handlauf und setzte sich in Bewegung. So fit, wie sie sich gleich nach dem Verlassen der Schankwirtschaft gefühlt hatte, war sie doch noch nicht. Der Blick in die Tiefe erzeugte das dumpfe Gefühl von Schwindel in ihrem Kopf. Langsam nahm sie die Stufen und bemühte sich, ihren Atem zu kontrollieren. Bloß nicht ausrutschen, dachte Ana und umklammerte das Geländer fester. Leichte Übelkeit stieg in ihr auf. Ana zuckte zusammen, als hinter ihr ein Stein knirschte. Wie angewurzelt blieb sie stehen, wagte nicht, sich umzublicken, und riss die Augen weit auf.

Ich bin nicht alleine. Er ist hinter mir.

Ana bildete sich ein, seinen kalten Hauch in ihrem Rücken zu spüren. Ihr Herz raste. War es nur ihre Fantasie, die ihr einen Streich spielte, oder war da wirklich jemand? Vergeblich versuchte sie, ihre Angst zu unterdrücken.

»Hey«, rief sie mit zitternder Stimme in die Nacht. »Wenn das ein

Prank sein soll, dann kannst du aufhören. Oder ich rufe die Bullen, also zisch ab!«

Das plötzliche Gelächter hinter ihr ließ Ana das Blut in den Adern gefrieren.

Du. Hast. Angst.

Ana umklammerte das eiserne Geländer der Treppe so fest, als wollte sie die marode Konstruktion aus der Wand reißen. Weiß traten ihre Handknöchel unter der Haut hervor. Panik beherrschte ihr Denken, kurz überlegte sie, zurück in die Kneipe zu laufen, um dort bei den anderen Gästen Schutz zu suchen. Doch eine Flucht zurück war ausgeschlossen, denn dann würde sie ihrem Verfolger direkt in die Arme laufen. Hinter ihr ertönten erneut Schritte. Ana holte ein paarmal tief Luft, dann setzte sie ihren Weg fort. Die Schritte in ihrem Rücken wurden lauter.

»Bleib stehen.«

Eine Männerstimme, tief und rau. Es bestand kein Zweifel, dass Ana gemeint war, denn weit und breit war niemand sonst zu sehen.

Einen Scheiß werde ich, erwiderte Ana in Gedanken. Sie rannte die Treppe hinunter und musste höllisch aufpassen, auf den feuchten Stufen nicht auszurutschen. Steil klaffte die Tiefe unter ihr. Der Fremde hielt locker mit. Vermutlich war er nicht angetrunken, sicher verfügte er über eine bessere Kondition als sie. Sie zuckte zusammen, als sie den huschenden Schatten an der rechten Hauswand sah, der sich ihr wie ein übergroßes Ungetüm von hinten näherte. Fast wie eine schauerliche Szene aus *Nosferatu,* durchzuckte es sie. Sie liebte den Gruselklassiker in der Originalverfilmung von Friedrich Wilhelm Murnau, fand aber keine Zeit, darüber nachzudenken, denn die Gefahr war real. Sie wagte es nicht, sich zu ihm umzudrehen.

Als sich zwei Hände schwer wie Blei auf ihre Schultern legten, entrang sich ihrer Kehle ein spitzer Schrei, der durch die Nacht hallte. Unerbittlich gruben sich seine Fingerkuppen in ihre Haut.

Wehr dich!

Sie atmete tief durch und wollte sich nun doch umdrehen, um seine Hände abzuschütteln. Ein riesiger Schatten wuchs hinter ihr in die Höhe. Er fing ihre Hände in der Luft ab. Anas Griff lockerte sich, und sie ließ das Smartphone fallen. Scheppernd rutschte es einige Stufen hinunter. Vermutlich hatte es den Sturz nicht überlebt.

Fuck, durchzuckte es sie, während sie panisch auf das demolierte Handy blickte. Als sie zu ihm aufsah, schüttelte er langsam den Kopf. Sein Gesicht lag im Schatten einer Kapuze.

»Du solltest doch stehen bleiben.«

»Warum sollte ich das tun?«

»Weil ich es gesagt habe.«

»Du hast mir gar nichts zu sagen. Wer bist du überhaupt?«

Es kostete sie große Mühe, ihm selbstbewusst und mutig gegenüberzutreten. Sie hatte Angst um ihr Leben. Weit und breit war kein anderer Mensch zu sehen, der ihr zu Hilfe kommen konnte. Ana war völlig auf sich allein gestellt.

Offenbar hatte ihr Verfolger nur auf diese Gelegenheit gewartet. Er hatte sie tagsüber wie ein unsichtbarer, unheilvoller Schatten begleitet, um jetzt zuzuschlagen.

Panisch versuchte Ana, sich aus der Umklammerung des Fremden zu befreien. Doch gegen seinen unerbittlichen Griff hatte sie keine Chance. Immer fester drückte er zu. Ein kehliger Laut kam über ihre Lippen. Es fühlte sich an, als hätte der Unbekannte sie in einen Schraubstock eingespannt. Ein brennender Schmerz durchzuckte ihre Schulter, als er ihre Arme nach hinten riss und dabei die Handgelenke zusammendrückte. Vergeblich zerrte sie an seinen Händen, die in dunklen Handschuhen steckten. Der Geruch nach billigem Kunstleder drang ihr in die Nase. Er schien es zu genießen, dass sie Gegenwehr leistete. Für ihn war das alles ein teuflisches Spiel, bei dem nur er gewinnen konnte.

Doch so schnell wollte Ana nicht aufgeben. Energisch riss sie die Arme erneut hoch, drehte die Schultern und versuchte vergeblich, sich aus seinem Griff zu befreien. Er schob sie unsanft weiter, Stufe um Stufe abwärts. Mehrmals stolperte sie, doch das schien ihren Peiniger nicht zu kümmern. Immer hielt er sie in letzter Sekunde fest, um ihr Fallen zu verhindern. Dass er ihr dabei die Schultergelenke auskugelte, interessierte ihn nicht.

»Weiter«, zischte der Fremde an ihrem Ohr. »Weiter runter.« Unsanft bugsierte er sie mit einer Hand am Hals voran, Stufe für Stufe nach unten.

»Lass mich los«, verlangte Ana. Sie ärgerte sich, nicht auf Alina gehört und die Polizei um Hilfe gebeten zu haben.

Diesen Fehler würde sie nun büßen.

In dieser Schlucht, eingepfercht zwischen den Häuserzeilen, würde niemand sie hören. Sie konnte es drehen und wenden, wie sie wollte: Sie war ihm ausgeliefert und hatte keine Chance, denn körperlich war der Typ ihr weit überlegen. Panik stieg in ihr auf, Angst vor dem, was ihr bevorstand. Ihre Kehle wurde trocken, und ihr Herz schlug heftig in ihrer Brust.

»Komm schon«, forderte er sie auf.

Mehr strauchelnd als laufend legten sie Stufe um Stufe abwärts zurück. Unten leuchtete das vermeintlich rettende Band der Hauptstraße hinauf. Doch kein Mensch in den Autos, die vorbeifuhren, bekam mit, was sich hier gerade abspielte.

»Das reicht.« Er umklammerte sie fester an den Schultern und blieb unvermittelt auf einem der Treppenabsätze stehen. Jetzt konnte sie seinen rasselnden Atem hören.

Längst schon hatte sie es aufgegeben, Gegenwehr zu leisten. Das Gefühl der Ohnmacht begann, ihre Gedanken zu lähmen. Sie hatte es auch aufgegeben, sich zu fragen, wer der Typ war und was er von ihr wollte – vor allem aber, warum er sich ausgerechnet sie als sein Opfer ausgesucht hatte.

»Du bist krank«, keuchte sie in einem Anflug von Aufbegehren.

Der Fremde lachte in ihrem Rücken. Im Augenwinkel sah sie, dass er den Kopf schüttelte. »Möglich. Aber nicht so krank wie du, denn das, was du getan hast, ist nicht normal.«

Kurz überlegte Ana, wovon er sprach, kam aber zu keinem Ergebnis.

»Genug gesabbelt«, bemerkte er. »Zeit zum Sterben.« Ohne ihr die Gelegenheit zu geben, seine Worte zu verarbeiten, versetzte er ihr einen brutalen Stoß, der von einem heftigen Tritt in den Hintern begleitet wurde.

Ana hatte nicht den Hauch einer Chance. Sie verlor das Gleichgewicht, taumelte nach vorn, ruderte wild mit den Armen, um Schlimmeres abzuwenden. Die nächsten Stufen schienen auf sie zuzurasen. Jede Stufe war mit einer anderen Farbe bemalt. Scala, durchzuckte es sie im Sturz, der Künstler hat die Treppe Scala genannt, nach einer Farbskala. Während sie sich darüber bewusst wurde, dass diese Information jetzt nicht hilfreich war, schlug sie brutal mit dem Gesicht auf eine der Stufen auf. Ihr war, als würde ihr Schädel explodieren. Vergeblich hatte sie versucht, den Sturz mit den Händen abzumildern, doch der Stein riss ihr die Handinnenflächen auf und erzeugte einen brennenden Schmerz. Grelle Blitze tanzten vor ihren Augen.

Der Fremde trat über sie, stellte sich breitbeinig über ihren geschundenen Körper, um sie zu betrachten. Ob dabei Zufriedenheit in seinem Blick lag, konnte Ana schon nicht mehr sehen. Sie fühlte sich federleicht, sogar der Schmerz ließ langsam nach. Dann stürzte sie ins Bodenlose, wurde von der Dunkelheit verschluckt und hörte seinen Atem über sich wie aus weiter Ferne. Ihre Muskeln entspannten sich, ihr blieb die Luft weg, doch das bereitete Ana schon keine Angst mehr. Sie würde nie wieder Schmerz spüren.

KAPITEL 19

In den letzten Stunden hatte sie intensiv darüber nachgedacht, wie sie sich aus seiner Gewalt befreien könnte, und hatte sich einen Plan zurechtgelegt. Sobald er auf der Bildfläche erschien, würde er sein blaues Wunder erleben. Sie spürte, wie die Kälte zunehmend an ihr hochkroch, sie brauchte dringend frische Wäsche. Zitternd erhob sie sich von der Matratze und durchquerte den Raum. Zumindest fand sie sich inzwischen in der Dunkelheit gut zurecht. Mit entschlossener Miene trat sie vor die Kamera.

»Hey«, sagte sie, »hörst du mich?« Sie wartete einen Moment. Nichts geschah. »Wenn du mich hörst, dann komm. Mir ist kalt, und ich brauche neue Klamotten.« Sie streckte die Hand nach der Linse aus, doch ihre Arme waren zu kurz, um die Cam zu erreichen. »Und dann lass uns reden.« Sie wandte sich ab und durchschritt den dunklen Raum. Seufzend sank sie auf die Matratze, tastete nach der Wasserflasche und trank einen Schluck. Vielleicht sollte sie versuchen, zu schlafen. Damit sie fit wäre, wenn er zurückkäme. Sie legte sich auf die Seite und zog die Beine an. Noch war sie am Leben.

***

Es war gut gelaufen. Nachdem sie in verrenkter Haltung auf den Stufen lag und mit anklagend aufgerissenen Augen in den grauen Nachthimmel über Elberfeld zu starren schien, war Ruhe eingekehrt. Zufrieden stand er über ihr, um sich das Bild einzuprägen. Wieder verspürte er das dringende Bedürfnis, ein Foto zu machen, doch er ließ das Handy in der Hosentasche. Ihren Anblick würde er sowieso nicht vergessen, da war er sicher. Sekundenlang stand er einfach da und genoss das grausige Bild, das sich ihm bot. Sie würde niemandem mehr wehtun, hatte die Quittung für das bekommen, was sie angerichtet hatte. Andere ins Unglück stürzen konnte sie nun nicht mehr. Diesmal war sie gestürzt und gestorben.

Das Gefühl der Macht, über Leben und Tod zu entscheiden, setzte sprunghaft Endorphine in ihm frei. Er war für die Gerechtigkeit eingetreten. Dafür hatte er ihren Tod billigend in Kauf genommen. Im Grunde, überlegte er, war es die logische Konsequenz aus ihrem Fehlverhalten gewesen. Dass es keine ungebetenen Zeugen gab, kam ihm natürlich entgegen. Niemand hatte mitbekommen, wie er über sie gerichtet hatte. Er atmete ein paarmal tief durch, und als er spürte, wie die Kälte der Nacht an ihm hochkroch, zog er den Reißverschluss seiner schwarzen Jacke zu und machte, dass er davonkam. Schließlich wollte er sein Glück nicht auf die Probe stellen. Doch zuvor erklomm er ein paar Stufen. Sie hatte ihr Smartphone verloren. Er suchte die oberen Stufen ab, fand das Telefon, warf einen Blick darauf und schob es in seine Jackentasche. Das Ding würde er später im Fluss entsorgen. Dann führte sein Weg wieder die Stufen nach unten, an ihr vorbei. Ein letztes Mal blieb er kurz stehen, um sie zu betrachten. Ein seliges Lächeln huschte um seine Mundwinkel, dann setzte er seinen Weg ohne Eile fort. Erst als er die Hauptstraße erreicht hatte, beschleunigte er seine Schritte. Es gab noch jemanden, der auf ihn wartete.

***

»Haben wir alles richtig gemacht?« Lassner betrachtete Mia mit einem fragenden Blick. In ihrem Büro brannten nur noch die Schreibtischlampen. Nachdem Mia sich an die schmutzigen Stiefel in Uwe Imhofs Wohnung erinnert hatte, hatten sie den Mann von einer Streife abholen lassen. Imhof, der Nachtschicht hatte, war an seiner Adresse nicht angetroffen worden, und so hatten Mia und Lassner den Arbeitsplatz von Imhof ermittelt, um die Kollegen dorthin zu schicken. Zunächst hatte Imhof Widerstand geleistet. Doch als sein Schichtleiter auf den Zwischenfall aufmerksam geworden war, hatte er Imhof geraten, die Polizisten ins Präsidium zu begleiten. Zuvor waren sie einen Umweg zu Imhofs Wohnung gefahren, um die Stiefel zu beschlagnahmen. Sie befanden sich jetzt in der KTU. Auch das Smartphone und ein Tablet, das in seiner Wohnung gefunden worden war, wurden beschlagnahmt. Damit war die Kriminaltechnik am Zuge.

Die Kollegen des Streifendienstes hatten Uwe Imhof in den Befragungsraum gebracht, wo er von Mia und Lassner in Empfang genommen wurde. Die darauffolgende Befragung war schleppend und sehr emotional verlaufen, und nach wie vor sagte irgendetwas in Mia, dass Imhof nichts mit dem Mord an Theresa Winkler zu tun hatte. Doch der Staatsanwalt hatte darauf gedrungen, Imhof wegen Fluchtgefahr in Gewahrsam zu nehmen, bis die Analyse seiner Stiefel abgeschlossen war. Seine Aussage, auch am betreffenden Abend Nachtschicht gehabt zu haben, traf nicht zu. Dass er gelogen hatte, bekräftigte die Entscheidung von Alexander Klinger, für Imhof die Untersuchungshaft beim diensthabenden Richter zu beantragen. Es stand nicht gut für Uwe Imhof.

»Ich weiß es nicht.« Mia erhob sich schwerfällig von ihrem knarrenden Bürostuhl. Sie schob die Hände in die Gesäßtaschen ihrer Jeans und trat ans Fenster, um hinab auf die um diese Zeit kaum befahrene Friedrich-Engels-Allee zu blicken. Im Spiegelbild der Scheibe betrachtete sie ihren Partner, der das Gesicht in den Händen barg und angestrengt nachdachte. Etwas passte nicht, irgendein Gefühl sagte ihr, dass Imhof nicht für den Mord verantwortlich war. Die bleierne Müdigkeit lähmte ihr Denkvermögen. »Wir müssen schlafen, Björn.« Vergeblich kämpfte Mia gegen die bleierne Müdigkeit an. »Ein paar Stunden Erholung, dann können wir wieder klar denken.«

»Können wir hier einfach abhauen?« Lassner erhob sich mit zweifelnder Miene, trat aber an die einfache Garderobe, um den Mantel überzuziehen.

»Wir müssen, Björn.« Mia nickte. »Und wenn jemand anders für Theresa Winklers Tod verantwortlich ist, kann Imhof gehen.«

»Ich fürchte, du hast recht.« Lassner nahm den Schlüssel aus der Schublade und fuhr den Computer herunter. »Zumindest kann Klinger bei der Presse ein erstes Ermittlungsergebnis nachweisen.«

»Und wenn er es nicht war?« Mia seufzte. »Es bleibt ein komisches Bauchgefühl. Bei dir nicht?«

Lassner grinste. »Doch, schon. Dieses Bauchgefühl nenne ich Hunger.«

»Meinst du, deine Frau hat für dich gekocht?«

Lassner wurde ernst. Er schien zu wissen, worauf Mia hinauswollte. »Wenn nicht, mach ich mir ein Brot«, erwiderte er mir säuerlicher Miene. »Komm schon, ich glaube, der morgige Tag wird auch nicht besser.«

Mia hatte keine Einwände. Sie freute sich auf Lea, eine Pizza aus dem Backofen und ein Glas von dem guten spanischen Rotwein, den sie sich aus dem letzten Urlaub mitgebracht hatten. Manchmal brauchte sie diese kleinen Auszeiten, um gestärkt in den Arbeitsalltag zurückzufinden. Allein die Vorstellung, dass sie morgen seitenlange Berichte tippen musste, bremste allerdings ihre Vorfreude auf den nächsten Arbeitstag.

***

Sie erwachte, als der Schlüssel ins Schloss geschoben wurde. Längst war ihr die Feuchtigkeit in die Knochen gekrochen. Der Geruch von Staub und Moder lähmte ihre Atemwege. Ihre anfängliche Angst war in den letzten Stunden in Wut umgeschlagen, die Frage nach dem Grund ihrer Entführung ungeklärt.

Bevor die Tür aufgestoßen wurde, blinzelte sie, um sich auf das gleich einfallende Licht vorzubereiten.

Knarrend schwang die schwere Tür auf, sekundenlang stand ihr

Entführer regungslos im Gegenlicht und schien sie zu beobachten. So, wie er sich vor ihr aufbaute, war es unmöglich, an ihm vorbei in die Freiheit zu stürmen. Er musste nur einen Arm ausstrecken, um sie aufzuhalten und die Flucht zu vereiteln.

Wieder trug er diese groteske Clownsmaske, schwarze Kleidung, Stiefel und die Hose mit den unzähligen Taschen sowie Handschuhe. Als er einen Schritt in ihr Gefängnis tat, bemerkte sie, dass er etwas mitbrachte.

»Meine Ersatzkleidung?« Sie erhob sich und trat ihm entgegen. Sofort schnellte sein Arm hoch. Schweigend bedeutete er ihr, stehen zu bleiben. Als sie mitten in der Bewegung verharrte, ließ er den Arm sinken. Er deutete ein Kopfnicken an. Sie nahm ihm das Bündel ab. Es bestand aus einem einfachen Sofakissen, einer kratzigen Wolldecke und einer Jogginghose.

»Für deinen Komfort«, erklang die Stimme aus dem Lautsprecher in der Maske. Ein verfremdetes, klirrendes Geräusch ohne jede Emotion.

Etwas unbeholfen schlüpfte sie in die graue Jogginghose. Sie war ihr mindestens drei Nummern zu groß, aber es gab ihr ein winziges Gefühl von Kontrolle. Zumindest fühlte sie sich jetzt nicht mehr ganz so nackt, hilflos und ausgeliefert.

»Hast du noch was zu essen?« Suchend sah er durch die Sehschlitze der Maske.

»Ja.« Sie nickte und zeigte auf den Rest Toastbrot, auf die Salami und die Butterkekse. »Und zu trinken auch.«

»Gut.«

Sie fragte sich, warum er diese eigenartige Freundlichkeit an den Tag legte. Was für ein Spiel spielte der Mann hinter der Maske? Warum hielt er sie gefangen, warum filmte er sie? Manipulierte er sie, und wenn ja, mit welchem Ziel? Sie suchte vergeblich Antworten auf ihre Fragen.

»Warum filmst du mich?«, fragte sie und deutete auf die Actioncam in der Ecke. »Warum die Geräusche aus dem Lautsprecher, warum die Lichtblitze?« Sie keuchte. »Willst du mich mürbe machen?«

»Alles hat seinen Grund«, erwiderte er und deutete ein Schulterzucken an. »Alles.«

»Was für einen Grund?«, stieß sie gepresst hervor. »Warum bin ich hier, und was bezweckst du mit dieser Aktion?« Sie zitterte vor Wut und ballte die Hände zu Fäusten, fühlte sich aber nicht stark genug, ihn anzugreifen.

Er betrachtete sie einen Moment wortlos, dann schüttelte er langsam den Kopf und wandte sich zum Gehen. Sie wollte an ihm vorbeistürmen, ihr Gefängnis verlassen, doch sie fand nicht die Kraft dazu. So stand sie mitten in dem Keller und sah ihm zu, wie er wortlos den Raum verließ. Im nächsten Moment empfand sie wieder diese unglaubliche Wut und zermürbende Hilflosigkeit. Sie musste so bald wie möglich hier rauskommen.

KAPITEL 20

Am späten Abend pfiff ein eisiger Wind durch Wuppertals Straßenschluchten. Bunte Blätter taumelten zu Boden und bildeten einen glitschigen Untergrund auf Straßen und Gehwegen. Mia war froh, als sie am Ende eines langen Arbeitstages endlich nach Hause kam. Auch jetzt ließ der Fall sie nicht los. Die Medien berichteten bereits von einem Ermittlungserfolg der Wuppertaler Polizeibehörden.

Sie genoss die wohlige Wärme, die sie umschmeichelte, als sie das Loft betrat. Mia warf die Jacke auf den Stuhl unter dem Schlüsselbrett, zog die Schuhe aus und schlüpfte in die kuscheligen Pantoffeln aus Schafwolle. Sie entkleidete sich leise, um keinen Lärm zu verursachen. Sicher lag Lea längst in den Federn, und Lisa schlief bestimmt tief und fest. Für die Vierzehnjährige klingelte der Wecker in wenigen Stunden. So lauschte Mia einen Augenblick in die Stille. Die alten, dicken Mauern des Lofts dämpften die Geräusche der Stadt und schufen eine angenehme Ruhe.

Mia betrat das große Wohnzimmer, das im matten Schein der kleinen Stehlampe in der Ecke mit den farbenprächtigen Sitzkissen verwaist dalag. Auf dem Tisch stand Leas benutzte Teetasse. Die weinrote Wolldecke auf dem Sofa war nur flüchtig zusammengelegt. Durch die großen Fenster drangen die Lichter der Stadt in den Raum und warfen bunte Schatten an die Wände.

Sie ging zum Schlafzimmer. Die Kälte umfing sie bereits, als sie den Kopf durch die Tür steckte. Doch auch im Bett fand sie ihre Partnerin nicht. Über die kleine Eisentreppe gelangte sie unter das Dach. Auf einem Zwischenboden des Lofts hatte Lea sich ein Atelier eingerichtet. Der Geruch von Farben und Lösungsmitteln hing in der Luft. Aus dem Smart Speaker drang leise Musik. Lea war derart in ihre Arbeit vertieft, dass sie Mias Ankunft zunächst gar nicht bemerkte.

So hatte Mia Gelegenheit, ihre Freundin zu betrachten. Mia fand, dass Lea der Schauspielerin Meg Ryan in jungen Jahren ähnelte. Sie war kleiner als Mia, schlank und trug die blonden Haare kurz und strubbelig. Wenn sie lachte, zeigten sich winzige Grübchen auf ihren Wangen. Mia liebte ihr Lachen.

Mit einem verzückten Lächeln stand Lea vor der Staffelei, den Pinsel hielt sie in der Hand, betrachtete das Werk, bevor sie weitermalte. Erst als Mia sich räusperte, bemerkte Lea die Ankunft ihrer Freundin.

»Hi«, entfuhr es ihr überrascht. Lea legte den Pinsel zur Seite. »Ich konnte nicht schlafen, also habe ich mich noch mal an die Arbeit gemacht.«

»Wie schön.« Mia trat näher. Sie hauchte Lea einen Kuss auf die Lippen und betrachtete das neueste Werk ihrer Freundin. Gerade entstand ein riesiges Ölbild, das die Wupper zeigte, an deren Ufer sich die Häuser der Stadt schmiegten. Über dem Fluss war das Gerüst der Schwebebahn zu erkennen. »Das wird gut.« Mia zog anerkennend die Mundwinkel nach oben. Die farbenfrohen Pinselstriche auf der Leinwand kontrastierten mit Mias ernster Stimmung.

Lea lächelte sanft. Ihre Wangen glühten, als sie sich die Hände an einem Lappen abputzte. »Komm«, sagte sie, »ich habe den Backofen schon vorgeheizt. Nach einem letzten Blick auf das Gemälde schaltete Lea das Licht im Atelier aus. Hintereinander begaben sie sich nach unten. »Wie war dein Tag?«

In der Küche angekommen, winkte Mia ab. »Anstrengend … und irgendwie frustrierend.«

»Was beschäftigt dich?« Lea machte sich am Backofen zu schaffen. Die Pizzen hatte sie bereits auf zwei Bleche geschoben. Auf der Kochinsel warteten eine geöffnete Flasche vom guten Rioja und zwei langstielige Gläser auf sie. Während Lea ihnen Wein einschenkte, berichtete Mia, was sich im Laufe des Tages ereignet hatte. »Ich hab so ein komisches Gefühl«, sagte sie, als sie von Uwe Imhofs Verhaftung berichtete. Sie half Lea, das Essen vorzubereiten, nahm Teller, Servietten und Besteck aus den Schränken, während sie ihren Gedanken nachhing.

»Was für ein komisches Gefühl?«, fragte Lea, während sie auf den Hocker kletterte und sie betrachtete.

»Tief in mir weiß ich, dass Imhof es nicht war«, eröffnete Mia ihr. »Aber ich finde nicht den Beweis, der ihn endgültig entlastet. Es bleibt das Motiv – Rache.« Sie fühlte sich unwohl mit dem Gedanken, dass Imhof vielleicht unschuldig die Nacht in der Arrestzelle verbrachte, während sie etwas Freizeit genoss.

»Versuch das mal zu beschreiben«, bat Lea sie.

»Ich … ich weiß es nicht, aber irgendwie war Imhof bei seiner Verhaftung eher verzweifelt. Er zeigte nicht die typischen Reaktionen, die ich kenne, wenn jemand überführt wird.«

»Hm.« Lea nickte. Sie dachte nach, dann legte sie eine Hand auf Mias Knie. »Hast du nicht mal darüber gesprochen, dass alle Menschen anders auf Extremsituationen reagieren? Trauernde zum Beispiel. Manche weinen bitterlich, andere lachen hysterisch, brechen zusammen oder schreien herum, wenn sie eine Todesnachricht überbracht bekommen. Ist das nicht vergleichbar mit den unterschiedlichsten Reaktionen bei Verhaftungen?«

Mia nickte. Sie erinnerte sich an das Gespräch mit Lea. Jetzt ahnte sie, worauf ihre Partnerin hinauswollte. Mia nahm Leas Hand und drückte sie liebevoll. »Ich weiß«, stimmte sie ihr zu. »Bei Festnahmen ist nicht immer das gleiche Muster zu beobachten.«

»Ich kenne das ja nur aus Filmen«, sagte Lea lächelnd, »da behaupten alle gefassten Verbrecher immer, sie seien unschuldig.«

»Das tun sie meistens auch im wahren Leben«, sagte Mia. »Trotzdem werde ich das Gefühl nicht los, dass es bei Imhof anders war. Er hat zwar gelogen, aber ich glaube trotzdem nicht, dass er der Täter ist.«

»Wartet das Ergebnis der Analyse ab«, riet Lea ihr. »Wenn man die

Morastrückstände an seinen Schuhen mit denen vom Tatort abgleicht und wenn ihr die Profile der Schuhsohlen vergleicht, wisst ihr mehr.«

»Da hast du recht.« Mia nickte. Sie warf einen sehnsuchtsvollen Blick zum Backofen. Hinter dem Glas schmolz der Käse auf den Pizzen zu einer goldbraunen Masse, ein würziger Duft breitete sich in der Küche aus. »Was, wenn wir die am Tatort gefundenen Spuren den Schuhen von Uwe Imhof zuordnen können?«

Lea lachte, während sie vom Hocker glitt, um nach den Pizzen zu sehen. »Dann hast auch du dich geirrt. Kommt ja nicht oft vor. Meistens stimmt dein Bauchgefühl.« Im matten Licht der Arbeitsplatte wirkte ihr Gesicht geheimnisvoll, ihre Augen leuchteten im Zwielicht wie winzige Smaragde. Sie hatte einen Hauch Scandal aufgelegt, einen sehr verführerischen Duft, der Mia jetzt in die Nase stieg.

»Euer Opfer«, setzte Lea an, »war doch als Psychologin dafür zuständig, Straftäter zu begutachten.«

»Du meinst, es könnte doch jemand aus diesem Dunstkreis infrage kommen?« Mia nickte. »Diese Überlegung haben wir auch schon angestellt. »Aber bisher gibt es für uns keine Anhaltspunkte dafür.«

Lea nahm die Pizzen aus dem Ofen und legte sie auf die Teller. Schweigend aßen sie. Kurz hingen beide ihren Gedanken nach.

»Dann zäum das Pferd von hinten auf«, schlug Lea ihr vor.

»Ich fürchte, ich verstehe nicht.« Mia runzelte die Stirn. Sie ahnte, dass sie zu verkopft an die Sache heranging – vielleicht forderte auch der lange Arbeitstag seinen Tribut. Umso wertvoller empfand sie es, dass Lea sich Gedanken machte.

»Ganz einfach – die Winkler war sicher öfter mal im Knast und hatte direkten Kontakt zu den Häftlingen, oder?«

»Jetzt weiß ich, was du meinst.« Mia schlug sich mit der flachen Hand auf den Kopf. »Was, wenn einer der Insassen dort mehr von ihr wollte?« Mia nippte von ihrem Wein und betrachtete Lea über den Rand des Glases.

»Das könnte natürlich durchaus sein«, stimmte Lea ihr zu. »Die sind da drinnen bestimmt ganz schön einsam.«

»Und vielleicht ist sie sogar darauf eingegangen, weil sie sich auch in den Knacki verliebt hat, und nachdem er seine Haftstrafe abgesessen hatte, hat er erfahren, dass sie verheiratet ist, und hat sie aus Eifersucht getötet. Klingt zwar wie 'ne Filmstory, aber im richtigen Leben passiert so was bestimmt auch.«

»Aber würde er dann nicht eher den anderen Mann töten?«, warf Lea ein. »Denn der muss aus dem Weg geschafft werden, damit Mister X und Theresa Winkler zusammen glücklich sein können. Dann wäre Adrian Winkler der Störsender, der das gemeinsame Glück in Gefahr brächte.«

»Eifersucht ist immer noch eines der häufigsten Tatmotive«, sagte Mia. »Demnach könnte es sein, dass dieser Lover, vorausgesetzt, es gibt ihn, Theresa aus Eifersucht getötet hat.«

»Das wäre zumindest eine Möglichkeit«, stimmte Lea ihr zu.

Langsam fiel die Spannung von Mia ab. Es tat so gut, sich mit ihrer Freundin auszutauschen. Lea hatte oft eine andere Sicht auf die Dinge, sie sah vieles nicht so verkrampft, sondern betrachtete es aus einer wohltuenden Distanz. Am liebsten hätte Mia auf der Stelle ihren Partner angerufen. Doch Lassner hatte sich den Feierabend redlich verdient. Außerdem hing bei ihm der Haussegen schief, und Mia fand es unpassend, ihn in der wohlverdienten Freizeit mit dienstlichen Dingen zu behelligen.

***

Solange er in der Zelle war, blieb er machtlos. Nachdem Imhof in seinem kleinen Gefängnis auf und ab gewandert war wie ein ruheloser Tiger im Käfig, hockte er jetzt auf der schmalen Pritsche und stierte die Wände an. Das kalte Licht von der Decke hinderte ihn am Schlafen. Die Vorstellung, hier die nächsten Tage und Nächte verbringen zu müssen, trieb ihn an den Rand des Wahnsinns. Was musste noch geschehen, bis er aus diesem Albtraum erwachen durfte?

Eiskalt war es ihm den Rücken heruntergelaufen, als die Polizisten in der Firma erschienen waren, um ihn ins Präsidium zu bringen. Und seine Stiefel hatten sie auch beschlagnahmt.

Routine, hatten die Polizisten ihm erklärt, alles sei eine reine Formsache, und er solle sich keine Sorgen machen. Doch schon auf der Fahrt zum Präsidium hatte er gespürt, dass etwas nicht stimmte. So hatten sich die Fragen der Kommissarin und ihres Partners schnell auf einen einzigen Punkt konzentriert: sein Alibi. Er hatte felsenfest behauptet, zum Todeszeitpunkt von Theresa Winkler gearbeitet zu haben. Die Nachtschicht war eine Notlüge, die ihm als Lösung eingefallen war, um den Kopf aus der Schlinge zu ziehen. Doch die Polizisten hatten schnell herausgefunden, dass die Geschichte, die er ihnen aufgetischt hatte, nicht stimmte. Damit besaß er kein Alibi – er hatte sich auch nicht gerade glaubhaft gegeben beim Verhör.

Selbst schuld, dachte er reumütig. Nun wartete man auf die Analyse der Morastrückstände an seinen Stiefeln. Doch das konnte dauern.

Jetzt saß er in der Zelle.

Ich hasse mein Leben.

Während er die Augen schloss, ließ er das Verhör noch einmal vor seinem geistigen Auge Revue passieren. Er erinnerte sich an den bohrenden Blick des Kommissars, an die wiederkehrenden Fragen der Kommissarin. Und dann war da noch der Matsch an seinen Stiefeln, den man untersuchen wollte. Er hatte versucht, den Schmutz abzuputzen, das war ihm offensichtlich nicht gelungen. Jetzt befanden sich die Schuhe im Labor der Kriminaltechnik. Plötzlich hörte Imhof das Lachen seiner Tochter. Emily war ein fröhliches Mädchen gewesen. Bis zu dem unheilvollen Abend, als es zu Hause Streit gegeben hatte. Sie war weggerannt und nie mehr zurückgekehrt. Imhof hatte keinen Hehl daraus gemacht, was er für die Unfallfahrerin empfand. Hass beherrschte seit dem Unfall sein Leben. In den Augen der Polizei war er für den Mord an Theresa Winkler verantwortlich. Ein Racheakt.

Je länger Imhof darüber nachdachte, umso mehr verstrickte er sich in seinem eigenen Netz aus Lügen. Seine Versuche, das Schicksal abzuwenden, waren kläglich gescheitert. Dabei hatte er ernsthaft geglaubt, dass er die Welt, die ihn umgab, kontrollieren könnte.

Doch für die Polizei war er ein Lügner, ein Verdächtiger, möglicherweise sogar ein Mörder. Vor allem aber war er ein Verlierer. Der Gedanke daran, dass gerade alles endgültig aus dem Ruder lief, trieb ihn an den Rand der Ohnmacht. Das grelle Licht in der Zelle brannte sich unbarmherzig durch seine geschlossenen Augenlider und erzeugte ein tiefrotes Leuchten vor seinen Pupillen. Verzweifelt suchte er nach einer Lösung, sich aus seiner Lage zu befreien. Doch sosehr er auch grübelte, ihm wollte nichts einfallen, um seine Unschuld zu beweisen.

KAPITEL 21

Machst du noch lange?«

Als ihn Lenas Stimme aus den Gedanken riss, sah Björn zu seiner Frau auf. Er war in seine Arbeit am Laptop vertieft gewesen und hatte seine Umwelt völlig ausgeblendet.

Er hockte im Wohnzimmersessel, um die Aufzeichnungen zu ihrem Fall noch einmal durchzusehen. Björn war sicher, dass sie etwas Wichtiges vergessen hatten, und fand trotz vorgerückter Stunde keine Ruhe. In seinen Gedanken versunken registrierte er, dass Lena die Teekanne, die sie für sie beide hingestellt hatte, allein geleert hatte, während Björn das eiskalte Feierabendbier aus dem Kühlschrank bevorzugt hatte.

Jetzt saß sie mit angezogenen Beinen in ihrem flauschigen Bademantel auf dem großen Sofa und beobachtete Björn nachdenklich, während sie sich durch die Programme des riesigen Flatscreens an der Wand zappte.

»Erde an Björn?« Lena betrachtete ihn mit einem vorwurfsvollen Blick. Die Sorgenfalte auf ihrer Nasenwurzel ließ nichts Gutes erahnen. »Bin ich dir eigentlich total egal?«

»Nein … natürlich nicht, ich wollte nur …«, stammelte Björn, während er spürte, wie ihm das Blut in den Kopf schoss. Hastig klappte er den Laptop zu und schob ihn auf den niedrigen Wohnzimmertisch. »Die Sache lässt mir keine Ruhe.«

Lena nickte. Sie leerte das Teeglas und beugte sich zu ihm herüber. »Die Tote im Brunnen?«

»Ja.«

»Ich habe in den Nachrichten davon gehört.« Im matten Schein der Stehlampe wirkte ihr Antlitz geheimnisvoll. Immerhin entspannten sich ihre Gesichtszüge ein wenig. »Musst du noch lange?«

»Nein, nein.« Mit dem Bier hatte er eine tiefe Bettschwere erreicht. »Es ist spät geworden, entschuldige.«

Lena wusste, dass er nicht gern über laufende Ermittlungen sprach, deshalb bohrte sie nicht nach. Ein Lächeln erhellte ihr Gesicht. »Leon schläft«, sagte sie leise.

»Der hat's gut.« Björn unterdrückte ein Gähnen.

»Wir müssen reden, Björn.« Immer wenn seine Frau das in diesem Ton sagte, war es ernst.

»Jetzt?«

»Wann sonst?«

Ein wenig ratlos zuckte er mit den Schultern. »Also gut«, sagte er. »Schieß los.«

»Liebst du mich noch?« Sie richtete sich auf und rutschte ans Fußende, um ihm näher zu sein. Dabei sah sie ihm tief in die Augen.

»Natürlich, Lena, und das weißt du auch.«

»Leider weiß ich das nicht mehr so genau.« Sie schüttelte den Kopf. »Seit du deine Neue hast …«

»Lena, bitte«, fuhr Björn auf. Er hieb sich auf die Schenkel. Für eine Grundsatzdiskussion hatte er nach dem langen Tag keine Kraft. »Mia ist nicht meine Neue, sondern meine Kollegin, und Frank hat sie mir zugeteilt.« Kurz überlegte er, seiner Frau zu sagen, dass Mia lesbisch war. Aber vermutlich würde sie ihm das nicht abnehmen und als schwachen Versuch werten, sie zu besänftigen. Als eine Ausrede, eine Notlüge – was auch immer.

»Mit ihr verbringst du mehr Zeit am Tag als mit mir.«

»Das wäre auch der Fall, wenn meine Partnerin ein Mann wäre … also … wenn du verstehst.«

Lena nickte. »Trotzdem fühlt es sich anders an.«

»Dafür kann ich beim besten Willen nichts.« Björn erhob sich, klemmte den Laptop unter den Arm und griff zur leeren Bierflasche, um sie in die Küche zu bringen. »Sonst noch was?« Im Rahmen der Wohnzimmertür blieb er stehen.

»Nein«, erwiderte Lena pikiert und schüttelte den Kopf. Als sie zu ihm aufsah, schimmerten ihre blauen Augen feucht im Schein der kleinen Lampe. Sie schaltete den Fernseher aus und erhob sich ebenfalls. »Sonst ist nichts«, sagte sie leise, doch Björn hatte den Raum bereits verlassen.

KAPITEL 22

Sie war nicht nach Hause gekommen. Die Uhr an der Wohnzimmerwand tickte überlaut in der Stille ihrer Wohnung. Mit jeder Sekunde, die verstrich, verstärkte sich das Gefühl der Unruhe in ihm. Gregor sprang auf und wanderte durch die spärlich beleuchtete Wohnung. Im Schlafzimmer lehnte er im Türrahmen und starrte auf das leere Bett. Am Morgen hatte er sie zum letzten Mal gesehen. Ana hatte gesagt, dass sie sich mit ihrem Freund Jacko im *Spunk* verabredet hatte. Sie hatte sich in letzter Zeit etwas von ihm zurückgezogen, war oft abwesend. Angeblich, weil die neue Inszenierung des Tanztheaters sie in Anspruch nehme. Je länger er darüber nachdachte, umso mehr nagten Zweifel an Gregor.

War Jacko wirklich schwul und hatte kein Interesse an Ana?

Bedenken keimten in ihm auf. Log sie ihn an? Betrog sie ihn mit einem anderen, oder traf sie sich wieder mit ihrem Ex-Freund, diesem elenden Weichei?

Er stieß sich vom Türrahmen ab und ging zurück ins Wohnzimmer. Es war nach Mitternacht, und Ana war noch nicht heimgekehrt.

»Ich komme nicht allzu spät zurück«, hatte sie ihm am Morgen noch versprochen. Ein verächtlicher Laut drang über Gregors Lippen. So stand er im Wohnzimmer und sah sich um. Die Gardinen hatte er zugezogen, weil ihm die in regelmäßigen Abständen vorbeifahrenden Schwebebahnzüge auf die Nerven gingen.

Er griff zu seinem Handy, das auf dem Wohnzimmertisch lag, und wählte ihre Nummer. Schon nach dem ersten Freizeichen sprang die Mailbox an. Wütend unterbrach er die Verbindung und starrte auf das Display. Auch seine Textnachrichten, die er ihr schon vor Stunden geschrieben hatte, waren unbeantwortet geblieben. Er rief sie noch einmal an, wieder die Mailbox.

Mit einem Seufzer sank er auf das Sofa, um seine Gedanken zu ordnen. Wie automatisch ballten sich seine Hände zu Fäusten.

Wut, dachte er, ich muss lernen, meine Wut in den Griff zu bekommen. Das hatte ihm die Bewährungshelferin auch immer wieder gesagt. Warum meldete sich Ana nicht? Es war mitten in der Woche, und morgen würde sie wieder fluchen, wenn sie verschlief. So wie heute. Seit sie das Haus mit wehenden Fahnen verlassen hatte, herrschte absolute Funkstille zwischen ihnen. Gregor überlegte, ob sie nach dem Kneipenbesuch noch mit zu Jacko gegangen und dort versackt war.

Eigentlich war das nicht Anas Art. Musste er denn jetzt sogar schon auf einen schwulen Freund eifersüchtig sein? Wieder spürte er, wie die Wut in ihm hochkochte. Er lehnte sich zurück, blickte zur Decke und schloss die Augen. Atmete tief und gleichmäßig und zählte in Gedanken bis zehn.

Hab ich ihr nicht gesagt, dass ich heute freihabe?, fragte er sich. Er hatte heute keinen Dienst im *Gasometer* übernommen, um Zeit für sie zu haben. Und jetzt war sie nicht da.

Ruhig … Alles hat seinen Grund.

Er überlegte, ob ihr etwas zugestoßen sein könnte, und griff wieder zum Smartphone. »Bist du versackt?«, tippte er und wartete. Normalerweise antwortete Ana immer innerhalb weniger Sekunden. Doch diesmal geschah wieder nichts. Ein grau hinterlegtes Häkchen verriet ihm, dass die Nachricht geschickt war, aber den Empfänger offenbar nicht erreicht hatte. Ruhelos sprang er auf und trat ans Fenster. Er zog die Vorhänge zur Seite und blickte hinab auf die menschenleere Kaiserstraße. Als unten zwei Betrunkene herumpöbelten, riss er sich vom Blick in die Nacht los und entsperrte sein Smartphone erneut. Die Nachrichten-App verriet ihm, dass Ana seine Nachricht noch immer nicht erhalten hatte. Er wählte ihre Nummer. Während er ungeduldig dem ersten Freizeichen lauschte, setzte er seine Wanderung durch die kleine, dunkle Wohnung fort. Das einfallende Licht der Straßenlaternen vor dem Haus genügte ihm, um nicht zu stolpern. Wieder meldete sich die Mailbox.

»Hallo, Welt, hier spricht Ana. Ich kann gerade leider nicht telefonieren, rufe aber zurück, sobald ich Zeit hab. Quatscht mir also aufs Band, ich melde mich!« Ein schriller Signalton leitete das Ende der Nachricht ein.

»Ana, verdammt, wo steckst du?«, grollte Gregor. »Es ist mitten in der Nacht, und du bist noch nicht zu Hause. Ist dir was passiert? Meld dich mal!« Sekundenlang stierte er auf das Display, dann unterbrach er die Verbindung.

Als er Durst verspürte, marschierte er in die kleine Küche, nahm die Milch aus dem Kühlschrank, setzte sie an und trank direkt aus der Flasche. Unruhe machte sich in ihm breit. Er konnte nicht einfach so dasitzen und abwarten. Er musste etwas unternehmen. Langsam wandelte sich seine Wut und Eifersucht auf diesen Jacko in Sorge und Angst. Was, wenn ihr etwas zugestoßen war? Was, wenn sie in Gefahr war? Etwas tief in ihm sagte, dass etwas nicht stimmte. Er konnte hier nicht länger tatenlos herumsitzen. Eilig zog er Jacke und Schuhe an und löschte das Licht in der Wohnung, bevor er nach unten ging. Draußen war es kühl. Die Straßenlaternen warfen schummrige Schatten auf den Asphalt. Er überlegte, die Polizei zu informieren, verwarf den Gedanken aber schnell wieder. Nicht bei seiner Vorgeschichte. Er legte es nicht darauf an, den Polizisten irgendwelche Fragen zu beantworten. Überhaupt brauchte er die Bullen nicht.

***

Im Bett hatte sich Björn demonstrativ von Lena abgewandt. Jetzt lag er auf der Seite und stierte hinüber zum Fenster, das sich als graues Rechteck vom restlichen Schwarz des Zimmers abhob. Hinter sich vernahm er die gleichmäßigen Atemzüge seiner Frau. Immerhin konnte sie schlafen, nachdem sie ihn mit ihrer vorwurfsvollen Art aufgewühlt hatte. Obwohl Björn erschöpft war, kreisten seine Gedanken jetzt um Lenas Eifersucht. So ging es nicht weiter, und es war höchste Zeit, mit ihr zu reden. Doch solange er nur zum Schlafen nach Hause kam, blieb dafür keine Zeit. Aus Erfahrung wusste er, dass klärende Gespräche schnell in nicht enden wollende Diskussionen ausuferten. Er überlegte, wie sie wieder zueinanderfinden konnten, und zog in Erwägung, Lena, nachdem der Fall abgeschlossen war, mit einer Einladung in ein Wellnesshotel zu überraschen. Ihre Eifersucht war jedenfalls nur noch schwer zu ertragen – und völlig grundlos. Sein Entschluss, ein Wochenende in einem Spa zu buchen, reifte, je länger er darüber nachdachte. Sicherlich würde Leon die zwei Nächte bei seinen Großeltern verbringen können. Natürlich konnte der Junge mit fünfzehn Jahren auch alleine bleiben, doch er kannte Lena gut genug, um zu wissen, dass sie dann keine ruhige Minute haben würde. Björn beschloss, am nächsten Tag seine Mutter anzurufen und sie zu fragen. Wenig später sank er in einen tiefen Schlaf. Die letzten arbeitsreichen Stunden forderten ihren Tribut von seinem Körper, und er ahnte im Hinwegdämmern, dass die nächsten Tage ebenfalls anstrengend sein würden.

***

Der Kleiderschrank von einem Mann auf der Rückbank seines Taxis war ihm suspekt. Er schwieg, seit er in Vohwinkel zu ihm in den Wagen gestiegen war und sein gewünschtes Ziel genannt hatte.

So unauffällig wie möglich betrachtete Steffen Baum seinen eigenartigen Fahrgast über den Innenspiegel. Der Hüne war Anfang dreißig, groß und muskulös. In seinem Blick lag etwas Verschlagenes, das Tattoo an der Schläfe und die Narbe unter dem linken Auge ließen keine Zweifel aufkommen, dass er Konflikte gern mit den Fäusten klärte. Immer wieder knackte er vernehmlich mit den Knöcheln seiner beringten Hände. Die Anspannung war ihm deutlich anzusehen. Seine Wangenknochen mahlten.

Das eiserne Schweigen begann Baum zu nerven, doch gleich hatte er es geschafft, denn sie näherten sich dem Ziel.

Langsam ließ Steffen Baum den Wagen über die Gathe rollen. Er achtete darauf, dass ihm nicht einer der Nachtschwärmer, die sich hier nach Einbruch der Dunkelheit herumtrieben, vor die kantige Motorhaube des Mercedes geriet. An der Stelle, wo die Gathe in die Uellendahler Straße mündete, kam Leben in den Hünen auf der Rückbank. Dort, wo die Busspur endete, richtete er sich ruckartig auf.

»Lassen Sie mich hier raus«, forderte er.

»Sie wollten zum *Spunk*«, erinnerte Baum ihn.

»Schon gut, ich will hier raus und laufe die Treppe hoch, das geht schneller.«

Steffen Baum schüttelte den Kopf. »Ich kann hier nicht halten, hinter uns ist der Linienbus.« Gerade verjüngte sich die Fahrbahn zu einer einzigen Spur. Wenn er hier, mitten auf der Straße, anhielt, würde der Verkehr hinter ihm zum Erliegen kommen. Baum warf einen gehetzten Blick in den Außenspiegel. Tatsächlich blendete der Fahrer des blauen Busses die Scheinwerfer auf, kaum dass Steffen Baum vom Gas gegangen war.

»Anhalten«, herrschte sein Fahrgast ihn an und hieb mit der Faust auf den Beifahrersitz. »Sofort.« Sein Gesichtsausdruck und sein Tonfall ließen keine Zweifel daran aufkommen, dass ihm nicht zum Scherzen zumute war.

Steffen Baum seufzte. Er hatte Glück, denn bevor er mitten auf der Fahrbahn stehen blieb, sprang die Ampel vor ihm auf Rot um. »Na so was«, seufzte er erleichtert.

»Geht doch.« Der Hüne auf dem Rücksitz löste den Gurt.

Steffen Baum nannte seinem eigenartigen Fahrgast den Preis, der zu entrichten war. Schweigend warf der Fremde ihm einen Zehn-

und einen Zwanzigeuroschein auf den Beifahrersitz und stieß den Wagenschlag auf. Wortlos stieg er aus und drückte die hintere rechte Tür ins Schloss. Ohne sich noch einmal zu dem Taxi umzudrehen, stapfte er davon, die Hände tief in den Hosentaschen versenkt.

»So ein Arschloch«, zischte Steffen Baum, als die Ampel auf Grün sprang. Er legte den Gang ein und ließ den Wagen anrollen, ohne ihm einen Blick hinterherzuwerfen, dann meldete er sich in der Zentrale frei. Baum hoffte, dass sein nächster Fahrgast angenehmer sein würde.

***

Gregor sog die Luft tief in seine Lunge ein. Hinter ihm tuckerte das Taxi, dicht gefolgt von einem Linienbus, in nördlicher Richtung davon. Sekundenlang zögerte er. Hatte er plötzlich Angst vor der Wahrheit? Wo war Ana?

Er würde ins *Spunk* gehen. Mit etwas Glück traf er sie dort noch an.

Gregor blickte die Holsteiner Treppe empor, die sich vor ihm erhob. Irgendjemand hatte jede Stufe bunt angemalt und so versucht, etwas Farbe in das triste Grau des Stadtteils zu bringen. Einzelne Wörter, die ihm nichts sagten, standen auf den Vorderseiten der Treppe. Für ihn zusammenhanglose Begriffe, deren Sinn sich ihm nicht erschloss. Als er den Kopf hob, erblickte er die Silhouette einer Gestalt, die unterhalb des zweiten Treppenabsatzes in verrenkter Haltung auf den Stufen lag, eingerahmt von den schäbigen Betonwänden der Häuser, zwischen denen sich die Treppe befand. Der bröckelnde Beton war mit unansehnlichen Graffiti verunstaltet.

Ein Penner, dachte er abwertend. So besoffen, dass er sich einfach auf eine Treppe legt. Ätzend.

Er hatte keine Angst, an der schlafenden Gestalt vorbeizugehen. Als er einen Fuß auf die unterste Stufe setzte, spürte er trotzdem ein beklemmendes Gefühl. Es nutzte nichts, denn wenn er Ana suchen wollte, musste er an der Gestalt vorbei. Mit klopfendem Herzen setzte er sich in Bewegung, nahm Stufe um Stufe. Langsam näherte er sich der Person. Es war der Kleidung nach zu urteilen eine Frau. Während er die Treppe hinaufstieg, betrachtete er sie. Es rann ihm eiskalt den Rücken herunter, als er das Outfit der Frau erkannte. Gregors Knie wurden weich, er nahm all seine Kräfte zusammen und setzte zum Sprint an, um schneller bei ihr zu sein. »Ana«, gellte seine Stimme durch die Nachtstille, dann hatte er sie erreicht. Zitternd fiel er auf die Knie, hoffte, dass er sich getäuscht hatte.

Doch es bestand kein Zweifel. Er erkannte ihre Kleidung, den Mantel, die kniehohen Stiefel, den Rock. Sie lag auf dem Rücken, die starren Augen schienen geradewegs zu ihm aufzublicken. Er nahm ihre Hand, spürte die Kälte, die von ihrem Körper ausging, tätschelte ihre wächsernen Wangen und erstarrte, als er kein Lebenszeichen wahrnahm. Gregors Welt begann sich zu drehen. Er warf Hilfe suchende Blicke um sich, doch er war allein. »Ana«, flüsterte er, »mach keinen Scheiß, bitte!« Er küsste ihre blutleeren Lippen, erschauderte und wich zurück, als er keinen Atem spürte. Zitternd ergriff er ihre kalten Hände, nahm sie hoch und schob die Kleidung so, dass er nach dem Puls tasten konnte. Doch auch hier fand er kein Lebenszeichen. Ana war tot.

Gregor brach neben der leblosen Gestalt zusammen. Er konnte nicht fassen, was er sah. Ein Schrei erstickte in seiner Kehle, ein Schrei der Trauer, des Schmerzes und der Wut.

Ruckartig ließ er ihre Hände los und sprang in die Höhe. Kurz taumelte er, kämpfte gegen den Schwindel an, der ihn erfasste, und lehnte an der Hauswand in seinem Rücken. Er griff nach dem eisernen Handlauf, umklammerte das Geländer so fest, als wolle er es aus seiner Halterung reißen. Gleichzeitig fühlte er sich schwach. Übelkeit stieg in ihm auf, sein Magen rebellierte. Hätte er sie nicht berührt, würde er vermuten, dass sich jemand einen makabren Scherz mit ihm erlaubte und eine Wachsfigur mit Anas Kleidung auf die Stufen gelegt hatte. Doch niemand sprang aus seinem Versteck, um sich köstlich über sein blödes Gesicht zu amüsieren. Doch niemand kam und rief: »Reingefallen!« Gregor sammelte sich, versuchte, seine Gedanken zu ordnen, und sah auf Ana hinunter. Es bestand kein Zweifel daran, dass sie nicht mehr lebte. Gehetzt sah Gregor sich um. Er war allein mit dem Leichnam seiner Freundin. Weit und breit keine Sau, die sich für ihn interessierte.

Die Bullen, schrie alles in ihm. Ich muss die Bullen rufen. Mit zitternden Händen zog er das Smartphone aus der Tasche, entsperrte es und wählte den Notruf. Im letzten Moment besann er sich anders, versetzte das Smartphone in den Ruhezustand und schob es in die Tasche zurück.

Sei kein Idiot, hörte er eine innere Stimme zischen. Wenn die Bullen kommen, bist du am Arsch. Sie werden dich für ihren Mörder halten, und dann wanderst du wieder in den Bau.

Er sah auf Ana hinab. Das Wissen, ihr nicht mehr helfen zu können, machte ihn wahnsinnig. Sie war tot. Jetzt war es wichtig, seinen eigenen Arsch zu retten.

Gregor sog tief die Luft ein.

Ana ist tot, rief eine innere Stimme. Du hast nicht auf sie aufgepasst. Also bist du schuld. »Nein«, gellte seine Stimme durch die Nacht. Ruckartig stieß er sich von der Hauswand ab und stolperte los. Er würdigte Ana nicht eines einzigen weiteren Blickes, als er die Stufen hinabeilte. Für sie konnte er nichts mehr tun, und es war völlig klar, dass die Polizei falsche Schlüsse ziehen würde, wenn er jetzt doch einen Notruf absetzte. Also galt es, sich in Sicherheit zu bringen.

Verpiss dich, Alter, hallte es in seinem Kopf. Sieh zu, dass du Land gewinnst. Und Gregor handelte. Er machte, dass er in der Nacht verschwand.

***

Ruhelos zog er seit Stunden durch die verlassenen Straßen, lief wie in Trance durch die trostlose Nacht und versuchte vergeblich, das Bild seiner toten Freundin aus seinem Kopf zu verbannen. Nichts zog ihn nach Hause. Am liebsten hätte er sich ans dunkle Ufer der Wupper gelegt, um dort abzuschalten. Doch auch das war keine Option, denn dort würde er Aufmerksamkeit erregen. Immer wieder fragte er sich, ob Ana noch auf den Stufen lag oder ob man sie bereits gefunden hatte. Was, wenn niemand auf die Tote aufmerksam wurde?

Als er kurz die Augen schloss, sah er Ana. Sie lag noch immer auf der Treppe. Regen hatte eingesetzt und ihre Haare und die Kleidung durchnässt. Ein jämmerlicher, mitleiderregender Anblick, der ihm fast das Herz brach. Er musste sich um sie kümmern. Das war er ihr schuldig. Er verlangsamte seine Schritte, war in der Wesendonkstraße angelangt, ohne zu wissen, wie er dorthin gekommen war. Aus der Ferne hörte er das Rauschen des Flusses. Kopfschüttelnd lehnte er in einem dunklen Hauseingang. Tränen der Verzweiflung rannen über sein Gesicht. Zitternd griff er nach dem Handy.

Ich muss die Bullen rufen, hämmerte es in seinem Kopf. Um ein Haar hätte er das Smartphone auf den Asphalt fallen lassen. Er schaltete die Anruferkennung aus, dann sog er die Luft durch die Nase ein und wählte endlich den Notruf. So würden sie ihm nicht auf die Schliche kommen. Es dauerte nur ein Freizeichen, bis sich am anderen Ende eine gelangweilt klingende Männerstimme meldete. »Notrufzentrale, was kann ich für Sie tun?«

»Ich … ich möchte eine Tote melden«, flüsterte er, dann nannte er den Ort, an dem er seine Freundin gefunden hatte.

***

»Was verleiht mir die Ehre?«, flüsterte Mia ins Telefon. Sie war schon nach dem ersten Vibrieren des Diensthandys erwacht. Nachts schaltete sie den Klingelton ab, sodass niemand im Haus von der *Tatort-*

Melodie, die sie sich als Signal eingerichtet hatte, geweckt wurde. Der Blick auf die Uhr verriet ihr, dass es fast halb zwei war. Lange hatte sie sich also nicht ausruhen können. Umso erstaunter war sie, dass ihr Partner sie aus dem Schlaf riss. Mia glitt vorsichtig aus dem Bett. Lea schlief tief und fest. Ihre gleichmäßigen Atemzüge entlockten Mia ein sanftes Lächeln. Nackt huschte sie aus dem Schlafzimmer.

»Wir haben eine leblose Person«, hörte sie die Stimme von Björn Lassner. Auch er sprach leise, weil er seine Frau und seinen Sohn nicht wecken wollte.

»Schon wieder?« Mia hatte die Küche erreicht, schaltete das kleine Licht über der Arbeitsplatte ein und setzte die Kaffeemaschine in Gang.

»Ich fürchte, ja.«

»Unfall?«

»Ist noch nicht raus.« Björn klang genervt. »Treppensturz. Sieht nach einem Unfall aus, Fremdverschulden ist aber nicht auszuschließen. Der Dauerdienst hat eben angerufen und an uns übergeben.«

»Wie nett.« Mia klemmte sich das Telefon zwischen Schulter und Wange und nahm eine Tasse aus dem Regal, um sie unter den Auslauf zu schieben.

»Da sagst du was. Kommst du?«

»Habe ich eine Wahl?«

»Tatort ist nicht nur sonntags. Deine Worte.«

»Wohin muss ich?«

»Nach Elberfeld diesmal. Kennst du die Holsteiner Treppe?«

»Klar.«

»Hätte ich mir denken können. Die Tote liegt ziemlich weit unten, also komm von der Gathe aus. Wir treffen uns da.«

»Na prima.« Mia unterbrach die Verbindung und ging ins Bad, um sich frisch zu machen. Auf dem Hocker neben der Regendusche lagen wie immer Klamotten bereit. Nachdem sie sich die Zähne geputzt, etwas kaltes Wasser ins Gesicht geworfen und sich eilig angekleidet hatte, huschte sie ins dunkle Schlafzimmer. Sie beugte sich zu ihrer Freundin hinab und strich ihr zärtlich durch das kurze blonde Haar. »Ich muss los«, hauchte sie Lea sanft ins Ohr.

»Was?«, murmelte Lea verschlafen.

»Ich muss los«, wiederholte Mia leise. »Bleib liegen, ich melde mich später.«

»Willst du nicht wenigstens einen Kaffee …?«

»Nein danke«, sagte Mia schmunzelnd. Leas Fürsorge war mitunter rührend. »Bleib liegen, du brauchst deinen Schlaf, Süße.«

»Ist gut.« Lea lächelte sanft.

Die kühle Nachtluft umfing sie, als Mia vor die alte Fabrik trat. Irgendwo in der Nacht bellte ein Hund. Sie zog den Reißverschluss ihrer Lederjacke hoch und versenkte die Hände in den Taschen. Der Mond hatte es schwer, durch die tief hängende Wolkendecke zu dringen. Immerhin regnete es noch nicht. Kurz überlegte Mia, ob sie lieber Leas alten Caddy nehmen sollte, der mit beschlagenen Scheiben neben dem Schuppen parkte. Doch da sie nicht wusste, ob ihre Freundin den Lieferwagen tagsüber brauchte, verzichtete sie darauf und wählte den Chopper. Die Anzeige verriet ihr, dass der Akku geladen war. Sie entfernte das Ladekabel und hängte es an den Haken an der Wand. Mia schob ihren Chopper in die Nacht, verschloss den Schuppen, warf einen letzten Blick zum Loft hinauf, bevor sie den Helm aufsetzte und in den Ledersattel stieg. Wenig später glitt sie durch die nächtlichen Straßenschluchten und bereitete sich in Gedanken auf den neuen Fall vor. Die Nacht hatte sie sich wahrlich anders vorgestellt.

***

Es wunderte Mia nicht, dass Lassner diesmal zuerst am Ort des Geschehens eingetroffen war – hatte er doch die kürzere Anfahrt gehabt und den Anruf des Kriminaldauerdienstes als Erster erhalten.

»Elektrisch unterwegs?«, fragte er, als Mia den Elektro-Chopper am Straßenrand auf den Ständer stemmte und den Helm vom Kopf nahm. Mit den Zähnen zupfte sie die Handschuhe von den Fingern und warf sie auf den Sattel. Mia war durchgefroren und fuhr sich durch die Haare.

»Ich wollte Zeit sparen und habe deshalb darauf verzichtet, den Dienstwagen zu holen«, knurrte sie zitternd und sah sich neugierig um.

Am Fuße der Holsteiner Treppe standen Einsatzwagen mit zuckendem Blaulicht, die Kollegen des Streifendienstes hatten den Fundort der Leiche weiträumig abgesperrt, und der Rettungswagen blockierte das Ende der Busspur. Trotz nächtlicher Stunde hatten sich an der Gathe Staus in beiden Richtungen gebildet. Einige Nachtschwärmer verrenkten sich an den Absperrlinien die Köpfe und hielten ihre Smartphones hoch, um Bild- und Tonaufnahmen anzufertigen.

»Und ich wollte nicht, dass du unnötig lange auf mich wartest«, feixte Mia.

Lassner schien nicht zum Scherzen aufgelegt zu sein. Mit grimmiger Miene reichte er ihr einen Pappbecher, in dem sich dampfender Tee befand. Dankbar nahm Mia den Becher, um sich die klammen Hände daran zu wärmen.

»Sind wir schon im Netz?«, fragte sie mit einem Blick auf die Gaffer.

»Vermutlich«, knurrte Lassner. »Ich hasse diese Vögel«, fügte er hinzu. »Bevor wir mit der Arbeit anfangen, sind die Aufnahmen schon online.«

»Wir können es nicht ändern.« Mia ließ ihren Blick die Stufen hinaufschweifen. Dirk Rosengarten, der schon den Totenschein von Theresa Winkler unterschrieben hatte, war gerade mit der ersten Leichenschau beschäftigt. Ein Rettungssanitäter assistierte ihm. Der junge Mann leuchtete mit einer Taschenlampe das Geschehen auf der Treppe aus.

»Wo bleibt Peter?«

Lassner zuckte die Schultern. »Das Team der Kriminaltechnik sattelt wohl gerade den Sprinter, dann kommen die Jungs nach.«

»Schön.« Mia nickte. »Wissen wir schon …?«, setzte sie an, brach aber ab, als Lassner nickte.

»Bei der Toten handelt es sich um Ana Legova, sie ist …«

»Chefchoreografin beim Wuppertaler Tanztheater«, vollendete Mia den von ihm begonnenen Satz. Sie pfiff durch die Zähne. Der Name der Choreografin war ihr wohlbekannt. Nachdem sie der musikbegeisterten Lea im letzten Jahr ein Abo für die Wuppertaler Bühnen zu Weihnachten geschenkt hatte, waren sie zu mehreren Aufführungen im Opernhaus gewesen. »Ist es nicht auffallend, dass wir zwei Tote innerhalb von vierundzwanzig Stunden haben und dass beide leicht zu identifizieren sind?«

»Mich wundert, dass du unser Opfer kennst.«

»Im Gegensatz zu dir interessiere ich mich für Kultur«, konterte Mia schlagfertig. »Also?«

»Ich weiß nicht …« Lassner druckste herum. »Die Todesursache ist ein Treppensturz, jedenfalls hat es gerade noch den Anschein. Der Doktor ist zugange und kann uns gleich mehr sagen, nehme ich an.«

Mia pustete auf den Tee und trank in kleinen Schlucken, während sie nachdachte. Wieder blieb ihr Blick an den bunt bemalten Stufen, die zum Engelnberg hinaufführten, haften.

»Die Scala«, murmelte sie.

»Was?« Lassner schien sie nicht zu verstehen.

»Die Scala dei sentimenti«, antwortete Mia. »Vor Jahren hat sich ein Künstler berufen gefühlt, dem tristen Grau der Treppe zu mehr Farbe zu verhelfen. Dabei hat er jeder Stufe einen anderen Farbton gegeben und sie mit Begriffen beschriftet, die Gefühle bezeichnen.«

»Du und deine Kunst immer«, stöhnte Lassner.

Mia lachte. »Ich weiß das auch nur von Lea«, relativierte sie.

»Das beruhigt mich.« Lassner leerte seinen Becher und knüllte ihn zusammen. »Können wir dann?«

»Sicher.« Seite an Seite nahmen sie die Treppe nach oben. Der Sanitäter wandte sich zu ihnen um. »Sie dürfen hier nicht …«, setzte er an, wurde jedoch vom Notarzt unterbrochen.

»Die dürfen das«, sagte Rosengarten mit einem schmalen Lächeln auf den Lippen. Er richtete sich auf. Der Rettungshelfer deckte den Leichnam mit einem Tuch ab. »Machen wir das jetzt in jeder Nachtschicht so?«

»Was meinst du?«, fragte Mia.

»Na, das mit den toten Frauen«, antwortete Dirk Rosengarten. »Dass wir uns jetzt immer nachts treffen.«

»Ich liebe deinen Galgenhumor«, konterte sie. »Was führt uns denn heute zusammen?«

Rosengarten warf einen Blick auf das Formular, das von einer Klammer auf dem hölzernen Klemmbrett fixiert wurde. »Ana Legova, sechsunddreißig Jahre, ihre Ausweisdokumente und ein Schlüsselbund fand ich in ihrer Jackentasche.«

»Unfall oder Mord?«, kam Mia schnell auf den Punkt.

»Der erste Anschein lässt vermuten, dass es sich um einen Sturz gehandelt hat, der zum Tod führte.«

»Und der zweite?« Mia wurde ungeduldig.

»Wir haben Hämatome, die nicht dem Sturz zuzuordnen sind«, fuhr Rosengarten fort. »Es gibt Einblutungen an den Handgelenken sowie am Hals, Merkmale, die auf ein Handgemenge und Würgen schließen lassen, das dem Sturz vorausging.«

»Hm.« Mia wechselte einen Blick mit Lassner.

Ihr Partner räusperte sich. »Wofür sprechen die Anzeichen denn nun?«

Der Arzt zuckte die Schultern. »Fest steht, dass ihre persönlichen Sachen bei ihr gefunden wurden. Schlüssel und Portemonnaie sind vorhanden. Ausgeraubt wurde sie demnach nicht.«

»Handy?«, fragte Mia hoffnungsvoll.

Rosengarten zuckte die Schultern. »Negativ.«

»Das muss nichts heißen«, warf Lassner ein. »Nicht jeder trägt ständig sein Smartphone mit sich herum.«

»Tut mir leid – es gibt Arbeit für euch.« Rosengarten reichte Mia und Lassner den Schlüssel und den Personalausweis der Toten. Lassner warf einen Blick auf den Ausweis. »Sie wohnte in der Kaiserstraße.«

»Keine sehr elitäre Wohngegend für die Leiterin des berühmten Tanztheaters«, fand Mia.

»Vielleicht war sie bescheiden.« Lassner ließ Ausweis und Schlüssel in zwei Asservatenbeutel verschwinden, die er in die Tasche seines Mantels schob. »Also hat jemand nachgeholfen?«, wandte er sich mit fragendem Blick an Dirk Rosengarten.

Der Notarzt zuckte die Schultern und überflog den Totenschein, den er eben ausgestellt hatte.

»Und?«, fragte Mia. »Was schätzt du?«

Rosengarten wiegte den Kopf. »Wenn ihr mich fragt, dann ist ihr jemand gefolgt. Es kam zum Streit, zu den erwähnten Handgreiflichkeiten und infolgedessen zum Sturz, wobei der letzten Endes womöglich todesursächlich sein könnte.«

»Also kein vorsätzlicher Mord«, bemerkte Mia.

»Das herauszufinden, ist euer Job«, erwiderte Rosengarten. »Und die endgültige Todesursache wird wohl erst nach der Obduktion feststehen.«

»Danke.« Mia nickte. Sie fröstelte beim Anblick der Frau. Als sie Legova zuletzt auf der Bühne gesehen hatte, war sie nicht davon ausgegangen, dass sie die Choreografin erst nach ihrem Ableben wieder zu Gesicht bekommen würde. Manchmal schlug das Leben eigenartige Kapriolen, fand sie, während sie das Gefühl hatte, den tosenden Schlussapplaus bei der letzten Premierenvorstellung noch in den Ohren zu haben.

Rosengarten seufzte. »Ich denke, ihr solltet genauer hinsehen. Wisst ihr, wer die Frau ist?«

Mia wusste, worauf Rosengarten hinauswollte. »Ja, sie war die Leiterin des Tanztheaters und somit keine Unbekannte.«

»Die Medien werden sich wie die Aasgeier auf die Geschichte stürzen«, mutmaßte der Notarzt. »Todesursache unklar«, murmelte er, unterschrieb das Formular und überreichte es den Polizisten. »Ich muss dann weiter. Ich telefoniere gleich mit dem Bestatter, dann kann die Frau in die Rechtsmedizin, bevor die Presse hier aufschlägt.«

»Danke.« Mia nahm ihm den Totenschein ab und überflog die handschriftliche Dokumentation.

Der schlanke Arzt verschloss seinen Koffer, nickte dem Sanitäter, der ihn begleitete, stumm zu und gab ihm ein Zeichen zum Aufbruch. »Und in der nächsten Nacht bitte mal kein Wiedersehen.«

»An uns soll's nicht liegen.«

»Und?«, fragte Lassner, als sie allein waren.

»Jetzt warten wir auf den Wagen des Bestattungsinstituts.«

»Und sonst?«

»Erst mal nachdenken. Das sieht nicht nach einem Zufall aus.«

»Was meinst du?«

»Die Stufen. Ich habe dir doch vorhin erzählt, dass sich vor Jahren ein Künstler dieser Freitreppe angenommen hat.«

»Und?«

»Die Treppe der Gefühle.«

»Mia, nerv mich nicht mit deinem kulturellen Fachwissen.«

»Sieh mal, auf welchen Stufen sie liegt.« Mia trat näher an die Treppe. Lassner folgte ihr mit angespannter Miene.

»Ich hab sie nicht gezählt«, erwiderte Lassner mit in den Hosentaschen versenkten Händen.

»Darum geht es auch nicht.« Mia rollte mit den Augen. »Die Beschriftung«, half sie ihm auf die Sprünge. »Da steht was auf den Treppen, hab ich dir doch eben erzählt.«

»Und?« Lassner legte die Stirn in Falten.

Mia stieg die Treppe abwärts, um die Aufschrift der Stufen, auf denen man Legova gefunden hatte, zu entziffern.

Lassner folgte ihr. »›Schlechtes Gewissen‹«, las er halblaut vor, »und ›Ehre‹.« Er zuckte die Schultern. »Und?«

»Das könnte eine Botschaft des Mörders sein.«

»Dann bist du schon weiter als ich.« Lassner seufzte.

»Und wenn der Sturz nicht versehentlich erfolgt ist, sondern absichtlich herbeigeführt wurde?«, fragte Mia. »Was, wenn jemand nachgeholfen hat? Wer war ihr Gegner, wer hat sie bedrängt? Oder war es wirklich ein Unfall, bei dem der Unbekannte ihren Tod billigend in Kauf genommen hat?«

Lassner schwieg. Seine Blicke huschten zwischen der Toten und den beiden Stufen, auf denen sie lag, umher. »Was meinst du?«

»Wir sollten es nicht ignorieren«, fand Mia. Sie zückte das Handy und machte ein paar Bilder von der Auffindesituation. Auch die Beschriftung der Stufen mit »Schlechtes Gewissen« und »Ehre« fotografierte sie. »Das ist womöglich kein Zufall«, erklärte sie, als sie Lassners zweifelnden Blick sah. »Wer hat sie eigentlich gefunden?«

»Ein ganz Schlauer.«

»Geht das etwas genauer, Björn?« Mia steckte das Handy wieder in die Tasche.

»Klar doch.« Er zückte seinen Block und las, was er sich notiert hatte. »Es gab einen anonymen Hinweis von einem gewissen Gregor Ivanov.«

»Und warum ist er schlau?«, fragte Mia ungeduldig.

»Weil er den Notruf mit unterdrückter Nummer abgesetzt hat. Seinen Namen wollte er nicht nennen.« Lassner zog grinsend eine Augenbraue hoch. »Er wusste offenbar nicht, dass die Kollegen die Nummer des Anrufers trotzdem sehen können.«

»Super.« Mia nickte. »Dann drängt sich mir die Frage auf, warum er das getan hat.«

»Auch da habe ich schon vorgefühlt.« Lassner grinste. »Gregor Ivanov hat erst vor einigen Monaten die JVA Simonshöfchen verlassen, nachdem er eine mehrjährige Haftstrafe abgesessen hat. Körperverletzung, Raub und mörderische Erpressung.«

»Sieh an.« Mia schürzte die Lippen und trank von ihrem Tee. »Offenbar gibt es einen Zusammenhang.«

»Zwischen der Toten und dem Anrufer?«

»Vielleicht war Ana Legova doch vermögend.«

»Wie bereits erwähnt, lässt die Wohnanschrift anderes vermuten«, entgegnete Lassner. »Aber das muss nichts zu bedeuten haben.«

»Eben.« Mia wollte gerade etwas hinzufügen, als unten ein ziviler Einsatzwagen vorfuhr. Ein sichtlich mürrischer Frank Thies stieg aus und verschaffte sich einen Überblick. Als er Lassner und Mia erblickte, entspannten sich seine Gesichtszüge.

»Komm«, sagte Mia und bedeutete ihrem Partner, sich ans untere Ende der Treppe zu begeben.

»Ich dachte, ich wär der Erste und ganz allein hier«, entfuhr es Thies.

»Nee, wir haben schon vorgearbeitet.« Mia berichtete dem Abteilungsleiter, welche Informationen sie zusammengetragen hatten.

Thies lauschte, ohne sie auch nur ein einziges Mal zu unterbrechen, dann pfiff auch er durch die Zähne. »Ausgerechnet die Legova.«

»Ja, so sieht es aus.«

Thies warf einen Blick auf den Totenschein, den Rosengarten vor seiner Abfahrt ausgestellt hatte, und zuckte die Schultern. »Alles ist möglich. Zeugen?« Er blickte sich suchend um, doch die Treppe erinnerte an eine Schlucht, die zwischen zwei Hausmauern eingeklemmt war. Fenster, die zur Treppe zeigten, gab es offensichtlich keine.

»Negativ«, berichtete Lassner.

»Dann solltet ihr euch diesen Gregor Ivanov vorknöpfen.«

»Das war der Plan«, erwiderte Mia. »Hältst du hier die Stellung, bis Peter aufschlägt und Spuren sichert?«

»Welche Wahl habe ich?«

»Keine«, sagte Mia grinsend und gab Lassner das Zeichen zum Aufbruch. »Wir fahren kurz ins Präsidium, holen den Dienstwagen und sehen uns dann bei Ivanov um.«

Frank Thies hatte keine Einwände, nahm den Totenschein von Ana Legova an sich und sah den beiden missmutig nach.

KAPITEL 23

Gregor hatte Stunden damit verbracht, durch die nächtlichen Straßen zu irren, auf der Suche nach einem Ort, an dem er sich verstecken konnte. Überall hatten finstere Gestalten und Schatten auf ihn gelauert. Nachdem er den Notruf abgesetzt hatte, war er weiter durch die Stadt gezogen. Ziellos und völlig neben der Spur. Er fragte sich, ob die Polizei bereits bei ihr war. In einem Kiosk hatte er sich eine Flasche Wodka besorgt. Er trank, während er durch die Straßen irrte, und versuchte vergeblich, das schreckliche Bild von Anas Leichnam aus seinem Kopf zu verbannen.

Ana war tot.

Nach dem Knast war sie sein Anker gewesen, sie hatte ihm Halt gegeben und ihn unterstützt. Tiefe Leere umfing ihn. Er fühlte sich alleingelassen und hilflos.

Er sehnte sich nach Ana und wollte ihr nahe sein. In seine eigene bescheidene Bleibe zog ihn nichts. Da die Schwebebahn nachts nicht fuhr, musste er auf den nächsten Bus nach Westen warten. Anas Wohnung war sein Ziel. Erst, als der Bus ohne ihn weiterfuhr, stellte er fest, dass er die Wodkaflasche auf dem Sitz hatte liegen lassen. Am ganzen Leib zitternd, erreichte er das Haus, in dem Ana gelebt hatte. Leise stieg er die alten Holzstufen hinauf, schloss auf und betrat den kleinen Flur. Der Duft ihren Parfüms hing noch in der Luft, fast so, als hätte sie die Wohnung gerade erst verlassen. Alles hier roch nach Ana.

Er streifte die Schuhe ab, kickte sie in die Ecke und zog sich im Flur aus. Die nasse Kleidung warf er achtlos in die Badewanne. In Boxershorts betrat er die Küche, nahm eine Flasche Wodka aus dem Eisfach, setzte sie an und trank. Das hochprozentige Zeug brannte in seiner Kehle. Gregor schüttelte sich und nahm einen weiteren

Schluck, um zu vergessen. Doch die Erinnerung blieb. Schon der zweite Zug aus der Flasche stieg ihm zu Kopf. Seufzend verließ er die Küche und betrat das dunkle Wohnzimmer. Der Schein der Straßenlaternen vor dem Haus genügte ihm, um sich zu orientieren. Er blickte sich um. Hatte er gehofft, sich in Anas Wohnung wohler zu fühlen, wurde er enttäuscht. Der Raum war ein Sammelsurium von Erinnerungen an die gemeinsame Zeit. Jedes Detail, jeder Gegenstand schien ihn anzuklagen.

Mit der Flasche in der Hand sank er auf das weiche Sofa am Fenster, um die letzten Stunden Revue passieren zu lassen. Er hatte versagt.

Gregor fühlte sich schlecht, weil er nicht sofort gehandelt hatte, nachdem er Ana gefunden hatte. Feige wie ein angeschossenes Tier hatte er die Flucht angetreten, war vom Ort des Geschehens verschwunden, als ginge ihn das alles nichts an. Und trotzdem so, als wäre er für ihren Tod verantwortlich. Vielleicht war er das auch. Indirekt. Er hatte nicht genug auf sie aufgepasst, sie nicht beschützt.

Er hatte versagt.

Immerhin hatte er die Bullen gerufen.

Als er den Blick hob, peitschte der Regen in dichten Bahnen an das Fenster. Wind pfiff um das Haus, irgendwo klapperte etwas an der Fassade. Die Straßenlaternen pendelten im aufkommenden Wind und warfen das Licht in sanften Wellen in den dunklen Raum.

Niemals würde er den Blick von Anas leblosen Augen vergessen können. Ängstlich, anklagend, unwirklich.

Dabei wünschte er sich inständig, dieses Bild aus seinem Kopf verbannen zu können, er sehnte sich danach, aus diesem Albtraum zu erwachen, doch das geschah nicht. Das, was er in Elberfeld erlebt und gesehen hatte, war die grausame Wirklichkeit gewesen. Warum hatte er nicht auf die Polizei gewartet?

Die Antwort auf diese Frage konnte er sich selbst geben.

Er war auf Bewährung, und jeder Verdacht würde ihn zurück

hinter Gitter bringen. Ausgerechnet er, der ehemalige Knacki, hatte seine Freundin Ana Legova, die bekannte Choreografin des Wuppertaler Tanztheaters, tot aufgefunden. Auch wenn alles nach einem Unfall aussah, würden sie ihm einen Mord anhängen.

So, wie es ausgesehen hatte, hatte sie sich bei einem Sturz das Genick gebrochen. Er war kein Arzt und hatte keine Ahnung, was ihr widerfahren war. Aber die Todesursache war letzten Endes auch zweitrangig.

Die Lichter der Stadt warfen bunte Schatten an die weißen Wände des kleinen Wohnzimmers, fast so, als wollten sie den großen Mann aufmuntern.

Trotz aller Trauer dachte Gregor auch an sich. Was, wenn die Bullen ihn verdächtigten, etwas mit ihrem Tod zu tun zu haben? Er ließ sich vom Sofa gleiten, schlang die Arme um seine angewinkelten Beine, griff nach der Flasche, trank und kauerte sich in eine Ecke des Wohnzimmers. Laut tickte die Uhr in der Stille, jeder Schlag klang wie ein Herzschlag. Gregor spürte, wie er Angst vor allem bekam. Angst vor der Polizei, Angst vor der Einsamkeit und Angst vor sich selbst. Er musste kämpfen, denn ab sofort war er auf sich allein gestellt.

***

Man sagte, dass Kinder in Wuppertal mit dem Regenschirm in der Hand zur Welt kamen. Der alten Weisheit lag wohl zugrunde, dass es hier an fast zweihundert Tagen im Jahr regnete. So auch in dieser Nacht. Kaum dass sie den Unglücksort in Elberfeld verlassen hatte, war Wind aufgekommen, der schwere Regenwolken über das enge Tal der Wupper trieb.

Mia war froh, den Chopper rechtzeitig gegen den Dienstwagen eingetauscht zu haben, und genoss die wohlige Wärme der Sitzheizung, während Lassner den Wagen zum Domagkweg in Elberfeld steuerte. Hier gab es ein Quartier aus den Siebzigerjahren des letzten Jahrhunderts, in dem Mehrfamilienhäuser mit Flachdächern, Garagen und Ladenlokale das Bild bestimmten. Die Wohnung von Gregor Ivanov hingegen lag in einem Hochhaus, dem einige kleinere Geschäfte zur Nahversorgung in einem Flachdachbau vorgelagert waren. Ein spärlich beleuchteter Plattenweg, der von einer Rasenfläche umgeben war, führte Mia und Lassner zum Hauseingang. Ein Blick auf die unzähligen Klingelschilder ließ den Verdacht aufkommen, dass Ivanov die Anonymität des Hochhauses zu schätzen wusste. Wie Mia aus den Akten erfahren hatte, war es der Bewährungshelferin von Gregor Ivanov zu verdanken, dass er hier unbehelligt leben konnte. Seine Wohnung lag im obersten Stockwerk.

Lassner hatte die Taschenlampe seines Handys eingeschaltet und studierte die Namen auf dem Klingelbrett. Als er die Klingel von Gregor Ivanov gefunden hatte, legte er den Daumen auf den Knopf. »Mal sehen.«

Mia holte tief Luft. »Und wenn er nicht aufmacht?«

Lassner grinste und deutete an, wie er die ganze Handfläche auf das Klingelbrett legte. »Dann müssen die Nachbarn dran glauben.«

»Um diese Zeit?«

»Welche Wahl bleibt uns?«

»Keine.«

»Eben.«

Erwartungsgemäß wurde ihnen nicht geöffnet. Lassner unternahm einen zweiten und einen dritten Versuch, bevor er die Schultern zuckte. »Dann eben Plan B.« Er betätigte zwei angrenzende Klingelknöpfe gleichzeitig. Es dauerte nicht lange, bis sich eine verschlafen klingende Frauenstimme über den Lautsprecher meldete.

»Polizei, wir würden gern mit Ihrem Nachbarn, Herrn Ivanov, sprechen, doch er öffnet nicht.«

»Er war schon ewig nicht mehr hier«, erwiderte die Frau.

Gerade als Lassner eine Frage stellen wollte, summte der Türöffner, und er stemmte sich gegen die Tür mit der großen Glasscheibe.

Mia folgte ihm ins Treppenhaus. »Zwölf Etagen.«

»Hm.« Lassner nickte. »Einer den Fahrstuhl, einer die Treppe?«

»Besteht denn Fluchtgefahr?«

»Möglich. Wir sollten alles in Betracht ziehen«, fand Lassner mit einem Schulterzucken.

»Nee, oder?« Mia schüttelte den Kopf. Bei der Vorstellung, zwölf Etagen durch den Flur nach oben zurücklegen zu müssen, wurde ihr schwindelig.

»Schon gut, nimm du den Fahrstuhl.« Lassner grinste und wandte sich zum Gehen.

»Du hast was gut bei mir«, sagte Mia, während sie die enge Fahrstuhlkabine betrat. Oben angekommen, wischte sie über den Lichtschalter und wartete auf Lassner, der sie wenig später atemlos erreichte.

»Wie war das?«, keuchte er. »Ich habe was gut bei dir?«

»Versprochen ist versprochen«, sagte Mia. »Geht's wieder?«

Lassner nickte, rang aber immer noch nach Luft. Seite an Seite suchten sie die richtige Wohnungstür. Als sie fündig wurden, zögerte Lassner keine Sekunde. Er zog die Waffe und betätigte die Klingel. Drinnen ertönte ein elektronischer Gong. Als sich nichts tat, legte Mia ein Ohr an das Türblatt. Sie schüttelte den Kopf, Lassner klingelte erneut.

»Herr Ivanov, sind Sie da?«, rief Mia und klopfte gegen die Tür. »Bitte öffnen Sie die Tür. Polizei!«

Lassner blickte sich um, als sich eine der Nebentüren öffnete und eine verschlafen wirkende Frau mittleren Alters im Morgenmantel auf den Flur trat. Offensichtlich handelte es sich bei ihr um die Nachbarin, die ihnen geöffnet hatte. Sie war Anfang vierzig, untersetzt und auffallend blass. Das einst dunkle Haar war zerzaust und von grauen Strähnen durchzogen. »Ist was passiert?«, fragte sie mit rauchiger Stimme.

»Das wissen wir nicht«, log Mia. »Ist Herr Ivanov zu Hause?«

»Woher soll ich das wissen? Ich hab doch gesagt, dass ich Gregor schon ewig nicht gesehen hab. Vermutlich hängt der wieder bei seiner Freundin ab.«

»Wissen Sie …?«

Bevor Mia weitersprechen konnte, kehrte die Nachbarin in ihre Wohnung zurück und warf die Tür mit einem lauten Knall ins Schloss.

Inzwischen hatte Lassner erneut bei Ivanov geklingelt. Doch auch sein Sturmklingeln half nichts, im Innern herrschte absolute Stille. »Nicht da«, flüsterte Mia.

»Mist.« Lassner ließ die Hand mit der Waffe sinken. »Dann ab mit uns.«

»Und dann?«

»Wenn es nicht anders geht, schreiben wir ihn zur Fahndung aus.«

»Morgen früh können wir mit seiner Bewährungshelferin sprechen.«

»Dann könnte er längst über alle Berge sein, falls er mit dem Tod von Ana Legova etwas zu tun hat.«

Mia stimmte ihm zu. Für den Weg nach unten nahmen sie diesmal beide den Fahrstuhl.

KAPITEL 24

»Wir brauchen die Ortung des Smartphones von Gregor Ivanov«, sagte Mia, während Lassner den unauffällig lackierten Dienstwagen durch die nächtlichen Straßen rollen ließ. Sie telefonierte mit Basti Koch.

»Jetzt?« Der IT-Experte gähnte völlig ungeniert in den Hörer.

»Wann sonst? Fahr ins Präsidium und veranlasse alles Notwendige. Ich rede unterdessen mit Frank, damit der eine richterliche Verfügung beantragen kann.«

»Wenn es sein muss.« Wieder gähnte Koch. »Wobei sich meine Begeisterung in Grenzen hält.«

»Darauf können wir leider keine Rücksicht nehmen, also auf mit dir!« Mia unterbrach die Verbindung. Auf dem Rückweg zum Tatort kamen sie an der Gathe vorbei. Trotz nächtlicher Stunde hatte sich auf der Hauptverkehrsstraße ein Stau gebildet, da die Autos einspurig am Einsatzort vorbeigeführt wurden.

»Ich rede mit Frank«, bot Mia an und stieg aus dem Wagen, um den Rest des Weges zur Einsatzstelle zu Fuß zurückzulegen. Der Regen hatte an Intensität zugenommen. Durch den eisigen Herbstwind fühlten sich die Tropfen wie winzige Nadelstiche auf Mias Gesichtshaut an.

Inzwischen hatten sich auch zwei Pressefotografen mit professionellen Kameras eingefunden. Reporter versuchten, an erste Informationen zu gelangen, doch Frank Thies ließ sich nicht zu einem Interview überreden. Er hatte alle Hände voll damit zu tun, die Aufgaben vor Ort zu koordinieren. Zwischenzeitlich waren auch Sophie Stein, Michael Stüttgen und Karl Brauers eingetroffen. Sie standen unter einem Pavillon mit Polizeiaufschrift, um sich gegen den stärker werdenden Regen zu schützen. Ein Team der Kriminaltechnik hatte leistungsstarke Scheinwerfer aufgestellt, die die Holsteiner Treppe in ein surreales, grelles Licht tauchten.

»Bist du zu Fuß unterwegs?« Frank Thies war überrascht, als Mia zu ihm trat. Er hob eine Augenbraue und blickte suchend an ihr vorbei.

»Björn kommt nach, er steht noch im Stau.« Mia zog ihn zur Seite, um unter vier Augen mit ihrem Vorgesetzten reden zu können.

Nachdem sie geendet hatte, machte Thies große Augen. »Eine richterliche Verfügung zur Ortung eines Mobiltelefons?«

»Wir müssen diesen Gregor Ivanov schnellstmöglich finden.«

»Das sehe ich ein, aber ob der Richter das auch so sieht?«

»Versuch es wenigstens.«

»Einverstanden.« Frank Thies stöhnte, dann rief er den diensthabenden Amtsrichter an, um ihm sein Anliegen zu schildern. Trotz oder wegen der Uhrzeit dauerte das Gespräch keine zwei Minuten.

»Geht klar«, sagte Thies. »Ich rede mit Koch.«

»Das habe ich schon erledigt.«

»Gut.«

»Was gibt es hier Neues?«

Der Wagen eines örtlichen Bestatters fuhr vor. Zwei Streifenpolizisten traten an den Kastenwagen, um die beiden schwarz gekleideten Insassen zu briefen.

»Gleich starten wir mit der Zeugenbefragung«, erklärte Frank Thies. »Wobei – ob es überhaupt Zeugen gibt, ist fraglich. Angeblich hat jemand den Schrei eines Mannes gehört, ob das aber stimmt, wissen wir nicht.«

»Möglicherweise Ivanov«, sagte Mia. »Wir fahren ins Präsidium und forschen nach ihm. Je schneller wir ihn haben, umso besser.«

»In Ordnung.« Thies nickte. »Wir bleiben in Verbindung.«

***

»Bingo!« Basti Kochs Stimme klang gar nicht mehr verschlafen. Etwas Euphorisches lag in seinem Ausruf, als er Mia und Lassner eine halbe Stunde später anrief. Er erreichte sie gerade, als sie auf dem Weg ins Präsidium waren.

»Wovon redest du?«

»Es gibt ein neues Tool, mit dem sich Smartphones in Echtzeit orten lassen«, eröffnete Koch ihnen.

»Und?«

»Ich schicke dir den Standort aufs Handy.« Ohne ihre Antwort abzuwarten, hatte Koch schon aufgelegt. Mia, die das Smartphone noch in der Hand hielt, spürte ein Vibrieren. Sie entsperrte das Gerät und fand in einer Textnachricht des IT-Experten einen Link, den sie öffnete. Eine Straßenkarte erschien, sie zoomte sich, während Lassner fuhr, in die Karte hinein.

»Das glaube ich nicht«, entfuhr es ihr.

»Was denn?«

»Ich habe den Standort von Ivanov.«

»Na, ist doch prima.« Lassner strahlte. »Dann holen wir ihn uns jetzt. Wo muss ich hinfahren?«

»Nach Vohwinkel, in die Kaiserstraße.« Mia warf einen Blick auf ihr Handy, dann nannte sie ihm die Hausnummer. Eine Vorahnung beschlich sie.

»Moment, bist du sicher?« Lassner war auf der Stelle hellwach. Er hieb auf den Lenkradkranz. »Das ist doch …«

»… die Meldeadresse von Ana Legova«, beendete Mia den von ihm begonnenen Satz.

***

Sie erwachte, als ein Alarmsignal von der Decke schrillte und den Raum füllte. Ihr schien, als würden die Wände auf sie zurollen und das Gewicht der Decke auf ihre Brust drücken. Sie befand sich in einem fensterlosen Loch, in einem Grab für die Lebenden. Jeder Zentimeter des Verstecks war eine Erinnerung an ihre Hilflosigkeit. Sie vernahm ein tiefes, pulsierendes Grollen aus dem Lautsprecher über ihrem Kopf.

Das Licht im Raum flackerte unregelmäßig, mal blau, mal rot, dann grün. Das Blitzen glich einem psychedelischen Muster. Die Geräusche wurden lauter und intensiver. Das Herz raste wie ein wildes Tier in ihrer Brust. Sie versuchte zu schreien, ihn aufzufordern, dem Spuk ein Ende zu setzen, doch ihre Kehle war wie zugeschnürt. Jetzt nahmen die Geräusche an Intensität zu. Ein ohrenbetäubender Lärm umgab sie, der in ihren Knochen zu vibrieren schien und in ihrem Schädel ein dumpfes Dröhnen hervorrief.

Im nächsten Augenblick war das Gefängnis in ein gleißendes, unwirkliches Licht gehüllt. Diesmal erstrahlte das Kellergewölbe in Grüntönen. Passend dazu ertönten Geräusche, die direkt aus dem Dschungel zu stammen schienen. Vögel zwitscherten, irgendwo war das Kreischen von Schimpansen zu hören. Panik durchschoss sie. Die unheimlichen Laute, das eigenartige Lichterspiel, ihr war es, als würde ihr Verstand auseinandergerissen werden. Sie spürte, wie ihre Rationalität einem dumpfen Nichts aus Gedanken Platz machte.

Er kocht mich weich, durchzuckte es sie, während sie sich nach dem Sinn fragte. Ein Donnerschlag hallte durch den Raum und löste die Dschungelidylle ab. Jetzt blitzte das Licht, so, als würde ein echter Blitz vom Himmel zur Erde sausen. Aus dem Lautsprecher drang das Prasseln von Regen. Immer wieder ein kaltblauer Blitz, der offenbar durch eine Stroboskoplampe ausgelöst wurde. Sie fröstelte, hatte das Gefühl, den Regen auf ihrer Haut zu spüren und den Wind, der durch ihr Haar fuhr.

Hat er eine Windmaschine installiert?

Sie sah sich suchend um, konnte aber nichts Derartiges entdecken. Erneut zuckte sie zusammen, als es zischte. Nebelschwaden waberten von der Decke zum Boden herab und erschwerten die Sicht. Sie verlor das Gefühl für Zeit und Raum, doch genau das schien er zu bezwecken. Sie war auf sich allein gestellt, den Launen ihres Entführers ausgeliefert. Langsam spürte sie, wie die Angst sie auffraß, und schloss die Augen. Sie presste beide Hände auf die Ohren, bis der Spuk vorüber war. Von einer Sekunde zur anderen herrschte Stille, und das Licht erlosch. Sie konnte nur erahnen, wie der künstliche Nebel sich lichtete. Immer tiefer bohrte sich die Sinnlosigkeit der Situation in ihr Bewusstsein. Die Frage, warum er sie hier gefangen hielt und sie mit Ton- und Lichteffekten, die einem Horrorfilm entsprungen schienen, schikanierte, blieb bestehen. Mit jedem neuen Angriff verstärkte sich ihr Ohnmachtsgefühl. Sie kam sich vor wie ein Spielzeug, das von einem sadistischen Kind nach Belieben gequält wurde.

***

Mia hatte Frank Thies um Unterstützung gebeten. Die Lage an der Kaiserstraße war nebulös, denn sie wussten nicht, was Gregor Ivanov in der Wohnung der Toten suchte. Möglicherweise war er gekommen, um die Räume nach Geld oder Wertgegenständen zu durchsuchen. Oder er wollte Beweise verschwinden lassen und Spuren verwischen. Mia und Lassner waren sich darüber im Klaren, dass Vorsicht und Eile geboten waren.

Als sie die Adresse erreichten, parkten bereits zwei Mercedes-Vito-Streifenwagen am Fahrbahnrand. Die Kollegen standen trotz des nächtlichen Regens vor der Haustür und warteten geduldig auf Mia und Lassner.

»Und?«, fragte Mia an die Kollegen gewandt, nachdem Lassner und sie ausgestiegen waren. Man kannte sich vom Sehen und grüßte.

»Nichts.« Eine junge Beamtin zeigte an der Fassade in den ersten Stock des Altbaus hinauf. »Alles dunkel.«

»Wie dem auch sei, wir werden nach dem Rechten sehen«, erwiderte Lassner mit entschlossenem Blick. Er sah Mia über die Schulter. Sie hielt das Handy so, dass alle den blinkenden Punkt sehen konnten, der verriet, dass sich das Smartphone von Gregor Ivanov nicht bewegte. »Vielleicht hat er das Handy in ihrer Wohnung vergessen und ist längst über alle Berge«, schätzte ein fast zwei Meter großer Kollege in Uniform.

»Gleich wissen wir es«, antwortete Mia. Sie griff mit der freien Hand in ihre Jackentasche, um den Schlüsselbund, den Rosengarten bei der Toten gefunden hatte, hervorzuziehen.

»Vielleicht erwartet er uns auch schon«, mutmaßte der dritte Kollege vom Streifendienst.

»Warum sollte er das tun?« Mia schüttelte den Kopf.

»Können wir dann?« Lassner wippte ungeduldig von einem Fuß auf den anderen. Mia suchte den Haustürschlüssel, fand ihn und drehte ihn im Schloss. Lassner ging voran. Im Dunkel des Hauses wischte seine Hand über den Lichtschalter. Das Treppenhauslicht flammte auf. Im nächsten Moment fanden sie sich in einem engen Flur wieder, an dessen gefliesten Wänden sich verbeulte Blechbriefkästen befanden. Unter der Holztreppe war ein Kinderwagen mit schäbigem Bezug abgestellt, ein Regenschirm lehnte in einer Ecke. Lassner legte den Zeigefinger auf die Lippen. Die Polizisten nickten und zogen ihre Waffen. So leise wie möglich huschten sie zu sechst die Treppe hinauf, konnten jedoch nicht verhindern, dass die alten Holzstufen unter ihren Schritten knarrten. Die Wohnung von Ana Legova lag auf dem ersten Treppenabsatz links. Mia vergewisserte sich mit einem Blick auf das Klingelschild, dass sie richtig waren. Sie nickte den Kollegen zu, schob den Wohnungsschlüssel ins Schloss und drückte die Tür leise auf. Fast hatte sie befürchtet, dass die Scharniere ein verräterisches Quietschen von sich gaben, doch es blieb still. Als Mia einen Fuß über die Schwelle setzte, waren ihre Nerven zum Zerreißen angespannt. Ein eigenartiger Geruch hing in der Wohnung und ließ sie flach atmen. Mia warf einen letzten Blick auf das Handy. Noch immer hatte sich der Standort von Gregor Ivanovs Smartphone nicht verändert. Demnach hielt er sich in diesem Haus auf, mit großer Wahrscheinlichkeit sogar in dieser Wohnung. Während sie das Zittern ihrer Finger unterdrückte, so gut es ging, schob sie das Handy in die Hosentasche und löste die Druckknöpfe des Holsters. Sollte er sich tatsächlich in der Wohnung befinden, wollte sie ihm nicht schutzlos ausgeliefert sein – auch wenn sie von Lassner und den vier Streifenkollegen gedeckt wurde. Vorsichtig machte sie einen zweiten Schritt in das Halbdunkel des Flurs. Das Mobiliar war schlicht. Es gab ein Schlüsselbrett, darüber eine kleine hölzerne Ablage, auf der eine Ray-Ban-Sonnenbrille lag, darunter, auf einer Matte, Markenschuhe. Sneaker und Stiefeletten in schwarzem Leder. An der Garderobe hing eine gesteppte Winterjacke in modischem Schwarz. Mia hielt den Atem an und lauschte. Täuschte sie sich, oder drangen Atemgeräusche an ihre Ohren?

»Herr Ivanov?«, rief sie in die Stille. Hinter ihr betätigte Lassner den Lichtschalter. »Herr Ivanov, sind Sie hier? Polizei, machen Sie keinen Unsinn!« Mias Stimme vibrierte. Als sie die Luft anhielt, verstärkte sich das Atmen. Offenbar befand sich Gregor Ivanov tatsächlich in der Wohnung. Durch eine Milchglasscheibe drang gedämpftes Licht in den Flur. Dahinter bewegte sich ein Schatten. »Hände hoch, wir kommen jetzt rein!« Nach diesen Worten sprintete Mia los. Sie kickte die Wohnzimmertür mit dem Fuß auf. Das Holz schlug an die dahinterliegende Wand. Sanft pendelte die Tür zurück, doch da standen Lassner und Mia schon im Raum. Das Bild, das sich Mia beim Eintreten bot, hatte sie nicht erwartet.

***

Er schlief tief und fest, bis bis er von einem Geräusch, das sich unaufhaltsam in seinen Schädel bohrte, aufwachte. Die Dunkelheit der Wohnung drückte schwer wie Blei auf seine Augenlider. Gerade als er versuchte, sie zu öffnen, wurde er von einem grellen Licht geblendet. Dass es sich dabei um die Lampe an der Decke handelte, registrierte er erst später. Langsam schälte sich die Erinnerung aus dem Dunst in seinem Kopf. Er hatte sich in Anas Wohnung zurückgezogen, sich hier verkrochen wie ein angeschossenes Tier. Doch die Bleibe, die sich anfangs als sein Zufluchtsort erwiesen hatte, verwandelte sich schlagartig in eine Falle. Mühsam rappelte er sich hoch, stellte fest, dass er unter der Wolldecke nur Boxershorts trug und dass er offenbar auf dem kalten Fußboden des Altbaus eingeschlafen war. Ein trockener Hustenreiz schüttelte ihn, dazu mischte sich der Geschmack von Blut und Alkohol in seinem trockenen Mund.

Träge blinzelte er in das Licht und sah die Gestalten, die in Anas Wohnung eingedrungen waren, nur schemenhaft. Vier waren Polizisten in Uniform, die anderen beiden wahrscheinlich Beamte in Zivil. Auch sie trugen Waffen.

»Was wollt ihr?«, krächzte er mit schwerer Zunge. Erst als er wahrnahm, dass die Mündung einer Dienstpistole auf ihn gerichtet war, erfasste Panik seinen vom Alkohol gelähmten Körper. Er hörte dumpf wie durch Watte die Stimmen der Gestalten, die in Anas Wohnzimmer standen und mit grimmigen Mienen auf ihn herabblickten. »Ich hab nichts getan«, lallte er.

»Kommen Sie zu sich«, drang die Stimme der Polizistin in Zivil an seine Ohren. »Sie sind ja völlig betrunken, Mann.«

»Herr Ivanov?«, drang eine andere Stimme an seine Ohren. »Gregor Ivanov?« Ein Mann baute sich neben der Frau auf. Er trug einen Mantel und hielt ebenfalls eine Pistole in der Hand.

»Ja … was zum Henker geht hier ab?« Er schüttelte sich und barg das Gesicht in den Händen. Dabei spürte er den kalten Schweiß auf seiner Stirn. Rastlos ratterten die Gedanken durch seinen Kopf. Als er für einen Moment die Augen schloss, um sich zu sammeln, flackerte Anas Bild vor ihm auf, ihr Gesicht bleich und die Augen leblos. Sein Verstand war wie gelähmt.

Die Bullen, durchzuckte es ihn nach einer gefühlten Ewigkeit. Jetzt bist du am Arsch. Wie, um Himmels willen, hatten sie ihn hier gefunden? Bevor er einen klaren Gedanken fassen konnte, spürte er starke Arme, die ihn packten und auf den Rücken drehten.

Sie werden dich wieder in den Knast bringen.

Das Gefühl, wie sich die eisernen Handschellen um seine Handgelenke schlossen, kannte er noch aus seinem alten Leben. Dabei hatte er gedacht, damit endgültig fertig zu sein.

***

Eine halbe Stunde später waren sie zu dritt in dem fensterlosen Befragungsraum des Präsidiums. Mia saß Gregor Ivanov am Tisch gegenüber, Lassner zog es vor, stehen zu bleiben. Vier Kameras in den Ecken des Raumes zeichneten das Gespräch auf. Mia blätterte in ihren Notizen. Zwischenzeitlich hatten sie in Erwägung gezogen, Ivanov die Gelegenheit zu geben, erst ein paar Stunden in einer der Verwahrzellen auszunüchtern, bevor sie mit der Befragung begannen. Doch Thies hatte darauf gedrängt, keine Zeit zu verlieren.

Mia lehnte sich auf dem unbequemen Stuhl zurück und betrachtete Gregor Ivanov mit versteinerter Miene. Er war groß, breitschultrig, seine muskulösen und tätowierten Arme drohten den Stoff seines natogrünen Shirts zu sprengen. Seine Haare waren kurz geschoren und ließen seinen Schädel noch kantiger erscheinen, als er war. Seine braunen Augen stierten auf einen imaginären Punkt auf dem Tisch, der zwischen ihnen lag, die buschigen Augenbrauen waren zu einem fast durchgehenden Strich zusammengezogen. Das Markanteste jedoch war das Tattoo eines Totenkopfes auf seiner linken Schläfe. Gregor Ivanov hatte eine unerträgliche Fahne. Bei jedem Atemzug wehte Mia der Gestank von Wodka entgegen. Sie wich ein wenig zurück und atmete flach, als ihr übel wurde.

Ivanov stierte schweigend ins Leere. In unregelmäßigen Abständen schüttelte er den Kopf. »Was soll ich hier?« Seine Hände, groß wie Unterteller, ruhten auf der Tischplatte. Die Zunge des Mannes war schwer vom Alkohol. Insgeheim wunderte sich Mia über die Verfassung des Mannes. Hätte sie fast eine ganze Flasche Wodka getrunken, würde sie tagelang im Koma liegen.

»Sie haben einen Notruf mit unterdrückter Rufnummer abgesetzt, um den Fund einer toten Frau auf einer öffentlichen Treppe in Elberfeld zu melden.«

»Und?« Der Kopf des tätowierten Hünen ruckte hoch. Er betrachtete Mia mit glasigem Blick. »Ist das verboten?«

»Verboten nicht, doch es wirft Fragen auf. Zumal wir Sie danach in der Wohnung der Toten angetroffen haben.«

»Ana ist meine Freundin«, flüsterte Gregor Ivanov mit gesenktem Blick. »Sie war meine Freundin.« Wieder schüttelte er den Kopf. »Ana war meine Freundin«, murmelte er, während er erneut einen imaginären Punkt auf der Tischplatte anvisierte.

Mia blickte überrascht zu Lassner. Er zuckte unmerklich die Schultern und machte sich Notizen. »Was heißt das?«, fragte sie ihn.

»Was heißt was?« Gregor Ivanov lachte trocken auf. »Wir waren zusammen.«

»Ob Sie ein richtiges Paar waren«, half Lassner ihm auf die Sprünge.

»Klar – was sonst?«

»Wie lange schon?«

»Seit drei Monaten.«

»Sie sind seit drei Monaten auf Bewährung raus«, erinnerte Mia ihn, nachdem sie die Kladde, die vor ihr lag, durchgeblättert hatte. »Also hat sie gleich nach Ihrer Entlassung auf Sie gewartet?«

Ivanov grinste. »So ist es.«

»Ich fürchte, das müssen Sie uns erklären«, verlangte Lassner. »Wie haben Sie sich dann kennengelernt? Im Knast?«

»Über *Bonnie & Clyde*.« Ivanov nickte.

Mia glaubte, sich verhört zu haben. »Diese Plattform, die Frauen Brieffreundschaften mit Häftlingen vermittelt?«

»Oder bei der Knackis sich bewerben können, wenn sie Kontakte in die Freiheit suchen.« Ivanov grinste und schob den Daumen seiner rechten Hand durch Zeige- und Mittelfinger hindurch. »Wenn Sie verstehen …?« Er schien sichtlich Spaß an seiner anzüglichen Geste zu haben, denn er grinste frech.

»Geschenkt.« Mia winkte ab.

»So, wie Sie Kontakt gesucht haben.« Für Lassner war es eine Feststellung, keine Frage.

»Richtig. Sie hat für den Verein gearbeitet, irgendwas im Büro gemacht, kein Plan.« Er zuckte die Schultern. »Und als sie im Simonshöfchen war, sind wir uns immer wieder begegnet. Irgendwie ist daraus 'ne Freundschaft entstanden. Wenn sie nicht da war, haben wir uns geschrieben.«

Mia hatte den Eindruck, als würde der Nebel des Alkohols im Kopf ihres Gegenübers von Sekunde zu Sekunde verdampfen. Er wirkte plötzlich viel fokussierter als noch vor wenigen Minuten. »Also eine Brieffreundschaft mit gelegentlichen Treffen.«

»Jo. Und als ich rauskam, hat sie mir dabei geholfen, in Freiheit klarzukommen. Wohnung und Job, Freunde …« Ivanov seufzte. »Sie hat mir gutgetan, hat mir Halt gegeben.« Der Hüne seufzte. »Und alles wegen dem Verein.«

»*Bonnie & Clyde?*« Mia fuhr auf und warf Lassner einen Blick zu.

»Klar.« Ivanov nickte. »Weil sie da unterwegs war, sind wir zusammengekommen. Mir armem Schlucker hat das geholfen, und wir wurden ein Paar.«

»Ana Legova war im Gegensatz zu Ihnen wohlhabend«, bemerkte Lassner. »Was verdient man als Leiterin des Wuppertaler Tanztheaters? Viertausend? Mehr?«

»Keine Ahnung.« Gregor Ivanov schüttelte den Kopf. »Wollen Sie mir was andichten?« Er sah mit angriffslustiger Miene zu Lassner auf und stemmte die Hände auf die Tischplatte. »Und selbst wenn – wir waren nicht verheiratet, und ich hab nichts von der Kohle. Es wäre also blöd von mir, sie umzubringen – falls Sie mir das immer noch anhängen wollen.«

»Aber Ana Legova hat Sie sicherlich finanziell unterstützt?«, fragte Mia. Dass die Choreografin an der Kaiserstraße gelebt hatte, war nachzuvollziehen. Viele junge Leute fanden die Straße mit der Schwebebahn zwischen den Häuserzeilen inzwischen kultig.

»Ab und zu. Aber ich habe meinen Job im *Gasometer.*« Er sah zu Lassner auf. »Wollen Sie mir echt was andichten?«, wiederholte er seine Frage. Diesmal klang seine Stimme drohend, doch Lassner ließ sich nicht von ihm einschüchtern.

»Ich interessiere mich nur für Sie. Und ich möchte Sie verstehen.«

»Sie wollen mir was anhängen.«

»Haben Sie Ihre Freundin die Treppe hinuntergestürzt?«, mischte sich Mia ein.

Ivanov sprang so ruckartig auf, dass sie zurückwich und die Waffe aus dem Holster zog. Der Stuhl von Ivanov kippte scheppernd nach hinten um. »Hinsetzen«, rief sie. »Sofort!«

»'tschuldigung«, murmelte Gregor Ivanov mit rotem Kopf. Er bückte sich, um den Stuhl aufzurichten, und ließ sich seufzend daraufsinken. »Warum sollte ich Ana die Treppe runterschmeißen? Ich habe sie geliebt!« Den letzten Satz schrie er. Ein Speichelfaden rann aus seinem Mundwinkel.

Lassner richtete sich auf, um wie ein unruhiger Tiger durch den Käfig zu wandern. Mia sah ihm an, dass er mit dem Verlauf des Gespräches unzufrieden war. Es schien kein Motiv für Ivanov zu geben, Ana umzubringen. Es sei denn, er verbarg ein Geheimnis vor ihnen.

»War Ihre Beziehung glücklich?«, fragte Lassner.

»*Safe.*« Iganov nickte. »Ich habe sie verehrt.«

Wieder sah Mia ihrem Partner an, dass er Ivanov nicht glaubte. Der Russe schien ihnen nicht die ganze Wahrheit zu sagen.

»Eifersucht?«, fragte sie. »Waren Sie eifersüchtig?«

»Klar. Welcher Mann ist nicht eifersüchtig?«, konterte der Russe angriffslustig.

»Gab es jemanden, der …?«

»Bullshit!«, bellte Ivanov mit hochrotem Kopf.

»Was ist letzte Nacht passiert?«, bohrte Mia weiter.

»Ich habe mir Sorgen gemacht um Ana. Sie wollte sich nur mit einem Freund treffen.«

Als Ivanov die fragend hochgezogene Augenbraue von Lassner sah, winkte er ab. »Mit ihrem schwulen Freund.«

»Sind Sie sicher, dass der Freund homosexuell ist?«, fragte Mia vorsichtig. Wenn es nicht um Geld ging, könnte Eifersucht ein Tatmotiv darstellen.

Doch Ivanov erstickte ihre aufkeimende Hoffnung im Keim. »Stockschwul. Eine richtige Tunte ist das.« Zum ersten Mal lachte Ivanov. »Da muss ich mir eher Sorgen machen, dass er mich angräbt. Von Ana wollte der garantiert nichts.«

»Haben Sie den Namen und seine Telefonnummer oder eine Adresse?« Mia horchte auf. Sie klackerte mit ihrem Kugelschreiber und war bereit, mitzuschreiben. Doch Ivanov enttäuschte sie.

»Nee, ich weiß nur, dass er schwul ist und alle ihn Jacko nennen. Angeblich, weil er den Moonwalk so gut kann wie früher Michael Jackson.«

»Könnte es sein, dass er etwas mit dem Tod Ihrer Freundin zu tun hat?«, fragte sie und hatte Mühe, die Enttäuschung zu verbergen.

»Kein Plan, ich glaube aber nicht.« Ivanov schüttelte den Kopf und fuhr sich durch das kurz geschorene Haar. »Ihr trefft ihn mit etwas Glück im *Spunk*.«

»In dieser Kultkneipe am Engelnberg?«

»Jo.« Ivanov nickte. »Da treibt sich Jacko wohl öfter rum. Und er hat Ana eingeladen. Ich war anfangs enttäuscht, weil ich freihatte.«

»Was machen Sie beruflich?«

»Hab ich das nicht gesagt? Ich bin Türsteher im *Gasometer* in Heckinghausen.« Er klang genervt.

Diesmal schrieb Mia mit. »Also haben Sie sich auf die Suche nach Ihrer Freundin gemacht«, nahm sie den Faden anschließend wieder auf.

»So ist es. Der Taxifahrer kann das bezeugen.«

»Sie sind mit dem Taxi zum *Spunk* gefahren?«

»Nee, zur Gathe. Da geht es schneller. Ich wollte über die Treppe von unten rauf auf den Berg. Und da ...« Er stockte. »Da hab ich Ana gesehen.« Seine Stimme zitterte. »Tot. In verrenkter Haltung lag sie kopfüber vor mir. Ihre Augen ...« Er brach ab und schüttelte den Kopf. »Nie werde ich den Blick ihrer toten Augen vergessen.« Er barg das Gesicht in den Händen. »Ich bin wie geisteskrank weggelaufen und habe die Bullen ... die Polizei erst später gerufen.«

»Mit unterdrückter Nummer«, kam Mia auf den Anlass seines Aufenthaltes zurück. »Warum?«

Er ließ die Hände auf die Tischplatte sinken und starrte Mia mit unverwandter Miene an. Seine innere Anspannung war ihm anzusehen. Er schwankte zwischen Wut, Trauer und Angst. »Weil ich Schiss hatte.«

»Angst – wovor?«

»Vor den Bullen ... Entschuldigung, vor der Polizei.«

»Ach so.«

»Wegen meiner Vergangenheit«, stieß Ivanov hervor. »Ich war lange im Bau und bin auf Bewährung draußen. Deshalb wollte ich nicht, dass der Verdacht auf mich fällt.«

»Das hat nur semi geklappt«, stellte Mia sarkastisch fest. »Deshalb sitzen wir jetzt hier zusammen, anstatt im Bett zu liegen, um ...«, sie warf einen Blick auf die große Uhr an der Wand, »um halb fünf, mitten in der Nacht also.«

»Wer sagt denn, dass Sie mit dem Tod Ihrer Freundin nichts zu tun haben?«, mischte sich Lassner ein.

»Weil ich Ana liebe … geliebt habe.« Nun sammelten sich Tränen in den Augen des Hünen. Mia fragte sich, ob sie echt waren oder ob er ein brillanter Schauspieler war. »Außerdem … warum sollte ich …?« Nun schien der Hüne zusammenzubrechen. Er barg das Gesicht in den großen Händen und schluchzte. Seine Schultern zuckten unkontrolliert. »Was soll das …?« Er sah auf und blickte Mia feindselig an. »Warum?«

»Sie haben es selbst gesagt … Weil Ihre Vergangenheit nicht so rosig war, und vielleicht hat Ihre Freundin ja Wertsachen in ihrer Wohnung deponiert. Und deshalb haben wir Sie dort angetroffen.«

»Sie spinnen.« Gregor Ivanov sprach gefährlich leise. »Geld bedeutet mir nichts.«

»Stimmt – deshalb waren Sie im Knast. Wegen Raubüberfällen.« Lassner blätterte in einer Akte. »Sie haben alte Frauen überfallen, ihnen Schmuck und Bargeld gestohlen, Sie waren an einem Banküberfall in Düsseldorf beteiligt und haben für eine Bande von Geldautomatensprengern in Holland gearbeitet. Und hier … der Enkeltrick. Sie haben Senioren abgezogen, in ihren eigenen vier Wänden. Funktioniert der Enkeltrick eigentlich noch?« Lassner beugte sich weit über den Tisch und fixierte Gregor Ivanov mit seinem Blick. »Und das alles, weil Ihnen Geld nichts bedeutet?«, setzte er nach, als Ivanov ihm nicht antwortete.

Gregor Ivanov richtete den Blick auf Lassner. Seine Wangenknochen mahlten. »Das war ein anderes Leben. Als ich rausgekommen bin, habe ich neu angefangen. An der Seite von Ana. Sie hat mir geholfen, sie hat mir Halt gegeben und …« Er brach mitten im Satz ab und schüttelte den Kopf. »Sie haben mir mein Handy abgenommen.«

»Und?«, fragte Lassner.

»Checken Sie es.«

»Worauf Sie sich verlassen können.«

»Ich habe zigmal versucht, sie zu erreichen.«

»Vergeblich.«

»So ist es.« Ivanov seufzte. »Was wird jetzt mit mir?«

Lassner grinste. »Sie haben eine Übernachtung bei uns gewonnen, versprechen Sie sich aber nicht allzu viel vom Frühstück, es soll nicht sehr reichhaltig sein.«

»Ich bin ein Opfer«, gellte die Stimme von Ivanov durch den Raum. »Meine Freundin ist tot, und ihr sperrt mich ein wie einen räudigen Hund? Ernsthaft?«

»Ernsthaft«, sagte Lassner. »Weil Sie uns nicht sagen können, wo Sie zur Tatzeit waren.«

»Zu Hause«, jammerte er. »Wie oft denn noch? Ich war bei Ana in der Wohnung, um auf sie zu warten.«

»Gut.« Lassner nickte, als er Mias Blick sah. »Also gut.« Er holte tief Luft. »Wenn Sie es nicht waren – wer dann?«

»Kein Plan.« Er seufzte. »Vielleicht ein Typ, der ihr an die Wäsche wollte.«

»Sie reden von einer versuchten Vergewaltigung?«, fragte Mia.

»Wär doch denkbar.«

Mia musste ihm recht geben. Es war keine Seltenheit, dass Frauen in den Abend- und Nachtstunden überfallen und vergewaltigt wurden. Sie beschloss, in Ruhe darüber nachzudenken.

»Der schwule Freund?«, setzte Lassner das Gespräch fort.

»Woher soll ich das wissen? Ich hab doch schon gesagt, dass der wirklich stockschwul ist.«

»Wer dann?«, bohrte Lassner weiter. »Gibt es jemanden, der nicht gut auf Ihre Freundin zu sprechen ist?«

»Ich muss nachdenken.«

»Tun Sie das.« Lassner nickte. »Genießen Sie unsere Gastfreundschaft und denken Sie nach. Und später wissen Sie vielleicht mehr.«

»Kann sein.« Er schien sich seinem Schicksal zu fügen.

»Wie war das mit dieser Plattform?«, hakte Mia nach. »Mit *Bonnie & Clyde?*« Sophie Stein hatte im Meeting darüber gesprochen, dass es Frauen gab, die gezielt Freundschaften zu verurteilten Straftätern suchten. Ihre Kollegin kannte sogar die Plattform. Mia beschloss, sie danach zu fragen, und versuchte sich an das zu erinnern, was Sophie sonst noch erzählt hatte. Angeblich suchten diese Frauen den Reiz, den Kick, das Spiel mit dem Bösen.

»Auf der Website kann man sich vorstellen. Aber Ana habe ich ja im Simonshöfchen getroffen, als sie dort für den Verein tätig war. Das habe ich Ihnen doch gesagt. Daraus hat sich eine Freundschaft entwickelt, später mehr.« Jetzt grinste er anzüglich. »Warum fragen Sie?« Er trommelte mit den Händen auf der Tischplatte herum. »Suchen Sie auch nach einem heißen Knacki?«

Kopfschüttelnd winkte Mia ab. »Nein danke, mein Bedarf ist berufsbedingt gedeckt.«

KAPITEL 25

Langsam gewöhnten sich ihre Sinne an die Dunkelheit, ihr Körper an den kalten Boden. Sie versuchte, all ihre Kräfte zu sammeln. Aufgeben war keine Option, und solange ihr Peiniger nicht in der Nähe war, wollte sie sich voll und ganz darauf konzentrieren, einen Plan zu ersinnen, wie sie sich aus diesem Gefängnis befreien konnte. Voller Argwohn dachte sie daran, dass er sie möglicherweise gerade über die Kamera in der Ecke beobachtete.

Diesmal verging viel Zeit, bis er sich wieder blicken ließ. Ihr Entführer schien anderweitig beschäftigt zu sein. Ob er tagsüber einem geregelten Beruf nachging? Unwillkürlich kreiste die Frage in ihrem Kopf, ob ihm vielleicht etwas zugestoßen war. Plötzlich machte sie sich Sorgen, denn sie befürchtete, dass niemand sie in diesem Loch finden würde. Zwar hatte er ihr die Fesseln abgenommen, aber was konnte sie tun? Natürlich hatte sie in der Zwischenzeit versucht, die schwere Eisentür zu öffnen, sie hatte in der Dunkelheit einen spitzen, eisernen Gegenstand bei dem Unrat in der Ecke gefunden, dessen Verwendungszweck sich ihr nicht erschloss. Dennoch hatte sie das rostige Teil in das Schlüsselloch geschoben und probiert, die Tür aufzuschließen, jedoch vergeblich. Danach war sie so erschöpft gewesen, dass sie erst einmal eingeschlafen war.

Nach einer mehrstündigen Pause hatte sie damit begonnen, die Wände abzusuchen. Sie hatte mit den Fingerkuppen jeden Quadratzentimeter ihres Gefängnisses abgetastet. Inzwischen spürte sie schmerzhafte Schwielen an den Händen. Es gab nicht den Hauch einer Chance, zu entkommen. Sie tastete im Dunkel nach der Flasche, schraubte sie auf und trank mit angewiderter Miene. Sie bildete sich ein, dass das Wasser schon schal schmeckte. Es hatte den chemischen Geschmack der Plastikflasche, in der es sich befand, angenommen.

Nachdem sie getrunken hatte, richtete sie sich auf. Nur das kleine Licht der Kamera gab ihr den Ansatz einer Orientierung. Sie bewegte sich auf das Stativ mit der Cam zu. »Wo bist du?« Angestrengt starrte sie zu der Stelle, an der sie das Objektiv vermutete.

Doch nichts tat sich. Kein Laut, kein Licht, kein Knacken im Lautsprecher an der Decke, nicht einmal das Tropfen des Wassers aus der maroden Leitung durchschnitt die Stille.

Was hast du erwartet?, fragte sie sich. Er will dich quälen, dich weichkochen. Da wird er deine Fragen ganz sicher nicht beantworten.

Frustriert wandte sie sich um und ließ sich auf die Matratze sinken. Ein Schmerzenslaut kam über ihre Lippen, sie spürte jeden einzelnen Knochen. Die Zeit in diesem Loch war ein endloser Kreislauf aus Dunkelheit und Stille, der nur unterbrochen wurde, wenn er sie mit Lärm und den psychedelischen Lichteffekten quälte – oder wenn er sie besuchte. Doch diesmal, so schien es, dauerte es lange, bis der Horrorclown sich blicken ließ.

Ihre ausweglose Situation tat sich vor ihr auf wie ein tiefes schwarzes Loch.

***

Die Kälte der Nacht kroch unter ihren dicken Wollpullover, als sie geduckt durch die Nebelschwaden schlich. Das Zooviertel lag wie im Dämmerschlaf vor ihr, kein Mensch begegnete ihr um diese Zeit auf den Straßen. Wer in einer der protzigen Gründerzeitvillen wohnte, konnte ausschlafen. Im Schatten einer alten Kastanie blieb sie stehen. Am Straßenrand parkten teure Fahrzeuge, auf deren Dächern sich der Nebel in unzähligen Tröpfchen abgesetzt hatte. Abwertend betrachtete sie die Luxuskarossen, während sie ihren Weg fortsetzte. Sie hatte einen dunklen Siebener-BMW bemerkt, der ihre Aufmerksamkeit erregte. Über dem Innenspiegel zuckte eine kleine rote Leuchtdiode durch die Nacht, die Einbrecher und Autodiebe abschrecken sollte. Ihr bereitete die Alarmanlage keine Angst.

Bedächtig schritt sie weiter, jede Bewegung war ein taktisch möglicher Rückzug. In den Fenstern der Villa, vor der das Fahrzeug parkte, brannte kein Licht. Blöd nur, dass der Wagen genau im Lichtkegel einer Straßenlaterne stand. Sie musste also schnell sein. Unbewusst umklammerte sie das Heft des großen Küchenmessers fester als nötig. Fast liebevoll strichen ihre Fingerkuppen über die Nieten, die beide Teile des Griffes zusammenhielten. Das Messer in ihrer Hand war eine wirkungsvolle Waffe im Kampf gegen Stahl und Gummi. Niemand würde sie aufhalten. Sie huschte, nachdem sie sich mehrfach versichert hatte, unbeobachtet zu sein, auf den schweren Wagen zu. In gebückter Haltung näherte sie sich dem linken Vorderreifen. Ihr Herz klopfte vor Aufregung. Nach einem letzten Schulterblick holte sie aus und trieb die Klinge des Messers in die Seitenwand des Reifens. Es kostete sie einen großen Kraftaufwand, doch das leise Zischen, das von der entweichenden Luft kündete, entschädigte sie dafür. Mit einem siegessicheren Grinsen huschte sie zum Fond der Limousine. Wieder blickte sie sich um, wieder trieb sie das scharfe Messer mit aller Wucht in den Reifen. Als sie den Blick nach vorn richtete, stellte sie zufrieden fest, dass der Vorderreifen bereits platt auf der Alufelge stand. Am Hinterreifen würde sich gleich dasselbe Bild bieten. Schnell umrundete sie das wuchtige Heck. Jetzt durfte sie nur nicht von einem der Fenster der Villa beobachtet werden. Noch immer war im Haus alles dunkel, noch immer waren die Vorhänge zugezogen. Sie verlor keine unnötige Zeit. Mit jedem Reifen, den sie zerschnitt, pochte ihr Herz ein wenig schneller. Sie war gekommen, um ein Zeichen zu setzen. Und das klappte nur auf die radikale Art.

Nachdem sie unbemerkt auch auf den zweiten Vorderreifen eingestochen hatte und ein leises Zischen an ihre Ohren drang, humpelte sie einen Schritt vor den Wagen. Ihre Schulter schmerzte von der Kraftanstrengung, doch der BMW würde nicht der letzte Wagen in dieser Nacht sein, den sie außer Betrieb setzte. Sie tat so, als würde sie sich einen Schuh zubinden, bevor sie sich aufrichtete und ohne Hast davonging. Der Nebel bot ihr Schutz in der Dunkelheit. Sie war noch nicht fertig mit ihrer Mission und musste nicht lange suchen, bis sie auf einen in einer Seitenstraße abgestellten silbernen SUV aufmerksam wurde. Sie empfand für ihr Treiben keine Schuld, denn sie war keine Vandalin. Sie verstand sich als Aktivistin. Sollten die anderen der Gen Z sich doch auf den Straßen festkleben und sich dort zum Deppen machen. Sie hatte einen wirkungsvolleren Weg gefunden, um auf ihre Ziele aufmerksam zu machen. Sie war eine Einzelkämpferin, aber nicht weniger erfolgreich als die organisierten Klimaaktivisten, auch wenn sie nicht für sich ständig wiederholende Bilder im Fernsehen, die aufgebrachte Autofahrer zeigten, die an einer Gruppe festgeklebter Klimakämpfer auf der Fahrbahn verzweifelten, sorgte. Sie kämpfte leise und allein, doch nicht weniger effektiv. Den Kampf für eine bessere Zukunft, für saubere Luft und eine lebenswerte Stadt führte sie auf eine andere, radikalere Weise als diese klimaklebenden Weicheier.

***

Frank Thies war zufrieden. Seine Ermittlerteams hatten gute Arbeit geleistet. Uwe Imhof schien der Mörder von Theresa Winkler zu sein – die Auswertung der Rückstände an seinen Stiefeln war eine reine Formalie, und Gregor Ivanov stand unter Tatverdacht, mit dem Tod von Ana Legova in Verbindung zu stehen. Wenn alles gut lief, würde ein verurteilter und auf Bewährung entlassener Häftling in einem der Verhörräume dank der unbequemen Fragen von Mia Sommer und Björn Lassner bald gestehen. Zufrieden schlürfte Thies von seinem Tee und dachte über die letzten Stunden nach. Selten gab es zwei Fälle, die sich zeitlich so dicht aneinanderdrängten. Zwei tote Frauen, zwei Festnahmen innerhalb weniger Stunden. Bei aller Dramatik freute sich Thies über die Bilanzen seiner Teams. Alexander Klinger würde zufrieden sein und konnte heute am Vormittag eine Pressekonferenz geben, in der er den Medienvertretern die Ergebnisse der erfolgreichen Polizeiarbeit präsentierte. Die Verabredung mit Katharina hatte Frank abgesagt. Sie hatte sich verständnisvoll gezeigt und war nicht gekränkt, weil er sich am Vorabend nicht mit ihr zu einem zweiten Date getroffen hatte.

»Stell du erst mal den Mörder, dann nehmen wir uns die Zeit, die wir verdient haben«, waren ihre Worte gewesen, als sie kurz miteinander telefoniert hatten. Da war noch nicht abzusehen gewesen, dass Ana Legova, die Chefchoreografin des Wuppertaler Tanztheaters, ebenfalls einem Gewaltverbrechen zum Opfer fallen sollte. Aufgrund des Bekanntheitsgrades des zweiten Opfers hatte der Fall eine hohe Brisanz angenommen. Die Möglichkeit, dass ein Zusammenhang zwischen den Vorfällen bestand, schätzte Thies als sehr gering ein.

Jetzt war es kurz vor drei Uhr in der Frühe. Thies hätte gern noch ein paar Stunden Schlaf nachgeholt, doch seine Neugier hatte ihn nicht zur Ruhe kommen lassen. So saß er noch im Schein seiner Schreibtischlampe im ansonsten dunklen Büro und betrachtete das Flipchart in der Ecke. Dort standen die Namen der beiden toten Frauen, die Fundorte und ihre sozialen Kontakte. Von Ana Legova wussten sie noch nicht viel, doch das würde sich mit Anbruch des neuen Tages ändern.

Nachdem der Erste Kriminalhauptkommissar seine Tasse mit heißem Pfefferminztee gefüllt hatte, warf er einen Blick auf sein privates Handy. Er öffnete die Nachrichtenapp und schmunzelte, als er ihren Chat aufrief. Mit einem verliebten Lächeln auf den Lippen betrachtete er ihr Profilbild. Es zeigte eine dunkelhaarige Frau Mitte vierzig. Sie war eine Schönheit, und Frank Thies hatte sich schon beim ersten Blick auf eines ihrer Bilder in ihre geheimnisvollen dunklen Augen verguckt. Erschrocken fuhr Thies auf, als es an seiner Bürotür klopfte. Nach einem zögerlichen »Herein« betraten Björn Lassner und Mia

Sommer den Raum. Hastig legte Thies sein Smartphone in die Schublade des Schreibtisches. Sommer und Lassner setzten sich unaufgefordert auf die beiden Besucherstühle. In wenigen Sätzen berichteten sie ihm über den Verlauf der Befragung von Gregor Ivanov.

»Wie geht es jetzt weiter?«, fragte er, als sie ihre Ausführungen abgeschlossen hatten.

»Wir hauen uns ein paar Stündchen aufs Ohr, und gegen acht Uhr sind wir wieder hier«, antwortete Mia Sommer. »Dann kümmern wir uns um das soziale Umfeld von Ana Legova und um ihren Lover.«

»Das klingt gut.« Thies war zufrieden. »Bestimmt haben wir am Vormittag auch den Abgleich der Spuren von Uwe Imhofs Stiefeln mit denen, die Peter am Fundort von Theresa Winkler gesichert hat.«

»Wenn die identisch sind, haben wir es unter Umständen mit zwei unabhängigen Taten zu tun«, brummte Lassner.

»Bleibt die Gemeinsamkeit, dass sich beide Opfer bei *Bonnie & Clyde* engagiert haben«, entgegnete Mia.

»Ihr solltet den Verein unter die Lupe nehmen«, empfahl Thies den beiden.

»Das hatte ich vor«, antwortete Mia.

»Gut.« Thies nickte. Mia Sommer war eine gute Polizistin. Sie war menschlich nicht immer einfach, neigte zu Spontanreaktionen und legte die Polizeiregeln gerne mal frei aus, um den gewünschten Ermittlungserfolg zu erzielen, doch sie war zuverlässig – und sie hatte Biss, wenn es darum ging, eine Straftat aufzuklären. Aber jetzt wirkte sie übernächtigt. Das dunkelblonde Haar hing ihr strähnig über die Schultern, unter den Augen hatten sich Ringe gebildet, die sich trotz des Make-ups nur schwer vertuschen ließen.

Björn Lassner war der ruhigere Part des Teams. Er war verheiratet und Vater eines Sohnes in der Pubertät. Da die Tilgung für das Reihenhaus noch lief, scheute er unnötige Risiken. Ab und zu räumte er in vertraulichen Momenten ein, dass seine Frau ihm die Hölle heißmachte, wenn die gemeinsame Freizeit auf der Strecke blieb, doch bislang hatte Lassner die Gratwanderung stets gut gemeistert. Jetzt ließen ihn der Dreitagebart und die tiefen Furchen in seinem markanten Gesicht älter wirken, als er war.

»Ab mit euch«, rief Thies in väterlichem Unterton. Er klatschte in die Hände. »Ruht euch etwas aus, und später schlagen wir mit vollen Kräften zu.« Er lachte. »Ich hoffe, dass es bis dahin keinen weiteren Todesfall gibt, in dem wir ermitteln müssen.«

***

Die Isolation trieb ihre Gedanken in seltsame Bahnen. Sie fragte sich, warum der unheimliche Clown ausgerechnet sie hier eingesperrt hatte. Hatte sie etwas getan, das ihn wütend gemacht hatte? Sie begann, ihre Vergangenheit zu analysieren. Ihren Freundeskreis, ihre Nachbarn, ihre ehrenamtliche Tätigkeit, den Job. Doch nichts wollte ihr in den Sinn kommen. Oder hatte sie unabsichtlich etwas getan, mit dem sie ihr Schicksal auf irgendeine Weise provoziert hatte? Je länger sie darüber nachdachte, umso verzweifelter wurde sie.

***

Obwohl sich die Dunkelheit hartnäckig hielt und es schon fast drei Uhr war, verspürte er keinerlei Müdigkeit. Nachdem er von der Gathe zurückgekehrt war, stand er zu sehr unter Adrenalin, um sich einfach so hinzulegen. Es lief gut für ihn. Zwei Tote, zwei Festnahmen. Man konnte der Polizei vieles vorwerfen, aber dass sie untätig herumsaß, konnte man nicht behaupten. Zufrieden lehnte er sich in seinem Sessel zurück und scrollte durch die einschlägigen Nachrichtenportale, die teils sachlich, teils reißerisch über das zweite Mordopfer berichteten. Auch in den sozialen Netzwerken ging die Meldung von der Festnahme nach dem Mord an der namhaften Choreografin Ana Legova schon viral.

Herrlich, dachte er, das verschafft mir freie Bahn. Und Ruhm. Plötzlich fiel ihm ein, dass er sich um seinen Gast kümmern musste. Oder hieß es neudeutsch Gästin? Er wusste es nicht. Dieses Gegendere ging ihm gehörig gegen den Strich. Heuchlerisches Gehabe einer Gesellschaft, die völlig verweichlichte. Vor allem im Kopf, fügte er in Gedanken hinzu. Allen und jedem wollte man es recht machen, niemandem zu nahe treten oder ihn gar verletzen. Was war nur aus dieser Welt geworden?

Nahm auch jemand Rücksicht auf ihn?

Ihm war keine andere Wahl geblieben, als selbst die Initiative zu ergreifen. Die Behörden waren beschäftigt und hatten anderes im Sinn, als ihn zu jagen. Die Zeit musste er nutzen. Doch zuvor wollte er nach ihr sehen. Sie war sein Joker, sie würde der Höhepunkt seiner Mission sein. Die Spezialeffekte hatte er von seinem Tablet aus gestartet, um sie ein wenig wach zu rütteln. Schließlich sollte sie sich nicht über Langeweile in ihrem Versteck beklagen müssen. Dass er sie noch benötigte, ahnte sie nicht. Auch das spielte ihm in die Karten. Er schloss den Internetbrowser und wählte sich in die Kamera ein. Es dauerte einen Augenblick, bis die kleine Actioncam ihm ein brauchbares Bild lieferte.

Sie lag zusammengerollt auf der Matratze und schien zu schlafen. Viel mehr konnte sie sowieso nicht tun. Sicher langweilte sie sich bereits. Spontan entschloss er sich, ihr etwas Abwechslung zu verschaffen. Er scrollte weiter durch das Menü und überlegte, wie ihm das am besten gelingen konnte. Ein teuflisches Grinsen legte sich auf sein Gesicht, als ihm eine Idee kam. »Aufstehen, Süße«, flüsterte er, dann lehnte er sich entspannt zurück und sah, was in ihrem Versteck geschah. Viel Zeit hatte er nicht für sie, denn es gab Arbeit, die nicht warten konnte.

***

Der Novemberwind heulte unheimlich um das alte Backsteingebäude, in dessen oberster Etage das Loft lag. Das erste zaghafte Grau des Morgens drang durch die großen Fenster und zeichnete zarte Schatten an die Wände. Mia schüttelte sich und streifte die klamme Jacke und die nassen Schuhe ab. Der Regen hatte zwar nachgelassen, aber dennoch fror sie in den feuchtkalten Sachen. Mia entkleidete sich im Flur bis auf die Unterwäsche, warf die Kleidung ins Bad und schlich barfuß zum Schlafzimmer. Außer dem gleichmäßigen Brummen des Kühlschrankes in der Küche war kein einziger Laut zu hören. Lea und Lisa schliefen tief und fest.

Lea lag seitlich in embryonaler Haltung in dem großen Bett. Durch die bodenlangen Jalousien drangen die Lichter der Stadt nur in schmalen Streifen in den Raum. Lea wandte Mia den Rücken zu. Mit einer gleitenden Bewegung schlüpfte Mia unter die Decke und schmiegte sich von hinten an ihre Partnerin. Erst als Mia ihr einen sanften Kuss auf den Nacken hauchte, stöhnte Lea wohlig auf. Mia schlang die Arme um sie, genoss die behagliche Bettwärme, die vom Körper ihrer Freundin ausging, und atmete tief durch. Die Anspannung der letzten Stunden fiel schlagartig von ihr ab. Knapp drei Stunden blieben ihr, bis der Wecker, der 03:30 Uhr anzeigte, sie aus den Träumen riss. Regungslos lag Mia da und lauschte den gleichmäßigen Atemzügen ihrer Freundin. Leas weiche Haut duftete nach Lavendel. Für einen Moment schienen alle Probleme in weite Ferne zu rücken. Doch schon bald kehrten ihre Gedanken zu den zwei Toten zurück. Zwar hatten die beiden Festnahmen einen Abschluss gebracht, dennoch blieb ein vages Gefühl, das zunehmend an Mia nagte. Etwas stimmte nicht, etwas sagte ihr, dass die Suche nach dem oder den Mördern noch lange nicht zu Ende war. Mia schloss die Augen und rief sich die Gesichter von Uwe Imhof und Gregor Ivanov in Erinnerung. Waren sie wirklich die Mörder der beiden Frauen? Hatte sie etwas übersehen, ein winziges Detail, das den Schlüssel zur Lösung der Fälle enthielt? Die Frage quälte sie, während sie versuchte, einzuschlafen.

»Hast du mir nichts zu erzählen?«, riss sie plötzlich Leas verschlafene Stimme aus den trüben Gedanken. Die Bettdecke raschelte leise, als Lea sich aus der Umarmung löste und sich zu Mia umwandte.

»Was?«

»Ob du mir nichts zu erzählen hast.« Im einfallenden Licht konnte Mia ihr Lächeln erkennen. »Du kommst nicht zur Ruhe.«

»Stimmt.« Mia seufzte. »Dabei bin ich todmüde und muss dringend abschalten. Nachher geht es im Präsidium weiter. Berichte schreiben, Zeugen befragen, Spuren verfolgen.«

»Das ist es nicht.« Lea nahm ihre Hand und hielt sie fest.

»Stimmt. Ich werde das Gefühl nicht los, etwas übersehen zu haben«, räumte Mia zerknirscht ein. »Dabei brauche ich dringend eine Mütze Schlaf.«

»Vielleicht schaffe ich es, dich auf andere Gedanken zu bringen.« Leas Stimme klang rau, als sie begann, Mias Haut mit sanften und dennoch fordernden Küssen zu bedecken.

Mia schloss die Augen und erschauderte. »Könnte klappen«, sagte sie, bevor sie sich Leas Zärtlichkeiten hingab und sie mit beiden Armen so fest umschloss, als wolle sie Lea nie wieder loslassen.

KAPITEL 26

Niemand interessierte sich für sie, als sie sich im ersten Morgengrauen der Schwebebahnstation Döppersberg näherte. Zwar hatte man die Station vor vielen Jahren offiziell in »Hauptbahnhof« umbenannt, doch für sie würde der Bahnhof immer »Döppersberg« heißen. In der Fußgängerzone parkten die ersten Lieferwagen, deren Fahrer Waren in die Geschäfte brachten. Einige schleppten die Kartons, andere nutzten Sackkarren. Eine Kolonne von Straßenarbeitern fegte das Pflaster, in einem Hauseingang hatte ein Obdachloser sein Quartier bezogen, um seinen Rausch auszuschlafen.

Lange würde es nicht mehr dauern, bis die Läden der Elberfelder Innenstadt in weihnachtlichem Glanz erstrahlten, um den Leuten das Weihnachtsgeld aus den Taschen zu ziehen, doch noch war es nicht so weit. Grau würde auch heute wieder die Farbe des Tages sein.

Nach einer unwirtlichen Nacht war die Kälte längst unter ihre Kleidung gekrochen, und dennoch setzte sie alles daran, die Normalität zu wahren. In einem Kiosk hatte sie sich einen heißen Kaffee besorgt, der sie munter machen sollte. Doch bisher wartete sie vergeblich auf die Wirkung des Koffeins. Immerhin diente der Pappbecher als Händewärmer. Träge schälten sich die bunten Leuchtreklamen aus dem Dunst, und sie spürte, wie das Schlafdefizit an ihr nagte. Doch an Ruhe war nicht zu denken, wenn sie nicht auffliegen wollte. So galt es, den Alltag zu leben, als wäre letzte Nacht nichts passiert.

Sie fröstelte, was sicher nicht nur am feuchtkalten Wetter lag, das die Stadt schon seit Tagen beherrschte. Immerhin hatte der nächtliche Regen nachgelassen. Merle trank einen Schluck von dem schwarzen Muntermacher, während sie ihre Gedanken sortierte.

So wie an jedem Morgen würde sie gleich mit der ersten Schwebebahn um halb sechs nach Barmen zu ihrer Arbeitsstelle fahren. Ihre Chefin hatte eine Blumenlieferung aus Amsterdam angekündigt, die sie annehmen musste. Vermutlich wartete der Fahrer des Lastzuges mit den gelben Nummernschildern bereits auf sie. Der Typ konnte warten. Immer glotzte er ihr auf die Oberweite und machte komische Bemerkungen. Ein Widerling, der nach Schweiß stank und ungepflegte Hände hatte. Für ihn würde sie sich ganz bestimmt nicht abhetzen. Nicht nach dieser schlaflosen Nacht.

Ein letztes Mal streifte ihr Blick die breite, von kleineren Geschäften gesäumte Fußgängerbrücke und das Eingangsportal des Wuppertaler Hauptbahnhofes, dann hielt sie sich rechts und erklomm die Stufen ins obere Stockwerk der Schwebebahnstation. Auf dem Bahnsteig herrschte ein eisiger Wind, der durch die offenen Portale fegte und die ersten wartenden Fahrgäste des Tages frösteln ließ. Sie drehte sich so, dass der Wind sie von hinten traf. Ein Blick auf die Anzeigetafel verriet ihr, dass die Bahn in einer Minute eintraf. Sie trat nah an das Fahrgleis und sah wieder hinaus in Richtung Oberbarmen. Jenseits der Brücke schlängelte sich der Fluss träge dahin. Die anderen Fahrgäste interessierten sie nicht, viel Betrieb herrschte um diese Zeit nicht auf dem Bahnsteig.

Ein sanftes Vibrieren im stählernen Gerüst kündete wenig später von der nahenden Bahn. Als sie sich kurz umwandte, sah sie den himmelblauen Zug bereits. Der Fahrer saß in seinem abgedunkelten Führerstand und verlangsamte das Tempo des Zuges. Die wartenden Fahrgäste machten einen Schritt nach hinten. Sie verharrte an ihrer Position, so wie an jedem Morgen, um die Bahn durch die vordere Tür betreten zu können. Das gleißende Licht des Innenraums drang hinaus auf den Bahnsteig. Die mit ihr wartenden Fahrgäste erwachten aus ihrer Lethargie, als sie eine Bewegung im Augenwinkel aufmerken ließ. Es war der Fahrer, der ihr gewinkt hatte. Erst beim zweiten Hinsehen erkannte sie, dass er ihr nicht zuwinkte. Mit den Armen vollführte er wilde Gesten, so, als wolle er sie wegscheuchen.

Das Gesicht des Mannes war zu einer Fratze verzerrt, in der pure Angst lag. Gerade als sie sich umsehen wollte, ob der Schwebebahnfahrer wirklich sie meinte, nahm sie einen großen schwarzen Schatten hinter sich wahr, dann überschlugen sich die Ereignisse.

***

Karsten Müller liebte seinen Beruf als Schwebebahnfahrer. Man hatte geregelte Arbeitszeiten, keine Nachtschichten und verdiente gutes Geld für einen verantwortungsvollen Job. Heute hatte er Frühdienst und fuhr die erste Bahn, die das Depot an diesem Morgen in Vohwinkel verlassen hatte. Der Betrieb verlief angenehm ruhig, und da sein Fahrerstand vom Fahrgastraum abgetrennt war, genoss er die Ruhe an seinem Arbeitsplatz, der sanft am lindgrünen Gerüst des Wuppertaler Wahrzeichens pendelte.

Langsam erwachte die Stadt zum Leben, die Straßen füllten sich mit den ersten Berufstätigen, die auf dem Weg in die Betriebe entlang der Wupper waren. In den letzten Jahren hatte die Stadt ihr Gesicht verändert. Vieles hatte sich verbessert, doch an manchen Tagen vermisste er den alten, etwas rustikalen Charme seiner Heimatstadt, das Rauchen der Fabrikschornsteine entlang des Flusses, das Hämmern der metallverarbeitenden Betriebe am Ufer, das Quietschen der Radreifen, das für die alten Schwebebahnwagen so charakteristisch gewesen war. Die modernen Züge surrten leise, manchmal auch schrill wie ein Düsenjet im Landeanflug, fand er. Doch er konnte es nicht ändern, konnte den Lauf der Zeit nicht aufhalten. Die orangeblauen Züge aus den Siebzigerjahren waren aus dem Stadtbild verschwunden. Einige der ausrangierten Wagen fristeten ihr trostloses Dasein in Vorgärten oder als Aushängeschilder auf den Freigeländen von Unternehmen, die sich zum Standort Wuppertal bekannten. Doch man würde wohl niemals wieder eine der alten Bahnen am Gerüst sehen – mit Ausnahme des Zuges, mit dem Kaiser Wilhelm

Anfang des letzten Jahrhunderts seine erste Probefahrt mit der Schwebebahn unternommen hatte. Heute konnte man den liebevoll restaurierten Zug für Kaffeefahrten mieten. Der Kaiserwagen, wie man ihn nannte, wurde von Marketingstrategen bei jeder sich bietenden Gelegenheit als die gute Stube der Stadt bezeichnet.

Karsten Müller war Schwebebahnfahrer mit Leib und Seele. Vermutlich einer der letzten, doch daraus machte er sich nichts. Allzu lange hatte er es nicht mehr bis zur Rente. In zwei Jahren würde das Häuschen abbezahlt sein. Die Kinder waren erwachsen und aus dem Haus, der Camper stand schon bereit, um damit im Ruhestand die Welt zu erkunden. Christina, seine Frau, war etwas jünger, doch sie würde zeitgleich mit ihm in Rente gehen können. Alles war vorbereitet für ihre gemeinsame Zukunft.

Das waren die Gedanken, die Müller bewegten, als er den Fahrhebel der Bahn zurückzog, um das Tempo des Zuges zu drosseln. Routinemäßig überflog er mit einem Blick die digitale Anzeigetafel im Armaturenbrett, dann ließ er den mäßig besetzten Zug in die Station »Döppersberg« einrollen. Am Bahnsteig herrschte noch nicht viel Betrieb, vielleicht eine Handvoll Menschen warteten auf ihn. Fast alle hatten Handys vor der Nase, die anderen stierten ihm mit teilnahmslosen Mienen entgegen. Wartegesichter. Nichtssagend, emotionslos und anonym. Nur eine junge Frau stand recht weit vorn am Bahnsteig. Erwartungsvoll sah sie ihn an, für den Bruchteil einer Sekunde begegneten sich ihre Blicke.

Dann plötzlich wuchs ein Schatten hinter ihr in die Höhe, eine vermummte, dunkel gekleidete Gestalt. »Weg da!«, gellte Müllers Stimme durch den Führerstand. »Hau ab!« Doch sie hörte ihn nicht, starrte ihm mit fragendem Blick entgegen, zuckte sogar noch mit den Schultern. Er betätigte die Notbremse, damit der Zug so schnell wie möglich zum Stillstand kam. Hinter ihm brach ein Tumult im Fahrgastraum aus. Die Radreifen am Gerüst quietschten schrill. Die Fahrgäste waren aus ihrer Lethargie erwacht. Jemand brüllte etwas, Frauen kreischten und rissen entsetzt die Hände vor die Gesichter, so, als könnten sie auf diese Art das Unausweichliche verhindern.

Müller richtete den Blick nach vorn. Im nächsten Moment versetzte der Unbekannte der zierlichen Frau einen brutalen Tritt in den Rücken. Sie schrie, ruderte unkontrolliert mit den Armen, bekam nur kurz den Handlauf am Ende des Bahnsteigs zu fassen, verlor das Gleichgewicht, rutschte ab und strauchelte vorwärts – genau auf die Schwebebahn zu.

Hinter ihm gellten die Stimmen der Menschen durch den Zug, einige stehende Fahrgäste schienen gestürzt zu sein. Doch das alles war zweitrangig.

Karsten Müller schloss die Augen, als die junge Frau auf den Zug zuzufliegen schien. Schlaglichtartig sah er die Todesangst in ihrem Blick, glaubte, durch das Glas der Bahn ihren Schrei hören zu können, sah ihre gespreizten Hände, als sie von der Schwebebahn erfasst wurde. Ein hässliches Klatschen ließ ihn erschaudern. Müller erkannte noch, wie sie vergeblich versuchte, sich am Wagenkasten festzuklammern, bevor die Frontscheibe mit einem lauten Krachen barst und ihm die Sicht nahm. Blut spritzte. Ein Ruck ging durch den Wagen, jemand im Fahrgastraum kreischte, dann sah Müller durch den Blutschleier auf der gesplitterten Scheibe, wie die zierliche Frau durch die Wucht des Aufpralls nach vorn geschleudert wurde. Als der Zug kurz darauf zum Stillstand kam, war es bereits zu spät. Müller zitterte am ganzen Leib. Verzweifelt versuchte er zu begreifen, was da geschehen war, kämpfte gegen die schlagartig aufsteigende Übelkeit an und barg das Gesicht in den eiskalten Händen. Er hatte mit seiner Schwebebahn eine Frau angefahren und sie aus der Station heraus meterweit durch die Luft katapultiert.

Ohnmächtig musste Müller von seinem Fahrerstand aus zusehen, wie der Körper über den Bahnsteig rollte, um auf das Vordach der Station zu rutschen. Von dort aus stürzte die Frau kopfüber in die

Tiefe und entschwand seinem Sichtfeld. Er glaubte, von unten Schreie zu hören, die hinauf in den Schwebebahnhof schallten.

Vor der Station befand sich eine breite Brücke, die das Gelände rund um den Bahnhof mit der Fußgängerzone verband.

Stille kehrte ein, tödliche Stille. Es war, als hätte jemand die Zeit angehalten. Eine Art Schockstarre breitete sich aus. Müller glaubte, das Blut in seinen Ohren rauschen zu hören, und erwachte erst aus seinen Gedanken, als Männer gegen die Seitenscheibe der Bahn hämmerten und ihn aufforderten, die Türen des Zuges zu öffnen. Von der Frau sah Müller durch die blutverschmierte Frontscheibe nichts mehr. Für ihn stand außer Frage, dass sie nicht mehr lebte.

***

Sie wachte von einem Donnergrollen auf. Das Herz klopfte ihr bis zum Hals, so sehr war sie von dem Poltern über ihrem Kopf erschrocken. Der Donnerhall klang in dem Gewölbe wie eine Explosion. Zitternd richtete sie sich auf und warf den Kopf zur Decke. Der Lautsprecher schleuderte ihr donnernde Laute, schrilles Pfeifen und Zischen entgegen.

Feuerwerk, dachte sie, er beschallt mich mit einem Feuerwerk. Fast war sie erleichtert, ein Lebenszeichen von ihm zu bekommen. Doch im nächsten Moment fragte sie sich, wie krank der Fremde sein musste, um ihr diese Qualen anzutun.

Folter, durchzuckte es sie, während sie sich die Ohren mit beiden Händen zuhielt. Er will mich weichkochen, mich mürbe machen. Doch das wird ihm nicht gelingen. Bevor sie sich über die Beweggründe ihres Peinigers Gedanken machen konnte, schossen Blitze zu Boden. Er musste eine ganze Lichterbatterie unter die Decke montiert haben, so leuchtend wurde es plötzlich in ihrem Versteck. Geblendet kniff sie die Augen zusammen, doch die Lichtblitze an der Decke waren hell genug, um durch ihre geschlossenen Augenlider zu dringen.

»Hör auf damit!«, schrie sie nach oben. Sie hoffte inständig, dass es auch Mikrofone gab, mit denen sie zu ihm sprechen konnte. »Mach das sofort aus, du krankes Arschloch!« Ihre Stimme überschlug sich. »Ausmachen!«

Die Blitze und das dumpfe Knallen und Poltern verebbten von einer Sekunde zur anderen. Dunkelheit umfing sie, die Stille kroch an ihr hoch und fühlte sich trügerisch an. Sie wagte kaum, die Augen zu öffnen und die Hände von den Ohren zu nehmen, fürchtete sie jetzt ein grausames Crescendo als krönenden Abschluss seiner Foltereinlage. Doch es blieb still und düster.

Ihr Blick huschte an die Ecke. Das schwache Blinken der Kamera blieb. Man hatte ihren Schrecken aufgezeichnet, wie krank war das? Regungslos hockte sie im Schneidersitz auf der Matratze und stierte ins Dunkel. Plötzlich war da noch ein anderes Geräusch, eines, das nicht aus dem Lautsprecher an der Decke zu stammen schien. Ein monotones Trommeln, unter das sich ein leises, aber unheilvolles Rauschen mischte.

Regen, dachte sie, es regnet draußen. Offenbar trommelte der Regen an eine Fensterscheibe, die sich außerhalb ihres Sichtfeldes befand. Auch im Flutlicht und im Schein der zuckenden Blitze hatte sie kein Fenster ausmachen können. Trotzdem war das Pladdern des Regens deutlich zu hören. Ebenso das Rauschen, das nun an Intensität zunahm. Ein leise vor sich hin tropfendes Wasserrohr, schrie alles in ihr, es ist keine verdammte Wasserleitung, sondern eine undichte Regenrinne, die durch den Keller ins Erdreich führt. Als sie die Füße nach vorn stellte, stand sie im Nu im Wasser. Ihre Schuhe und die Socken waren auf der Stelle nass. Sie fröstelte.

»Das Drecksloch ist undicht!«, rief sie nach oben. »Hier läuft das Wasser rein. Lass mich raus, du Arschloch!«

Nichts geschah. Ihr rieselte ein Schauer den Rücken herunter. »Sieh dir die Scheiße an, das Loch steht gleich komplett unter Wasser!« Wieder erhielt sie keine Antwort. So zog sie die Füße wieder an und hoffte, dass die Matratze das Wasser nicht so schnell aufsog wie ein Schwamm. Ihr kam der Gedanke, dass er seine Horrorshow vom Handy aus steuerte. Mit irgendeiner App wahrscheinlich. Dann konnte er sie nicht nur von nahezu jedem Ort der Welt beobachten – er konnte sie auch manipulieren und sein krankes Programm fernsteuern, mit dem er sie malträtierte. Der Gedanke daran, dass er sich womöglich gar nicht in ihrer Nähe befand, war genauso beängstigend wie die Vorstellung, dass er jeden Augenblick hereinkommen könnte.

Von einem Moment zum nächsten verebbte das Rauschen des Wassers. Eine bedrückende Stille kehrte ein und ließ sie in der Dunkelheit zurück. Weinend brach sie zusammen. Als sie mit den Knien auf die Matratze sank, war die ausgebeulte Jogginghose im Nu durchnässt. Die Kälte strömte durch ihren Körper und ließ sie erschaudern. Im nächsten Augenblick fragte sie sich, ob er sie erst seelisch brechen wollte, bevor er sie schließlich umbrachte.

KAPITEL 27

Nachdem der Radiowecker Mia sanft mit *Cover Me in Sunshine* von Pink pünktlich um halb sieben geweckt hatte, fühlte sie sich wie gerädert. Die viel zu kurze Nachtruhe in den frühen Morgenstunden forderte nun ihren Tribut von ihrem Körper. Doch es nutzte nichts, denn solange die Morde nicht aufgeklärt waren, konnte sie sich keine Pause gönnen. So streckte sie sich wohlig im Bett, um die schwere Müdigkeit abzuschütteln. Nachdem sie sich den Schlaf aus den Augen gerieben hatte, betrachtete sie mit einem verliebten Lächeln die unbekleidete Kehrseite ihrer Freundin, die zusammengerollt die rechte Bettseite einnahm und sich von der leisen Musik aus dem Radiowecker nicht stören ließ. Im Gegensatz zu ihr musste Lea heute nicht früh aufstehen, und so schob Mia die Bettdecke fort und schlüpfte in die Hausschuhe, um sich unter fortwährendem Gähnen in die Küche zu begeben. Die vergangenen achtundvierzig Stunden waren ein Marathon aus Befragungen, Ermittlungen und dem Studieren von alten Akten gewesen. Erschwerend kam hinzu, dass sich die Fälle überschlugen. Selbst in einer Stadt wie Wuppertal kam es nicht allzu oft vor, dass das Team des KK 11 gleichzeitig in zwei Tötungsdelikten ermitteln musste. Der vergangene Tag steckte Mia noch in den Knochen, doch die Nähe zu Lea war eine erholende Wohltat gewesen. Sie waren, nachdem sie sich zärtlich und leidenschaftlich zugleich geliebt hatten, glücklich und erschöpft eingeschlafen.

Doch jetzt spürte Mia, dass die Idylle trügerisch war. Ihre Gedanken kreisten um die beiden toten Frauen, während sie sich im trüben Schein der kleinen Lampe zur Kaffeemaschine schleppte. Zwei Tote, zwei Festnahmen. Mia wurde das dumpfe Gefühl nicht los, dass bei ihren bisherigen Ermittlungen etwas nicht stimmte. Ein Puzzleteil fehlte.

Die Nacht war kalt gewesen, der Raum mit der hohen Decke ausgekühlt. Mia fühlte aufkommende Halsschmerzen.

Kein Wunder, wenn man bei diesem Wetter fast Tag und Nacht draußen unterwegs ist, sagte sie sich und hoffte, sich keine Erkältung eingefangen zu haben. So beschloss sie vorzusorgen. Fröstelnd drehte Mia die Heizung auf, dann schaltete sie das kleine Küchenradio ein, bevor sie den Wasserkocher in Gang setzte.

Während das Gerät brodelnd den Dienst aufnahm, griff Mia zu ihrer Lieblingstasse mit der stilisierten Schwebebahn, gab zwei Beutel Ingwertee und einen Löffel Blütenhonig hinein und wartete. Langsam kehrten ihre Lebensgeister nach der viel zu kurzen Nacht zurück. Mia trommelte ungeduldig auf der Arbeitsplatte herum, bis der Wasserkocher sich mit einem vernehmlichen Knacken abschaltete. Sorgsam gab sie das dampfende Wasser in die Tasse, wobei sie den Honig auf dem Löffel schmelzen ließ. Mit diesem morgendlichen Ritual startete sie in den neuen Tag.

»Moin, was geht ab?«

Um ein Haar hätte sie vor Schreck den Löffel fallen lassen. »Hey«, sagte sie etwas schroff, als sie sich zu Lea umblickte, die mit einem frechen Grinsen im Türrahmen lehnte und sie beobachtete. »Hast du mich erschrocken!« Lea sah unverschämt gut aus, und Mia konnte ihr nicht böse sein, was nicht nur an Leas Lächeln lag, sondern auch am Just-out-of-bed-Look ihrer strubbeligen Haare und dem falsch geknöpften, halb offen stehenden Herrenhemd, das ein paar Nummern zu groß war und in dem sie unglaublich anziehend wirkte.

»Das tut mir leid.« Mit gleitenden Bewegungen stieß sich Lea vom Türrahmen ab. Barfuß tappte sie über den kalten Fliesenboden, um sich von hinten an Mia zu schmiegen.

Für einen kurzen Moment vergaß sie den Schrecken, den ihre Partnerin ihr eingejagt hatte. »Ich dachte, du weckst mich noch«, raunte Lea ihr mit rauer Stimme ins Ohr.

»Das wäre schön gewesen«, seufzte Mia. Sie stellte den Wasserbehälter zurück auf die Basis, nahm die Tasse und setzte sich auf einen der Hocker am Stehtisch. »Aber ich habe keine Ruhe.«

»Das ist sehr bedauerlich«, erwiderte Lea mit einem Schmollmund und knabberte zärtlich an Mias Ohr, dann löste sie sich aus der Umarmung. »Zumal Lisa heute Abend bei Kai ist und wir sturmfrei haben.« Lea setzte den Kaffeevollautomaten in Gang, nahm die »Hetz mich nicht!«-Tasse aus dem Regal und brühte sich einen Café crème, bevor sie sich zu Mia an den hohen Bistrotisch gesellte. »Liegt denn was Besonderes an heute?«

Mia seufzte. »Zwar haben wir zwei verdächtige Personen in U-Haft, doch ob sie tatsächlich unsere gesuchten Täter sind, müssen wir noch herausfinden.« Sie rührte in ihrer Tasse und stützte das Kinn in die Hand. »Bei der Toten von letzter Nacht handelt es sich um keine Geringere als Ana Legova.« Mia wusste zwar, dass sie über laufende Ermittlungen nicht sprechen durfte, aber ihr war auch klar, dass Lea den Namen der Toten sowieso gleich in den Nachrichten hören würde.

Lea machte große Augen. Entsetzen stand in ihrem Gesicht. »Ana Legova«, stieß sie hervor. »Was für eine Tragödie!«

»Allerdings«, seufzte Mia.

Lea glitt vom Hocker, um ihren Kaffee zu holen, nippte davon und dachte nach. »Meinst du, dass die beiden Fälle zusammenhängen?«

»Die Frauen verbindet, dass sie sich in einem Verein engagiert haben, der Kontakte zwischen Häftlingen und Frauen vermittelt.«

»So was gibt's?«

»Ja, beide Opfer waren dort tätig.«

»Gibt es deiner Meinung nach eine Verbindung?«

»Das habe ich mir auch überlegt.« Mia nickte. Es tat ihr gut, sich mit Lea auszutauschen, und sie wusste, dass ihre Partnerin niemals etwas weitererzählen würde. Leas Blick von außen eröffnete Mia oft ganz neue Sichtweisen. »Mir fehlt aber ein Mordmotiv«, stöhnte sie und rührte in ihrem Tee, um mit kleinen Schlucken zu trinken.

»Eifersucht«, schoss es aus Lea heraus. »Das habe ich mal von dir gelernt.« Sie grinste schief.

»Und?«

»Eifersucht ist eines der häufigsten Motive bei Tötungsdelikten«, erinnerte Lea sie. »Das hast du erst neulich erzählt.«

»Niedrige Beweggründe als Tatmotiv«, murmelte Mia. »Wenn zwei Frauen sterben mussten, dann fehlt uns ein Mann in der Geschichte, der sie verbindet. Und unsere beiden Verdächtigen kommen da nicht wirklich infrage …«

Lea nickte. »Und den zu finden, ist dein Job, Schätzchen.«

Aus ihrem Mund klang das alles so einfach. Mia stöhnte. Vergeblich kämpfte sie gegen die Müdigkeit an, denn die Nacht war viel zu kurz gewesen. Plötzlich kam ihr eine Idee. Sie dachte an den Fundort von Ana Legova. Sie hatte zwischen zwei Stufen der Scala gelegen. Alle Stufen der Holsteiner Treppe waren mit Schlagwörtern beschriftet. »Schlechtes Gewissen« und »Ehre«, durchzuckte es Mia plötzlich.

Lea betrachtete sie besorgt. »Ist alles in Ordnung mit dir?«, fragte sie.

»Allerdings.« Mia nickte. Sie trank von ihrem Tee und war von einer Sekunde zur anderen voller Tatendrang. »Eine Botschaft«, murmelte sie. »Der Täter hat uns eine Botschaft hinterlassen.«

»Wovon redest du?«

»Nichts, ich habe nur laut nachgedacht, und es geht um …«

»Guten Morgen, ihr Turteltauben.«

Erschrocken fuhren die Frauen herum und blickten in das amüsierte Gesicht von Lisa, die lautlos in der Küche erschienen war.

»Guten Morgen, Lisa.« Lea hatte als Erste die Sprache wiedergefunden. »Warst du schon im Bad?« Sie warf einen Blick auf die große Küchenuhr an der Wand. Es war fast Viertel vor sieben.

»Na klar.« Lisa trug eine ausgeblichene Bluejeans, einen modischen Strickpulli und knallrote Sneaker. »Ich geh gleich los, dann seid ihr wieder ungestört.«

»Nicht nur das«, konterte Mia schlagfertig, »wir haben auch sturmfrei, weil du am Wochenende bei deinem Vater bist.« Sie grinste süffisant. »Du willst nicht wissen, was dann hier los ist.«

Lisa verzog das Gesicht, hielt sich die Ohren zu und schüttelte den Kopf. »Hundewelpen, Hundewelpen, Hundewelpen«, rief sie in einer Endlosschleife.

»Warum tut sie das?« Mia warf Lea einen fragenden Blick zu.

»Weil sie die Bilder in ihrem Kopf verdrängen möchte.«

»Ach so.« Mia winkte Lisa zu. »Wir sind fertig«, rief sie.

»Sehr beruhigend.« Lisa ließ die Hände sinken, nahm ein kleines weißes Case aus der Hosentasche und friemelte sich die Bluetooth-Kopfhörer in die Ohren, bevor sie zum Handy griff und ihre Lieblings-Playlist aufrief. »Also«, sagte sie dann an ihre Mutter gewandt, »darf ich auf die Party?«

»Soll ich Mia erzählen, dass du verknallt bist?«

»Sie ist verknallt?«

»Ja«, sagte Lea. »In Till. Er soll sehr … *cute* sein.«

»Mama!«, schrillte Lisas Stimme durch den Raum. »Können wir bitte das Thema wechseln?«

»Du hast damit angefangen«, erinnerte Lea sie. »Außerdem musst du deinen Vater fragen, ob er dich auf die Party lässt.«

»Aber du wolltest doch …«

»… ein gutes Wort einlegen, ich weiß.« Lea nickte. »Und zu meinem Versprechen stehe ich auch.« Sie lächelte ihrer Tochter zu und machte sich daran, ihr das Frühstück zuzubereiten.

Das Vibrieren ihres Smartphones verhieß nichts Gutes. Mit einem Blick auf das Display stellte Mia fest, dass sich ihre Befürchtung bewahrheitete. »Das ist Frank«, murmelte sie, als sie Leas fragenden Blick sah.

Der Abteilungsleiter kam nach einer knappen Begrüßung gleich zum Anlass seines Anrufes. »Eine Frau ist von einer Schwebebahn überfahren und tödlich verletzt worden.« Betroffenheit schwang in der Stimme von Frank Thies mit.

»Du verarschst mich.« Mia rollte mit den Augen.

»Leider nicht …«

»Fuck.« Mia holte tief Luft. Sie konnte sich nur schwer vorstellen, wie jemand von einer Bahn, die an einem Gerüst hing, erfasst werden konnte. »Wie geht das überhaupt, von einer Schwebebahn überfahren zu werden? Und was hat es mit uns zu tun? Um Unfälle kümmert sich doch nicht die Kripo.«

»Augenzeugen zufolge stand die Frau im vorderen Bereich des Bahnsteiges in Fahrtrichtung Oberbarmen, und als die Bahn in die Station einfuhr, näherte sich ihr von hinten plötzlich ein Unbekannter und versetzte ihr einen Tritt in den Rücken. Infolgedessen verlor die Frau das Gleichgewicht und strauchelte vorwärts ins Schienenbett, wo sie von der Schwebebahn erfasst und nach vorn katapultiert wurde.«

»Ich fahre sofort los.«

»Danke, Mia. Björn weiß schon Bescheid. Wir sehen uns dann vor Ort.« Frank Thies hatte die Verbindung bereits wieder unterbrochen, noch bevor Mia etwas hinzufügen konnte.

KAPITEL 28

Die Bilder vom verheerenden Unglück am Döppersberg machten innerhalb weniger Minuten die Runde. Noch vor sieben Uhr gingen Videos und Fotos in den sozialen Netzwerken viral. Radio Wuppertal und die *Lokalzeit Bergisches Land* des WDR berichteten bereits über den tragischen Zwischenfall, bei dem eine junge Frau durch Fremdverschulden ums Leben gekommen war.

Sein Herz klopfte schneller beim Anblick des Materials. Zufrieden scrollte er durch die verschiedenen Timelines. Überall war die Rede von einem großen unbekannten Mann in schwarzer Kleidung, der das Unglück verschuldet haben sollte. Nach ihm suchte man jetzt mit allen Kräften.

Ihr kriegt mich nicht.

Nachdem er die Frau vor die Bahn gestoßen hatte, hatte ihn niemand an der Flucht gehindert. Zu groß war der Schock gewesen, unter dem alle gestanden hatten. So saß er in seiner Wohnung, die einer Rumpelkammer glich, und beobachtete voller Zufriedenheit die Unruhe, die er in der Stadt verbreitete. In den sozialen Netzwerken kamen erste Gerüchte auf, dass ein Serienkiller in Wuppertal sein Unwesen trieb. Er wunderte sich darüber, dass die Polizei diesen Verdacht noch nicht hegte, und war froh, dass er weiterhin freie Bahn für die Umsetzung seiner Pläne hatte. Wer glaubte schon den Fake News auf Social Media? Herrlich.

Er kam seinem Ziel langsam näher. Niemand ahnte, was wirklich in den letzten sechsunddreißig Stunden geschehen war, niemand kannte seine Beweggründe und die Hintergründe. Nur er. Und er würde sie weiterhin geheim halten. Nicht umsonst hatte er sich solche Mühe gemacht, der Polizei und der aufgeschreckten Bevölkerung ein Ratespiel zu bescheren, um ein Zeichen zu setzen. Noch übersahen sie seine Warnhinweise. Er überlegte, ob er seine Blutspur weiterhin durch die Stadt ziehen sollte, bis sie ihn verstanden. Dabei hatte er noch einen Joker, mit dem er das Spiel beenden konnte, wenn er es für richtig hielt. Doch noch war es nicht so weit. Er war entschlossen, die Aufmerksamkeit der Öffentlichkeit bis zuletzt auszukosten, bevor er zum großen Schlag ausholte. Und er hatte nicht vor, sich unter Druck setzen zu lassen.

***

Am Tatort empfing Mia das übliche Szenario, nur war die Atmosphäre diesmal um ein Vielfaches bizarrer als bei anderen Einsätzen, die sie bislang erlebt hatte. Das lag nicht nur an dem mit einem Tuch bedeckten Leichnam am Fuße der Schwebebahnstation, sondern auch an der Schwebebahn, deren Vorderteil aus dem Portal des Bahnhofes ragte. Blutspuren hafteten an dem hellblauen Zug, die Frontscheibe war geborsten.

Hilfskräfte vom Ordnungsamt waren vor Ort und gemeinsam mit den Streifenpolizisten damit beschäftigt, die Scharen von Schaulustigen auf Distanz zu halten. Immer wieder kam es zu Unruhe.

Einsatzkräfte in Zivil und Uniform liefen wie aufgescheuchte Hühner umher, Nohlen und sein Team sicherten bereits Spuren. Rettungswagen parkten am oberen Ende der Absperrung, sogar der Staatsanwalt war gekommen, um sich einen Überblick zu verschaffen.

Und es gab unzählige Gaffer, die sich an den Absperrlinien rund um die Schwebebahnstation die Hälse verrenkten, Einsatzwagen, die kreuz und quer in der Fußgängerzone parkten, und eine Handvoll Pressevertreter mit teuren Spiegelreflexkameras. Doch auch sie wurden durch eilig aufgestellte Sichtschutzwände und einen Pavillon daran gehindert, aussagekräftige Aufnahmen zu machen, und zogen entsprechend lange Gesichter. Immerhin hatte der Nieselregen nachgelassen. Dennoch zeigte sich die Stadt an diesem Morgen von ihrer grauen und tristen Seite.

Mia ließ den Elektro-Chopper, gefolgt von den neugierigen Blicken der Passanten, bis vor die erste Absperrung rollen, stellte die Maschine auf den Ständer, stieg vom Sattel und nahm den Helm vom Kopf. Nachdem sie sich mit den gespreizten Fingern der rechten Hand durchs Haar gefahren war, näherte sie sich dem schraffierten Absperrband.

Sie wies sich bei einem uniformierten Kollegen aus und traf schon nach wenigen Metern auf Frank Thies und Björn Lassner. Auch Sophie Stein und Michael Stüttgen waren bereits anwesend, ebenso Karl Brauers und Gino Moretti. Dirk Rosengarten hockte über dem Leichnam. Der hochgewachsene Notarzt war mit der ersten Leichenschau beschäftigt und nickte ihr nur kurz zu.

Nachdem Thies und Lassner Mias Ankunft bemerkt hatten, nahmen sie die Kommissarin in Empfang.

»Was wissen wir?« Mia vergrub die klammen Hände in den Jeanstaschen. Es war höchste Zeit für Handschuhe. Das Kratzen in ihrem Hals erinnerte sie wieder daran, dass sich eine Erkältung im Anflug befand.

Thies nickte Lassner zu. »Bei der Toten handelt es sich um Merle Frink, dreiundzwanzig Jahre jung. Augenzeugenberichten zufolge soll ein Unbekannter sie beim Einfahren des Schwebebahnzuges vor die Bahn gestoßen haben. Trotz einer Notbremsung des Fahrers wurde das Opfer vom Zug erfasst, durch die Wucht des Aufpralls aus der Station herausgeschleudert, über das Vordach unterhalb des Portals, und schlug dann auf der Wupperbrücke auf. Passanten, die das gesehen haben, stehen unter Schock und werden von Seelsorgern betreut.«

»Also steht die Identität des Opfers fest.«

»Ja.« Lassner nickte. »Sie trug eine Geldbörse mit ihrem Personalausweis in der Jackentasche. Ihr Smartphone ist beim Sturz beschädigt worden.«

»Basti wird es auslesen können«, versicherte Thies ihr voller Zuversicht.

Mia dachte nach. Als sie kurz die Augen schloss, lief ein grotesker Film vor ihrem geistigen Auge ab. Sie sah die ankommende Bahn, die wartenden Fahrgäste und die junge Frau im vorderen Bereich des Bahnsteigs. Und den großen Unbekannten, der sie im entscheidenden Moment gegen den Zug stieß und damit das Todesurteil von Merle Frink besiegelte.

»Wo ist der Täter jetzt?«

»Er konnte unerkannt flüchten.« Thies seufzte.

»Aber der Bahnsteig ist videoüberwacht«, konterte Mia.

»Richtig.« Thies nickte. »Die Aufnahmen werden für die Dauer von sechsundneunzig Stunden gespeichert. Sie zeigen einen dunkel gekleideten Mann, groß und schlank, von hinten. Eine andere Kamera hat ihn von vorn aufgenommen, allerdings trug er eine Kapuze, eine dunkle FFP2-Maske und eine Sonnenbrille.«

»Also nicht zu identifizieren«, brummte Mia missmutig.

»So sieht es aus«, erwiderte Lassner. »Wir stehen vor dem Nichts.«

»Na toll.« Mias Blick streifte über die groteske Szenerie rund um den Schwebebahnhof. »Was ist mit dem Fahrer der Bahn?«

»Der steht unter Schock, ein Polizei-Seelsorger kümmert sich bereits.«

Mia seufzte. »Was ist mit Zeugen? Sicherlich hat die Frau nicht allein auf die Schwebebahn gewartet, oder?«

»Natürlich nicht. Aber offenbar waren alle Anwesenden starr vor Schreck, als sich die Tat ereignete.« Lassner zuckte mit den Schultern.

»Drei Tote in sechsunddreißig Stunden«, bilanzierte Frank Thies verbittert. »Wie sollen wir da unsere Arbeit machen? Wir sind nicht einmal mit den Befragungen der Menschen aus Theresa Winklers Umfeld durch, geschweige denn mit dem Umfeld von Ana Legova.«

»Und jetzt Merle Frink«, fügte Lassner hinzu.

»Moment.« Mia zog eine Hand aus der Tasche, um sie zu heben. »Bei dem Namen der Toten klingelt was bei mir.«

»Gut möglich.« Thies nickte. »Sie war Klimaschutzaktivistin und schon bei uns aktenkundig. Gegen sie liegen zahlreiche Anzeigen wegen Sachbeschädigung vor.«

»Sie hatte also Feinde.«

»So könnte man es nennen«, stimmte Thies ihr zu. »Sie hat als Umweltaktivistin in den letzten Wochen immer wieder auf sich aufmerksam gemacht, weil sie die Reifen von Luxuskarossen und SUVs zerstochen haben soll.«

Lassner nickte. »Einige nannten sie auch die ›Greta aus dem Bergischen‹, weil sie eine sehr militante Vorgehensweise an den Tag legte, um die Feinstaubbelastung im Tal zu senken.«

»Ich erinnere mich.« Mia verstand. Sie ersparte sich einen Kommentar zum Spitznamen der Toten, der auf die schwedische Aktivistin anspielte. »Aber warum musste sie sterben?«

»Vielleicht ein leidenschaftlicher Autofahrer oder jemand, der von ihr geschädigt wurde. Ich meine, große und breite Reifen sind schweineteuer.«

»Aber ob das«, Mia zeigte auf die Schwebebahn in der Station, »einen Mord rechtfertigt?«

»Das gilt es nun aufzuklären«, sagte Thies.

Mia überlegte angestrengt. »Ich dachte, nachdem sich Gregor Ivanov und Uwe Imhof in U-Haft befinden, wird es etwas ruhiger.« Sie seufzte.

»Imhof ist wieder auf freiem Fuß«, bemerkte Thies.

»Ich hab es geahnt«, murmelte Mia.

»Die Analyse seiner Schuhe hat ergeben, dass die Morastablagerungen nicht aus dem Wald beim Toelleturm stammen, und auch seine Fußabdrücke stimmen nicht mit denen überein, die Peter am Brunnen gesichert hat.«

»Er hat uns angelogen. Warum auch immer.« Mia spürte, dass ihre

Nerven blank lagen, und zwang sich zur Ruhe. »Dann hat er also umsonst auf Staatskosten bei uns übernachtet.«

»Du sagst es.«

»Aber er hat ein Motiv – Rache.«

»Das ist zweitrangig, wenn die Indizien nicht passen«, stellte Frank Thies klar. »So sieht das jedenfalls der Richter.«

»Wir haben drei tote Frauen innerhalb weniger Stunden«, zog Mia Bilanz. »Gibt es einen Zusammenhang? Wenn wir davon ausgehen, dass wir mit Imhof und Ivanov die Falschen haben, wie hoch ist dann die Wahrscheinlichkeit, dass alle Taten zusammenhängen und ein Serienmörder uns auf Trab hält?«

Thies betrachtete sie nachdenklich, dann schüttelte er den Kopf. »Für mein Gefühl unterscheiden sich die Taten zu sehr voneinander.«

Lassner nickte. »Die Frauen wurden nicht auf die gleiche Weise getötet. Die einzige Übereinstimmung ist bisher, dass in keinem der drei Fälle eine Waffe zum Einsatz kam.«

»Reicht das als Hinweis auf einen Serientäter?«, fragte Mia.

»Das ist zu wenig«, wandte Thies ein. »Der Vorsatz, eine Frau im Brunnen zu ertränken, ist mindestens so morbide, wie eine andere die Treppe hinunterzustürzen.«

»Oder sie vor eine Schwebebahn zu stoßen«, führte Lassner den Gedanken des Ersten Kriminalhauptkommissars fort. »Wenn wir trotzdem mal – rein hypothetisch – davon ausgehen, dass wir es mit einem Serientäter zu tun haben, dann legt er eine besonders perfide Vorgehensweise an den Tag.«

»Und eine grausame Kreativität«, fügte Mia hinzu. »Denkt mal daran, auf welchen Stufen wir Ana Legova gefunden haben: ›Schlechtes Gewissen‹ und ›Ehre‹.«

»Du meinst, das ist eine Botschaft?«, fragte Thies.

»Wir sollten es nicht außer Acht lassen«, fand Lassner, als Mia nickte.

»Und Merle Frink hat man vor ein öffentliches Verkehrsmittel gestoßen – aus Rache dafür, dass sie sich möglicherweise zu sehr für den Mobilitätswandel eingesetzt hat?«

Sekundenlang herrschte Schweigen.

»Und Tessa musste im Wasser sterben, weil sie ihren Verstand im Alkohol betäubt – oder ertränkt – hat?« Mia machte große Augen. Die Gedanken schossen ihr nur so durch den Kopf. Sie versuchte, Verbindungen zwischen den Morden herzustellen, und besann sich auf das Gespräch mit Lea. »Tessa Winkler und Ana Legova hatten Kontakte zu *Bonnie & Clyde*«, erinnerte Mia die Männer. »Jetzt müssen wir schnell herausfinden, ob Merle Frink ebenfalls in dem Verein war.« Sie tippte sich an die rechte Schläfe. »Ich hatte ja sowieso vor, mir den mal anzusehen.«

»Zudem sollten wir wissen, was sich dahinter verbirgt.« Thies winkte Sophie Stein herbei. »Mia fragt sich, ob es Zufall ist, dass die beiden ersten Opfer mit *Bonnie & Clyde* in Verbindung standen«, eröffnete er ihr. »Du wolltest dich doch schlaumachen.«

»Das habe ich tatsächlich getan.« Sophie Stein nickte.

Mia bewunderte im Stillen die blonde Haarpracht der Kollegin und fragte sich, warum sie selbst auf Einsätzen immer aussah, als wäre sie eben aus dem Bett gefallen oder durch einen Hurrikan gelaufen. Im Gegensatz zu ihr wirkte Sophie wie aus dem Ei gepellt. Die Haare schien sie sich mit dem Lockenstab aufgedreht zu haben, das Make-up war dezent, eine feine Parfümwolke von Angel umgab die stämmige Hauptkommissarin. Sie trug modische Turnschuhe zu dunklen Jeans und einen zartrosafarbenen Mantel, der sie vor der feuchten Novemberkälte schützte.

»Und?«

»Also …«, setzte Sophie an. »Bei *Bonnie & Clyde* handelt es sich um einen eingetragenen Verein mit Sitz hier in Wuppertal. Die Mitarbeiter sind Ehrenamtler, es gibt aber eine Geschäftsführerin und zwei Bürokräfte, die in einem Büro an der Schützenstraße arbeiten.

Das Projekt finanziert sich aus Spenden und den Beträgen der fast fünfzehntausend Mitglieder.«

»Komm zum Punkt«, verlangte Mia.

»Na klar doch.« Sophie Stein nickte. »Der Verein sieht sich als Plattform, die Frauen Kontakte zu inhaftierten Straftätern vermittelt – rein platonisch und als Brieffreundschaft.«

Mia nickte. Das, was sie von Sophie Stein hörte, stimmte mit den Aussagen von Gregor Ivanov überein.

»Warum möchte man das?«, fragte Lassner. Er zog die Augenbrauen zusammen, sodass sie einen fast durchgehenden Strich auf seiner Stirn bildeten.

»Es gibt Frauen, die sich zu Kriminellen hingezogen fühlen, dabei sind die Beweggründe immer unterschiedlich.« Sophie Stein zuckte mit den Schultern. »Nenn es eine Form des Helfersyndroms«, sagte sie. »Allerdings trägt der Verein einen eigenartigen Namen – *Bonnie & Clyde,* benannt nach dem Verbrecherpaar Bonnie Parker und Clyde Barrow, deren gemeinsame Straftaten in den Dreißigerjahren in den USA romantisiert wurden.«

»Also suchen diese Frauen Partner, mit denen sie kriminell werden können?«, staunte Mia.

»Nicht unbedingt. Das sogenannte Bonnie-und-Clyde-Syndrom ist ein Synonym für Hybristophilie.«

»Für was?« Mia zog die Augenbrauen hoch.

Sophie Stein lächelte. »Das steht für den Wunsch einiger Frauen nach einer sexuellen Beziehung mit Kriminellen. Ein schmaler Grat, wenn ihr mich fragt.« Sie holte Luft. »Aber es gibt auch Frauen, die es sich zur Aufgabe machen wollen, die Männer nach ihrer Haft zu … resozialisieren, wenn ihr es so nennen wollt. Sie hoffen, dass die Männer nach ihrer Haftstrafe nicht mehr vom rechten Weg abkommen, und wollen ihnen beim Neustart ins das normale Leben helfen.«

»Und die Inhaftierten sind froh, während ihrer Haft Kontakte zur Außenwelt zu haben.« Mia verstand, worum es dem Verein ging.

»Moment«, rief Lassner, »auch jemand, der in Haft kommt, hat doch in den meisten Fällen eine Familie und Freunde.«

»Schon.« Sophie Stein nickte. »Doch oft überdauern die Kontakte zu Angehörigen und Freunden die Haftstrafe nicht, denn in vielen Fällen zieht sich das Umfeld des Täters schon bald zurück, und die Häftlinge haben nur noch Umgang mit den Mitgefangenen.«

»Und hier kommt *Bonnie & Clyde* ins Spiel«, bemerkte Mia.

»Genau«, stimmte Sophie Stein ihr zu.

»Eigentlich ein lobenswerter Ansatz«, fand Thies. »Aber wir müssen herausfinden, ob auch Merle Frink, die als militante Klimaaktivistin bekannt war, überhaupt dort …«

»So ist es«, unterbrach Lassner ihn. »Wenn alle drei Opfer in diesem Verein waren, können wir von einem Serientäter ausgehen.«

»Lasst uns doch mal über Theresa Winkler und Ana Legova sprechen«, sagte Frank Thies. »Theresa Winkler hat den Verein finanziell unterstützt, Ana Legova hat sich dort – wie auch immer – engagiert. Sie lernte ihren Lebensgefährten kennen – Gregor Ivanov.«

»Ana Legova hat ihm nach der Entlassung geholfen, draußen wieder Fuß zu fassen«, fügte Lassner hinzu.

»Aber wen hat Tessa Winkler kennengelernt?«, fragte Mia. »Hatte sie ebenfalls Verbindungen zu einem Häftling?«

»Bisher deutet nichts darauf hin«, entgegnete Thies.

»Ich werde dem Verein einen Besuch abstatten«, bot Mia an. »Sicher gibt es Mitgliedslisten. Bei der Gelegenheit werde ich auch in Erfahrung bringen, ob sich Merle Frink auch in der Datenbank befindet.«

Thies hatte keine Einwände.

»Braucht ihr mich noch? Ich würde mich sonst um den Schwebebahnfahrer kümmern – sofern er schon imstande ist, mir meine Fragen zu beantworten.« Sophie murmelte eine Entschuldigung und ließ die drei Kollegen zurück.

»Adrian Winkler schuldet uns noch einige Antworten«, stellte Lassner fest.

»Welche denn?« Thies stutzte.

»Zum Beispiel, warum er uns nichts von dem Engagement seiner Ex-Frau in diesem Verein erzählt hat.«

»Stimmt.« Mia nickte. Also hatte sie ihr Bauchgefühl tatsächlich nicht getäuscht. Adrian Winkler schien etwas zu verbergen, warum auch immer.

»Ich werde ihm einen Besuch abstatten«, bot Lassner an. »Vielleicht rückt er etwas raus.«

»Mach das«, bekräftigte Thies. »In spätestens zwei Stunden treffen wir uns im Präsidium zur Morgenrunde. Ich hoffe, dass wir dem Staatsanwalt dann schon erste Ergebnisse unserer Arbeit präsentieren können.«

KAPITEL 29

Sie erwachte, als der Schlüssel ins Schloss der feuerfesten Tür geschoben und gedreht wurde. Sofort beschleunigte sich ihr Herzschlag, und sie richtete sich hastig von ihrer Schlafstätte auf. Nun musste sie mit aller Kraft versuchen, ihren Entführer dazu zu bringen, sie endlich gehen zu lassen.

Das ohrenbetäubende Quietschen der rostigen Scharniere jagte ihr einen Schauer über den Rücken, dann lehnte er im Türrahmen. Breitbeinig und stumm stand er da und betrachtete sie durch die Sehschlitze der schrecklichen Maske. Durch den Stimmenverzerrer klang sein Atem unheimlich. Sie versuchte trotz der schlechten Sichtverhältnisse, sich jedes Detail an ihm einzuprägen. Seine Haltung, seine Statur und seinen Gang.

»Was willst du?«, fragte sie ihn, nachdem er sie schweigend beobachtet hatte, so, als hätte er sie eben zum ersten Mal gesehen.

Wortlos setzte er einen Fuß in ihr Gefängnis. Er schien einen Moment lang nachzudenken, bevor er ihr antwortete.

»Zu viele Fragen.« Er schüttelte langsam den Kopf. »Bald kommt dein großer Auftritt«, scharrte die Roboterstimme.

»Was soll das für ein Auftritt sein?«, fragte sie misstrauisch. Sie blickte zu ihm auf und bemerkte erst jetzt, dass er einen Leinenbeutel am langen Arm trug. Er hielt ihr den Beutel hin. »Hier«, schnarrte seine Stimme. »Frische Brötchen und ein Croissant, Kaffee und Wasser.«

Sie erhob sich, um ihm den Beutel abzunehmen. »Warum hältst du mich in diesem Loch gefangen?«

»Zu viele Fragen«, wiederholte er.

»Was bezweckst du mit meiner Entführung?«

»Alles zu seiner Zeit«, erwiderte die blecherne Stimme ausweichend. Seine Pupillen geisterten unstet hinter den Sehschlitzen der Clownsfratze umher. War er nervös?

»Wie lange willst du mich hier noch gefangen halten?«

Mit schräg gelegtem Kopf betrachtete er sie seufzend, sagte aber kein Wort.

»Du willst mir also nicht antworten?« Sie merkte, dass es ihr nicht gelang, ihn mit ihren Fragen in die Enge zu treiben. Jetzt stand sie vor ihm und versuchte, in seine Augen zu sehen. Er mied den direkten Blickkontakt zu ihr. Sie nahm ihm den Beutel ab und hielt ihn in den Händen. Durch den Stoff spürte sie die Wärme des Kaffeebechers. Oder waren es die Brötchen, die noch warm waren, weil sie gerade erst aus dem Ofen kamen? Der Duft des frischen Gebäcks drang ihr in die Nase und machte ihr schmerzhaft klar, wie hungrig sie war. »Eine letzte Frage.«

»Was?«

»Warum terrorisierst du mich mit den Spezialeffekten? Dem Lärm, den Lichtern, den Blitzen, dem Wasser?« Als er nicht gleich antwortete, fuhr sie fort: »Das ist filmreif, echt. Du solltest in Hollywood arbeiten.«

»Findest du?«

»Sicher.« Sie nickte bekräftigend und spürte, dass er verunsichert war. Offenbar fragte er sich, ob sie ihre letzte Bemerkung ernst gemeint hatte. »Warum vergeudest du dein Talent hier in diesem Loch?«

Er lachte auf, es klang eigenartig durch den Stimmenverzerrer. »Ich möchte, dass du keine Langeweile hast. Aber jetzt iss und trink etwas, damit du zu Kräften kommst. Wir haben bald eine längere Reise vor uns.«

»Wer bist du?«

Er seufzte. »Das spielt keine Rolle.«

»Und wenn doch? Wir sitzen ja irgendwie im gleichen Boot. Du hast mich hierher verschleppt und scheinst einen Plan zu verfolgen, der mit mir etwas zu tun hat. Planst eine Reise – wohin auch immer.

Ich bin hier seit Stunden, Tagen – oder sind es schon Wochen? – gefangen. Und ich warte auf das große Finale, ohne zu wissen, wann es kommt.« Sie achtete auf jede Regung, die sie hinter seiner Maske bloß erahnen konnte. So blieb ihr nur, auf seine Körperhaltung zu achten, auf die Frequenz seines Atems. »Und wie das Finale aussehen wird.«

»Du wirst es erfahren«, versicherte er ihr. »Schon bald.« Er wandte sich zum Gehen und drehte ihr den Rücken zu. An der Tür drehte er sich noch einmal zu ihr um. Kurz hatte sie den Eindruck, als wolle er noch etwas sagen, bevor er verschwand. Doch er schwieg und verließ ihr Gefängnis.

Die schwere Tür fiel mit einem ohrenbetäubenden Scheppern ins Schloss. Nachdem er abgeschlossen hatte, hörte sie seine Schritte, die sich ins Nichts entfernten. Eiskalt schien die Einsamkeit nach ihr zu greifen. Kälte kroch an ihr hoch, und sie schüttelte sich, während die Worte der synthetisch verfremdeten Stimme in ihrem Schädel nachhallten. Offensichtlich plante er eine Reise – wohin auch immer. Mit ihr. Sosehr sie sich auch fragte, warum sie ihn begleiten sollte und wohin die Reise ging, ihr fiel keine plausible Antwort ein.

Niedergeschlagen sank sie auf die Matratze und langte in den Beutel. Nachdem sie den Kaffeebecher ertastet hatte, nahm sie ihn und sog gierig die Luft durch die Nase ein. Der Kaffee duftete nach frisch gerösteten Bohnen. Sie trank und griff in die Tüte. Tatsächlich spürte sie den luftig weichen Blätterteig eines Croissants. Herzhaft biss sie hinein und merkte, wie sie wieder etwas mehr zu Kräften kam. Langsam löste sich ihre Anspannung etwas, denn er schien sie nicht töten zu wollen. Ein fast beruhigender Gedanke. Dennoch trieb sie ihre Unwissenheit über den Zweck der Entführung an den Rand des Wahnsinns. Sie wusste nicht, wie lange sie das noch aushalten konnte, und spürte, wie sich Angst und Wut auf ihren unheimlichen Peiniger in ihr vereinigten.

***

Lassner hatte vor seiner Abfahrt im Autohaus angerufen, um nicht umsonst nach Langerfeld zu fahren. Als hätte er das richtige Gespür gehabt, wurde ihm mitgeteilt, dass Adrian Winkler heute von zu Hause aus arbeitete. So führte Lassners Weg auf die Barmer Südhöhen. Inzwischen war es acht Uhr, und die Sonne brach zögerlich durch die tief sitzenden Wolken über der Stadt. Unterwegs versuchte er, seine Gedanken zu ordnen. Drei Tote innerhalb weniger Stunden waren ein trauriger Rekord, und vielleicht hatte Mia tatsächlich recht, dass es sich um einen Serientäter handeln könnte. Mia irrte sich nur selten. Sobald Lassner an seine Partnerin dachte, kreisten seine Gedanken auch wieder um seine eifersüchtige Frau. Den Abend und die Nacht hatten sie zwar gemeinsam, aber mit einem kühlen Schweigen, das wie eine unsichtbare Wand zwischen ihnen gestanden hatte, verbracht. Ihm war, als würden sich die Fronten von Tag zu Tag mehr verhärten. Und er war sicher, dass Lena ihm kein Wort glauben würde, wenn er ihr bei nächster Gelegenheit erzählte, dass Mia lesbisch war. Sie würde denken, er nutze eine Notlüge, um sie zu besänftigen. Die Idee, ob Mia mal mit ihr von Frau zu Frau reden könnte, verwarf Lassner schnell wieder.

Er bemerkte den Seufzer, der über seine Lippen kam, nicht, als er in das Villenviertel am Toelleturm einbog. Lassner verdrängte seine privaten Probleme und bereitete sich auf das anstehende Gespräch mit Adrian Winkler vor. Dorthin nahm er einen kleinen Umweg in Kauf und fuhr den Weg, den Theresa Winkler in der vorletzten Nacht zurückgelegt hatte, mit dem Auto ab. Dabei versuchte er, sich jedes Detail entlang des Weges einzuprägen. Das kleine Waldstückchen, den Parkplatz, dann die Anhöhe, die zum Vorwerk-Brunnen führte. Während das Wasser sich kaskadenartig in das große Becken ergoss, bemerkte Lassner die unzähligen Blumensträuße am Rand des Auffangbeckens. Einige hatten kleine Grablichter aufgestellt. Die Stadt nahm Anteil am Tod einer Frau, die alkoholisiert ein Kind überfahren hatte und nun selbst ums Leben gekommen war. Manchmal waren die Menschen eigenartig, fand Lassner kopfschüttelnd. Er ließ den Wagen in die Adolf-Vorwerk-Straße rollen und parkte am Straßenrand vor Winklers Villa. Als er ausstieg, strich ein auffrischender Wind über den Scharpenacken, doch die dichten Wolken hielten sich hartnäckig. In weiter Ferne erblickte er einige Wanderer, die das Landschaftsschutzgebiet zu Fuß erkundeten. Kaum zu glauben, dass sich ein paar Meter von diesem Idyll am Stadtrand entfernt ein grausamer Mord ereignet hatte.

Der grüne Pritschenwagen eines Gartenbaubetriebes parkte unter dem Carport hinter Winklers knallgelbem Porsche. Das Rattern einer elektrisch betriebenen Heckenschere drang aus dem parkähnlichen Garten hinter dem Haus an Lassners Ohren, als er die Klingel betätigte. Winkler öffnete ihm schon nach dem ersten Klingeln. Sehr zu Lassners Erstaunen trug der Autohändler legere Freizeitkleidung.

»Sie schon wieder. Und dann so früh am Morgen.« Der Hausherr grinste süffisant und gab den Eingang frei.

»Der frühe Vogel«, setzte Lassner an.

»Der kann mich mal.« Winkler winkte ab. »Kommen Sie rein, Herr …«

»Lassner«, beeilte er sich zu sagen. »Immer noch.«

»Wie dem auch sei.« Winkler ging voran und führte Lassner in sein Arbeitszimmer. Lassner bemerkte zum ersten Mal, dass er einen eigenartigen Gang hatte. Winkler schien zu humpeln.

»Eine alte Kriegsverletzung«, witzelte er, als er Lassners Blick sah. »Ich bin nicht mehr der Jüngste«, fügte er dann hinzu. »Aber eine neue Hüfte lass ich mir nicht verpassen, auch wenn mein Arzt das gerne hätte.«

»Warum nicht?«, heuchelte Lassner Interesse.

»Weil ich kein Blut sehen kann.« Damit war das Thema für Adrian Winkler erledigt. Lassner nahm sich vor, Mia zu fragen, ob ihr das Humpeln des Autoverkäufers bei ihrem letzten Besuch schon aufgefallen war. Inzwischen hatten sie das Arbeitszimmer von Adrian Winkler erreicht.

Hier herrschte eine angenehme Wärme, die den Kommissar dazu veranlasste, seinen Mantel aufzuknöpfen. Unauffällig sah Lassner sich im Raum mit der hohen Decke um. Das Mobiliar bestand aus einem wuchtigen Mahagoni-Schreibtisch, hinter dem sich ein monströser Chefsessel befand, zwei Schwingstühlen davor, einem runden Tisch, auf dem sich Autozeitschriften stapelten, und einem deckenhohen Regal an der Wand. Die Ähnlichkeit zu seinem Büro im Autohaus war auffallend, fand Lassner. Durch ein großes Fenster konnte man in den riesigen Garten blicken. Im trüben Herbstlicht wirkte selbst die prächtige Grünanlage trostlos. Zwei Gärtner waren gerade damit beschäftigt, das letzte Laub des Jahres zusammenzuharken.

»Haben Sie überhaupt noch Zeit für mich?«

»Warum?«

»Na – drei Tote und alle sehr medienwirksam, das lässt doch den Verdacht aufkommen, dass ein Serienkiller sein Unwesen treibt, oder?« Er lachte humorlos auf. »Sie stecken ziemlich in der Scheiße, was? Ich meine … der Druck. Staatsanwaltschaft, Medien und die Öffentlichkeit, alle machen Ihnen die Hölle heiß.«

Bevor Lassner etwas erwidern konnte, fuhr Winkler fort. »Man stirbt wieder in Wuppertal.«

Während Lassner sich noch über die merkwürdige Bemerkung des Hausherrn wunderte, verschanzte Winkler sich hinter seinem Schreibtisch. Er bot seinem Gast einen Platz an. Lassner sank auf einen der beiden Stühle und schlug die Beine übereinander.

»Also«, sagte Winkler gedehnt. »Was führt Sie zu mir? Haben Sie keine wichtigeren Dinge zu erledigen?«

»Wir ermitteln auf Hochtouren«, versicherte Lassner ihm. Die arrogante Art des Autohändlers ging ihm auf die Nerven, doch er übte sich in Diplomatie – eine seiner Stärken. »Und die kurze Zeit zwischen den Todesfällen lässt den Verdacht aufkommen, dass die Ereignisse zusammenhängen.«

»Meine Rede.« Adrian Winkler legte nachdenklich die Fingerspitzen beider Hände aneinander und betrachtete seinen Gast. »Und sonst?«

Lassner blickte sich erneut im Raum um. Diesmal fielen ihm Fotografien auf, die an den Wänden hingen. Sie zeigten Theresa und Adrian Winkler in besseren Zeiten, als glückliches Paar. Beide strahlten in die Kamera, einige Bilder waren offenbar im Urlaub unter Palmen entstanden, andere zeigten sie auf einer Autoausstellung. Die Bilder ließen Lassner vermuten, dass Winkler noch mehr für seine Ex-Frau empfand, als er zugeben wollte. »Ich muss Sie noch einmal nach dem Verhältnis zu Ihrer Ex-Frau fragen«, eröffnete er ihm. »Obwohl Sie getrennt waren, lebten Sie unter einem Dach zusammen.«

»Das habe ich Ihnen doch schon in der verhängnisvollen Nacht erläutert«, murrte Adrian Winkler. »Also – was wollen Sie noch von mir wissen?«

»Hatte sie einen anderen?«

»Möglich.« Winkler seufzte.

Das Thema schien ihm unangenehm zu sein, doch darauf konnte Lassner keine Rücksicht nehmen. »Kennen Sie den Neuen?«

»Ich sagte doch …«

»Wer ist es?« Lassner ließ nicht locker.

Adrian Winkler stöhnte, als hätte man ihm in den Magen geboxt. Seine Wangenknochen mahlten. »Falk Berlinghoff. Er wohnt nicht weit von hier in der Richard-Strauss-Allee.«

Lassner zückte Block und Stift und schrieb mit. »Was wissen Sie von Berlinghoff?«

»Er ist Geschäftsführer einer Bandweberei in Oberbarmen. Hatte wohl etwas Stress mit dem Gesetz, irgendwas mit dem Finanzamt, glaube ich. Irgendwas mit Steuerhinterziehung, wenn ich mich recht erinnere. Und als er aus dem Knast entlassen wurde, hat Tessa sich vorbildlich um den Ärmsten gekümmert.« Spott lag in Winklers Stimme. Er lehnte sich zurück und verschränkte die Arme vor der Brust. Sein Blick glitt durch das Fenster hinaus in den Garten. Die Gärtner schoben eine mit Laub beladene Schubkarre über einen Kiesweg, der Jüngere der beiden, offensichtlich der Azubi, hatte das Werkzeug eingesammelt.

»Er war in Haft?« Lassner horchte interessiert auf.

»So ist es.«

»Wie kommen Sie darauf?« Der Kommissar klemmte den Stift an den oberen Rand des Blocks und widmete Winkler seine volle Aufmerksamkeit.

»Sie hat nebenbei noch für einen Verein gearbeitet, der Kontakte zwischen Frauen und Verbrechern in Haft vermittelt.«

»Bonnie & Clyde?«

»Sie kennen sich aus.«

»Ich bin Polizist.« Lassner sog die Luft scharf durch die Nase ein. »Was hat Ihre Frau für diesen Verein gemacht?«

»Sie saß im Vorstand und war oft im Büro. Und sie hat das Projekt mit einer monatlichen Summe von zweihundert Euro unterstützt.«

»Das ist ehrenwert«, fand Lassner.

»Das ist bescheuert«, entgegnete Winkler.

Lassner ging nicht darauf ein. »Wie kommen Sie darauf, dass sich Ihre Ex-Frau auch privat für inhaftierte Straftäter interessiert hat?«

Winkler zuckte die Schultern. Er beugte sich vor und blickte Lassner tief in die Augen. »Vielleicht, weil es sie geil gemacht hat, wenn jemand auf die Gesetze scheißt.«

»Warum …?«, setzte Lassner an, wurde aber sofort von seinem Gastgeber unterbrochen.

»Weil die Knackis oft jahrelang keinen Sex haben. Oder wenn, dann nur ein Stündchen im Monat in der Kuschelzelle. Und wenn sie dann nach der Haft rauskommen, sind diese Typen ausgehungert wie Wölfe. Also lassen sie es so richtig krachen, verstehen Sie?« Winkler steckte den Daumen seiner rechten Hand bezeichnend zwischen Zeige- und Mittelfinger hindurch. »Sie haben Entzug und besorgen es den Frauen nach der Entlassung, dass ihnen Hören und Sehen vergeht. Wild, animalisch.« Er grinste anzüglich. »Manche stehen darauf.«

Lassner befremdeten die Behauptungen seines Gegenübers, doch er verkniff sich einen Kommentar. »Und?«

»Was – und?«

»Hat Sie das gestört?«

Winklers Grinsen erlosch. »Ob es mich gestört hat?« Er lachte trocken auf. »Tessa hat mich wegen dieses Kerls verlassen.«

Lassner schrieb mit. »Wann war das?«

»Ein paar Monate vor unserer offiziellen Trennung. Sie hatte wohl schon vorher Kontakt zu Berlinghoff. Briefe, dann Besuche im Knast, vermutlich auch in der besagten Kuschelzelle. Ich ahnte nichts, wusste ja nur von ihrer Arbeit für den Verein. Da war es nicht außergewöhnlich, dass sie in den Knast gefahren ist. Ich hab das nie hinterfragt. Und dann das böse Erwachen.«

»Eifersucht«, kam es über Lassners Lippen.

»Wie bitte?«

»Eifersucht«, wiederholte Lassner gedehnt. »Eifersucht ist eines der häufigsten Mordmotive.«

Adrian Winklers Augen wurden groß. »Sie glauben doch nicht ernsthaft, dass ich …?« Er brach mitten im Satz ab, holte aus und ließ die flache Hand lautstark auf die Schreibtischplatte fallen.

Bei dem Knall zuckte Lassner zusammen. »Ich muss doch sehr bitten!« Er hatte vor Schreck den Stift fallen lassen. Jetzt bückte er sich umständlich danach. Winkler bebte vor Wut. »Was bilden Sie sich ein, mich des Mordes zu bezichtigen? Außerdem haben Sie die Aufnahmen meiner Kameras gesehen und wissen, dass ich das Haus nicht verlassen habe.«

»Ich bezichtige niemanden«, entgegnete Lassner kühl, während er gegen sein wild schlagendes Herz ankämpfte und tief durchatmete. »Also – haben Sie etwas mit dem Tod Ihrer Ex-Frau zu tun? Gibt es jemanden, den Sie beauftragt haben?«

Winkler lachte trocken auf. »Soll das cin Witz sein?«

»Leider nicht.« Lassner schüttelte den Kopf.

»Und die anderen Frauen? Hab ich die auch umgebracht?«

»Bitte beantworten Sie meine Frage.«

»Es ist ja nicht so, dass ich wie ein Mönch gelebt habe in der Vergangenheit«, räumte Winkler in einem etwas versöhnlicheren Tonfall ein. »Es gab hier und da Affären. Also könnte ich genauso für das Scheitern unserer Ehe verantwortlich sein. Aber wir haben uns auseinandergelebt, und jeder ging seines Weges. Mit allen erdenklichen Konsequenzen.«

»Und die Affäre Ihrer damaligen Frau mit Berlinghoff hat dann das Ende der Ehe besiegelt?«

»Es war keine Affäre«, korrigierte Winkler ihn kopfschüttelnd. »Es war Liebe.« Er seufzte theatralisch. »Tessa fühlte sich schon immer zu Männern hingezogen, denen eine gewisse kriminelle Energie innewohnt. Wohl auch deshalb hat sie sich bei diesem Verein engagiert. Sie hat Kontakte angebahnt, Häftlinge besucht, um ihnen Trost zu spenden und ihnen Perspektiven für eine Zukunft in Freiheit aufzuzeigen.«

»Das klingt eher nach sozialem Engagement als nach Hybristophilie«, fand Lassner.

Wieder lachte Winkler humorlos auf. »Ich bitte Sie«, rief er. »Meine Ex-Frau hatte nymphomane Züge. Und sie fand den Sex mit jemandem, der etwas verbrochen hat, wohl besonders aufregend und erfüllend. Der Reiz des Bösen hat sie angetrieben, sich mit solchen Typen einzulassen, nicht das soziale Engagement für die Insassen einer JVA. Falk Berlinghoff war nicht der Erste aus dem Knast. Aber die anderen Typen waren nur flüchtige Affären. Bei Berlinghoff hingegen …« Er brach ab und senkte den Blick.

»Wie muss ich mir das vorstellen?«, wollte Lassner wissen.

»Sie mochte die animalische Art dieser Männer.« Das feinsinnige Lächeln auf Winklers Lippen erlosch. »Dann kam Berlinghoff«, murmelte er und driftete einen Moment lang in seine Erinnerungen ab. Für einen Augenblick war das monotone Ticken einer alten Standuhr in der Ecke des Arbeitszimmers das einzige Geräusch im Raum.

»Berlinghoff war mehr als nur eine Affäre«, stellte Lassner fest, nachdem er sich den Namen von Theresa Winklers Liebhaber mit dem Vermerk »Bandweberei, Geschäftsführer, Steuern, Knast« und den Namen des Vereins mit dem Vermerk »Verbindungen?« notiert hatte.

»Ja.« Winkler nickte. »Sie hat sich in ihn verliebt.« Er seufzte schwer, während sein Blick ins Leere glitt. »Er hat sie mir weggenommen«, sinnierte er weiter. »Aber er hätte auch nicht viel Glück mit Tessa gehabt.«

»Warum?«

»Sie hören mir nicht zu«, sagte Winkler. »Tessa hatte nymphomane Züge. Ein Mann genügte ihr nicht. Und ein richtiger Verbrecher war er auch nicht ...«

»Also gab es noch mehr Männer?«

»Ich habe sie nie danach gefragt.«

»Weil Sie Angst hatten, verletzt zu werden? Weil sie ihm, entgegen Ihrer Erwartungen, treu war?«

»Unsinn.« Winkler fuchtelte mit der Hand in der Luft herum und betrachtete Lassner wie ein lästiges Insekt. »Sagen Sie«, kam es mit einem lauernden Unterton über seine Lippen, »was ist eigentlich aus der Liste mit den Namen der Personen, die mit Tessa ein Problem hatten, geworden?«

»Zu den Ergebnissen kann ich Ihnen zum jetzigen Zeitpunkt nichts sagen.«

»Ist klar«, sagte Winkler verächtlich. »Aus ermittlungstaktischen Gründen. Kennt man ja.« Er seufzte. »Na dann.«

Lassner erhob sich. »Wenn Ihnen noch etwas einfällt …«

»… rufe ich selbstverständlich an«, beendete Adrian Winkler den Satz. Er erhob sich ebenfalls und begleitete seinen Gast bis zur Tür. Seine Hand glitt über einen Lichtschalter. Eine Lampe flammte auf und tauchte die Halle in ein anheimelndes Licht. Die Bilder an den Wänden mochte Lassner trotzdem nicht. Sie wirkten auf eine seltsame Weise bizarr, obwohl sie Motive aus dem Bergischen zeigten. Doch vielleicht lag das auch daran, dass Lassner jedwedes Verständnis für Kunst fehlte.

Winkler öffnete die schwere Haustür. Ein kalter Wind fegte herein und veranlasste Lassner dazu, den Mantel zu schließen.

»Haben Sie die Blumen und Grablichter am Brunnen gesehen?«, fragte er im Hinausgehen.

»Heuchler, alles Heuchler.« Winkler nickte. »Man trauert um meine Frau.«

»Ex-Frau.«

»Wie bitte?« Winkler hob eine Augenbraue, dann lächelte er. »Natürlich. Sie sind Polizist, und jedes Detail verdient die größte Beachtung.« Er seufzte. »Bevor ich es vergesse: Ich würde gern Tessas Bestattung organisieren. Wann kann ich damit rechnen, dass …?«

»Ihr Leichnam befindet sich in der Rechtsmedizin in Düsseldorf«, unterbrach Lassner ihn. »Sobald wir die Freigabe haben, melde ich mich bei Ihnen.«

KAPITEL 30

Das Büro lag im Erdgeschoss eines Mehrfamilienhauses an der Schützenstraße und hatte früher einem lokalen Anzeigenblatt als Redaktion gedient. Die Zeitung war umgezogen, der Vermieter hatte seine Räumlichkeiten dem ehrenamtlich agierenden Verein zu einem Sonderpreis überlassen. Der Eigner der Immobilie wollte sich auf diese Weise wohl sozial engagieren. Vor ihrer Abfahrt hatte Sophie Stein Mia ihre gesammelten Informationen über *Bonnie & Clyde* aufs Tablet geschickt. Nun wusste Mia auch, dass die Vorsitzende des Vereins Claudia Becker eine im Strafrecht erfahrene Anwältin war. Von ihr erhoffte sich Mia Antworten auf ihre Fragen.

Nachdem sie den Chopper zwischen den alten Platanen am Straßenrand abgestellt und den Helm vom Kopf genommen hatte, stand sie sekundenlang auf dem Bürgersteig und blickte an der Fassade des Hauses aus der Gründerzeit empor. Rechts vom Eingang gab es einen Erker, der dem liebevoll erhaltenen Gebäude einen verspielten Charakter verlieh. Oberhalb der Büroräume befanden sich offensichtlich Mietwohnungen. Mia mochte diese alten Häuser, die der Stadt ihr charakteristisches Gesicht verliehen. Gegenüber lagen die Werkstätten der Stadtwerke. Auf der Straße herrschte entsprechend reger Verkehr, für Mias Geschmack etwas zu viel Betrieb. Doch sie war nicht zum Entspannen hier.

Unterwegs hatte sich ihr Verdacht, dass es sich um einen Serientäter handelte, gefestigt. Jetzt sah sie sich um und blickte ein letztes Mal an dem Haus empor, bevor sie sich in Bewegung setzte. Eine Klebefolie an den Fenstern im Erdgeschoss machte darauf aufmerksam, dass sich hier der Sitz von *Bonnie & Clyde* befand. Unwillkürlich fragte sich Mia, ob es gut war, für den Verein so plakative Werbung zu machen. Möglicherweise lenkte man so das Interesse von

Menschen auf sich, die nichts Gutes im Schilde führten. Als sie sich gegen die Haustür stemmte, stellte sie fest, dass sie nur angelehnt war. So drückte sie sich mit ihrem Gewicht dagegen und stand im nächsten Augenblick im Flur des gepflegten Hauses. Der Boden war gefliest, eine moderne Lampe an der Decke verbreitete ein freundliches Licht und bildete einen angenehmen Kontrast zu den klassischen Elementen des Altbaus. Der Geruch von frischer Farbe ließ darauf schließen, dass die Wände des Treppenhauses erst kürzlich einen neuen Anstrich erhalten hatten. Ein Schild zu ihrer Rechten wies Mia den Weg zu *Bonnie & Clyde*. Sie betätigte die Klingel, obwohl sie sich nicht sicher war, ob um diese Zeit bereits jemand im Büro des Vereins war. Doch zu ihrer Überraschung wurde sie hereingebeten. Dort, wo sich einst der Korridor befunden hatte, stand ein hölzerner Empfangstresen.

»Guten Morgen, was kann ich für Sie tun?« Eine rundliche Frau Anfang sechzig mit strohblonden Haaren und einer modischen Brille verrichtete an einem Computer am Tresen ihren Dienst. Das Namensschild verriet Mia, dass die Dame Ilona Herberts hieß. Ihre Stimme klang ungewöhnlich rauchig und erinnerte Mia an Bonnie Tyler.

Mia stellte sich vor und zeigte ihren Dienstausweis.

»Polizei?« Die grauen Augen der Frau wurden groß. »Sie kommen sicher wegen …«

»Frau Winkler und Frau Legova, ja.« Mia nickte. Als sie an der Frau vorbeisah, erblickte sie im hinteren Bereich zwei aneinandergestellte Schreibtische mit Telefonen und Rechnern. Sie waren verwaist. An den weiß getünchten Wänden hingen Plakate des Vereins, die um emotionale Unterstützung für Häftlinge warben. Unwillkürlich fragte sich Mia, ob es nicht mehr Vereine geben sollte, die um Hilfe für die Opfer warben. Rechts und links zweigten weitere Türen ab. Der Geruch von kaltem Kaffee hing in der Luft. »Sicher haben Sie in den Medien von den toten Frauen gehört.«

»Daran kommt gerade niemand vorbei.« Ilona Herberts machte ein betretenes Gesicht. »Ich habe Frau Winkler sehr geschätzt.«

»Wie uns bekannt ist, hat sie den Verein finanziell unterstützt«, antwortete Mia.

»Nicht nur das«, sagte Ilona Herberts. »Sie saß als Schriftführerin im Vorstand.«

»Und Ana Legova?«

»Ana war unsere Kassenwartin. Ich habe ihre Aufführungen im Opernhaus geliebt.«

»Sind Sie da nicht alarmiert?«

»Nein, warum sollte ich?«

»Weil sowohl Theresa Winkler als auch Ana Legova sich in Ihrem Verein engagiert und Vorstandsarbeit geleistet haben.«

»Meinen Sie etwa …?« Ilona Herberts brach mitten im Satz ab und machte große Augen.

»Ich würde gern den Vorsitzenden sprechen.«

»Die Vorsitzende.«

»Wie bitte?«

»Vorsitzende. Claudia Becker. Sie ist aber nicht zu erreichen.«

»Entschuldigen Sie, war nur ein Versprecher, nichtsdestotrotz muss ich aber mit ihr sprechen.«

Ilona Herberts lachte auf. »Sie sind lustig.«

»Mir ist nicht zum Lachen zumute.« Mia trommelte auf dem Tresen herum. »Also – wo finde ich Frau Becker?« In Mia schrillten sämtliche Alarmglocken. Sie spürte, wie sich ihre Kopfhaut zusammenzog.

»Sie gilt als vermisst.« Ilona Herberts kehrte die Handflächen nach oben. »Eine aufmerksame Nachbarin hat wohl eine Vermisstenanzeige bei der Polizei aufgegeben.«

»Und da haben Sie nichts unternommen, um …?«, setzte Mia an.

»Nein, weil … ich, also … ich wollte mich nicht einmischen, schließlich ging es um das Privatleben, und man kennt das ja, wenn solche profilierungssüchtigen Nachbarn sich wichtigmachen wollen, um …« Mit gesenktem Blick stammelte Ilona Herberts herum.

Mia merkte, dass es keinen Sinn hatte, die Frau weiter nach dem Grund ihrer Leichtfertigkeit zu fragen. »Sicher haben Sie eine Handynummer von Frau Becker für mich?« Sie zückte Stift und Block.

»Natürlich.« Ilona Herberts diktierte ihr die gewünschte Nummer. Mia schrieb mit. »Wollen Sie mir ernsthaft sagen, dass Ihnen das nicht seltsam vorkommt?« Mia sprach gefährlich leise und achtete auf jede Regung in dem pausbäckigen Gesicht ihres Gegenübers.

»Ja.« Ilona Herberts nickte. »Ich … ich habe zwar vom Tod der beiden erfahren, es aber nicht mit uns …« Sie brach ab. Tränen sammelten sich in ihren Augen. »Oh, mein Gott.«

Mia nickte. »Verdammte Scheiße drückt es besser aus.«

»Verdammte …« Ilona Herberts nickte und weinte drauflos. »Das darf nicht wahr sein«, flüsterte sie mit tränenerstickter Stimme. »Ich habe nicht für möglich gehalten, dass …« Sie schüttelte den Kopf und brach mitten im Satz ab. »Was … was kann ich tun, um …?«

»Ich brauche Mitgliedslisten. Und Sie sollten den Laden abschließen.« Mia ließ sich von der Bürokraft ihre Kontaktdaten diktieren. »Ich benötige eine Nummer, unter der ich Sie jederzeit erreichen kann.«

Ilona Herberts nannte Mia ihre Mobilfunknummer. »Wie geht es denn jetzt weiter?«, fragte sie anschließend.

»Wir werden sämtliche Rechner sicherstellen, uns die Mitgliedslisten anschauen und gegebenenfalls die Mitglieder kontaktieren.«

»Und was ist, wenn die Morde gar nichts mit unserem Verein zu tun haben?«

»Auch dann werden wir den Täter finden«, versicherte Mia ihr. »Und Ihre Vorsitzende.«

***

Er saß in seinem Auto auf einem der freien Parkplätze zwischen den alten Platanen und beobachtete die Szenerie. Etwas sagte ihm, dass die Dinge gerade aus dem Ruder liefen und er machtlos zusehen musste. Nervös trommelte er auf dem Lenkradkranz herum, dabei blickte er immer wieder auf die Uhr im Armaturenbrett. Als er zu dem Pappbecher mit heißem Kaffee griff, der in der Mittelkonsole stand, zitterte seine Hand. Er wurde nicht gern zum Zuschauer seines eigenen Theaterstücks degradiert.

Es läuft nicht gut, hämmerte es unablässig in seinem Kopf. Zum ersten Mal seit Beginn seiner Mission hatte er ein mieses Gefühl. Es gefiel ihm nicht, dass er die Dinge nicht mehr lenken konnte. Dabei hatte er sich eine ganz eigene Choreografie ausgedacht. Alles war chronologisch abgestimmt, alles minutiös durchgeplant. Aber jetzt war diese Polizistin im Vereinsbüro aufgetaucht. Er war sicher, dass sie den Laden innerhalb der nächsten Stunden auseinandernehmen würde. Und dann führte ihr Weg unweigerlich zu ihm. So weit durfte es nicht kommen.

Es läuft nicht gut.

Wütend zerquetschte er einen Fluch auf den Lippen. Er musste seinen Zeitplan neu durchdenken, wenn er sich das große Finale nicht von dieser Kommissarin verderben lassen wollte. Ihm blieb nur eine einzige Wahl: Er musste das Tempo erhöhen.

Gerade als er aussteigen wollte, wurde die Haustür von innen geöffnet. Hastig klappte er die Sonnenblende herunter und rutschte so weit wie möglich auf dem Fahrersitz nach unten. Von seinem Platz aus beobachtete er, wie die Polizistin aus dem Haus trat. Sie war groß und schlank, hatte die blonden Haaren zu einem flüchtigen Zopf zusammengerafft, der unter den dunkelblauen Motorradhelm passte. Sekundenlang stand sie still im Eingang des Hauses und schien nachzudenken. Dann wandte sie sich noch einmal um und drückte die schwere Tür einen Spaltbreit auf. Mit der rechten Hand fingerte sie am Schloss herum.

Er ahnte, was das zu bedeuten hatte: Sie hatte die Sicherung betätigt, die dafür sorgte, dass die Haustür im Schloss einrastete. Somit war es ungebetenen Gästen nicht möglich, unbemerkt ins Haus zu gelangen. »Scheiße!«, gellte seine Stimme durch den Wagen. Er hieb auf den Lenkradkranz ein.

Als die Polizistin zufällig in seine Richtung blickte, rutschte er noch tiefer nach unten und hoffte, dass die Spiegelung der Windschutzscheibe dazu beitrug, dass er nicht gesehen wurde. Offensichtlich hatte er Glück, denn ihr Blick blieb nur für den Bruchteil einer Sekunde an seinem Wagen haften, dann trat sie den Weg zu ihrem Chopper an, der ein paar Meter weiter zwischen den Bäumen parkte. Das Ding sah aus wie eine klassische Harley. Die Lenker waren hochgezogen, die Trittplatten lagen weit vorn. Nur das kleine Versicherungskennzeichen am Heck verriet ihm, dass es sich um einen Elektroroller handelte.

Gerade sah er, wie sie in den Koffer hinter dem ledernen Sitz griff und den Helm herausnahm, der farblich zur Maschine passte. Der Lack in einem tiefen Dunkelblaumetallic blitzte kurz auf.

Als sie auf den Sattel stieg, konnte er einen kurzen Blick auf ihren knackigen Hintern erhaschen, der in einer engen Jeans steckte. Das Rücklicht flammte auf, sie stemmte den Chopper vom Ständer, sah sich um, blinkte und ordnete sich eilig in den fließenden Verkehr ein. Dann war sie seinem Sichtfeld entschwunden.

Es läuft nicht gut, hämmerten die Worte in seinem Schädel. Und je länger er über eine Planänderung nachdachte, umso mehr wurde ihm klar, dass sein Kopf bereits in der Schlinge steckte, die sich gnadenlos zuzog.

KAPITEL 31

Als Mia das Präsidium erreichte, war es fast halb neun, und der Nieselregen hatte sich verzogen. Die Sonne kämpfte sich zaghaft durch die tief hängenden Wolken und tauchte die Stadt in ein sanftes Licht. Im Eingangsbereich nickte sie dem Mann in der Pförtnerloge knapp zu, bevor sie zum Treppenhaus stürmte, um in den zweiten Stock der Behörde zu gelangen. Sie war froh, fit genug zu sein, um den Korridor wenig später nicht völlig atemlos zu erreichen. Nachdem sie sich in der Teeküche einen Kamillentee aufgesetzt hatte, lief sie mit der dampfenden Tasse in der Hand nach einem knappen Anklopfen in das große Büro des Abteilungsleiters. Hemdsärmelig saß Frank Thies an seinem Schreibtisch und telefonierte, er blickte ihr erschrocken entgegen. Offenbar erkannte er an Mias Gesicht, dass etwas passiert sein musste.

»Ich ruf dich später an. Ja, ich freu mich auch.« Kurz huschte ein sanftes Lächeln über seine Lippen, dann unterbrach er die Verbindung und schob das Telefon zurück in seine Hosentasche.

»Bist du etwa verliebt?«, fragte Mia und trat näher.

Der Erste Kriminalhauptkommissar grinste schief. »Zum Verlieben war bisher keine Zeit«, stöhnte er. »Aber Katharina hat gesagt, dass wir alles nachholen, sobald das hier …« Er brach mitten im Satz ab. »Aber kommen wir zur Sache, Mia. Was ist los?«

Mia nahm sich einen der beiden Stühle vor seinem Schreibtisch und setzte sich verkehrt herum darauf. »Bei den beiden Toten handelt es sich um Vorstandsmitglieder des Vereins *Bonnie & Clyde*«, eröffnete sie ihm. »Und Claudia Becker, die Vorsitzende, gilt offenbar als vermisst. Sie ist seit Tagen spurlos verschwunden.«

Thies machte große Augen. »Und Merle Frink?«

»Das wissen wir noch nicht. Ich wollte die Sekräterin nicht noch mehr aufschrecken, indem ich nach ihr frage. Aber wir bekommen von ihr die Mitgliedslisten. Das werden wir sehr bald wissen. «

»Moment ...« Thies stutzte. »Claudia Becker, die Rechtsanwältin?«

»Ja, sie ist die Vorsitzende des Vereins. Kennst du sie?«

»Und ob.« Thies nickte. »Sie ist Strafverteidigerin. Als Anwältin rettet sie die Ärsche ihrer kriminellen Mandanten.«

»Um sie sich dann unter den Nagel zu reißen«, spann Mia den Faden weiter.

»Was meinst du damit?« Frank Thies legte den Kopf schräg.

»Dass sie wahrscheinlich auch ein Faible für schwere Jungs hat«, erklärte Mia.

Thies hörte aufmerksam zu und griff auch nicht zum Smartphone, als ein Klingeln vom Eingang einer neuen Nachricht kündete. Er sprang von seinem Stuhl auf, wanderte durch das Büro und blieb am Fenster stehen. Sekundenlang schien er gedankenverloren den Verkehr auf der Friedrich-Engels-Allee zu beobachten. »Also«, sagte er nach einer Pause, »hattest du recht, und wir haben es tatsächlich mit einem Serienmörder zu tun, der es auf Mitglieder des Vereins abgesehen hat.« Er wandte sich zu Mia um. »Dann ist Gregor Ivanov aber auch unschuldig.«

»Frank«, drängte Mia, »wir sollten den Verein durchsuchen und sämtliche Rechner sicherstellen. Wir müssen herausfinden, wie die Morde an den Frauen mit dem Verein in Zusammenhang stehen.«

»Ja«, stimmte Thies ihr zu. Er umrundete seinen Schreibtisch und ließ sich mit einem leisen Seufzer auf den Bürostuhl sinken. »Das müssen wir. Ich werde gleich mit dem Staatsanwalt sprechen, er müsste eigentlich schon längst hier sein.« Nervös blickte er auf seine Armbanduhr. »Dann soll er beim Richter den Durchsuchungsbeschluss beantragen.«

»Das dauert zu lange«, fand Mia. »Wenn Klinger es für richtig hält, kann er die Durchsuchung veranlassen.«

Thies nickte. »Klar, Gefahr in Verzug.«

»Und wir müssen Claudia Becker unbedingt zur Fahndung ausrufen!«

Gerade als Thies etwas erwidern wollte, flog die Tür auf, und Lassner steckte den Kopf in den Raum. »Hier bist du«, sagte er an Mia gewandt. Dann nickte er Frank Thies zu und murmelte eine Entschuldigung.

»Wie war es bei Adrian Winkler?«, wollte der Abteilungsleiter wissen.

Mias Partner streifte den Mantel ab und warf ihn über die Stuhllehne. In wenigen Sätzen berichtete er ihnen, was er bei Adrian Winkler in Erfahrung gebracht hatte.

»Das klingt nach gekränkter Eitelkeit«, fand Mia, nachdem er seine Ausführungen abgeschlossen hatte. »Winkler war eifersüchtig auf diesen Berlinghoff.«

»Und Eifersucht ist eines der häufigsten Mordmotive«, sagte Lassner mit grimmiger Miene. »Aber er wird nichts mit den anderen Opfern zu tun gehabt haben«, vermutete er.

»Er könnte sie jedoch gekannt haben.«

»Möglich.«

»Hast du ihn auch zu den betreffenden Zeitfenstern von Ana Legovas und Merle Frinks Tod befragt?«

»Nee.« Lassner schüttelte den Kopf.

»Die Ereignisse überschlagen sich«, bemerkte Mia. Sie trank in kleinen Schlucken von ihrem Tee und spürte die wohltuende Wirkung des Honigs im Hals.

»Umso schwerer für uns, alle Ermittlungen in richtige Bahnen zu lenken«, stimmte Lassner ihr zu.

»Ich werde jetzt mit der Staatsanwaltschaft und dem Richter telefonieren, damit wir nach der Runde zuschlagen können«, bemerkte Thies.

»Wir müssen uns auch noch schnell vorbereiten.« Mia nickte Lassner zu und erhob sich. »Was gibt es zu Hause Neues?«, fragte sie ihn auf dem Korridor, nachdem sie die Bürotür zugezogen hatte. Es war zwar ein seltsamer Zeitpunkt, um danach zu fragen, aber sie sah ihrem Partner an, dass er besorgt und sehr müde war – und nicht nur wegen des Falls.

»Wie bitte?«

»Hat deine Frau noch etwas gesagt?«

»Wir haben kaum ein Wort miteinander gewechselt.«

»Verständlich.« Sie nickte. »Dann solltest du das nachholen, sobald der Fall abgeschlossen ist.«

»Das werde ich.« Lassner legte ein säuerliches Grinsen auf. »Auch wenn ich mich nicht um eine Aussprache reiße.«

»Tu es deiner Ehe zuliebe«, empfahl Mia ihm, bevor sie ihre Unterlagen für das bevorstehende Meeting zusammenstellte. Sie wollte ihrem Kollegen helfen zu verhindern, dass seine Ehe scheiterte. Doch jetzt galt es erst einmal, sich um den Serienmörder zu kümmern, bevor ein weiteres Opfer zu beklagen war.

***

Diesmal kehrte er schneller zurück. Sie war noch mit ihrem Frühstück beschäftigt, als sich der Schlüssel in der Tür drehte. Kauend erhob sie sich.

Die Tür wurde geöffnet. Tageslicht flutete ihr Gefängnis. Und da war noch etwas. Ein gleichmäßiges Rauschen, das ihr zum ersten Mal auffiel.

Eine Autobahn, dachte sie aufgeregt. Mein Versteck liegt unweit einer Autobahn. Doch das neu erlangte Wissen hatte nicht allzu viel zu bedeuten, denn die Stadt wurde von zwei Autobahnen eingerahmt.

Er trat ein und sah sie an. Ein eigenartiges Blitzen lag in seinen Augen. »Halt dich bereit«, scharrte er durch den Stimmenverzerrer. »Es geht in Kürze los.«

»Was geht los?« Mit verschränkten Armen machte sie einen Schritt auf ihn zu.

»Du wirst es erfahren.«

»Wann?«

»Wenn es so weit ist.«

Sie nahm all ihre Kraft zusammen und baute sich vor ihm auf. »Was ist das für eine komische Aktion? Was hast du wirklich mit mir vor?«

»Du bist zu neugierig.«

»Was willst du dann schon wieder hier?«

»Nach dir sehen.«

Täuschte sie sich, oder klang er abgehetzt? Trieb sie ihn mit ihren Fragen und ihrem kämpferischen Auftreten bereits in die Enge? Sie spürte, wie ihre Courage wuchs. »Beobachten kannst du mich doch auch über die Kamera.« Mit dem Daumen über die Schulter zeigte sie auf den roten Punkt. »Werden die Aufnahmen auch im Netz gezeigt?«

»Du stellst zu viele Fragen.«

»Das sagst du jedes Mal.« Sie nickte. »Also schön. Wer bist du? Was bist du?«

Jetzt lachte er hinter seiner Maske. Das Lachen klang unheimlich durch den Stimmenverzerrer. »Ich bin viele«, behauptete er, während er sich auf den Absätzen seiner schwarzen Stiefel umdrehte und Anstalten machte, sie zurückzulassen. »Was ist, wenn ich nicht allein bin?«

»Was heißt das?«, gellte ihre Stimme durch das Verlies.

»Dass du mal wieder zu viele Fragen stellst.« Er stand bereits im Gang, sie sah das Tageslicht. Staubpartikel tanzten in der kühlen Herbstsonne. Auf dem nackten Steinboden lag Unrat herum, auch im Gang verliefen armdicke Rohre unter der Decke.

Bevor sie weitere Fragen stellen konnte, warf er die Tür ins Schloss. Das metallische Scheppern malträtierte ihre Ohren. Erschrocken wich sie zurück und stierte auf die Stelle, wo sich eben noch der Weg in die Freiheit befunden hatte. Jetzt stand sie wieder in völliger Finsternis und starrte in ein schwarzes Loch.

***

Die Stimmung am Besprechungstisch im Büro von Frank Thies war angespannt. Die anwesenden Kollegen wirkten müde und frustriert, wussten sie doch um den Umstand, dass der Täter immer noch auf freiem Fuß war.

Drei Frauen waren innerhalb kürzester Zeit auf brutalste Weise ermordet worden, und bis jetzt gab es nicht eine einzige brauchbare Spur. Die Polizei stand unter Druck, denn Alexander Klinger drängte auf Ergebnisse. Mit verkniffener Miene saß der Staatsanwalt neben Thies am Kopf des langen Tisches. Sarah Weber hatte wieder warme und kalte Getränke und Gebäck bereitgestellt. Jetzt saß sie seitlich neben dem Abteilungsleiter und würde die Sitzung gleich protokollieren.

»Das ist ’ne Stimmung wie vor der Beichte«, raunte Mia Lassner zu, der auf sein Tablet stierte und nickte, ohne aufzublicken.

»Kein Wunder«, erwiderte er. »Wir sitzen mit fast leeren Händen hier. Drei Frauen sind tot, eine wird vermisst.«

»Ich hoffe, dass wir bei der Fahndung nach Becker Glück haben.« Gerade als sie etwas hinzufügen wollte, räusperte sich Frank Thies, um das Meeting formell zu eröffnen. Wie immer fasste er die aktuellen Ereignisse zusammen. Der Staatsanwalt hörte dem Ersten Kriminalhauptkommissar mit versteinerter Miene zu, bevor er das Wort ergriff.

»Ich will es nicht schönreden«, begann Klinger. »Die Ermittlungen sind ein Wettlauf gegen die Zeit, denn die Abstände zwischen den Gewalttaten sind erschreckend kurz, und der Täter ist immer noch nicht bekannt. Und mit dem Attentat an der Schwebebahnstation in Elberfeld hat sich der unbekannte Täter ein sehr fragwürdiges Denkmal gesetzt, denn unser Wahrzeichen ist längst bundesweit in den Schlagzeilen. Stadt und Stadtwerke fürchten einen Imageschaden.« Er blickte in die Runde. »Fragen? Anmerkungen dazu?«

Im Raum herrschte Schweigen, dann räusperte sich Frank Thies. »Es gibt einige Dinge, die wir recherchieren müssen«, antwortete er. Thies wandte sich an Gino Moretti. Der Südländer blätterte in seinen Unterlagen, in denen er bereits handschriftliche Anmerkungen verfasst hatte.

»Wie weit seid ihr mit der Liste von Adrian Winkler? Hat sich etwas ergeben?«

»Ist doch schon abgearbeitet.« Moretti setzte eine bedauernde Miene auf. »Niente«, sagte er kopfschüttelnd. »Bisher keine haltbaren Vorwürfe, die Anlass geben würden, weiter nachzuforschen.«

»Danke trotzdem.«

»Figurati«, Moretti grinste schief. »Da nicht für.«

»Warum dann diese Liste?« Stüttgen betrachtete seine Partnerin mit einem fragenden Blick. Sophie Stein zuckte die Schultern. »Vielleicht wollte Adrian Winkler auch nur von sich selbst ablenken. Womöglich steckt er tiefer in der Geschichte drin, als er zugeben will.«

»Den Verdacht hatte ich auch schon.« Lassner nickte. »Und er wird mir mit jedem Treffen unsympathischer.«

»Was ihn aber nicht gleich zu einem Verdächtigen macht«, schränkte Alexander Klinger ein. »Bei einer Ermittlung geht es um Fakten, nicht um Emotionen.« Für ihn war das Thema damit erledigt.

»Wir sollten uns mit dem neuesten Fall beschäftigen«, empfahl Frank Thies. Da Peter Nohlen in der Runde fehlte, wandte er sich an dessen Vorgesetzte. In wenigen Sätzen berichtete Elisabeth Völker, dass Nohlen noch vor Ort sei, um Spuren zu sichern. Streifenbeamte hatten die Suche nach möglichen Zeugen begonnen, Seelsorger kümmerten sich immer noch um den Schwebebahnfahrer und die Fahrgäste, die am Bahnsteig gewartet hatten.

»Die Aufnahmen der Überwachungskameras liegen uns inzwischen vor«, schloss Völker ihren kurzen Sachstandsbericht. Als Thies nickte, erhob sie sich von ihrem Platz und trat an das digitale Flipchart. Alle Augen folgten ihr. Sie rückte den taubengrauen figurbetonten Hosenanzug glatt, dann nahm sie die kleine Fernbedienung, um die Bilder vom Unglücksort einzublenden. Die Anwesenden sahen Aufnahmen vom Bahnsteig. Fahrgäste, die mit teilnahmslosen Mienen auf das Eintreffen der Schwebebahn warteten – und das Opfer, das sich zu diesem Zeitpunkt ahnungslos am vorderen Ende des Bahnsteiges befand und zum großen Tor über der Wupper hinausblickte. Von hinten näherte sich ein hochgewachsener Mann in dunkler Kleidung. Niemand schenkte ihm Beachtung.

Eine andere Kamera zeigte, wie die Schwebebahn in den Bahnhof rollte. Bewegung kam in die Anwesenden. Der Fahrer drosselte das Tempo. Er war nur schemenhaft in der gespiegelten Frontscheibe zu erkennen. Der Mann in dunkler Kleidung blickte für den Bruchteil einer Sekunde geradewegs in die Kamera. Alle im Raum hielten gebannt den Atem an. Doch das Gesicht des Unbekannten lag im Schatten einer schwarzen Kapuze. Zusätzlich trug er die dunkle FFP2-Maske und eine große Sonnenbrille, sodass von seinem Gesicht so gut wie nichts zu erkennen war. Gino Moretti stieß einen Fluch aus. »*Vaffanculo!*«, zischte er wütend und enttäuscht und sprach den anderen damit aus der Seele.

Das Bild wechselte erneut. Die Kamera am vordersten Ende des Bahnsteigs zeigte, wie der Mann ein Bein hob. Noch immer schenkte ihm niemand der anderen Fahrgäste Beachtung. Dann versetzte er der wartenden Merle Frink einen heftigen Tritt in den Rücken. Ihr Mund öffnete sich zu einem lautlosen Schrei des Entsetzens, und sie taumelte nach vorn.

Die Kamera zeigte die Tat in all ihrer Grausamkeit. Merle Frink riss erschrocken die Arme hoch, sackte halb in die Knie und strauchelte. Im selben Moment brach am Bahnsteig Panik aus. Niemand war imstande, einzugreifen. Der Fahrer brachte die Bahn nicht rechtzeitig zum Stehen. Sie prallte gegen die Front, die Windschutzscheibe ging zu Bruch, während die Frau vom Aufprall nach vorn geschleudert wurde. Das Opfer rollte sich zusammen, versuchte, das Unvermeidliche zu verhindern, hatte aber keine Chance. Wie eine große Stoffpuppe wurde die Frau durch die Luft katapultiert, geradewegs auf das Ende des Bahngleises zu. Dahinter lag ein Vordach aus Beton, bevor es in die Tiefe ging. Kurz schien die junge Frau dem Schlimmsten entkommen zu sein. Sie drehte sich halb zur Seite, dann rutschte sie nach vorn, verlor das Gleichgewicht und stürzte in die Tiefe. Darunter befand sich die Fußgängerzone, die schon außerhalb des Sichtfeldes der Kamera lag. Der Mann, der Merle Frinks Tod verschuldet hatte, nutzte die Aufregung in der Station, er wandte sich um und stürzte zum Ausgang. Eine andere Überwachungskamera zeigte den Flüchtenden, wie er die Treppen hinunterstürmte, als wäre der Leibhaftige hinter ihm her.

Dann stoppte die Aufnahme. Im Raum herrschte Betroffenheit.

»So ein feiges Arschloch«, machte Mia als Erste ihrer Wut über den hinterlistigen Mord Luft. Selten bekam sie als Polizistin ein gewaltsames Verbrechen zu Gesicht. Der Umstand, dass sie nicht hatte eingreifen können, machte die Sache nicht leichter für sie. So musste sie gegen ihre Emotionen ankämpfen und hüllte sich in Schweigen.

Elisabeth Völker betätigte einen Knopf auf der Fernbedienung und blendete das Bild vom Gesicht des Täters in Großaufnahme ein. »Mehr haben wir nicht von ihm.«

»Scheiße – das kann jeder sein«, schimpfte Stüttgen. »Man sieht nichts von seinem Gesicht, er kann hager, aber auch pausbackig sein, er kann alt, aber auch jung sein.«

»Das ist unser Problem«, stimmte Alexander Klinger ihm emotionslos zu. »Deshalb hat es wohl auch kaum Sinn, das Bild den Medien zur Verfügung zu stellen.«

»Zumindest vorerst«, fügte Frank Thies hinzu, der nach jedem sich bietenden Strohhalm griff, um den Mörder zu finden. Mia sah ihm an, dass auch er die Flut von mutmaßlichen Zeugenhinweisen fürchtete, hinter denen sich meistens nichts verbarg als die Profilneurose einiger Zeitgenossen.

»Ich halte fest«, hob der Staatsanwalt die Stimme. »Wir suchen einen Mann, eins siebzig bis eins fünfundachtzig groß, offenbar von schlanker Statur, der zwischen neunzehn und sechzig Jahre alt ist.«

»Das bringt uns nicht weiter«, stöhnte Sophie Stein kopfschüttelnd.

»So ist es.« Klinger nickte. »Also müssen wir mit dem arbeiten, was wir wissen.«

»Viel ist es nicht«, murmelte Karl Brauers. »Wir könnten uns im sozialen Umfeld der Toten umhören.« Sein Partner nickte zustimmend.

»Gerne«, sagte Thies. »Ich werde euch zwei Teams zur Verstärkung schicken – sobald ich Personal bekomme.« Er wandte sich an Mia. »Am besten berichtest du jetzt über deinen Besuch beim Verein *Bonnie & Clyde*. Wenn überhaupt ein Zusammenhang zwischen den Taten besteht, dann hier.«

»Gern.« Mia entsperrte ihr Tablet und trug den Anwesenden vor, was sie in der Kürze der Zeit herausgefunden hatte.

»Jemand scheint es auf die Vorstandsmitglieder abgesehen zu haben«, murmelte Michael Stüttgen.

»Denen geht es eigentlich nur um die Resozialisierung von Straftätern«, gab Sophie Stein zu bedenken. »Mehr noch: Einige Mitglieder setzen sich für die Rechte und das Wohlergehen der Inhaftierten ein.«

»Vielleicht nicht genug«, überlegte Lassner. »Womöglich fühlen sich Einzelne nicht gut genug betreut und rächen sich nach ihrer Entlassung dafür.«

»Das wäre durchaus denkbar«, fand Thies.

»Was wissen wir über Claudia Becker?«, fragte Sophie Stein mit gerunzelter Stirn.

»Sie ist eine sehr streitbare Anwältin für Strafrecht«, bemerkte der

Staatsanwalt. »Ich habe ihr im Gerichtssaal schon oft gegenübergesessen, wenn sie für das Recht ihrer Mandanten kämpfte«, erklärte Alexander Klinger. »Sie ist eine brillante Strafverteidigerin und war mir in der Vergangenheit schon mehrmals eine harte, aber faire Sparringspartnerin.«

»Eine, die mit großer Sicherheit auch Feinde hat«, mutmaßte Gino Moretti. »Wer als Anwältin für die Freilassung von Straftätern kämpft, hat keine Mandanten, die sich wegen eines Rotlichtverstoßes vor Gericht zu verantworten haben.«

»Du meinst, sie hat sich mit den Falschen angelegt?«, fragte Sophie Stein mit gerunzelter Stirn.

»Das wäre denkbar.« Moretti nickte. »Vielleicht sollten wir die Kollegen von der OK mit einbeziehen.«

Mia horchte auf. Wenn Moretti mit seiner Vermutung recht behalten sollte und die Organisierte Kriminalität für Claudia Beckers Verschwinden verantwortlich war, dann passte dies tatsächlich nicht zu den drei Toten.

»Wir müssen mehr über sie erfahren«, sagte Mia. »An welchen Fällen hat sie zuletzt gearbeitet, und wo könnte sie angeeckt sein? Gab es juristische Niederlagen, für die man sie jetzt zur Verantwortung ziehen könnte?«

»Vor allem würde mich interessieren, wer die Vermisstenanzeige aufgegeben hat«, brummte Karl Brauers.

»Eine besorgte Nachbarin«, las Mia vor. »Eine gewisse Annegret Höpner, sie bewohnt das Nebenhaus der Vermissten. Ich werde sie gleich aufsuchen.«

»Mach das«, bestärkte Thies sie. »Und bei der Gelegenheit sollten wir eine Ringfahndung nach Claudia Becker einleiten und ein Geoprofil anfertigen, um ihre letzten Wege vor dem Verschwinden zu rekonstruieren.«

Elisabeth Völker nickte. »Sobald uns alle Genehmigungen vorliegen, kann ich das veranlassen.«

»Dabei können Sie auf meine Unterstützung zählen«, versicherte ihr Klinger mit entschlossenem Blick. »Wie hoch ist die Wahrscheinlichkeit, dass Claudia Becker schon nicht mehr lebt?«, erkundigte er sich. »Wenn die Vermisstenanzeige vier Tage alt ist, dann wurde sie aufgegeben, bevor Theresa Winkler getötet wurde.«

»Sollte das der Fall sein, wurde sie noch nicht gefunden«, murmelte Mia nachdenklich. »Eigenartig, wenn man bedenkt, dass die anderen Frauen recht öffentlichkeitswirksam ums Leben kamen.«

»Jeder fängt mal klein an«, sagte Moretti grinsend. Für diese flapsige Bemerkung erntete er einen missbilligenden Blick vom Staatsanwalt.

»Zunächst gehen wir davon aus, dass sie verschleppt wurde – wenn sie nicht aus eigenem Willen ihren Aufenthaltsort geändert hat«, sagte Thies.

»Du meinst, dass sie untergetaucht sein könnte?« Mia hob die Augenbrauen.

»Möglich.« Der Abteilungsleiter des KK 11 nickte. »Als Anwältin für Strafrecht hatte sie es oft mit schwerkriminellen Mandanten zu tun. Deshalb müssen wir auch in der Kanzlei ermitteln, digitale Endgeräte sicherstellen und die Angestellten befragen.«

»Theresa Winkler war Sozialtherapeutin und forensische Psychologin«, schoss es aus Lassner heraus. »Mit ihren Gutachten hat sie regelmäßig über Haft oder Freiheit mitentschieden.«

»Beide waren im Verein Vorstandsmitglieder und hatten Kontakt zu Straftätern«, sagte Brauers.

»Soweit ich weiß, saß Claudia Becker auch im Beirat der JVA Simonshöfchen.« Der Staatsanwalt richtete sich auf. »Sie hat sich dort für die Interessen der Häftlinge eingesetzt.«

»Sieh einer an.« Thies wandte sich an Basti Koch, der dem Meeting bisher schweigend beigewohnt hatte. »Du müsstest die digitalen Endgeräte des Vereins und der Kanzlei auswerten. Als Erstes benötigen wir die Mitgliedslisten. Die der Frauen, aber auch die der

Häftlinge, die sich im Forum um eine Bekanntschaft beworben haben.«

»Wir fahren gleich im Anschluss an die Morgenrunde hin und nehmen alles mit«, versicherte der IT-Experte. »Und dann seid ihr dran.«

»Das wird die Suche nach der Stecknadel im Heuhaufen«, fürchtete Michael Stüttgen.

»Uns bleibt keine andere Wahl, fürchte ich«, bemerkte der Staatsanwalt. »Die Zeit ist gegen uns, wenn wir den nächsten Mord verhindern wollen.«

»Unser Augenmerk richtet sich erst einmal auf die Unterlagen des Vereins. Womöglich gibt es auch E-Mails, die auf eine Bedrohung der Vorstandsmitglieder schließen lassen.« Thies wandte sich an das Team. »Bitte prüft zuerst, ob Merle Frink in den Mitgliedslisten des Vereins auftaucht, das dürfte schnell erledigt sein. Und dann wissen wir, ob wir mit unserem Verdacht richtigliegen, oder ob wir es mit einem Trittbrettfahrer zu tun haben.«

»Ihr Name wird in den Unterlagen auftauchen«, versicherte Koch ihm mit einem zuversichtlichen Augenzwinkern.

»Und wenn das nicht der Fall ist …«, begann Thies nachdenklich.

»Dann haben wir es schlimmstenfalls doch mit zwei verschiedenen Tätern zu tun.«

»Dann wäre der Tod von Merle Frink unter Umständen ein Racheakt«, überlegte Moretti. »Rache für zerstochene Reifen möglicherweise.«

»Wer so ein teures Auto fährt, neigt eher dazu, Frink zu verklagen, als sie vor eine Schwebebahn zu stoßen«, entgegnete Klinger kopfschüttelnd. »Allerdings werden diese Luxuskarossen oft auch von Mitgliedern der OK oder des Rotlichtgewerbes gefahren. Dass man in diesen Kreisen nicht zimperlich vorgeht, muss ich hier wohl niemandem erklären. Aber diese Spur scheint mir eher unwahrscheinlich.«

Frank Thies seufzte. Mia spürte, dass ihm die Sache langsam über den Kopf zu wachsen drohte. »Wir werden das Tempo erhöhen«, schlug sie vor.

»Und den Druck«, stimmte Alexander Klinger ihr mit einem grimmigen Nicken zu. »Auch die Hilfe der Kollegen vom Landeskriminalamt sollten wir nicht ablehnen.«

»Also gründen wir eine Mordkommission?«

»Richtig.« Klinger nickte. Er blickte in die Runde. »Hat jemand eine schnelle Idee für den Namen dieser Mordkommission?«

»Knastliebe«, schoss es spontan aus Mias Mund.

»Knastliebe«, wiederholte Klinger. Er überlegte kurz, dann nickte er mit einem Grinsen. »Also gut, von mir aus. Wer auch immer dort draußen herumläuft«, kam er zum Punkt, »es muss einen Grund geben, warum er Frauen tötet, die Kontakt zu inhaftierten Straftätern haben oder hatten.« Der Staatsanwalt sah in die Runde. »Ideen? Vorschläge? Denkansätze?«

»Rache«, schoss es aus Michael Stüttgen heraus. »Jemand hat sich von den Damen schlecht behandelt gefühlt.«

»Und deshalb tötet er drei Frauen und lässt eine vierte verschwinden?« Thies zog eine Augenbraue hoch. »Er müsste ja blind vor Wut sein.«

»Eifersucht«, warf Mia in den Raum. Auf der Stelle kehrte Ruhe ein. Alle Blicke waren auf sie gerichtet. Der Staatsanwalt legte den Stift zur Seite und beugte sich weit zu ihr hinüber. »Wie meinen Sie das?«

Mia warf ihrem Partner einen Blick zu. »Björn, du hast berichtet, dass die Ehe der Winklers gescheitert ist, weil Theresa Winkler sich in einen ehemaligen Häftling verliebt hat.«

Lassner nickte zustimmend. »Das ist korrekt. Sie hat eine Affäre mit Falk Berlinghoff begonnen. Um ihn kümmere ich mich gleich nach dem Meeting.«

»Und Ana Legova hat sich einen Lover aus dem Knast angelacht.«

Der Staatsanwalt räusperte sich. Er richtete sich auf seinem Stuhl auf und zupfte an seinem Hemdkragen herum. »Was ich aber nicht sehe, ist der Zusammenhang zwischen den drei Taten, und wenn Claudia Becker dazuzählt, sogar zu den vier Taten. Jedenfalls nicht, wenn wir von Mord aus Eifersucht reden.«

»Die letzten beiden Opfer wurden zu Tode gestoßen«, erinnerte Gino Moretti. »Sowohl Ana Legova als auch Merle Frink kamen durch einen gewaltsam herbeigeführten Sturz ums Leben.«

»Was aber nicht zum Modus Operandi von Theresa Winkler passt«, stellte Klinger fest. »Also doch kein Serientäter?«, fügte er hinzu.

»Wie dem auch sei«, meldete sich Thies zu Wort. »Wir ermitteln in drei Tötungsdelikten, die sich innerhalb weniger Stunden ereignet haben. Wir arbeiten rund um die Uhr und kommen kaum nach, uns um die sozialen Umfelder der Opfer zu kümmern.« Er seufzte. »Wir haben zu wenig Personal.«

»Das sehe ich.« Klinger nickte verständnisvoll. »Hat sich das LKA bereits gemeldet?«

»Mehrfach.« Thies nickte. »Ich werde die Hilfe der Kollegen aus Düsseldorf in Anspruch nehmen müssen.«

»Einverstanden.« Der Staatsanwalt nickte. »Bitte bedenken Sie, dass die Obduktionen von Ana Legova und Merle Frink noch am heutigen Tage stattfinden werden – jemand muss dabei sein.«

Mia warf Lassner einen vielsagenden Blick zu. Sie sah ihm an, dass er mit der Entscheidung ihres Vorgesetzten durchaus einverstanden war. Ihr war, als säße sie vor einem riesigen Puzzle, bei dem noch zahlreiche Teile fehlten. Die Lücken im Gesamtbild störten sie gewaltig. »Wir sitzen hier rum, während der nächste Mord vielleicht schon in diesem Augenblick passiert«, stieß sie hervor. »Worauf warten wir?« Sie sprang von ihrem Stuhl auf.

»Moment«, rief Klinger. »Sind die Aufgaben verteilt?«

Der Erste Kriminalhauptkommissar nickte. »Ich denke schon«, murmelte er. »Weiß jeder, was zu tun ist?«

Am langen Tisch wurde genickt. Als Moretti begann, auf die Tischplatte zu klopfen, taten es ihm alle nach. In Mias Ohren klang es wie aufbrausender Beifall. »Ja«, sagte sie, »ich denke, wir wissen, was zu tun ist: Fangen wir den kranken Typen, der es auf die Frauen da draußen abgesehen hat.«

***

Viel Ruhe hatte er sich nicht gegönnt. Nachdem er Merle Frinks Schicksal vor den Augen eines Dutzends Anwesender in der Schwebebahnstation besiegelt hatte, war er unerkannt entkommen.

Er freute sich diebisch, wie dumm die Menschen doch waren. Anstatt sich um ihn zu kümmern, ihm zu folgen und ihn zu Fall zu bringen, standen sie da wie die Erdmännchen. Starr vor Schreck und nicht in der Lage, zu handeln. So war es ein Kinderspiel gewesen, unerkannt in der Fußgängerzone zu entkommen. In den Medien überschlugen sich die Nachrichten vom gewaltsamen Mord an einer jungen Frau. Das Wuppertaler Wahrzeichen, das Heiligtum der Menschen in der Stadt, hatte einen Imageschaden erlitten und war bundesweit in den Schlagzeilen. Dieser Umstand spielte ihm in die Karten. Jetzt hatte er die Berühmtheit erlangt, die er sich wünschte. Alle Augen waren auf Wuppertal gerichtet. Wer war der Mann, der Frauen tötete? Der offensichtlich eine Mission verfolgte und eiskalt weitermordete, bis man ihn verstand? Immerhin schlossen sie einen Zusammenhang zwischen den Taten nicht mehr aus. Dabei war der Mord an Merle Frink als einer seiner Höhepunkte geplant gewesen. Spektakulär und öffentlichkeitswirksam.

Niemand hatte sich die Mühe gemacht, ihm am Bahnhof zu folgen. Keiner hatte ihn gesehen, als er Maske und Sonnenbrille in einen Mülleimer in der Elberfelder Fußgängerzone entsorgt hatte, um unbehelligt und ohne Eile in sein Auto zu steigen, mit dem er zur Schützenstraße gefahren war.

Dort allerdings hatte er sich geärgert. Er war spät dran gewesen, zu spät, denn diese verdammte Polizistin war ihm zuvorgekommen. Er spürte, wie Wut in ihm hochkochte. Sie musste eliminiert werden. Auge um Auge, Zahn um Zahn. Wenn sie ihm das Leben schwer machte, würde sie dafür büßen. Doch noch war es nicht so weit. Er brauchte ein, zwei Stunden Schlaf nach der aufregenden Nacht. Und dann würde er sie sich holen.

KAPITEL 32

Die junge Frau sprang von der Besucherbank auf dem langen Flur des elften Kriminalkommissariats auf, als Mia und Lassner das Büro am Ende des Ganges verließen. Sie verlangsamte ihre Schritte und betrachtete die Fremde. Sie war Ende zwanzig, vielleicht Anfang dreißig und trug das lange dunkle Haar offen. Ihr Gesicht war schmal und fein geschnitten, die Nase etwas lang, die Lippen sinnlich und voll. Eine schöne Frau, die Mia sich gut in einem TV-Format wie *Germany's Next Topmodel* vorstellen konnte. Auch ihr Modegeschmack ließ keine Wünsche offen, denn sie trug eine hautenge Jeans zu schwarzen halbhohen Stiefeln und einen zartrosafarbenen Rollkragenpullover unter dem taubengrauen Mantel. Ein Hauch von Chanel Chance Eau Tendre umgab sie. Mia erkannte das sofort, weil sie Lea diesen sündhaft teuren Duft im letzten Jahr zu Weihnachten geschenkt hatte. Zu Lea passte die Note irgendwie besser, fand Mia.

»Sind Sie von der Mordkommission?« Braune mandelförmige Augen blickten Mia und Lassner hoffnungsvoll entgegen.

Mia verlangsamte ihre Schritte und wechselte einen Blick mit ihrem Partner.

Unmerklich zuckte Lassner die Schultern. »Seit drei Minuten etwa«, antwortete er.

Mia wandte sich an die Frau. »Was können wir für Sie tun?«

»Es geht um den Mord an Ana Legova.« Die Stimme der jungen Frau klang belegt, ihre Augen schimmerten feucht.

»Woher wissen Sie, dass es ein Mord war?«, horchte Mia auf. Sie schob die Hände in die Gesäßtaschen ihrer Jeans und betrachtete die Frau aufmerksam.

»Ana wäre niemals die Treppe hinuntergestürzt«, behauptete die Frau. »Da hat einer nachgeholfen.«

»Warum?«

»Ich kannte sie gut. Ana war durchtrainiert und als Tanzlehrerin alles andere als so ungeschickt, um eine Treppe hinunterzustürzen. Wissen Sie, was ich meine?«

»Ich glaube schon.« Mia nickte. »Und Sie sind?«

»Alina Mühlinghaus, ich bin … ich *war* die beste Freundin von Ana und habe im Radio von ihrem Tod erfahren.« Tränen sammelten sich in ihren Augen.

Mia lächelte der Besucherin zu. »Bitte kommen Sie doch mit in unser Büro. Dort lässt es sich besser reden.« Sie machte eine einladende Geste und führte Alina Mühlinghaus hinein. Täuschte sie sich, oder starrte Lassner fasziniert auf den wiegenden Gang und den Hintern der Besucherin? Das war für ihn sehr ungewöhnlich.

***

Die Tatsache, dass sie sich immer noch nicht daran erinnern konnte, wie sie hierhergelangt war, machte ihr große Angst. Es war, als hätte jemand ihr Gehirn ausgelöscht. Sie war froh, sich an ihren Namen, den Beruf und ihr soziales Umfeld erinnern zu können. Doch vom Tag ihres Verschwindens fehlten ein paar Stunden, die irreparabel verschwunden zu sein schienen. Die Vorstellung, dass er ihr eine Substanz mit diesen erschreckenden Folgen eingeflößt hatte, machte ihn zu einem noch unberechenbareren Gegner. Es lag auf der Hand, dass er sie zermürben wollte. Erschwerend kam hinzu, dass sie jedes Raum- und Zeitgefühl verloren hatte. Die feuchte Kälte ihres Verstecks kletterte in unregelmäßigen Abständen an ihr hoch und ließ sie erschaudern.

Nachdem sie einen Moment lang durch das Verlies gewandert war wie ein unruhiges Raubtier durch seinen Käfig, ließ sie sich auf die klamme Matratze sinken, um nachzudenken. Die Beweggründe ihres Entführers erschlossen sich ihr nicht. Sie war nicht vermögend genug für eine Lösegelderpressung. Außerdem gab es niemanden, der sich besonders für sie interessierte. Nach dem Tod ihrer Eltern vor einigen Jahren war nur Janine, ihre jüngere Schwester, von der engeren Familie übrig geblieben. Doch auch Janine war nicht reich. Sie hatte sich einen verrückten Typen geangelt, der Auswanderpläne mit sich herumtrug. Irgendwann hatten sie seinen Traum wahr gemacht und waren nach Mallorca ausgewandert, um auf der Insel einen deutschen Imbiss zu eröffnen. Gleich an der Playa de Palma, unweit der legendären Schinkenstraße. Dort, wo nachts die betrunkenen Touristen einkehrten, um sich für den Weg zum Hotel mit einer deftigen Bratwurst oder einer Frikadelle zu stärken. Janine hatte damals Hurra gerufen, als Vini, wie ihn alle nannten, sie gefragt hatte, ob sie dabei sei. Ihre Eltern hatten ein Ferienhaus an der spanischen Costa Brava besessen. Jeden Sommerurlaub und oft auch zwischendurch war Empuriabrava das erklärte Reiseziel der Familie aus Wuppertal gewesen. Dass die beiden Töchter von Helmut und Luise Becker damit eine Liebe zur spanischen Lebensart entwickelten, war von den Eltern gern gesehen worden. Nun lebte Janine also auf Mallorca, um dort bis in die Morgenstunden die Betrunkenen mit fettigem deutschem Fast Food zu versorgen. Ob sie dabei an der Seite von Vini glücklich war, vermochte sie nicht zu sagen. Aber auch sie liebte Spanien, allerdings favorisierte sie einen etwas gediegeneren Lebensstil. So hatte sie vor einigen Jahren ein Haus am Kanal erworben. Mit eigenem Bootsanleger, nur einen Steinwurf von der schneeweißen Capitana entfernt.

Sie seufzte und fragte sich, ob sie jemals noch einmal an die Costa Brava kam – oder ob sie in diesem elenden Loch verrecken würde.

Bevor sie weiter über die undurchsichtigen Motive ihres Entführers nachdenken konnte, hörte sie jenseits der Stahltür Schritte, die sich eilig näherten. Mit klopfendem Herzen sprang sie von der Matratze auf. Sie musste ihm unbedingt auf Augenhöhe begegnen – soweit das durch die Schlitze der Maske überhaupt möglich war.

Die Angeln der Tür quietschten wie in einem schlechten Horrorfilm, dann erschien seine hochgewachsene Gestalt im Türrahmen. Licht drang in ihr Gefängnis. Sie vermochte nicht auszumachen, ob die Sonne schien und es Tag war oder ob das grelle Licht von Lampen erzeugt wurde. So sah sie nur seine schemenhafte Gestalt, die sich breitbeinig im Türrahmen aufbaute. Wieder trug er schwarze Kleidung, eine Kapuze und die schreckliche Clownsmaske. Einen Moment lang stand er regungslos da und schien sie zu betrachten. Das Atmen klang durch den Stimmenverzerrer asthmatisch.

»Was willst du?«, fragte sie barsch und legte dabei ihr gesamtes Selbstbewusstsein in die Stimme. Sie wusste, dass man sein Gegenüber mit einer souveränen Stimmlage beeinflussen konnte. Das hatte sie in vielen Seminaren gelernt und sich angeeignet. Manchmal diente der richtige Tonfall aber auch als Selbstschutz – so wie in diesem Moment. »Was ist das für eine Reise?«

Er ging nicht darauf ein. »Hier.«

Erst jetzt sah sie, dass er etwas in der Hand hielt. Im Zwielicht schwer auszumachen, erkannte sie schließlich einen kleinen Stapel von Tageszeitungen aus der Region. Sie fragte sich, was dieser Irre damit bezweckte. Kurz flackerte Panik in ihr auf.

»Lies das.« Er trat noch einen Schritt näher und hielt ihr die Zeitungen hin. »Lies, was in der Stadt los ist, und sei froh, hier zu sein. In Sicherheit.«

Sie vermochte nicht auszumachen, ob Spott oder Ironie in seiner Stimme mitschwang. Der Stimmenverzerrer ließ die Roboterstimme völlig emotionslos klingen. Zögernd griff sie zu und warf einen Blick auf die Titelseite der *Westdeutschen Zeitung*. Der Leitartikel war mit einem roten Filzstift eingekreist worden. »Was soll das?«

»Lies die Artikel, die ich dir markiert habe.«

»Willst du mich verarschen?«, platzte es aus ihr heraus. Kurz verlor sie ihre souveräne Fassade. »In diesem dunklen Loch?«

»Natürlich nicht.« Er hielt ihr eine kleine Taschenlampe hin. »Setz dich und beginn mit dem Lesen.«

Sie griff nach der Lampe und schob den Schalter vor. Das Licht war schwach und gelblich. Lange würden die Batterien der Taschenlampe nicht mehr halten. »Und?«

»Lies.« Er zeigte auf die Zeitungen. Wortlos sank sie auf die Matratze. Auf der Titelseite wurde von einem schrecklichen Mord berichtet, der sich in der vorletzten Nacht ereignet hatte. Eine Frau war in einem Brunnen unweit des Toelleturms ertränkt worden. Details waren noch nicht bekannt, die Behörden hüllten sich in Schweigen. Ein Bild zeigte das bei einem Einsatz übliche Tatortgeschehen. Man konnte den Brunnen erkennen, darum versammelt waren Beamten, die Spuren sicherten. Plakativ hatte der Fotograf das schraffierte Absperrband im Vordergrund fokussiert.

»Und?« Sie blickte zu ihm auf. »Was willst du mir damit sagen?« Bevor er antworten konnte, warf sie einen Blick auf die Kopfzeile. Dort befand sich das Datum. »Ist das von heute?«

Er nickte stumm. Schlaglichtartig tauchte ein Bild vor ihrem geistigen Auge auf. Es zeigte ihren Terminkalender. Demnach befand sie sich schon seit drei Tagen in der Gewalt des wahnsinnigen Clowns. Sie fragte sich, warum er ihr die Zeitungsartikel über den Tod einer Frau zeigte, und erschauderte. Es konnte nur eine plausible Erklärung geben.

»Warst du das?«, fragte sie und ärgerte sich sofort darüber, dass ihre Stimme schriller klang als beabsichtigt.

Stumm deutete er auf die nächste Zeitung. Diesmal wurde über den tödlichen Sturz einer Frau auf der Holsteiner Treppe berichtet. Die Zeitung titelte »Tod einer Choreografin« und »Wuppertaler Tanztheater trauert um Ana Legova«.

»Oh, mein Gott.« Die Buchstaben verschwammen vor ihren Augen. Sie kämpfte gegen die aufsteigende Übelkeit an und spürte, wie sich ihr Magen zusammenzog. »Ana«, wisperte sie. Ihre Hand zitterte, als sie das *Tageblatt* sinken ließ. Unter der *Westdeutschen Zeitung* befand sich die *BILD*-Zeitung. »War es Mord?«, lautete dort die reißerische Überschrift. Etwas kleiner darunter: »Ana L. – Tod der Leiterin vom Wuppertaler Tanztheater«

»Was ist das für eine Scheiße?« Ana war eine gute Bekannte, vielleicht sogar ihre Freundin gewesen. Auch wenn sie mit den Aufführungen des berühmten Tanztheaters im Opernhaus nicht viel anfangen konnte, hatte sie Ana als Mensch sehr geschätzt.

»Sie hat einen schweren Fehler begangen«, scharrte die Roboterstimme des unheimlichen Clowns. Er griff in den Zeitungsstapel und zeigte mit der behandschuhten Hand auf die erste Tageszeitung. »Und die hier auch«, sagte er und deutete auf das Bild vom Vorwerk-Brunnen.

»Und ich?«, fragte sie mit heiserer Stimme. »Habe ich etwa auch einen Fehler begangen, für den ich nun büßen soll?«

Er zuckte die Schultern. »Es liegt in deiner Hand.«

»Was hat das zu bedeuten? Bist du der Mörder?«

»Du wirst es erfahren.« Er nahm ihr die Taschenlampe ab, schaltete sie aus und schob sie in eine seiner zahlreichen Hosentaschen. An der Tür angekommen, wandte er sich noch einmal zu ihr um. »Du solltest essen und trinken.« Ohne sie eines weiteren Blickes zu würdigen, trat er in den Gang und warf die Tür ins Schloss. Das eiserne Scheppern dröhnte in ihrem Schädel. Sie blieb in völliger Dunkelheit zurück und sank erschüttert in sich zusammen. Ihr Entführer war ein eiskalter Mörder. Er hatte Ana auf dem Gewissen und eine Frau, die unweit des Toelleturms in einem Brunnen gefunden worden war.

»Tessa«, wisperte sie leise, als sie eine Ahnung beschlich, um wen es sich bei der Frau im Brunnen handeln könnte. Sie zog Verbindungen und kam zu dem Schluss, dass der unheimliche Clown mit seinem brutalen Handeln ein bestimmtes Ziel verfolgte. Und sie befand sich in seiner Gewalt. Nachdem sie diese Nachricht verarbeitet hatte, suchte sie fieberhaft nach einer Möglichkeit, ihn davon zu überzeugen, sie nicht auch noch zu töten. Sie fragte sich, ob es nicht doch endlich an der Zeit war, alle Kräfte aufzubringen, um ihn bei seinem nächsten Besuch zu überwältigen und eine Flucht zu versuchen.

***

»Was können wir für Sie tun?« Mia verschränkte die Arme vor der Brust, während sie die Besucherin betrachtete. Sie hatte das auf Kipp stehende Fenster geschlossen. Der Straßenlärm drang jetzt gedämpft an ihre Ohren. Mia fröstelte und spürte das zunehmende Kratzen im Hals. Es war höchste Zeit für einen Fencheltee mit Honig. Doch zuerst galt es, sich um Alina Mühlinghaus zu kümmern. Mia setzte sich und schlang fröstelnd die Arme um den Körper. Am Bildschirm ihres Rechners vorbei warf sie ihrem Partner einen Blick zu. Lassner wohnte dem Gespräch schweigend bei. Mia kannte ihn gut genug, um zu wissen, dass seine Ungeduld mit jeder Minute, die sie hier verbrachten, wuchs. Er wollte endlich los, um Falk Berlinghoff zu befragen. Doch Mia nahm sich Zeit, die Personalien der jungen Frau aufzuschreiben.

Alina Mühlinghaus hatte den Mantel ausgezogen. Jetzt lag er auf ihrem Schoß. Die Knie presste sie eng zusammen, der Blick schweifte ins Leere. »Ich habe mich mit Ana getroffen, gestern Mittag«, sagte sie mit monotoner Stimme. »Im *Cafe Extrablatt* in Barmen, kennen Sie das?«

»Sicher.« Mia nickte. »Wann war das?«

»Gegen ein Uhr. Als wir uns vor dem Café getroffen haben, wirkte Ana irgendwie komisch.«

»Können Sie das näher beschreiben?«, fragte Lassner nun doch. Er spielte mit einem Stift, bereit, sich Notizen zu machen.

»Sie war seltsam, wirkte nervös und ängstlich. Als ich sie fragte, was denn los sei, erzählte sie mir davon, dass sie verfolgt werde. Von einem schwarzen Schatten.«

»Ernsthaft?«, fragte Mia. »Wie muss ich mir das vorstellen?«

»Das weiß ich nicht. Der Mann soll groß gewesen sein und schlank, und er soll schwarze Kleidung getragen haben.«

»Wie haben Sie darauf reagiert?« Mia schürzte die Lippen.

»Ich habe ihr gesagt, dass sie zur Polizei gehen sollte.«

»Und?«

»Ana hat das abgelehnt und ins Lächerliche gezogen. Sie würde ganz sicher nicht ins Zeugenschutzprogramm der Behörden aufgenommen werden, und man würde sie für verrückt erklären, wenn sie …« Alina Mühlinghaus brach mitten im Satz ab und barg das Gesicht in den Händen. Nur am Zucken ihrer Schultern erkannte Mia, das die junge Frau lautlos weinte. »Und jetzt ist sie tot.«

»Frau Mühlinghaus«, sagte Lassner, »wir wissen, dass Ana Legovas Freund extrem eifersüchtig ist. Und dass er groß und schlank ist.«

»Er ist nicht schlank – er ist muskulös.« Alina Mühlinghaus blickte Lassner unverwandt an. »Aber das mit der Eifersucht stimmt. Ana wollte jedoch nicht darüber reden. Gregor hat sie an der kurzen Leine gehalten und ihr sämtliche Freiheiten genommen, hat sie wie sein Eigentum behandelt. Gregor war der Bestimmer, und sie kuschte vor ihm wie ein Hündchen, wenn er etwas gesagt hat. Ich glaube nicht, dass sie glücklich an seiner Seite war.«

»Kam es zu Streitigkeiten?«, fragte Lassner. »Zu körperlicher Gewalt?«

»Nicht, dass ich wüsste, aber manchmal wirkte Ana richtig eingeschüchtert. Wenn er ihr was angetan hat, dann hätte sie das nie zugegeben.«

»Aber sie hat ihm doch nach Verbüßen seiner Haftstrafe geholfen, im Leben Fuß zu fassen«, erinnerte Mia sie.

»Das hat sie. Trotzdem glaube ich, dass sie das längst bereut hat, auch wenn sie das immer abgestritten hätte. Sie war eine stolze Frau.«

»Als beste Freundinnen haben Sie doch über alles gesprochen, nehme ich an?« Mia lehnte sich zurück und betrachtete die Besucherin mit einem prüfenden Blick.

»Das schon. Nur über ihr Verhältnis zu Gregor hat sie nicht gern geredet. Was wahrscheinlich auch daran lag, dass ich nie ein Geheimnis daraus gemacht habe, Probleme damit zu haben, dass sie wegen Gregor ihren Freund verlassen hat.«

Mia horchte auf. Als sie Lassner einen Blick zuwarf, bemerkte sie gleich, dass auch er hellhörig geworden war. »Ana Legova hat ihren Freund verlassen, um mit Gregor Ivanov zusammen zu sein?«

»Ja.« Alina Mühlinghaus zog ein Papiertaschentuch hervor und schnäuzte sich geräuschvoll die Nase, bevor sie Lassner und Mia mit tränenverschleierten Blicken ansah. »Ist das schlimm? Moralisch verwerflich oder so?«

»Nein.« Mia schüttelte langsam den Kopf. »Aber es wirft ein anderes Licht auf die Sache.«

Lassner räusperte sich. »Könnten Sie sich vorstellen, dass Gregor Ivanov etwas mit dem Tod seiner Freundin zu tun hat?«

»Ich weiß es nicht.« Die junge Frau zuckte die schmalen Schultern. »Ich habe ihn nur ein-, zweimal gesehen. Er war mir nicht sonderlich sympathisch, etwas Böses lag immer in seinem Blick. Und er kam aus dem Knast.«

»Ist das ein Ausschlusskriterium für Sie?« Mia beugte sich zu der Besucherin hinüber.

»Absolut.«

»Also würden Sie jemandem, der in Haft saß, keine zweite Chance geben?«

»Einmal Verbrecher, immer Verbrecher«, behauptete Alina Mühlinghaus trotzig. »Das habe ich Ana auch immer gesagt. Ich hatte Angst vor Gregor. Deshalb gab es ein paarmal fast Streit zwischen Ana und mir. Zumal sie eigentlich zahm wie ein Lamm ist … war. Niemals hätte sie sich etwas zuschulden kommen lassen. Und dann kam dieser Typ.« Sie schüttelte den Kopf.

»Warum hat Ana sich mit ihm eingelassen?«, wollte Mia wissen.

»Kein Plan. Sie hat sich ja für dieses Knacki-Projekt engagiert.«

»*Bonnie & Clyde?*« Lassner wechselte einen raschen Blick mit Mia.

»Ja. Darüber hat sie ihn kennengelernt. Anfangs war es wohl nur eine Brieffreundschaft, aber sie schwärmte mir ständig von diesem Dude vor. Ich fand das irgendwie cringe, mir war Gregor immer unheimlich. Da draußen laufen so viele hotte Typen rum. Außerdem hatte sie ihren Florian.«

»Warum hat sie sich dann mit Ivanov eingelassen, was glauben Sie?«

»Weil es sie angemacht hat, mit Gewaltverbrechern rumzumachen. Sie liebte wohl den Kick, die Gefahr.«

»Ein Spiel mit dem Feuer«, resümierte Lassner.

»Es gibt viele Frauen, die sich zu Gewalttätern hingezogen fühlen«, bemerkte Mia. Sie wandte sich wieder an Alina Mühlinghaus. »War das bei Ana Legova der Fall?«

»Absolut, ja.« Die junge Frau nickte energisch. »Ich habe das nie verstanden.«

»Wer ist dieser Florian?« Lassner spielte mit seinem Kuli.

»Sie kannten sich von der Uni, waren lange miteinander befreundet, bevor aus ihnen ein Paar wurde. Ich verstand mich gut mit ihm. Er war einfühlsam und sensibel, ein Mann, wie ihn sich jede Frau wünscht.«

»Außer Ana Legova«, entgegnete Mia.

»Außer Ana, jep.« Alina Mühlinghaus nickte. »Ich glaube, sie wusste seine Liebe und seine Loyalität nicht zu schätzen.«

»Wie hat er reagiert, als sie ihn vor die Tür setzte?«

»Er war todtraurig und verletzt. Für Flo brach eine Welt zusammen, er kam wochenlang gar nicht mehr klar.«

»Irgendwie verständlich«, brummte Lassner. »Trauen Sie ihm zu, dass er seine Ex-Freundin getötet hat?«, fragte er.

»Nein. Er war zu sanft, zu lieb. So was würde er niemals übers Herz bringen.«

»Erzählen Sie uns über Florian«, bat Mia die Besucherin.

»Flo ist ein lieber Kerl. Er hat einen kleinen Betrieb für Werbetechnik, macht große Plakate und Leuchtreklamen. Dafür hat er die Halle einer ehemaligen Maschinenbaufabrik in Unterbarmen angemietet. Der Laden läuft wohl gut, und irgendwie hatte ich immer das Gefühl, dass er Ana mit seinem Erfolg imponieren wollte. Er war süchtig nach ihrer Anerkennung und ihrem Lob – oft vergeblich.«

»Wie heißt dieser Florian mit vollem Namen, und wo wohnt er?« Lassner schrieb mit.

»Florian Maschke. Er hat sich eine kleine Bude im hinteren Bereich der Fabrikhalle zur Wohnung umgebaut, dort lebt er recht bescheiden.« Alina Mühlinghaus lächelte versonnen. »Das war immer ideal zum Feiern, denn es gibt weit und breit keine Nachbarschaft, die sich über die laute Musik beschwert.«

»Danke, Sie haben uns sehr geholfen.« Mia erhob sich und brachte Alina Mühlinghaus zur Tür. Die junge Frau zog den Mantel über und verabschiedete sich.

»Wenn Ihnen noch etwas einfällt, rufen Sie mich an.« Mia drückte Alina Mühlinghaus eine Visitenkarte in die Hand. »Tag und Nacht.«

»Das mache ich.« Die junge Frau schien es plötzlich eilig zu haben. Mit einer huschenden Bewegung trat sie auf den Gang und war schon im nächsten Augenblick aus Mias Sichtfeld entschwunden.

***

Sie wusste jetzt, wie sie mit ihm sprechen musste. Dazu galt es, ihre Ängste zu überwinden. Verständnis für kriminelle Menschen aufzubringen, war ihr bisher nie schwergefallen. Aber der Umstand, plötzlich selbst einem Entführer ausgeliefert zu sein, hatte alles verändert. Es fühlte sich immer anders an, wenn man selbst in einer Situation steckte, mit der man sonst nur als Außenstehende konfrontiert war.

Jetzt war sie selbst betroffen.

Sie war das Opfer.

Doch langsam lichtete sich der Nebel ihrer Gedanken. Sicher hätte er sie längst umgebracht, wenn das sein Ziel war, überlegte sie. Er hätte er ihr etwas ins Trinkwasser mischen oder sie anders außer Gefecht setzen können. Oder er hätte sie längst vergewaltigen können. Niemand hätte ihre Schreie gehört. Also verfolgte er mit ihrer Entführung vielleicht einen Plan. Sie fragte sich, ob er es auf Lösegeld abgesehen hatte. Doch so viel war nicht zu holen bei ihr. Zwar verdiente sie gutes Geld, doch nicht genug, um für die Lösegeldsumme eine mehrjährige Gefängnisstrafe zu riskieren, oder? Natürlich dachte sie auch darüber nach, ob der Entführer einer ihrer ehemaligen Mandanten sein könnte, einer, der sich von ihr schlecht vertreten gefühlt und eine mehrjährige Haftstrafe kassiert hatte. Doch ihre Versuche, ihn anhand seiner Statur zu identifizieren, waren nicht von Erfolg gekrönt. Er war schlank und groß, und sie kannte gleich ein Dutzend Männer, auf die diese Beschreibung zutraf. Weder sein Gesicht noch seine Stimme ließen sich unter der schrecklichen Maskerade erahnen. Aber ihr Verdacht, dass es sich bei ihm um jemanden aus ihrem Umfeld handeln könnte, verdichtete sich. Doch die Überlegungen, wer er sein konnte, verliefen im Sande.

Es gab nur eine einzige Chance, seine Identität zu erfahren. Sie musste die Fassade, hinter der er sich verbarg, enttarnen. Nur so bestand eine Möglichkeit, an ihn heranzukommen.

Immerhin hatte sie sich zurechtgelegt, wie sie beim nächsten Mal mit ihm sprechen würde. Mental war sie stärker als er, nur musste er das noch begreifen. Und es war nicht vorherzusehen, wie er darauf reagieren würde. Womöglich begab sie sich in Gefahr, wenn sie allzu offensiv mit ihm umgehen würde. Doch das Risiko musste sie eingehen, denn ihr war durchaus klar, dass sie anders keine Chance hatte, sich aus seinen Klauen zu befreien. Deshalb war sie nun wild entschlossen, alles auf eine Karte zu setzen.

KAPITEL 33

Die Luft im Befragungsraum war stickig. Mia spürte das zunehmende Kratzen im Hals und sehnte sich nach einem Schluck Wasser. Doch erst galt es, Gregor Ivanov erneut zu befragen. Es war bereits zehn Uhr, und sie hatten wenig Zeit. Er hatte die Nacht in der Arrestzelle des Präsidiums verbracht. Während Lassner mit verschränkten Armen an der Wand lehnte, saß Mia dem tätowierten Hünen am Tisch gegenüber. Er stierte schweigend ins Leere und schien seinen Gedanken nachzuhängen. Bevor sie aufbrachen, hatten Mia und Lassner ihn in den fensterlosen Raum im Erdgeschoss bringen lassen, um ihn über Florian Maschke zu befragen.

»Warum fragen Sie mich über diesen Spargeltarzan aus?«, grollte Gregor Ivanovs Stimme eine Viertelstunde später durch den Befragungsraum. Mit versteinerter Miene starrte er Mia und Lassner an. Schwer ruhten seine muskulösen, tätowierten Arme auf dem Tisch. »War er es, der Ana die Treppe runtergeschubst hat?«

»Bitte beantworten Sie nur unsere Fragen.« Mia schlug ihre Kladde auf und war bereit, mitzuschreiben. »Also – wie war Ihr Verhältnis zu Florian Maschke?«

»Beschissen.« Er grinste müde. Die hinter ihm liegende schlaflose Nacht in der Arrestzelle und der Kater waren nicht spurlos an ihm vorübergegangen. Ob er um seine Freundin trauerte, konnte Mia nicht einschätzen.

Ivanov stierte Lassner an. »Wie war denn Ihr Verhältnis zum Ex-Freund Ihrer Frau?«, fragte er Lassner provokant.

»Ich kannte ihn nur flüchtig«, erwiderte Lassner. »Tut aber nichts zur Sache – wir interessieren uns für Sie. Wie war das bei Ihnen und Florian Maschke?«

»Der Typ war eine Lachnummer, ein Weichei. Er hat mir gedroht.

Wollte seine Ana unbedingt zurückhaben, und ich sollte sie in Ruhe lassen.«

»Und wie haben Sie darauf reagiert?« Lassner fixierte den tätowierten Hünen mit seinem Blick.

»Ich habe ihn gewarnt. Er solle vorsichtig sein, sonst bekommt er Besuch von meinen Bekannten.« Ivanov kicherte. »Die von der Russenmafia.«

»Haben Sie dort Freunde?« Mia horchte auf.

Gregor Ivanov grinste. »Freunde wäre zu viel gesagt.«

»Das müssen Sie uns erklären, fürchte ich.« Lassner stieß sich von der Wand ab und setzte sich an Mias Seite.

»Da gibt es nicht viel zu erklären – Sie können alles in meiner Akte nachlesen. Ich war jung und brauchte Geld, also habe ich mich mit Vladimir und seinen Leuten eingelassen. Habe Jobs übernommen, die gut bezahlt waren. Dafür war ich im Knast.« Er winkte ab. »Aber das ist längst vorbei.«

»Zurück zu Florian Maschke«, sagte Mia, der die Zeit im Nacken saß.

»Er ist ein armes Würstchen«, brummte Ivanov abwertend. »Wollte mich bedrohen. Einmal hat er mich angegriffen.« Er grinste. »Ist nicht gut für ihn ausgegangen. Ein paar Prellungen und ein blaues Auge. Für ihn, versteht sich.«

»Davon steht nichts in unseren Akten«, entgegnete Mia.

»Kein Wunder. Er hat dichtgehalten. Ich hab ihm klar zu verstehen gegeben, was passiert, wenn er mich bei den Bullen anscheißt. Seitdem hat er sich rausgehalten.«

»Wo ›rausgehalten‹?«, hakte Lassner nach.

»Aus unserem Leben«, erwiderte Ivanov.

»Warum haben Sie bei *Bonnie & Clyde* mitgemacht?« Lassner lehnte sich zurück und verschränkte die Arme vor der Brust.

»Warum, warum?«, bellte Ivanov. »Wissen Sie, wie das ist, wenn man in den Knast geht?«

»Offen gestanden nicht.«

»Anfangs kommen alle zu Besuch. Freunde, Familie, alle besuchen einen im Bau. Das lässt aber schnell nach. Denn je länger die Haft dauert, umso weniger interessieren sich die Menschen, mit denen man in Freiheit zusammen war, für einen.«

»Also reißt der Kontakt zur Außenwelt ab«, sagte Lassner.

»Isso.« Gregor Ivanov wiegte den massigen Schädel. »Deshalb hab ich mich in diesem Verein angemeldet, um Kontakt zur Außenwelt zu finden.«

»Und das hat geklappt.«

»Jo.« Ivanov nickte. »Ich hatte ein paar Bekanntschaften, aber irgendwie stimmte die Chemie nie so ganz.«

»Kann man das anhand der Briefe herausfinden?«

»Klar doch. Das schlief dann ein. Und irgendwann bin ich Ana im Knast begegnet, und dann sind wir uns mit Briefen nähergekommen. Jeder Brief, der rausgeht und der ankommt, wird von den Schließern mitgelesen, damit die Sicherheit gewährleistet ist.« Die Worte klangen aus Ivanovs Mund wie eine Entschuldigung. »Ist halt so.«

»Wussten Sie, dass Ana Legova liiert war?«, fragte Lassner.

»Nein, das hat sie mir nicht auf die Nase gebunden.«

»Also intensivierte sich Ihre Bindung«, sagte Lassner.

»Jep. Und als ich rauskam, hat sie mir geholfen, um überhaupt wieder klarzukommen. Dann habe ich erfahren, dass sie einen Freund hat.«

»Was haben Sie in diesem Augenblick empfunden?«

»Erst mal hab ich mich verarscht gefühlt. Es gab Streit. Aber sie hat mir versichert, dass sie sich in mich verliebt hat. Und dann schoss sie dieses Würstchen in den Wind.« Gregor Ivanov lachte. »Kein Wunder. Das war echt ein Waschlappen, und ich hab mich gefragt, warum sie es überhaupt so lange mit ihm ausgehalten hat.«

Mia räusperte sich. »Könnten Sie sich vorstellen, dass er …?«

»… Ana die Treppe heruntergeschubst hat?«, vollendete Gregor

Ivanov den von ihr begonnenen Satz. »Nee. Er wollte Ana ja immer für sich zurückgewinnen. Sie umzubringen wär ja blöd.«

»Es könnte ein Unfall gewesen sein, der sich infolge eines Wortgefechts ereignet hat«, gab Mia zu bedenken.

Ivanov stierte sie mit unverwandter Miene an und dachte angestrengt nach. »Das könnte sein«, stimmte er schließlich zu. »Wenn das so ist …«, er ballte die Hände zu Fäusten, »bring ich ihn um.«

»Dazu müssten Sie erst mal hier rauskommen«, konterte Mia unbeeindruckt. »Und solche Drohungen sollten Sie sich besser verkneifen, Herr Ivanov.«

»Schon klar.« Er nickte und wirkte plötzlich kleinlaut. »Kann ich jetzt gehen?«

Mia sah zu Lassner auf, der unmerklich mit den Schultern zuckte.

Als Gregor Ivanov sie ansah, schienen seine dunklen Augen Blitze in ihre Richtung abzuschießen. Seine Kieferknochen mahlten. »Ich war es nicht.«

»Hauen Sie ab.« Mia klappte entnervt die Kladde zu und erhob sich. »Bevor ich es mir anders überlege.« Als sie sich zu Lassner umblickte, sah sie ihm an, dass er ihre Entscheidung nicht nachvollziehen konnte. Doch es gab keinen Grund mehr, Gregor Ivanov in Untersuchungshaft zu behalten.

***

Es würde sein letzter Auftritt sein. Nachdem er die Maske aufgesetzt und den Stimmenverzerrer aktiviert hatte, griff er nach hinten und zog die Kapuze des schwarzen Shirts so tief wie möglich in die Stirn. Sie durfte nichts von ihm erkennen, ihn nicht zuordnen können. Es hatte ihn Anstrengung gekostet, seine Körperhaltung und den Gang so zu verändern, dass sie keine Ahnung hatte, wer er war. Bisher hatte er seine Sache gut gemacht. Es war ihm gelungen, sie einzuschüchtern, ohne dass sie ihn erkannt hatte. Auch ihre kläglichen Versuche, ihn umzustimmen, waren gescheitert. Schließlich war er kein Idiot, der sich von ihrer Schauspielerei einlullen ließ. Er hatte das teuflische Spiel begonnen, und er würde es beenden. Jetzt war es an der Zeit, sie auf ihre Aufgabe vorzubereiten. Mit langen Schritten durchquerte er die kahlen Gänge. Muffiger Geruch schlug ihm entgegen, Geröll knirschte unter den dicken Sohlen seiner Stiefel. An ihrem Gefängnis verharrte er kurz, wiegte den großen Schlüssel in der Hand, bevor er die rostige Stahltür aufsperrte. Das Quietschen der Angeln malträtierte seine Ohren. Es dauerte einen Augenblick, bis sich seine Augen an die Dunkelheit in dem Verlies gewöhnt hatten. Zunächst nahm er die Umgebung nur schemenhaft wahr, dann erblickte er sie. Zusammengerollt lag sie auf der Matratze. Ob sie geschlafen hatte, vermochte er nicht zu sagen. Er setzte einen Fuß in das dunkle Loch.

Wenn sie seine Forderungen erfüllte, dann, und nur dann, war er bereit, mit ihr neu zu beginnen. Alles war offen.

Sie sprang in die Höhe. »Da bist du also wieder«, sagte sie ernst. Sie hielt seinem forschenden Blick stand und stemmte die Hände in die Hüften. »Wir müssen reden.«

»Worüber?«

»Über dich. Über das, was du hier tust, und über das, was du mit mir vorhast.«

Er stutzte und wunderte sich über die Art, wie sie mit ihm redete. Da lag eine Entschlossenheit in ihrem Blick, die ihn verunsicherte. Doch er durfte sich jetzt, so kurz vor dem Ziel, keine Schwäche anmerken lassen. Hastig schob er die Tür hinter sich ins Schloss. Er drückte einen Knopf auf der Fernbedienung in seiner Tasche. Eine Neonröhre an der Decke flammte auf. Zunächst flackerte das alte Leuchtmittel, das Knacken der Röhre klang, als würden Knochen bersten. Sekundenlang schien sie geblendet zu sein. Er nutzte den Augenblick ihrer Hilflosigkeit und packte sie an den Schultern. Brutal drückte er zu. Ein Schmerzensschrei kam über ihre Lippen.

»Hey, nicht so hart«, schrie sie auf. Panik lag in ihrem Blick.

Gut so, er durfte die Oberhand nicht verlieren. Doch noch bevor er sie weiter in die Enge treiben konnte, nutzte sie einen winzigen Moment seiner Unachtsamkeit. Ruckartig sprang sie mit ausgestreckten Armen auf ihn zu, bekam ihn zu packen und zerrte an seiner Maske. Sein Abwehrversuch scheiterte. Er durfte seine Tarnung auf keinen Fall aufgeben. Krampfhaft versuchte er, ihre Hände wegzudrücken. Dabei spürte er, wie die Haltegummis der Maske in seinen Hinterkopf schnitten. Ihre Fingernägel gruben sich an den Stellen in seine Haut, an denen die Maske an seinem Gesicht anlag. Wild zerrte sie an der Maskierung. Ein Schmerzensschrei kam über seine Lippen. Tränen schossen in seine Augen, er fluchte wild und fühlte, wie sich die Gummibänder infolge der Rangelei weiter anspannten, um schließlich nachzugeben. Die Bänder rissen, er spürte den brennenden Schmerz der reißenden Gummis an seinen Ohren, dann hielt sie die Maske in der Hand. Als sie ihn demaskiert hatte, erstarrte sie. Entsetzen und Überraschung lagen in ihrem Blick. Offenbar konnte sie nicht glauben, was sie sah. Ihr Atem ging stoßweise, und sie ließ von ihm ab. »Du?«, fragte sie entgeistert. »Du bist das?«

KAPITEL 34

Warum hast du das getan?« Kaum, dass sie ungestört waren, brach es aus Lassner heraus. Sein Gesicht hatte eine tiefrote Färbung angenommen, als er sich an seinem Platz niederließ und Ana Legovas Ex-Freund durch die Datenbanken jagte. Erfolglos, wie er ein paar Mausklicks später feststellte.

»Nichts«, brummte er schließlich. »Einen Florian Maschke kennen wir nicht, er scheint eine reine Weste zu haben. Keine Vorstrafen, keine Einträge – nichts.« Kurz darauf ratterte der Drucker auf der Fensterbank los, um die Unterlagen zu Florian Maschke, die aus dem Melderegister hervorgingen, auszuwerfen. Am Monitor vorbei warf er Mia einen fragenden Blick zu. »Also – warum hast du Ivanov freigelassen?«

»Ich wollte wissen, wie das mit ihm und Legova angefangen hat«, verteidigte sich Mia, als sie wieder in ihrem Büro waren. »Ich wollte verstehen, was Männer und Frauen über die Plattform zusammenbringt.«

»Das meine ich nicht.« Lassner schüttelte den Kopf. Er nahm die Papierbögen aus dem Drucker, stopfte sie in einen Klemmordner und schlüpfte in den Mantel. »Warum hast du Ivanov laufen lassen?«

»Weil es aus juristischer Sicht keinen Anlass gibt, ihn länger in Arrest zu halten, Björn.« Sie pustete sich eine widerspenstige Haarsträhne aus der Stirn und klemmte sich die Kladde unter den Arm. »Er war es nicht, auch wenn ich mir das gewünscht hätte.«

»Merle Frink kann er nicht umgebracht haben.« Lassner stöhnte auf. »Da saß er nämlich schon in der Zelle.«

»Eben.« Mia leerte ihre Tasse. Der Tee war inzwischen kalt geworden, doch der Honig entfaltete noch immer seine wohltuende Wirkung in ihrem Hals. Sie gab ihrem Partner ein Zeichen, und Lassner folgte ihr in die Teeküche.

»Also gehen wir von einem Serientäter aus.«

»Die Hinweise darauf verdichten sich.« Mia nickte, während sie sich am Wasserkocher zu schaffen machte und eine Tasse aus dem Regal nahm. »Es gibt genügend Anhaltspunkte dafür, dass Ivanov es nicht war, Björn.«

»Also alles auf Anfang?«

»Es sieht ganz danach aus, ja.« Mia seufzte. »Jetzt hängt alles davon ab, was die Auswertung der Geräte bei *Bonnie & Clyde* ans Licht bringt. Und was uns der Ex-Freund von Ana Legova erzählt.«

»Und Berlinghoff, der neue Lover von Tessa Winkler.«

»So ist es.«

»Wir müssen uns dringend um den Verbleib von Claudia Becker kümmern. Sie kann ja nicht vom Erdboden verschwunden sein.«

Das Wasser brodelte im Gerät, Mia nahm einen Teebeutel aus dem hölzernen Kästchen und gab wieder einen Löffel Honig in die Tasse, bevor sie das Wasser darübersickern ließ.

»Vielleicht sollten wir uns aufteilen«, überlegte sie. »Du kümmerst dich um Berlinghoff, ich um Becker.«

»Und Maschke?«

»Wer zuerst fertig ist.« Mia grinste müde.

»Also gut.« Lassner seufzte. Offenbar hatte er begriffen, dass es wenig Sinn hatte, gegen Mias Pläne aufzubegehren. Die Zeit saß ihnen im Nacken, und alle Kollegen waren im Einsatz, um eine heiße Spur zu finden. Thies hatte inzwischen ein Kommando abgestellt, um den Verein an der Schützenstraße umzukrempeln. Am Nachmittag sollte es eine Pressekonferenz geben, auf der Klinger den Medienvertretern erste Ergebnisse ihrer Ermittlungsarbeit präsentieren wollte.

KAPITEL 35

»Das ist aber nett, dass sich die Polizei mal bequemt, hier vorbeizuschauen.« Spott lag in der Stimme der untersetzten Frau, während sie sich auf den Straßenbesen stützte. Mia schätzte ihr Gegenüber auf Anfang, vielleicht Mitte sechzig. Annegret Höpner trug eine Schürze über der cremefarbenen Bluse und war bei Mias Eintreffen damit beschäftigt, das bunte Laub auf dem Bürgersteig vor ihrer Doppelhaushälfte zusammenzukehren. Auf der Spitze ihrer etwas langen Nase klemmte eine Brille, über deren Ränder sie Mia misstrauisch beäugte.

Die Straße Am Anger in Barmen gehörte zu einer Siedlung, die Anfang der Dreißigerjahre am Rand von Hatzfeld entstanden war. Sämtliche Häuser der Anliegerstraße ähnelten einander. Es gab Fensterläden, Schieferdächer und Fachwerkfassaden. Die Siedlung schien ein Dorf inmitten der Stadt zu sein, und wäre da nicht das monotone Rauschen der nahen Autobahn gewesen, hätte man glauben können, sich auf dem Land zu befinden. So stand Mia vor einem pittoresk anmutenden Ensemble von schmucken Doppelhaushälften, die sich an den Hang schmiegten.

Annegret Höpner, eine resolut auftretende Dame mit feuerroten kurzen Haaren, hatte die Vermisstenanzeige aufgegeben.

»Frau Becker ist ja seit vier Tagen wie vom Erdboden verschwunden – sie könnte längst tot sein!« Vorwurf lag in der Stimme der Nachbarin.

»Zunächst einmal steht es jedem Menschen frei, seinen Aufenthaltsort selbst zu bestimmen – deshalb ist erst einmal nicht von einem Gewaltverbrechen auszugehen«, beschwichtigte Mia die resolute Dame.

»Sie verschwindet doch nicht einfach so!«, entgegnete Annegret

Höpner. »Claudia betreibt eine gut laufende Anwaltskanzlei und hat Verpflichtungen.«

»Haben Sie schon in der Kanzlei angerufen?«

»Selbstverständlich.« Die Frau nickte. »Auch da hat niemand eine Ahnung, wo sie stecken könnte. Ihre Mitarbeiterin hat mir gesagt, dass schon zwei Gerichtstermine verschoben werden mussten, weil sie nicht zur Verhandlung erschienen ist. An ihr Telefon geht sie auch nicht, und dass sie nicht zu Hause ist, sehen Sie ja selber.«

»Wann haben Sie Frau Becker das letzte Mal gesehen?«

»Vor vier Tagen. Morgens ist sie aus dem Haus, hat mir noch zugewinkt, dann war sie weg. Abends wären die Mülltonnen dran gewesen, aber die hat sie nicht rausgestellt. Normalerweise bittet sie mich immer darum, wenn sie verreist.«

Mia nickte mit einer nachdenklichen Miene. Offenbar war die Sorge der Nachbarin berechtigt. »Und sonst?«, fragte sie. »Ist Ihnen noch etwas aufgefallen?«

»Abends brennt kein Licht in der Wohnung, ihr Auto steht nicht an seinem Platz, und der Briefkasten ist voll. Und auf der Treppe zur Haustür sammelt sich das Laub. Da ist schon tagelang niemand mehr hochgegangen.«

Mias Blick folgte der ausgestreckten Hand der Nachbarin. Tatsächlich hatte sich eine Laubschicht auf den Stufen gebildet. Das Haus lag an einem Hang und war nur über die Treppe zu erreichen.

»Wissen Sie, ob es jemanden in Frau Beckers Leben gibt?«

»Einen Freund? Familie?«

»Beides.«

»Die Eltern sind verstorben – dies war ja ihr Elternhaus. Und es gibt noch eine Schwester, die aber mit einem langhaarigen Spinner nach Mallorca ausgewandert ist, wohl, um da eine Pommesbude zu eröffnen.« Annegret Höpner tippte sich an die Stirn und gab damit preis, was sie von der Auswanderung der Becker-Schwester hielt. »Ansonsten gibt es meines Wissens niemanden mehr aus der Familie.«

»Gibt es einen Mann in ihrem Leben?«

»In meinem Leben?« Annegret Höpner machte große Augen. »Na hörn Sie mal! Ich bin verwitwet und lebe seit dem Tod meines Mannes im letzten Jahr allein hier.«

»Nein.« Mia schmunzelte. »Ich meinte, ob es einen Mann in Frau Beckers Leben gibt. Einen Freund, einen Partner oder was auch immer.«

»Sie hat sich von ihrem Mann getrennt. Im letzten Jahr schon.«

»Wie war er so?«

»Ihr Mann?« Annegret Höpner dachte kurz nach. »Wir hatten kaum Kontakt zueinander. Er war immer freundlich und sehr zuvorkommend, ein ruhiger und unauffälliger Typ. Ich verstehe nicht, warum sie sich getrennt haben.«

»Wie heißt er denn?«

»Jens.« Sie lächelte versonnen. »Ich wollte meinen Sohn auch so nennen, ein schöner Name. Aber das Glück, Eltern zu werden, blieb uns verwehrt. Und jetzt bin ich eine einsame alte Frau. Wäre da nicht der Gemeindechor, hätte ich wohl niemanden mehr, mit dem ich mich mal austauschen könnte.«

»Nach der Trennung«, fuhr Mia fort, »gab es da neue Bekanntschaften, Männer, die Frau Becker besuchten?«

»Es gab ab und zu Herrenbesuch, ja. Ich habe mir da aber nie was bei gedacht. Geht mich ja auch nichts an. Einen festen Freund hatte sie wohl aber nicht. Einmal gab es einen Mann, der über einen längeren Zeitraum kam.«

Mia hoffte, weitere Hinweise zu bekommen. »Und?«

»Nichts ›und‹. Ich weiß nicht, ob sie noch Kontakt haben.«

Damit erlosch Mias Hoffnung. Vor ihrer Abfahrt hatte Frank Thies Claudia Becker zur Fahndung ausschreiben lassen. Sollten sie zwischenzeitlich keinen Hinweis zum Verbleib der Strafverteidigerin bekommen, würden sie die Öffentlichkeit um Mithilfe bitten. Basti Koch war damit beauftragt worden, im Internet ein brauchbares Foto zu suchen, das auf allen Social-Media-Kanälen der Behörde veröffentlicht werden sollte. Während Mia sich zur Meldeadresse der Rechtsanwältin aufgemacht hatte, kümmerte sich Koch um ihr soziales Umfeld. Elisabeth Völker hatte ihm den Auftrag erteilt, ein Bewegungsprotokoll von Claudia Becker anzufertigen. Die nötigen Genehmigungen waren von Klinger beim diensthabenden Richter beantragt worden.

»Hören Sie, Frau …«, riss die Nachbarin Mia aus den Überlegungen.

»Sommer, Anna-Maria Sommer«, half Mia ihr auf die Sprünge.

»Von mir aus.« Die Frau fuchtelte mit der rechten Hand in der Luft herum, als wolle sie eine lästige Fliege vertreiben. »Ich weiß nicht, wo Frau Becker steckt. Und ich habe die Polizei informiert, weil niemand zu Hause ist. Da muss doch was passiert sein, und Sie müssen sich kümmern!«

Mia hielt dem bohrenden Blick von Annegret Höpner stand. »Das werden wir«, versprach sie. »Sie haben alles richtig gemacht, als Sie uns informiert haben.«

»Ich weiß.« Annegret Höpner nickte energisch. »Lieber einmal zu viel die Polizei anrufen als einmal zu wenig.«

»So ist es.« Mia wusste, dass Claudia Becker ein Auto besaß. Doch der hölzerne Carport neben dem Wohnhaus war leer. »Wann haben Sie denn zuletzt ihr Auto gesehen?«

Annegret Höpner musste nicht lange nachdenken. »Am Morgen ihres Verschwindens. Sie fährt so ein flottes Audi Cabriolet. Auf dem Kennzeichen standen ihre Initialen und ihr Geburtsdatum.«

Mia blätterte in ihrem Block. Der Nummer nach zu urteilen, die Basti Koch ihr mit auf den Weg gegeben hatte, stimmten die Angaben der Nachbarin.

»Ist Ihnen denn in den Tagen vor ihrem Verschwinden etwas Außergewöhnliches aufgefallen?«

Annegret Höpner dachte nur kurz nach, bevor sie nickte. »So ein

Lieferwagen«, sagte sie. »Da war einer dieser weißen Kastenwagen, die es wie Sand am Meer gibt. Ein VW, glaube ich, hinten ohne Scheiben. Der stand immer wieder mal hier rum. Abends ist der Fahrer auch mal ausgestiegen.«

Mia horchte auf. »Können Sie den Fahrer beschreiben?«

»Es war ja nicht viel von ihm zu sehen.« Annegret Höpner dachte nach. »Aber ich glaube, dass er ziemlich groß war. Hat beim Einsteigen den Kopf eingezogen. Dunkle Haare, vielleicht Mitte dreißig. Aber ich kann das ganz schwer schätzen. Außerdem hatte der dunkle Sachen an. Und so einen blöden Kapuzenpulli. Ich fand den irgendwie unheimlich.«

Groß und dunkel gekleidet, so wie der Mörder auf den Videoaufnahmen, durchzuckte es Mia. So wie der Schatten, der Ana Legova an ihrem letzten Tag begleitet hatte. »Haben Sie das den Kollegen gesagt, als Sie die Vermisstenanzeige aufgegeben haben?«

»Nein – warum? Ich wusste ja nicht, dass das wichtig ist.«

»Schon gut.« Mia nickte. »Das Kennzeichen haben Sie nicht zufällig mitgeschrieben?«

Annegret Höpners Hand glitt in die Hosentasche. Dann holte sie einen kleinen geknickten Zettel hervor. Sorgsam strich sie die Ecken glatt und reichte Mia das Papierstück. In krakeliger Handschrift stand ein Wuppertaler Kennzeichen darauf. »Ist das eine Hilfe?«

»Möglicherweise sogar eine große Hilfe«, antwortete Mia. »Aber warum haben Sie uns das nicht schon früher mitgeteilt?«

»Weil ich niemanden denunzieren wollte«, erwiderte die Alte und seufzte. »Ich dachte immer, dass vielleicht irgendwer in der Nachbarschaft einen Handwerker beauftragt hatte und dass der Wagen deshalb immer hier stand. Das geht mich ja nichts an … aber komisch war es trotzdem irgendwie. Glauben Sie, dass der damit was zu tun haben könnte?«

»Wir werden es überprüfen«, versprach Mia ihr.

»Können Sie denn herausfinden, wer das war?« Die Frau seufzte.

»Das werden wir über eine Halteranfrage erfahren«, versicherte Mia ihr. Sie bedankte sich und machte Anstalten, sich dem Haus von Claudia Becker zu nähern. Annegret Höpner warf den Besen auf das schmale Rasengrundstück vor ihrem Haus und folgte ihr.

»Vielen Dank«, sagte Mia freundlich, aber bestimmt. »Ab hier komme ich allein zurecht.« Sie drückte der Frau ihre Visitenkarte in die Hand und wandte sich zum Gehen. »Wenn Ihnen noch etwas auffällt, melden Sie sich.«

»Worauf Sie sich verlassen können.« Sichtlich pikiert bückte sich die aufmerksame Nachbarin nach dem Besen und machte sich daran, weiter den Bürgersteig zu fegen. Mia glaubte, dass sie dabei leise vor sich hin fluchte, und wandte sich lächelnd ab. Als sie sich dem verlassenen Haus näherte, spürte sie die Blicke von Annegret Höpner in ihrem Rücken. Doch sie ersparte es sich, ihr weiter Beachtung zu schenken. Es galt, keine Zeit zu verlieren, wenn sich die schlimmsten Befürchtungen der schwatzhaften Nachbarin nicht bewahrheiten sollten.

***

Falk Berlinghoff residierte in einer prächtigen Jugendstilvilla unweit des Toelleturmviertels, die von einem von einer kniehohen Steinmauer umschlossen war. Efeu rankte an der Fassade zum Dach hinauf. Das Blattwerk schillerte im Licht der Herbstsonne in allen Farben. Eine Katze strich durch die Büsche neben der Mauer. Am Ende der kleinen Straße erstreckte sich das untere Ende der Barmer Anlagen, eines privaten Naherholungsgebiets, das an einen englischen Garten erinnerte – wenn man von der Lage am steilen Hang absah.

Björn Lassner parkte den Dienstwagen ein paar Meter von der Villa entfernt. Während er die letzten Schritte zum Haus zu Fuß zurücklegte, ordnete er seine Gedanken. Er hoffte, dass Mia einen Hinweis von Claudia Beckers Nachbarin erhielt, der ihnen weiterhalf.

Momentan klammerten sie sich an jeden Strohhalm, und trotzdem mordete der Täter schneller, als sie ermitteln konnten. Es war höchste Zeit, den Spieß umzudrehen, um den Serienmörder zu stellen, damit endlich wieder Ruhe einkehrte in der Stadt. Inzwischen hatte Wuppertal mit der Mordserie bundesweit für traurige Schlagzeilen gesorgt.

Gerade als Lassner einen Fuß auf die großen Steinplatten vor Berlinghoffs Haus gesetzt hatte, spürte er das sanfte Vibrieren seines Smartphones in der Tasche. Lassner trat zurück auf den Bürgersteig und warf einen Blick auf das Display. Bei der Anruferin handelte es sich um Lena.

»Stör ich gerade?« Sie klang distanziert und schien um einen sachlichen Tonfall bemüht.

»Nein, alles gut.« Lassner schritt vor der Villa auf und ab.

»Es tut mir leid, dass ich so ungerecht zu dir war.« Eine weiche Nuance lag jetzt in ihrer Stimme. »Ich weiß, dass du viel Arbeit hast. Habt ihr denn endlich eine heiße Spur?«

»Noch nicht, nur einzelne Hinweise, denen wir jetzt nachgehen müssen.« Lassner fühlte sich unwohl. Zwar telefonierte er gern mit seiner Frau, allerdings brannte ihm die Zeit unter den Nägeln. Jede Minute war kostbar. »Was kann ich für dich tun?« Ich klinge freundlich wie ein Versicherungsvertreter, stellte er fest. Oberflächlich und lieblos, mahnte er sich in Gedanken.

»Ich drücke euch die Daumen, dass ihr diesen Mistkerl bald schnappt.«

»Danke, Lena.« Jetzt hatte auch er den richtigen Tonfall gefunden. »Also – was gibt es?«

»Ich wollte nur kurz deine Stimme hören, mich für mein kindisches Verhalten entschuldigen und sagen, dass ich an dich denke.«

»Das tut gut zu hören.« Während er telefonierte, nahm Lassner die nähere Umgebung in Augenschein. Im Haus auf der gegenüberliegenden Straßenseite waren zwei Maler in weißen Overalls damit beschäftigt, Ausbesserungsarbeiten an der Fassade durchzuführen. Ihr weißer Lieferwagen parkte am Straßenrand. Irgendwo jaulte ein Baustellenradio. Es war zu befürchten, dass die Männer mithören konnten. Immer wieder spähten sie neugierig zu ihm herüber. Lassner versuchte, die Handwerker zu ignorieren, und konzentrierte sich auf das Gespräch mit seiner Frau. »Also bist du nicht mehr eifersüchtig auf Mia?«

»Hört sie mit?«

»Nein, ich bin allein unterwegs.«

»Gut.« Lena schien erleichtert zu sein. »Also, hör zu: Ich war einfach drüber in den letzten Tagen. Was hältst du davon, wenn wir heute Abend zusammen essen gehen? Leon ist mit einem Freund verabredet, und wir haben sturmfrei.«

Lassner spürte, wie sich seine Kehle zuschnürte. Seine krankhaft eifersüchtige Frau machte einen Schritt auf ihn zu, und er musste ihre Einladung absagen. »Lena, ich … also, es ist so, dass wir gerade …«

»Ich weiß, ich weiß«, unterbrach sie ihn hektisch. »Hör zu, ich will gar keinen Druck machen, aber sobald ihr das Schwein hinter Gittern habt, holen wir das Essen nach. Oder wir gehen mal wieder in die Sauna, und wir …«

»So machen wir es. Aber es besteht nur ein Fünkchen Hoffnung, dass wir …«

Lena lachte am anderen Ende der Leitung. »Du bist schnell. Und gut in deinem Job als Bulle, sehr gut sogar. So gut, dass ich dich über alles liebe, Björn.«

»Und ich liebe dich, Lena.«

»Alles wieder gut zwischen uns?« Ihre Stimme klang besorgt.

»Ja«, versicherte er ihr, »alles wieder gut. Und wenn wir Glück haben, gehen wir heute Abend doch zusammen essen. Aber warte noch mit dem Tischbestellen.«

»Mach ich.« Jetzt klang sie wieder erleichtert. »Ich freue mich auf dich, mein Lieblingsbulle.« Da war ein rauer Unterton in ihrer

Stimme, den Lassner an ihr mochte. Er klang sinnlich und erotisch. Lena verabschiedete sich und hauchte einen Kuss in den Hörer, bevor sie auflegte. Sekundenlang stand Lassner mit dem Telefon in der Hand auf dem Gehweg vor Berlinghoffs Haus. Die Maler grinsten zu ihm herüber, bevor sie wieder ihrer Arbeit nachgingen. Der ältere der beiden pfiff eine bekannte Melodie. Lassner erkannte den *Wellerman*. Er machte kehrt und nahm den Steinweg, der zum Eingang der Jugendstilvilla führte. Das Klingelschild mit dem eingravierten Namen über dem Briefkasten war vergoldet. Die Garage, die sich seitlich an das Haus schmiegte, war verschlossen. Somit konnte Lassner nur hoffen, dass der schwarze S-Klasse-Mercedes vor dem Haus Berlinghoff gehörte und der Hausherr anwesend war. Kurz ärgerte sich Lassner, nicht zuerst in der Bandweberei vorbeigefahren zu sein, um nach dem Chef zu fragen. Er betätigte den Klingelknopf und lauschte. Es dauerte einen Moment, bis er Schritte hörte. Die Tür wurde geöffnet. Vor ihm stand ein Mann von Mitte fünfzig in einem perfekt sitzenden Maßanzug. Das dunkle Haar trug er modisch kurz. Es war von einzelnen silbrigen Strähnen durchzogen. Wachsame graue Augen blickten ihm voller Argwohn entgegen.

»Kommen Sie jetzt auch schon unter der Woche?« Seine Stimme klang unerwartet angenehm. »Und – nein, ich möchte nicht mit Ihnen über Gott sprechen.« Lassners Gegenüber machte Anstalten, ihm die Tür vor der Nase zuzuwerfen, doch Lassners Arm zuckte hoch, um ihm den Dienstausweis zu zeigen.

Der elegant gekleidete Hausherr hielt inne und machte große Augen. »Kriminalpolizei?«, fragte er. »Sicher kommen Sie wegen Tessa.«

»Sind Sie Falk Berlinghoff?«, fragte Lassner, nachdem er sich vorgestellt hatte.

»Der bin ich.« Der Hausherr spähte an Lassner vorbei, als hätte er etwas zu verbergen. Als er die Maler auf der anderen Straßenseite bemerkte, gab er hastig den Eingang frei. »Kommen Sie, es muss ja nicht jeder mithören, um was es geht.«

»Danke.« Lassner trat ein und ließ sich von seinem Gastgeber in das große Wohnzimmer führen. Ihre Schritte hallten auf dem nussbraunen Parkett. Berlinghoff schien ein Anhänger der britischen Wohnkultur zu sein. Der lichtdurchflutete Raum wurde von einem wuchtigen Chesterfield-Ecksofa in tiefem Dunkelrot und einem dazu passenden Ohrensessel beherrscht. Ein kleiner Tisch ruhte auf dem filigran gemusterten Orientteppich, dessen Fransen akkurat in eine Richtung gebürstet waren.

Seitlich bildeten ein antiker, offen stehender Chippendale-Sekretär und ein dazugehöriger Holzstuhl mit Armlehnen einen für Berlinghoffs Verhältnisse angemessenen Arbeitsplatz. Der smaragdgrüne Glasschirm der Bankerlampe korrespondierte mit dem Dunkelgrün der Schreibtischunterlage. Die hohe Decke war mit verspielt wirkenden Stuckelementen verziert. Lassner nahm auf dem Ledersofa am Fenster Platz, das Leder quietschte leise, als er sich setzte. Falk Berlinghoff setzte sich ihm gegenüber und betrachtete seinen Gast.

Lassner war von dem grandiosen Ausblick aus dem großen Fenster beeindruckt. Es schien, als würde die Stadt zu ihren Füßen liegen. Die Frage, ob er einen Kaffee wolle, verneinte er. Berlinghoff legte die Fingerspitzen beider Hände aneinander, während er seinen Gast musterte.

»Sie kommen wegen des ekelerregenden Mordes an Tessa«, stellte er fest. »Jetzt erst?«, fügte er hinzu, als Lassner nicht gleich antwortete.

»Die Ereignisse überschlagen sich, wir kommen kaum mit unserer Arbeit nach«, antwortete Lassner und bemerkte, dass seine Worte in Berlinghoffs Ohren wie eine Entschuldigung geklungen haben mussten. »Sie und Theresa Winkler waren also …«

»Ein Paar, richtig.« Berlinghoff nickte.

»Wie muss ich mir das vorstellen?«

»Nicht im klassischen Sinne vielleicht, aber wir waren zusammen.«

Berlinghoff hob die Schultern. »Sie wohnte noch bei ihrem Ex-Mann, ein Umstand, der mir zugegebenermaßen sehr missfiel.«

Lassner schwieg. Er nahm Block und Stift, um sich Notizen zu machen.

»Tessa kam wohl irgendwie nicht von ihm los.«

»Inwiefern?«

»Vielleicht war sie ihm hörig.«

»Waren Sie eifersüchtig?« Lassner sah auf.

»Natürlich – wären Sie das nicht?« Berlinghoffs fein geschnittenes Gesicht nahm eine tiefrote Färbung an. »Und als ich herausbekam, dass Tessa noch immer mit ihm schläft …«

»Schlug die Eifersucht in Wut um«, mutmaßte Lassner.

»Natürlich.« Falk Berlinghoff nickte und ballte die Hände zu Fäusten. »Ihr Ex-Mann wollte sie einfach nicht gehen lassen, obwohl sie längst geschieden waren.« Er schüttelte den Kopf. »Ich habe ihr ein Ultimatum gestellt. Er oder ich.«

»Wann war das?« Lassner horchte interessiert auf.

»Letzte Woche. Wir hatten Streit. Als sie mir spätabends eröffnete, dass sie zu Adrian heimmüsse, war ich außer mir vor Wut und habe sie rausgeschmissen.« Falk Berlinghoff rang die Hände und starrte ins Leere. »Seitdem hatten wir keinen Kontakt mehr.« Sein Kopf ruckte hoch, er betrachtete Lassner mit forschendem Blick. »Stehe ich jetzt unter Verdacht?«

»Wie kommen Sie darauf?« Lassner hob eine Augenbraue.

»Ich habe Ihnen eben erzählt, dass es einen bösen Streit zwischen uns gab, kurz danach wurde Tessa ermordet im Brunnen aufgefunden. Das qualifiziert mich doch für die Liste der Verdächtigen, oder?«

»Wir ermitteln in solchen Fällen immer in alle Richtungen«, erwiderte Lassner ausweichend. »Haben Sie denn etwas mit dem Tod von Frau Winkler zu tun?«

Berlinghoff lachte trocken auf. »Wenn ich jemanden getötet hätte, dann höchstens ihren Ex-Mann.«

Lassner nickte. »Wie haben Sie sich kennengelernt?«

»Adrian und ich?«

»Frau Winkler und Sie.«

»Ach so.« Berlinghoff seufzte. »Ich bin vor einiger Zeit mit dem Gesetz in Konflikt geraten. Wenn Sie sich auf unser Gespräch vorbereitet haben, ist Ihnen das bekannt. Ich habe eine Haftstrafe in der Wuppertaler JVA verbüßt. Wie Sie sicher wissen, engagierte sich Tessa ja in einem Verein, der die Kontaktaufnahme zwischen Frauen in Freiheit und inhaftierten Straftätern ermöglicht.«

»Und in der Haft haben Sie Kontakte gesucht?«

»Meine Frau hatte die Scheidung eingereicht. Einen Tag nachdem ich rechtskräftig verurteilt wurde. Nach siebenundzwanzig Ehejahren, unsere beiden Kinder wandten sich von mir ab. Also war ich allein. Im Knast hat man viel Zeit zum Nachdenken. Und ich will ehrlich sein – der Gedanke daran, Freundschaften mit anderen Straftätern zu schließen, kam mir nie in den Sinn. Es ist … eigentlich nicht meine Welt, wissen Sie.«

Lassner nickte und schrieb mit. »Und so haben Sie Theresa Winkler über die Brieffreundschaft kennengelernt.«

»So war es.« Berlinghoff berichtete seinem Gast, wie der Kontakt über *Bonnie & Clyde* angebahnt wurde, wie er entlassen worden war und die Verbindung zu Theresa Winkler sich intensivierte. »Erst waren wir heimlich zusammen – schließlich war sie zu dem Zeitpunkt vergeben. Sie hat sich in mich verliebt.«

»Obwohl sie verheiratet war?«

Berlinghoff nickte gedankenverloren. »Wo die Liebe eben hinfällt. Irgendwann hat sie sich entschlossen, sich scheiden zu lassen, um frei für uns zu sein.«

»Mussten Sie sie dazu überreden?«

»Anfangs schon. Doch eines Tages wurde sie selbst aktiv und hat die Scheidung eingereicht. Eine Freundin von Tessa, die normalerweise auf Strafrecht spezialisiert ist, hat den Prozess geführt.«

»Claudia Becker?«

»Woher wissen Sie das?«

»Ich bin Polizist.«

»Entschuldigung«, erwiderte Falk Berlinghoff, während er gedankenverloren an seiner Krawatte herumzupfte. »Claudia Becker ist ehrenamtlich auch für den Verein tätig. Sie ist da die Vorsitzende.«

Lassner tat so, als höre er das zum ersten Mal.

»Bei einer Scheidung geht es immer nur um Geld. Wer bekommt was, wer wird in welcher Höhe abgefunden und, und, und.« Berlinghoff fuchtelte mit der Hand in der Luft herum. »Dann war es geschafft. Sie waren geschieden, Adrian hasste mich, und Tessa blieb trotzdem bei ihm wohnen.«

Lassner sah sich um. »Leben Sie allein hier?«

»Seit der Scheidung schon. Zweimal in der Woche kommt eine Haushaltshilfe, ansonsten bin ich hier allein – wenn Tessa nicht da ist.« Als er Lassner anblickte, schimmerten seine Augen feucht. »Finden Sie das Schwein!«

»Das hat Adrian Winkler mir auch mit auf den Weg gegeben.«

»Ach was.«

Lassner verkniff sich, ihm davon zu erzählen, dass Theresa Winklers Ex-Mann auch ihre Bestattung ausrichten wollte. Ihm lag es fern, den Hass, der offenbar zwischen den Männern herrschte, weiter zu befeuern. »Wo waren Sie vorgestern Abend in der Zeit von zweiundzwanzig Uhr bis Mitternacht?«

»Ernsthaft?«

»Ernsthaft.« Lassner nickte.

»Hier.« Falk Berlinghoff sprang auf und breitete die Arme aus. »Hier, in meinem bescheidenen Heim. Und ich war allein, es gibt dafür keine Zeugen.«

»Frau Winkler wurde auf dem nächtlichen Heimweg überfallen und getötet«, sagte Lassner. »Haben Sie eine Idee, von wo sie kam, als sie zu Fuß nach Hause ging?«

»Von einem anderen Kerl.« Falk Berlinghoff grinste. »Sie war alles andere als treu – ich hatte so etwas im Gefühl. Sie hat das immer abgestritten.«

»Könnte ein anderer Mann für ihren Tod verantwortlich sein – Stichwort Eifersucht?«

»Das kann ich nicht ausschließen. Aber ich kenne keine Namen, niemanden, den Sie dazu befragen könnten. Vielleicht hat sie den Abend tatsächlich mit einem anderen verbracht. Jemandem, der es auch nicht akzeptieren wollte, dass sie zu ihrem Ex-Mann heimkehrte.«

»So wie Sie?«

»So wie ich. Mit dem Unterschied, dass ich mir damals vorgenommen habe, niemals zurück ins Gefängnis zu gehen.«

»Aber wäre das ein Grund, sie umzubringen?« Lassner zog wieder eine Augenbraue hoch.

»Es muss ja nicht vorsätzlich geschehen sein«, erwiderte Berlinghoff. »Er könnte ihr gefolgt sein, sie zur Rechenschaft gezogen haben, und darüber gerieten sie in Streit. Nach der verbalen Auseinandersetzung kam es zu einem gewaltsamen Übergriff, der schließlich in blinder Wut endete.«

»Also Mord im Affekt?«

»Ist das so unwahrscheinlich?«

Lassner seufzte. Er spürte, dass er hier nicht weiterkam, und erhob sich. »Danke«, sagte er höflich und steckte Block und Stift in die Tasche. Er ließ sich von Falk Berlinghoff zur Tür begleiten. Dort angekommen, überreichte er ihm seine Karte und bat ihn, anzurufen, falls er doch noch eine Idee hatte. »Eine Frage noch.«

»Gern.«

»Kennen Sie Claudia Becker persönlich?«

Lassner beobachtete sein Gegenüber aufmerksam. In Berlinghoffs Gesicht zuckte es kurz, dann hatte er sich wieder unter Kontrolle.

»Wir kannten uns über Tessa.«

»Danke nochmals.« Lassner sah dem Mann an, dass er log. Er unterdrückte seine Verwunderung, dann stand er an der frischen Luft. Als sich die schwere Haustür der Villa hinter ihm mit einem satten Laut schloss, blickte er auf. Die Maler auf der anderen Seite packten ihr Werkzeug in den weißen Lieferwagen.

***

Wenig später schlich Mia um das verlassen daliegende Haus von Claudia Becker. Die schwatzhafte Nachbarin hatte sich beleidigt zurückgezogen. Auf der Rückseite hatte Mia die Möglichkeit, einen Blick durch die ebenerdigen Fenster ins Innere zu werfen. Sie war sicher, dass auch Annegret Höpner das längst getan hatte. Somit war nicht davon auszugehen, dass sie die Hausbesitzerin jetzt leblos vorfand. Mia aktivierte die Taschenlampe ihres Handys und leuchtete ins Haus. Zwei Fenster gehörten zur Küche. Sie machte einen aufgeräumten Eindruck. Zeitgemäße Möbel hinter halbhohen Scheibengardinen. Soweit Mia das erkennen konnte, sauber und gepflegt. In der Spüle standen zwei benutzte Tassen und zwei Frühstücksteller, darauf zwei benutzte Messer.

Zwei?, fragte sie sich. Die Nachbarin hatte doch behauptet, dass Claudia Becker keinen Freund oder Partner hatte. Nur ab und zu mal Herrenbesuch. Hatte einer der Verehrer etwas mit dem Verschwinden der Strafverteidigerin zu tun? Mit wem hatte sie dann vor ihrem rätselhaften Verschwinden gefrühstückt? Sie schlich weiter und leuchtete in das Schlafzimmer der Anwältin. Es gab ein Ehebett, bei dem nur die eine Hälfte mit Bettwäsche bezogen war. Hier hatte offensichtlich schon länger kein anderer Mann mehr genächtigt. Und trotzdem blieb das zweite Frühstücksgedeck, das nicht in das Bild von Claudia Becker passen wollte.

Mia konnte nicht ausschließen, dass die Anwältin den Abwasch zwei Tage lang stehen gelassen hatte. Es gab für alles eine Erklärung, hatte ihr Vater immer gesagt. Nachdem Mia keine weiteren Auffälligkeiten feststellen konnte, wandte sie sich zum Gehen.

Gerade als sie die Taschenlampe ausschalten wollte, erklang die *Tatort*-Melodie. Um ein Haar hätte Mia das Smartphone erschrocken fallen lassen. Ihr Herz klopfte bis zur Brust.

»Basti«, sagte sie, nachdem sie die grüne Fläche berührt hatte. Während sie sprach, unterdrückte sie das aufgeregte Zittern in ihrer Stimme. »Was gibt's?«

»Die Fotos von Claudia Becker sind online. Wir fahnden jetzt schon mithilfe der Öffentlichkeit, weil Frank keine Zeit mehr verlieren will. Und ich habe das Bewegungsprotokoll angefertigt.«

»Ich bin gespannt.« Mia sank auf die einfache Holzbank unter dem Fenster. Während sie Kochs Ausführungen lauschte, betrachtete sie den kleinen Garten, der aus einer großen Rasenfläche bestand, die von Beeten eingerahmt war. Im hinteren Bereich gab es einen gemauerten Grill und eine Terrasse, auf der sich in den Sommermonaten sicherlich Gartenmöbel befanden.

»Die EC-Karten haben keine Hinweise zum Verbleib geliefert. Demnach war die Gesuchte zuletzt ausschließlich in Wuppertal unterwegs. Ihr Wagen, ein weißes Audi Cabriolet, scheint spurlos verschwunden zu sein. Leider gibt es kein On-Board-System, das uns ermöglicht, das Fahrzeug zu orten.«

»Was ist mit ihrem Handy?«, fragte Mia hoffnungsvoll.

»Ebenfalls offline.« Koch seufzte. »Sie war am Tag ihres Verschwindens im Büro von *Bonnie & Clyde* an der Schützenstraße. Ihr Smartphone war zuletzt an der Ecke Hatzfelder Straße/Carnaper Straße ins Netz eingeloggt.«

Mia ging den letzten Weg der Strafverteidigerin in Gedanken durch. »Dann war sie auf dem Heimweg.«

»Das kann ich nicht sagen, sorry.«

»An der großen Kreuzung, die zur Autobahn führt«, überlegte Mia halblaut.

»Warum sollte sie das Telefon mitten auf der Kreuzung ausschalten?«, fragte Basti Koch. »Das ergibt doch keinen Sinn.«

»Vielleicht war sie auf dem Weg zur Autobahn, um eine weite Fahrt anzutreten, und wollte dabei nicht gestört oder gar getrackt werden.« Mia streckte die Füße aus und betrachtete ihre Schuhe, während sie angestrengt nachdachte. Sie erinnerte sich an die Aussage der Nachbarin, die vor Claudia Beckers Verschwinden einen weißen Transporter gesehen hatte.

»Kannst du bitte mal ein Kennzeichen checken?« Mia nannte Koch das Nummernschild des weißen Kleintransporters, das die Nachbarin notiert hatte. Sie hörte durch das Telefon, wie Koch eine Tastatur bearbeitete. Ein paar Mausklicks später stieß der Kollege ein gedehntes »So« aus.

»Mach es nicht so spannend«, forderte Mia ihn auf.

»Der Wagen, zugelassen als ›Lkw geschlossener Kasten‹, ist auf einen gewissen Florian Maschke angemeldet. Brauchst du die Meldeanschrift?«

Mia spürte, wie sich ihr Herzschlag beschleunigte. Sie fragte sich, was Florian Maschke, der geprellte Ex-Freund von Ana Legova, mit dem Verschwinden von Claudia Becker zu tun hatte. »Schick sie mir gleich aufs Handy bitte.« Wie von der Tarantel gestochen sprang sie von der Gartenbank in die Höhe. Langsam kam Bewegung in den Fall.

KAPITEL 36

Ja, ich bin das.« Langsam nur erholte er sich von dem Schrecken, der ihn befallen hatte, als sie ihm die Maske vom Gesicht gezerrt hatte. Mit schmerzhaft verzerrter Miene strich er sich über die Stellen am Hinterkopf, wo die Haltegummis der Maske gerissen waren. Nur ihr fassungsloser Blick verlieh ihm Kraft. Er hatte gehofft, seine Tarnung noch etwas aufrechterhalten zu können. Seine Pläne für das große Finale seiner Mission konnte er damit vergessen. »Da staunst du, was?«

»Allerdings.« Sie schien es nicht glauben zu können. In ihren Augen lagen Verachtung und Wut. »Was soll der Scheiß?« Als er nicht antwortete, setzte sie nach. Sie griff zu den Zeitungen und fächerte sie auf. »Hast du die beiden Frauen auf dem Gewissen?«

»Es sind drei«, korrigierte er sie.

»Wie bitte?«

»Drei Frauen sind gestorben. Tessa, Ana und Merle.«

»Merle?«

»Ja, die Umweltaktivistin. Eine Spinnerin. Heute Morgen habe ich sie vor die Schwebebahn geworfen. Sie war sofort tot.« Er grinste. »Das war ziemlich öffentlichkeitswirksam.«

»Warum Merle?« Entsetzen stand in ihren Augen.

»Kannst du dir das nicht denken?«

Sie sah ihn fassungslos an.

»Weil sie ihren Kerl in den Wind geschossen hat, um sich mit einem Kriminellen einzulassen.«

»Jetzt begreife ich. So wie Ana. So wie Tessa. Sie alle haben ihre Männer verlassen, um mit ehemaligen Straftätern glücklich zu werden. So wie … ich?«

Nickend tippte er sich an die Stirn. »Jetzt hast du's.«

»Du bist wahnsinnig.«

»Nein. Ich habe für ihre Männer gekämpft. Für die gehörnten Typen Rache geübt und die Gerechtigkeit wiederhergestellt.«

»Und du hast sie alle drei getötet?«

Er nickte erneut und fühlte sich großartig. Mächtig, vollkommen und befriedigt. Jetzt hatte er sie da, wo er sie längst haben wollte. »Merles Tod ist noch zu frisch. Ich denke, dass er erst morgen in den Zeitungen stehen wird. Online geht die Nachricht aber schon viral.« Er kicherte und wunderte sich insgeheim, dass sie, während er auf sie einredete, keinen Fluchtversuch unternahm. Dabei stand die Tür offen, es wäre ein Leichtes für sie gewesen, an ihm vorbei aus dem Versteck zu türmen.

»Ich musste es tun.« Als er sie ansah, entdeckte er Tränen der Verzweiflung in ihren Augen. »Ich hatte keine andere Wahl.«

»Du bist vollkommen irre«, erwiderte sie mit tränenerstickter Stimme. »So was von wahnsinnig. Du brauchst echt Hilfe.«

Jetzt musste er grinsen. Er liebte ihre emotionale Art. »Und eine gute Anwältin.«

»Was soll das?«

»Hab ich doch gesagt.« Er holte tief Luft. »Du stehst auf Verbrecher, sie machen dich an, sie erregen dich, und sie ziehen dich in ihren Bann.« Mit einer bedauernden Miene kehrte er die Handflächen nach oben. »Damit konnte ich bisher nicht dienen. Ich bin zu nett. Keine Vorstrafe, nicht einmal ein Knöllchen wegen zu schnellen Fahrens. Die Polizei kennt mich nicht. Ich war ein Nichts in deinem Leben.«

»Das ist Unsinn.«

»Nein – leider nicht.« Er nahm die Clownsmaske in die Hände und betrachtete sie mit einem versonnenen Blick. Fast zärtlich strichen seine Fingerkuppen über den weiß glänzenden Kunststoff. »Jetzt aber«, fuhr er fort, »jetzt habe ich etwas geleistet. Endlich hast du mich wahrgenommen.«

»Du drehst total durch«, zischte sie mit Wut und Entsetzen. »Du brauchst eine Therapie.«

»Ich brauche nur dich, Claudia.«

»Vergiss es.« Sie schüttelte den Kopf, sah sich im Raum um und suchte offenbar nach einem geeigneten Gegenstand, den sie als Waffe einsetzen konnte. Ihr Blick blieb an dem halb vollen Zinkeimer in der Ecke haften. Erst jetzt schien ihr die Idee zu kommen, das Gefäß gegen ihn einzusetzen. Er fragte sich, warum sie nicht schon früher darauf gekommen war, und bereitete sich innerlich auf einen Angriff vor. Bevor er reagieren konnte, stürzte sie auf den Eimer zu, griff danach und hob ihn an. Dieses Tempo hatte er ihr nicht zugetraut. Wie eine Schleuder wuchtete sie ihm den Kübel entgegen, doch er wich mit einem geschickten Sprung zur Seite aus. Der Urin im Eimer spritzte durch ihr Gefängnis und hinterließ unansehnliche Flecken an Wänden und dem Boden.

»Du alte Sau!«, gellte er außer sich. Er hatte mehr die Erniedrigung als ihren körperlichen Angriff wahrgenommen. »Willst mich mit deiner Pisse überschütten – geht's noch?«

Sie setzte an, ballte die Hände zu Fäusten und rannte geradewegs auf ihn zu. Mit einem geschickten Haken versuchte sie, an ihm vorbeizukommen. Doch er griff beherzt zu und riss sie zu Boden. Hart schlug sie auf.

»Und jetzt willst du dich auch noch verpissen.« Kopfschüttelnd packte er sie und kniete sich brutal auf ihren Rücken. Er hasste es, wenn die Dinge aus dem Ruder liefen. Doch so kurz vor dem Ziel hatte er nicht vor, aufzugeben. »Du bleibst schön hier, und dann überlegen wir gemeinsam, wie wir hier rauskommen.«

***

»Geh ran«, zischte Lassner gereizt. Schon zum dritten Mal versuchte er, Mia zu erreichen. Doch ihre Nummer war besetzt. Es war unüblich für sie, dass sie länger als zwei Minuten telefonierte. Dabei hatte Lassner viel zu berichten. Er war unterwegs auf dem Weg zu Florian

Maschke, um ihn zu befragen. So, wie sie es abgesprochen hatten. Zuvor wollte er Mia erzählen, was er von Falk Berlinghoff erfahren hatte.

Lassner warf das Telefon entnervt in die Mittelkonsole. Er startete den Motor des Passats und legte den Sicherheitsgurt an. Er hatte erst wenige Meter zurückgelegt, als Mias Rückruf einging. »Mia«, rief er aufgeregt, »wo steckst du, um Himmels willen?«

»Das frage ich mich bei dir auch.« Mia klang ebenfalls aufgeregt. Sie brachte ihn in wenigen Sätzen über das, was sie von Annegret Höpner erfahren hatte, auf Stand. Und sie berichtete ihm von dem vor Claudia Beckers Haus gesichteten VW-Transporter, der auf Florian Maschke zugelassen war.

»Was hat er bei Claudia Becker zu suchen?«

»Sie kannten sich womöglich, weil sich Ana Legova und Claudia Becker sowie Theresa Winkler für *Bonnie & Clyde* engagiert haben«, vermutete Lassner. Inzwischen hatte er die Untere Lichtenplatzer Straße erreicht. Er setzte den Blinker und hielt sich links.

»Meinst du, er hat was mit der Entführung zu tun?«

»Ich könnte es mir vorstellen.« Mia seufzte.

Vergeblich versuchte Lassner, Verbindungen zu ziehen. »Ich bin gerade auf dem Weg zu ihm und werde ihn befragen.«

»Ziehst du das allein durch?«

»Wenn du frei bist, komm vorbei.«

»Worauf du dich verlassen kannst.« Mia ließ sich die Adresse von Maschkes Arbeitsplatz geben. Den großen Showdown wollte sie nicht verpassen.

***

Er hatte die Stahltür offen stehen lassen und betrachtete sie mit forschenden Blicken. »Warum hast du das getan?«, fragte er entsetzt. Noch immer wunderte er sich, dass sie die offene Tür nicht zur Flucht nutzte. Ihren Fluchtversuch hatte er vereitelt. Schlimm genug, dass sie ihn vorzeitig enttarnt hatte. Jetzt lag sie mit gefesselten Hand- und Fußgelenken vor ihm auf der Matte.

»Wovon redest du?«, wollte sie wissen.

»Du hast dich mit diesen Typen eingelassen.«

»In einen habe ich mich sogar verliebt.« Sie wirkte aufgelöst und kämpfte um ihre Fassung. Tränen sammelten sich in ihren Augen.

»Verliebt«, stieß er verächtlich hervor. »In einen Kriminellen.«

»In einen anderen Mann.«

»Habt ihr gefickt?«

»Ich bitte dich.« Vorwurf lag in ihrer Stimme.

»Hat er dich geil gemacht, weil er ein schwerer Junge war?« Er hatte nicht vor, jetzt lockerzulassen, wollte nicht so kurz vor dem Ziel aufgeben.

Sie seufzte und dachte nach. »Ich möchte Menschen helfen, die eine kriminelle Ader haben. Platonisch, wohlbemerkt.«

»Du bist Anwältin und kämpfst für Gerechtigkeit«, erinnerte er sie mit einem spöttischen Unterton in der Stimme. »Passt das zusammen?«

»Auf jeden Fall. Aber, um auf deine Frage zurückzukommen: Nein, es macht mich nicht an, Kontakt zu einem Straftäter zu haben. Das überlasse ich anderen Frauen.«

»Ach was«, schnaubte er verächtlich.

»Ich bin harmlos«, versicherte sie ihm. »Es gibt im Netz Blogs und Foren, in denen Listen über die Penislängen von Strafgefangenen kursieren – wusstest du das?« Als er nicht gleich antwortete, fuhr sie fort. »Einige Frauen schreiben dort, dass sie die Listen nicht ansehen können, ohne dabei zu masturbieren.«

»Das ist echt krank«, entfuhr es ihm kopfschüttelnd. »Wer interessiert sich dafür, wie lang der Schwanz eines Knackis ist?«

»Ich zumindest nicht.« Sie hielt seinem fragenden Blick stand. Offenbar sah sie das Entsetzen in seinen Augen.

»Ach nein?«

Sie lächelte versonnen. »Aber ich möchte, dass du verstehst, was Hybristophilie bedeutet.«

»Warum …?« Er verstand nicht, worauf sie hinauswollte. »Warum mussten es Kriminelle sein, mit denen du dich eingelassen hast?«

»Mich hat der Gedanke an die Resozialisierung der Männer gereizt«, eröffnete sie ihm. »Nicht die Vorstellung, mit ihnen zu schlafen.«

»Und trotzdem hast du sie an dich rangelassen?« Er spürte Wut aufkochen und betrachtete sie herablassend.

Was für eine armselige Nutte, dachte er. Ekel stieg in ihm auf. Ich habe alles richtig gemacht, sie hierherzubringen. Ihm brach das Herz, als ihm klar wurde, dass ihre Entscheidung längst gefallen war. Dabei liebte er sie noch immer. Er fragte sich, ob sie ihm das abnahm.

»Vielleicht, weil ich schon immer etwas für Außenseiter übrighatte«, startete sie einen zaghaften Erklärungsversuch. »Womöglich eine Art von Mitleid, aber ich habe jederzeit auch das Positive in einem Menschen gesehen. Manchmal habe ich mir eingebildet, die Männer davon überzeugen zu können, nach der Haft nur noch Gutes zu tun. Deshalb habe ich mit den anderen *Bonnie & Clyde* ins Leben gerufen.«

»Wie konntest du ausblenden, dass diese Kerle gefährliche Straftaten begangen haben?«, fragte er ungläubig. »Bist du so naiv?«

»Ich glaube nicht, nein.«

Mit jeder Sekunde genoss er ihre Nähe mehr. Hatte er sie endlich überzeugen können – oder drehte sie gerade den Spieß um, indem sie sich zu erklären versuchte? Die Gedanken taumelten durch seinen Kopf.

»Jeder Mensch hat es doch verdient, geliebt zu werden.«

»Ich auch?«

»Du auch.« Sie beugte sich herüber und hauchte ihm einen Kuss auf die Wange. Kurz war er versucht, sie zurückzustoßen, doch er genoss den winzigen Moment der Zärtlichkeit inmitten seiner untergehenden Welt, schloss für eine Sekunde die Augen und blendete alles aus, was ihn in den letzten Tagen und Nächten bewegt hatte.

»Brutale Typen machen dich geil«, behauptete er flüsternd.

»Nein.«

»Warum hast du dann …?«

»Es gibt zwei Gründe für Frauen, sich mit Straftätern einzulassen«, setzte sie an. »Zum einen gibt es das Phänomen der Hybristophilie. Psychologen sprechen dabei von einer Sexualstörung. Die betroffenen Frauen reizt es, sich mit Kriminellen zu treffen, Sex mit ihnen zu haben. Aber so bin ich nicht.«

»Sondern?«

»Während diese Frauen das Böse anziehend finden, habe ich möglicherweise ein sehr ausgeprägtes Helfersyndrom.« Sie lächelte ihm sanft zu und zuckte die Schultern. »Dabei blende ich wohl die Risiken aus, die von diesen Männern ausgehen.« Zaghaft bewegte sie ihre Hände. Der Strick, mit dem er sie gefesselt hatte, schnitt in ihre Haut. Sie war ihm ausgeliefert.

»Hattest du keine Angst, dich mit einem Verbrecher einzulassen?«, fragte er leise. »Das war doch gefährlich.«

»Nein.« Sie schüttelte den Kopf. »Ich bin der Meinung, dass diese Menschen oft ungerecht behandelt werden. Deshalb wollte ich ihnen eine Chance geben.«

»Deine Tätigkeit als Strafverteidigerin reichte dazu nicht aus?«, wollte er wissen.

»Wahrscheinlich nicht, nein.«

»Wirst du dich wieder in einen Kriminellen verlieben?«

Sie sah ihm tief in die Augen. »Das habe ich bereits getan.«

Fragend legte er den Kopf schräg.

»Du hast drei Frauen getötet. Damit bist du ein Serienmörder.«

***

»Du schon wieder.« Basti Koch schnaufte in den Hörer, nachdem Mia sich gemeldet hatte.

»Ich brauche alles, was du über einen gewissen Jens Becker herausfinden kannst.« Sie nannte ihm die ehemalige Wohnanschrift des Ex-Mannes der verschwundenen Strafverteidigerin.

»Weil du es bist.« Koch bearbeitete seine Tastatur und gab ein paar eigenartige Geräusche von sich, bevor er ein gedehntes »So« ausstieß. »Nichts.«

»Wie – nichts?«

»Es gibt niemanden mit diesem Namen, jedenfalls nicht an der genannten Adresse.«

»Über das ausführliche Melderegister wirst du ihn finden.« Mia wanderte vor dem Haus von Claudia Becker auf und ab. Die schwatzhafte Nachbarin war von der Bildfläche verschwunden. Als Mia den Blick auf ihr Haus richtete, sah sie Annegret Höpner an einem der Fenster winken. Sie stand also noch unter Beobachtung.

»Es gibt niemanden mit diesem Namen, der jemals in der Straße ›Am Anger‹ gemeldet gewesen wäre«, beharrte Koch. »Es tut mir wirklich leid.«

»Mir auch.« Mia schnaubte. »Sehr komisch. Aber ich dank dir erst mal.«

»Gern geschehen – dann bis gleich.«

»Bis gleich?« Mia stutzte.

»Na klar – oder willst du mir sagen, dass ich meinen Büroschlaf jetzt in Ruhe fortsetzen kann?« Koch kicherte am anderen Ende der Leitung.

»Halt dich bereit. Hast du was über die Computer von *Bonnie & Clyde* rausbekommen?«

»Sorry – hexen kann ich noch nicht. Die Kisten sind erst vor einer Viertelstunde in der IT eingetroffen. Sobald ich was weiß, melde ich mich aber gern bei dir.«

»Also bis gleich.« Mia grinste.

»Sag ich doch«, feixte der IT-Experte, bevor er die Verbindung unterbrach.

***

Sie spürte, wie sie die Oberhand gewann. Er betrachtete sie nachdenklich und schien nicht zu wissen, wie er weitermachen sollte. Sie streckte sich. »Ist das normal, dass die Tür offen steht?«

»Was?« Er runzelte die Stirn, dann verstand er offenbar, wovon sie sprach. »Du kannst ja nicht abhauen.«

»Bist du dir da so sicher?«

»Ja.« Er nickte. »Weil ich dich dann auch töten müsste.«

Sie seufzte. »Also gut«, sagte sie. »Dann erzähl mir jetzt endlich, was du vorhast. Und das mit dem Abhauen …«, sie seufzte und zerrte an den Stricken, mit denen er sie fixiert hatte, »geht ja nicht. Also – was bezweckst du mit deiner Aktion hier?«

»Ich will dich zurück.«

Er sagte das mit einer solchen Ernsthaftigkeit, dass es ihr Angst bereitete. »Wie stellst du dir das vor?«

»So, wie ich es gesagt habe. Lass uns neu anfangen.«

»Das wird nicht möglich sein. Du hast drei Frauen umgebracht. Sie werden dich kriegen und ins Gefängnis bringen.«

»Nein«, entgegnete er kopfschüttelnd. »Sie werden mich nicht kriegen, denn bis es so weit ist, sind wir längst über alle Berge.«

»Was, wenn ich das nicht möchte?«

»Dann wirst du sterben.«

Die Gefühlskälte in seinen Worten machte ihr noch mehr Angst. Sie wich etwas von ihm zurück. So, wie er sie ansah, wagte sie nicht, an seinen Worten zu zweifeln. Der Gedanke daran, dass sie sein Ziel und seine Forderungen jetzt kannte, brachte sie auch nicht weiter. Ganz im Gegenteil. Sie musste nachdenken, wie sie sich ohne Hilfe von außen aus der Situation befreien konnte.

KAPITEL 37

Kurz vor Mittag trafen sie zeitgleich auf dem Hinterhof der alten Halle am Wupperufer ein. Der Betrieb von Florian Maschke versteckte sich regelrecht hinter eine Reihe von Fabrikhallen, als wolle er sich der Aufmerksamkeit entziehen.

Nur ein schmaler Weg führte von der Friedrich-Engels-Allee zu dem alten Backsteingebäude. Dabei handelte es sich um einen zweistöckigen Bau, dessen rote Ziegel unter einer dicken Patina aus Ruß und Feuchtigkeit kaum noch zu erkennen waren. An einigen Stellen bröckelte der Putz, und Efeu klammerte sich an den brüchigen Mauern fest, als versuche die Natur, das Gebäude zurückzuerobern. Die Fenster, einst groß und hell, wirkten blind und leer. Einige Scheiben waren offenbar zerbrochen und mit Sperrholzplatten vernagelt worden. Verwitterter Stahl bröckelte in Schuppen ab. Ein hoher, schmaler Schornstein aus Ziegeln ragte wie ein stummer Wächter in den Himmel. Er war tiefschwarz vom Ruß vergangener Jahrzehnte, als hier noch schwere Maschinen ihren Dienst verrichtet hatten.

Mia stellte den Chopper an der brüchigen Mauer ab, die zum Wupperufer führte. Gerade näherte sich mit schrillem Summen eine Schwebebahn. Demnach hatte Peter Nohlen die Sicherung der Spuren abgeschlossen und die Strecke wieder für den Verkehr freigegeben. Eine trügerische Sicherheit war eingekehrt. Sie gaukelte den Menschen in der Stadt Normalität vor. Doch der Mörder war noch auf freiem Fuß. Kurz sah sich Mia zu Lassner um, der mit dem Tablet in der Hand zu ihr trat, nachdem er den Dienstwagen verriegelt hatte.

»Ganz schön versteckte Gegend hier.«

»Allerdings.« Mia nickte. Sie warf einen Blick über die kniehohe Betonmauer zur Wupper. Das Wasser war dunkel und trüb. Steine im

Gras am Ufer von Moos bedeckt. »Der *Schwarze Fluss*«, murmelte sie gedankenverloren.

»Wovon redest du?« Lassner runzelte die Stirn.

»Vom *Schwarzen Fluss* eben.« Mia grinste. »Du bist echt ein Kulturbanause, Björn. Hast du so oft in der Schule gefehlt?« Sie musste lachen, als sie das verdutzte Gesicht ihres Partners sah. »Hast du noch nie von Else Lasker-Schüler gehört?«

»Doch, aber …« Er rollte mit den Augen.

»Also: Diese Formulierung bezieht sich auf ihr erstes Theaterstück *Die Wupper*, die sie damals als den *Schwarzen Fluss* bezeichnete.«

»Soso.« Lassner grinste. »Langsam wirst du mir unheimlich.«

»Deutsch-Leistungskurs an einer Wuppertaler Schule«, grinste Mia. »Der *Schwarze Fluss* war eine Metapher für den Fluss des Todes oder der Unterwelt.« Mia betrachtete ihren Partner nachdenklich. »Er ist in den Gedichten ein Symbol für Trauer, Tod und das Unbewusste.«

»Wie interessant.« Lassner zuckte mit den Schultern und wandte sich zu der heruntergekommenen Fabrikhalle um. »Können wir dann?«

»Klar.« Mia machte auf dem Absatz kehrt und folgte ihrem Partner. Der Geruch von Chemikalien und Öl lag in der Luft. Unter einem hölzernen Vordach an der Mauer zum Ufer gammelte ein orangefarbener Gabelstapler vor sich hin. Ein Stapel Reifen neben dem Gerät wartete auf seine Entsorgung, daneben befanden sich ausrangierte Maschinen unter einer verwitterten Lkw-Plane. Der Vorplatz war mit Kopfsteinpflaster belegt, das bei jedem ihrer Schritte knirschte. Die beiden großen Hallentore wirkten wenig einladend. Dunkelgrüne Farbe blätterte ab. Wäre da nicht das kleine Plexiglasschild mit der Aufschrift »TalLichter« gewesen, das neben der in eines der Tore eingelassenen Tür befestigt war, hätten sie annehmen können, sich in der Adresse geirrt zu haben. Die geschwungenen Lettern mit dem Zusatz »Leuchtreklamen und Werbetafeln Florian

Maschke« ließen keinen Zweifel daran, dass sie hier richtig waren. Dennoch wirkte das Schild wie ein Fremdkörper an dem alten Gebäude.

»Der ist nicht da«, sagte Lassner stöhnend. Der Dienstwagen und Mias Chopper waren die einzigen Fahrzeuge auf dem Gelände.

Mia zeigte auf die großen Hallentore. »Vielleicht steht der gesuchte Transporter drinnen.« Sie setzte sich in Bewegung. »Jetzt kümmern wir uns erst mal um Florian Maschke. Ich würde gern wissen, warum er Claudia Becker hinterherspioniert hat.«

»Recht hast du.« Lassner nickte mit grimmiger Miene. »Dann fühlen wir ihm mal auf den Zahn.«

Auf dem Platz herrschte eine eigenartige Stille, die nur vom Rauschen der nahen Wupper und den gedämpften Geräuschen der umliegenden Fabriken unterbrochen wurde. Mia erschien die Atmosphäre wie eine Szene aus der Vergangenheit, denn die Umgebung wehrte sich hartnäckig gegen die Zeichen der modernen Zeit.

Lassner legte die Hand auf die Klinke und wollte sie gerade zurückziehen, als die Tür nachgab. »Na bitte.« Er grinste und gab Mia den Vortritt. Sie kam der Aufforderung nach und stand im nächsten Augenblick im matten Licht der Fabrikhalle. Drinnen roch es nach Farbe und Lösungsmitteln. Alte eiserne Schwerlastregale, Werkbänke und Blechspinde beherrschten das Bild. Die Schirmlampen an der Decke waren ausgeschaltet. Es herrschte ein dämmriges Licht. Mias Augen mussten sich erst daran gewöhnen.

Große Werbetafeln standen in den dafür vorgesehenen Regalen, immer wieder wurden auch Teile von Leuchtreklamen sichtbar. Eine Werkbank diente offenbar als Prüfstand für die Elektrik der Leuchtanlagen. Mia erkannte Werbeflächen von großen Unternehmen aus der Region.

Sie war erstaunt, was Maschke aus bunten Neonröhren und LED-Schienen schaffen konnte. »Hallo?«, rief sie in die Tiefe der halbdunklen Halle.

Kein Geräusch war zu vernehmen, keine Menschenseele ließ sich blicken.

»Hier ist die Polizei – ist jemand hier?« Lauschend hielt sie inne, nachdem Lassner neben sie getreten war.

»Die Polizei«, rief er mit erhobener Stimme. »Ist hier jemand?«

Mias Partner hielt eine Hand am Holster, um bereit zu sein. Suchend blickte sie sich um. Im hinteren Teil der Halle tat sich etwas. Eine Gestalt schälte sich aus dem Dunkel, Schritte näherten sich.

»Moment, ich komme.« Der Mann war groß und schlank, er trug eine dunkle Cargohose, feste Arbeitsschuhe und ein weites schwarzes Kapuzenshirt. Die dunkelbraunen Haare waren modisch kurz geschnitten. »Polizei?«, fragte er mit erschrockenem Blick. »Was habe ich verbrochen?«

»Das werden wir herausfinden«, versicherte Mia ihm. Sie verglich ihr Gegenüber im Geiste mit dem Mann auf den Aufnahmen der Überwachungskameras am Schwebebahnhof und konnte nicht ausschließen, dass es sich um den Mörder handelte. Sie wich einen Schritt zurück und öffnete die Druckknöpfe des Holsters. Lassner tat es ihr nach. Offenbar hatte auch er eine gewisse Ähnlichkeit mit dem gesuchten Mörder erkannt.

Mia spürte, wie sie unter Adrenalin stand. »Herr Maschke?«, fragte sie. »Florian Maschke?«

»Ja.« Der hochgewachsene Mann wurde blass. »Um was geht es denn?«

Lassner schob das Tablet, das er für die Befragung mitgebracht hatte, in die große Tasche seines Mantels. Er wollte im Falle einer Eskalation beide Hände frei haben. »Wo waren Sie heute Morgen zwischen sechs Uhr und halb acht?«

»Hier«, kam es wie aus der Pistole geschossen. »Warum? Ich …« Er brach mitten im Satz ab. Seine grauen Augen wurden groß. »Nee, oder? Ich hab in den Nachrichten gehört, dass … Sie glauben doch nicht ernsthaft, dass ich mit der Sache am Döppersberg etwas zu tun habe, oder?«

»Zeugen gibt es keine, nehme ich an?«, fragte Mia.

»Ich bin ein Einmannbetrieb, sorry. Morgens fange ich um sechs Uhr an.«

»Können Sie das beweisen?« Lassner trat näher.

»Wie denn? Ich wohne im oberen Stockwerk, hab mir da eine Wohnung eingerichtet in den ehemaligen Büros der Firma. Und seit meiner Trennung lebe ich allein.«

»Seit der Trennung von Ana Legova?« Lassners Stimme klang schneidend.

»Ja. Und nein, sollte das Ihre nächste Frage sein, ich habe sie nicht umgebracht. Auch wenn ich das damals gern getan hätte, als sie mich abgesägt hat für diesen russischen Gorilla.« Maschkes Stimme klang verbittert.

»Also gibt es auch kein Alibi für gestern Abend, als sich das Unglück ereignete?«, vermutete Mia.

»Richtig.« Florian Maschke seufzte. »Verhaften Sie mich jetzt?«

Mia betrachtete den Mann. Etwas Sanftes ging von ihm aus. Seine Hände waren feingliedrig und gepflegt. Sie konnte sich nicht vorstellen, dass er drei Morde verübt hatte, konnte es aber auch nicht ausschließen. Im Augenwinkel sah sie, wie Lassner die Dienstwaffe zog und entsicherte. Der Lauf war auf Maschke gerichtet, der von einem Atemzug zum nächsten leichenblass wurde.

»Moment – schießen Sie nicht!« Maschke hob die Hände.

»Dann machen Sie keinen Mist«, entgegnete Mias Partner.

»Hab ich nicht vor.«

Mia zückte ihr Handy und zeigte ihm das Bild der Überwachungskamera vom Bahnhof. »Kennen Sie den?« Als er schwieg, setzte sie nach: »Sind Sie das? Die Kleidung passt schon mal.«

Maschkes Miene verfinsterte sich schlagartig. Er betrachtete das Bild auf dem Display des Smartphones. »Das bin ich nicht.« Er schüttelte den Kopf, dann sah er seine Besucher an. »Wissen Sie, wie viele Typen in schwarzen Klamotten herumlaufen?«

»Das ist uns durchaus bewusst«, versicherte Lassner ihm. »Und trotzdem …«

»… war ich es nicht«, unterbrach Maschke ihn. »Ich schwöre bei Gott, verdammt – ich bin doch kein Mörder!« Er fuchtelte mit den Händen herum.

Mia wich einen halben Schritt zurück.

»Bitte halten Sie die Hände ruhig«, forderte sie ihn auf.

»Herr Maschke, es hat drei Todesfälle gegeben, alle durch Fremdeinwirkung. Eine Frau gilt als vermisst – Claudia Becker.«

»Claudia … wo steckt sie denn?«

»Sagen Sie es uns.«

»Ich weiß es nicht. Wirklich nicht.« Seine Stimme hatte einen flehenden Unterton angenommen. »Wollen Sie mir ernsthaft unterschieben, dass ich ein Serienmörder bin, der eine Blutspur durch die Stadt zieht?« Maschkes Stimme zitterte. »Nicht im Ernst, oder? Ich bin selbstständig, habe einen guten Ruf zu verlieren. Ein Mord passt da nicht in mein Portfolio. Was soll das?« Er musste lachen, obwohl Mia ihm ansah, dass ihm nicht nach Lachen zumute war.

»Erklären Sie es uns, Herr Maschke«, forderte Lassner ihn mit regungsloser Miene auf. Noch immer hatte er seine Waffe auf den jungen Mann gerichtet. »Wer war es dann?«

»Ich weiß es nicht.« Florian Maschke senkte den Blick und rang seine feingliedrigen Hände. »Ich habe damit nichts zu tun. Warum sollte ich meine Ex-Freundin die Treppe hinunterstürzen?«

»Weil sie einen Neuen hatte?«

»Das ist doch Unsinn. Ja, Ana hat mir verdammt wehgetan. Doch das Leben geht weiter. Sollte ich sie deshalb umbringen?«

»Herr Maschke, wo steht eigentlich Ihr Wagen?«, fragte Mia.

»Hinten in der anderen Halle«, antwortete Florian Maschke ihr. »Wollen Sie ihn sehen?«

»Gern.«

Lassner ließ die Waffe sinken. Sie folgten dem Betreiber der kleinen Firma in die angrenzende Halle, die sich hinter dem zweiten Tor verbarg. Dort stand auch der weiße Transporter mit dem Kennzeichen, das Annegret Höpner Mia genannt hatte.

Mia wandte sich an Maschke. »Ihr Auto wurde in der Zeit vor Claudia Beckers Verschwinden vor ihrem Haus gesichtet.«

»Die neugierige Alte aus dem Nebenhaus«, zischte Maschke. »Sie hat mich angeschissen.«

»Niemand hat Sie angeschissen.« Mia schüttelte den Kopf. »Was wissen Sie über das Verschwinden von Frau Becker?«

»Ich weiß nichts, aber sie ist weg – wie vom Erdboden verschwunden, verdammt noch mal.«

»Wissen Sie, wo sie sich aufhält?« Lassner trat näher.

»Woher sollte ich?«

»Haben Sie Claudia Becker nachspioniert?«

»Nein! Warum sollte ich das tun?«

»Es gibt sicher einen Grund«, versicherte Mia ihm.

»Jens hat mich angerufen.«

»Jens?« Lassner tauschte einen schnellen Blick mit Mia. Sie nickte kaum sichtbar.

»Der Ex-Mann von Claudia. Er war gekränkt und enttäuscht, als sie sich von ihm scheiden ließ. Wegen eines anderen Mannes.«

»So, wie Sie von Ihrer damaligen Freundin enttäuscht waren«, schloss Lassner den Kreis.

Mia nickte. »Was hat Jens Becker Ihnen erzählt?«

»Wülfrath.«

»Was ist in Wülfrath?« Lassner stutzte.

»Nichts. Er heißt so. Jens Wülfrath.«

»Warum nicht Becker?«

»Das ist Claudias Mädchenname. Sie hat ihn nach der Scheidung wieder angenommen.«

Mia atmete tief durch. Kein Wunder, dass Koch keine Einträge auf diesen Namen unter der Meldeadresse von Claudia Becker gefunden hatte. Sie fragte sich, warum die Nachbarin nichts davon erwähnt hatte. »Also«, sagte sie an Maschke gewandt, »was hat Jens Wülfrath Ihnen erzählt?«

»Dass er einen Plan hat. Er wollte Claudia um jeden Preis für sich zurückgewinnen.«

»Indem er sie tötet?« Ironie schwang in Lassners Stimme mit. »Sie und die anderen Frauen?«

»Unsinn. Er wollte sich Claudia zurückholen, um sie kämpfen – aber sie doch nicht töten, Mann.« Die Stimme von Florian Maschke überschlug sich.

»Und wie kommen Sie dann ins Spiel?«, wollte Mia wissen.

»Ich … ich wollte Claudia warnen, ihr sagen, dass Jens irgendwas vorhat.«

»Sie wollten sie vor einer Versöhnung mit ihrem Ex-Mann warnen?« Lassner zog eine Augenbraue hoch. »Sie verarschen uns.«

»Jens hatte andere Pläne.«

»Woher kennen Sie sich eigentlich?«

»Über den Verein. Unsere Frauen waren im Vorstand – viel Ehrenamt und soziales Engagement.« Maschke legte eine Pause ein.

»Und?« Lassner wurde ungeduldig.

»Wir mussten immer mal wieder helfen – wenn es darum ging, das Büro zu streichen oder Möbel aufzubauen. Daher kannte ich Jens. Wir waren keine wirklichen Freunde, nur Bekannte. Und Leidensgenossen, wenn es um die Frauen ging, die ihre Freizeit lieber mit Kriminellen verbrachten als mit uns, ihren Männern.«

»Und dann brennt Ihre Freundin auch noch mit einem Verbrecher durch«, bemerkte Lassner.

»Das ist was anderes.«

»Ach so.« Lassner nickte. »Also gut – erzählen Sie uns die ganze Geschichte?«

»Welche Wahl habe ich?«

»Wohl keine«, erwiderte Lassner.

»Jens war außer sich, war wie besessen von der Idee, Claudia zurückzuerobern. Als ich das angezweifelt habe, hat er mich ausgelacht. Ich würde schon noch sehen, dass er sein Ziel erreicht. Er würde sich seine Ex zurückholen.« Maschke schnaubte hörbar. »Ich wollte Claudia vor ihm beschützen«, räumte er kleinlaut ein. Maschke zitterte am ganzen Leib. »Ich habe sie gewarnt, habe ihr erzählt, dass ihr Ex irgendwas im Schilde führt und dass sie auf sich aufpassen soll.«

»Was hatte ihr Ex-Mann vor?«, fragte Lassner scharf und ließ sein Gegenüber nicht aus den Augen.

»Was weiß ich«, erwiderte Maschke. »Der Typ war drüber, ich fand, dass er irgendwie irre wirkte. Deshalb wollte ich Claudia warnen. Mehr nicht.«

»Wie hat Frau Becker auf Ihre … *Warnungen* reagiert?«

»Sie hat mich ausgelacht. Ich solle mir mal nicht ihre Sorgen machen. Sie könne schon gut auf sich aufpassen, hat sie behauptet.«

Mia erinnerte sich an die zwei Gedecke in der Küche der Anwältin. »Waren Sie zum Frühstück da?«

»Woher wissen Sie das?« Florian Maschke wirkte überrascht. Als Mia nicht antwortete, nickte er. »Sie hat mich morgens auf einen Kaffee und ein Brötchen eingeladen, um zu reden. Es war ihr letzter Versuch, mich umzustimmen. Ich solle mich da raushalten, Jens würde schon keinen Mist bauen.« Er lachte auf. »Jetzt wissen wir es besser.«

»Wie hat das Gespräch geendet?«, erkundigte sich Mia.

»Sie musste in die Kanzlei, hatte wohl einen frühen Gerichtstermin, auf den sie sich vorbereiten wollte. Deshalb hat sie mich höflich, aber bestimmt hinauskomplimentiert.« Erstmals lächelte Maschke. Dann wurde er ernst. »Das war das letzte Mal, dass ich Claudia gesehen habe.«

»Und – haben Sie versucht, mit Jens Wülfrath in Kontakt zu treten?«

»Mehrmals.« Maschke nickte. »Leider vergeblich, denn offenbar hatte er sein Handy ausgeschaltet. So, wie Claudia plötzlich nicht mehr zu erreichen war. Auch in der Kanzlei wusste man nicht, wo sie sich aufhielt. Da habe ich eins und eins zusammengezählt. Ich bin zu ihm nach Hause gefahren, habe ihn aber dort nicht angetroffen.«

»Und dann sind Sie zur Polizei?«, fragte Mia, auch wenn sie die Antwort bereits kannte.

»Eben nicht. Ich habe überall nach den beiden gesucht, weil ich wusste, dass Jens wie besessen von seiner Idee war, Claudia zurückzugewinnen. Er hat mir ganz klar zu verstehen gegeben, dass er dazu notfalls auch Grenzen überschreiten würde.«

»Und Frau Becker? Waren Sie noch mal bei ihr?« Lassner schob die Waffe zurück ins Holster. Offenbar sah er keine Gefahr mehr.

»Mehrmals.« Maschke nickte. »Am Abend nach unserem letzten Gespräch kam sie nicht mehr nach Hause. Ich habe umsonst vor ihrem Haus gewartet. Irgendwann habe ich Jens angerufen. Und ich habe ihn erreicht. Er hat mich ausgelacht und geprahlt, dass Claudia jetzt bei ihm sei. Nicht ganz freiwillig, aber sie wäre bei ihm.«

»So wurde er kriminell«, zog Lassner Bilanz.

»Warum mussten die anderen Frauen sterben?« Mia holte tief Luft. »Und wie kam er an ihre Adressen, um sie auszuspionieren?«

»Das ist doch ein Kinderspiel. Jens hat die Computer des Vereins gewartet, war quasi so was wie der IT-Mann im Büro an der Schützenstraße. Er hatte alle Passwörter und konnte die Daten der Mitglieder ausspionieren.«

»Also hat er seine Ex-Frau wirklich entführt?«, fragte Mia.

»Es sieht ganz danach aus.« Maschke nickte stumm und senkte den Blick.

»Warum sollte er Ihnen das erzählen?« Lassner hatte seine berechtigten Zweifel an der Geschichte, die Florian Maschke ihnen auftischte. Auch Mia hatte Probleme, seinen Worten zu glauben.

»Er wollte sie an einen anderen Ort bringen, einen Ort, an dem sie sicher vor Mördern, Räubern und Vergewaltigern ist.«

»So hat er es formuliert?«

»Ja.«

»Und wo ist dieser Ort?«, fragte Mia.

»Ich weiß es nicht.«

»Wer dann?« Mia betrachtete ihn.

»Keine Ahnung.« Maschkes Stimme klang brüchig.

»Sie hätten die Polizei informieren sollen«, sagte Mia bitter. Für sie stand fest, dass die Entführung von Claudia Becker mit den drei Morden in Zusammenhang stand. »Dann könnten die Frauen noch leben.«

»Bin ich jetzt verhaftet?« Maschke wirkte niedergeschlagen.

»Auf Nichtanzeige einer Straftat stehen bis zu fünf Jahren Freiheitsstrafe«, erwiderte Lassner. »Darum werden wir uns im Präsidium kümmern.« Er nickte Mia zu. Sie sicherte ihn mit ihrer Waffe, während er Florian Maschke Handschellen anlegte. Er leistete keinen Widerstand. Seine Hände zitterten, als Lassner ihm die eisernen Handfesseln anlegte. »Der Richter wird darüber befinden, ob Sie verurteilt werden oder ob Sie mit einem blauen Auge davonkommen.«

KAPITEL 38

Nachdem sie Florian Maschke zur weiteren Befragung ins Präsidium gebracht hatten, wurde er zunächst erkennungsdienstlich erfasst. Derzeit lag nichts gegen ihn vor. Offenbar hatte er sich in der Vergangenheit nichts zuschulden kommen lassen.

Später würde sich herausstellen, ob er sich trotzdem strafbar gemacht hatte. Thies hatte zwischenzeitlich beim diensthabenden Richter einen Beschluss beantragt, der die Überprüfung von Maschkes digitalen Endgeräten erlaubte. Maschke hatte gezetert und gejammert, da er als Kleinunternehmer Computer und Smartphone dringend benötigte, um mit seiner Kundschaft in Kontakt zu bleiben, doch es nutzte alles nichts. So hatte er zähneknirschend sein Smartphone auf den Tisch des Vernehmungsraumes gelegt. Basti Koch hatte sich des Geräts angenommen. Bald würden Mia und Lassner wissen, ob Maschke ihnen die Wahrheit gesagt und er nichts mit dem Verschwinden von Claudia Becker zu tun hatte. Doch so lange konnten sie nicht warten. Sie mussten sich um Wülfrath kümmern. Frank Thies schickte zwei Teams des Streifendienstes zu der Anschrift des Gesuchten, um sie vor Ort zu verstärken.

Lassner fuhr einen flotten Stiefel, als sie in Richtung Elberfeld aufbrachen.

»Meinst du, dass Jens Wülfrath so gefährlich ist, wie Maschke behauptet?«, fragte Mia, während sie sich am Griff der Beifahrertür festklammerte und jedes Mal mitbremste, wenn eine Ampel vor ihnen auf Rot umsprang.

»Ich wage es nicht zu bezweifeln, dass er unberechenbar ist«, brummte Lassner, ohne den Blick von der Straße abzuwenden. »Wenn Menschen enttäuscht oder verletzt werden, wenn sie sich zurückgewiesen fühlen, kommt es schnell zu Überreaktionen.«

»Wir werden ihm mit Vorsicht begegnen«, sagte Mia. Sie war inzwischen sicher, dass der Ex-Mann von Claudia Becker der Schlüssel zum Verbleib der Anwältin war. Und nach all dem, was sie bis jetzt von ihm wussten, traute sie ihm auch die drei Morde zu.

Inzwischen hatten sie den Ölberg erreicht. Enge Straßenschluchten und Häuserzeilen, die am Himmel zusammenzuwachsen schienen, säumten ihren Weg. Langsam senkte sich die Dunkelheit über das Tal der Wupper. Das Restlicht kämpfte sich träge durch den Dunst und tauchte die schiefen Häuserfassaden in einen warmen Schein. In den Gründerzeitbauten, die einen lebhaften Kontrast zum bröckelnden Putz der restlichen Häuser bildeten, befanden sich zahlreiche Cafés und Ateliers. Der Duft von frisch gemahlenem Kaffee und Räucherstäbchen lag in der Luft. Der Ölberg war ein Quartier der Gegensätze inmitten einer bunten Stadt.

Hier prallten Gegensätze aufeinander. Auf der einen Seite die prachtvollen Bauten, Zeugen einer glorreichen Vergangenheit, auf der anderen Seite deutliche Zeichen des zunehmenden Verfalls, die sich unübersehbar ausbreiteten. Zwischen liebevoll gestalteten Fassaden klafften Lücken oder standen schäbige Häuser mit heruntergekommenen Wohnungen. Hier lebten Künstler neben Arbeitslosen, Studenten neben Rentnern, ein Schmelztiegel von Generationen und Kulturen.

Diese Eindrücke während der Anfahrt verstärkten bei Mia das Gefühl der Beklemmung. Auch die teils atemberaubenden Ausblicke auf die Stadt, die sich an einigen Stellen boten, konnten ihre Gefühle nicht besänftigen. Die Isolation und Abgeschiedenheit inmitten des pulsierenden Großstadtviertels barg sicherlich viele Geheimnisse.

»So still?«, riss sie Lassners Stimme sie aus den Überlegungen.

»Ich bereite mich auf den Einsatz vor«, behauptete Mia und rang sich ein Lächeln ab. »Wir sind gleich da«, sagte sie und zeigte auf die beiden verwaisten Streifenwagen, die schräg in engen Parklücken standen. Nickend machte sich Lassner auf die Parkplatzsuche. Nachdem er keine ausreichende Lücke gefunden hatte, stellte er sich in eine Hofeinfahrt. »Dann mal los.«

»Ja.« Sie stiegen aus und zogen die schusssicheren Westen über. Den Rest des Weges legten sie zu Fuß zurück, begleitet von den teils argwöhnischen Blicken einiger Passanten. Die Gerüche von Müll in einer dunklen Ecke und Kohlerauch mischten sich mit dem Duft von frisch gebackenem Brot aus einer Bäckerei an der Straßenecke. Aus der Ferne drang das charakteristische Quietschen einer Schwebebahn an ihre Ohren.

»Wuppertal schminkt sich nicht«, kam es über Mias Lippen.

»Wie bitte?« Lassner bedachte sie mit einem fragenden Blick.

»Das ist wie bei Frauen, die es sich leisten können, ungeschminkt zu gehen«, erklärte Mia mit einem nachdenklichen Lächeln. »Hat Heinrich Böll mal gesagt.«

Lassner stöhnte. »Du nun wieder.« Er rollte mit den Augen und blickte zu den Fassaden der umliegenden Häuser empor. »Wenn du mich fragst, könnte die Stadt etwas Schminke vertragen«, stellte er fest. »Können wir dann?«

»Sicher.« Seite an Seite erreichten sie das Haus, in dem Wülfrath gemeldet war. Im Hauseingang wurden sie von den wartenden uniformierten Kollegen des Streifendienstes empfangen, zwei jungen Männern und zwei Frauen. Man kannte sich flüchtig und besprach das geplante Vorgehen.

»Es ist offen«, bemerkte Pia Crede, eine stämmige Beamtin mit kurzem Haar. Mit dem Daumen deutete sie auf die Haustür. »Ist nur angelehnt.«

»Wie schön.« Mia grinste schief. »Also los.«

Die uniformierten Kollegen traten in den Flur des heruntergekommenen Altbaus, dicht gefolgt von Lassner und Mia. Mit einem Ausfallschritt wich sie einer Pappschale, in der sich noch drei Pommes frites und ein unansehnlicher Klecks Mayonnaise befanden, aus, dann stand auch sie im engen Flur. Der Geruch von feuchtem Mauerwerk und abgestandenem Rauch kroch ihr in die Nase. Der abgetretene Teppichbelag löste sich von den Stufen, die nach oben führten. Die halbhoch mit Holz vertäfelten Wände waren mit Kritzeleien und alten Plakaten verunstaltet. Hintereinander erklommen sie die Stufen in die oberen Stockwerke. Nur einige Wohnungstüren waren mit Namensschildern versehen. Die von Wülfrath erwartungsgemäß nicht. Eine junge Nachbarin mit himbeerfarbenem Kopftuch und einem schreienden Baby auf dem Arm, der sie im Treppenhaus begegneten, wirkte zunächst erschrocken. Sie zeigte ihnen, nachdem sie den ersten Schrecken überwunden hatte, die gesuchte Wohnung und zog sich zurück.

Schweigend bezogen sie zu sechst Position. Mia betrachtete die Tür, ein altes Modell mit trübem Glasfenster. Sie schien nur halb in den Angeln zu hängen. Einbrecher hatten sicher leichtes Spiel.

Pia Crede betätigte den Klingelknopf. Ihre Kollegen hatten die Druckknöpfe ihrer Holster geöffnet, die Hände lagen an den Waffen. Drinnen malträtierte eine alte Schelle die Ohren der draußen Wartenden. Lassner bahnte sich den Weg nach vorn. Er klingelte erneut und klopfte mit der flachen Hand gegen das Holz.

»Hier ist die Polizei«, rief er ungeduldig. »Herr Wülfrath, öffnen Sie die Tür!« Kurz herrschte gespannte Stille, bevor er einen weiteren Versuch unternahm. »Öffnen Sie die Tür, die Polizei ist da!« Er machte eine kleine Pause. »Wir kommen herein, wenn Sie die Türe nicht unverzüglich öffnen!«

Im oberen Stockwerk tat sich etwas. Jemand im Haus warf einen Blick über das klapprige Geländer des Treppenhauses, rief in gebrochenem Deutsch herunter: »Der ist nicht da«, und verschwand wieder in seiner Wohnung.

»Ihr habt es gehört, Kollegen«, raunte Mia den Uniformierten zu.

Lassner gab den Kollegen ein Zeichen. »Komm, Heynen, zeig mal, dass du ein richtiger Mann bist.«

Der Größte und augenscheinlich der Jüngste der vier, Tim Heynen, trat einen Schritt vor. Mia schätzte ihn auf Anfang zwanzig, er war fast zwei Meter groß, und sein muskulöser Oberkörper sprengte fast sein Uniformhemd. Mia schätzte, dass der Hüne einen Großteil seiner Freizeit im Gym verbrachte. Sie wusste, dass er die Polizeischule erst vor Kurzem verlassen hatte. Dort hatte er sämtliche Sportabzeichen mit Bravour gemeistert und war nun froh, endlich in den Streifendienst zu dürfen. Mia dachte kurz an Lisa und war sicher, dass Leas Tochter Heynen *hot* finden würde, wenn nicht sogar *cute*. Sie verdrängte die Gedanken und konzentrierte sich auf den bevorstehenden Einsatz.

Tim Heynen holte Anlauf, dann warf er sich mit seinem ganzen Gewicht gegen die Wohnungstür. Unter vernehmlichem Ächzen sprang die Tür auf, schlug an die dahinterliegende Wand und pendelte langsam zurück. Heynen stieß sie mit dem rechten Fuß wieder auf und machte eine einladende Geste. »Bitte einzutreten«, sagte er grinsend.

»Respekt«, raunte Lassner. »Du bist besser als eine Ramme.«

»Danke.« Heynen errötete, als er das Grinsen seiner Kollegen sah. Schnell wurde er ernst. »Wir gehen rein.«

Mia und Lassner nickten und sahen den uniformierten Kollegen zu, wie sie nacheinander die Wohnung betraten. Jetzt hatten sie alle ihre Waffen im Anschlag, sie waren auf das Schlimmste vorbereitet, riefen immer wieder Wülfraths Namen und sicherten sich gegenseitig.

»Sauber«, rief Heynen schließlich. »Ihr könnt jetzt rein, aber nicht erschrecken: Er hat nicht aufgeräumt.«

»Danke schön. Dann kommt mal wieder raus.« Mia und Lassner setzten sich in Bewegung. Muffiger Geruch schlug ihnen entgegen. Drinnen offenbarte sich ein Bild der Vernachlässigung. Der Teppich im engen Flur war dreckig und abgewetzt. Die winzige Diele war ein dunkler Schlauch, von dem schmale Türen in die übrigen Räume führten. Abgesehen vom Knarren der alten Dielen unter ihren Schuhen herrschte Stille. Irgendwo tickte eine Wanduhr. Lassner betrat die Küche. Sie war unordentlich. Schmutziges Geschirr stapelte sich in der Spüle, auf den Arbeitsflächen erblickten sie Lebensmittelflecken, und der verbeulte Mülleimer quoll über. Jetzt wusste Mia, was Tim Heynen mit seiner Andeutung gemeint hatte.

»Sauber«, meldete Lassner.

»Nee – das ist alles andere als sauber.«

Lassner kicherte. »Keiner da.«

»Ach so.« Sie setzten die Begehung fort. Das Schlafzimmer war nicht viel größer als die Besenkammer, mit einem schmalen ungemachten Bett und einem Kleiderschrank, dessen verspiegelte Tür schief hing. Als Nächstes nahmen sie das Wohnzimmer in Augenschein. Wieder ließ Lassner sich von Mia sichern, wieder rief er Wülfraths Namen in die Leere der Wohnung, doch niemand antwortete. Die Wände waren mit vergilbter Tapete beklebt, die sich an einigen Stellen löste. Ein einziges Fenster ließ kaum Tageslicht in den Raum. Auf einem wackeligen Beistelltisch thronte ein alter Röhrenfernseher, der nach Mias Auffassung längst in ein Museum gehört hätte. Der ganze Raum wirkte beengt und stickig. Das spärlich möblierte Wohnzimmer wurde von einem abgewetzten Sofa mit durchgesessenen Polstern und einem Bezug, der irgendwann einmal leuchtend rot gewesen sein musste, beherrscht. Am Fußende eine Wolldecke mit schrecklichem Muster. Vor dem Sofa stand ein niedriger Tisch, dessen Oberfläche von Wasserflecken und Brandspuren übersät war.

»Sieh einer an«, entfuhr es Lassner. Er steckte die Waffe zurück ins Holster und schien etwas entdeckt zu haben. »Was haben wir denn da?«

Mia folgte ihm zum Sofa. Sie spürte, wie sich die Härchen auf ihren Unterarmen aufrichteten. Halb unter einem Kissen steckte ein Tablet. Lassner nahm es an sich und schlug die Hülle zurück. Das Gerät verlangte einen Code. Nach dem dritten Versuch kam ein siegessicheres Grinsen über Lassners Gesichtszüge. »Eins, zwei, drei, vier. Das war ja einfach.« Dann stutzte er. »Ich fasse es nicht.« Mias Partner hielt das Tablet so, dass sie einen Blick auf das Display werfen konnte. »Es zeigt Aufnahmen einer Überwachungskamera.« Schweigend betrachteten sie das Geschehen. Die Bilder waren von einer schlechten Qualität, körnig und unscharf, aber sie sahen eindeutig das Versteck einer Person. Im Raum gab es eine Menge Unrat, einen Eimer und eine alte Matratze. Auf dieser Matratze lag eine Frau, die offenbar schlief oder bewusstlos war.

»Ist sie das?«, fragte Mia.

Lassner nickte. »Ich denke, das ist unsere gesuchte Person.« Mia fiel ein Stein vom Herzen, denn immerhin schien Claudia Becker noch zu leben.

»Jetzt müssen wir nur noch herausfinden, wo sich das Versteck befindet.« Er tippte auf dem Tablet herum. Das Display zeigte andere Bilder. Man sah weitläufige Gänge und leer stehende Fabrikhallen, in denen sich die traurigen Reste von zertrümmerten Aktenregalen befanden. Offensichtlich nutzte der Gesuchte eine alte und leer stehende Fabrik als Versteck für Claudia Becker. »Wo ist das?« Lassner warf Mia einen fragenden Blick zu.

Sie überlegte und zog Verbindungen. »In Hatzfeld wurde ihr Smartphone zuletzt geortet«, schoss es dann aus ihr heraus. Sie überlegte, welches Firmengebäude sich dort befand, und erinnerte sich an einen Discounter, der da vor einigen Jahren entstanden war. Doch das, was sie auf dem Bildschirm sahen, war garantiert kein Supermarkt. »Moment«, rief sie aufgeregt. »An der Hatzfelder Straße, kurz vor der Autobahn, gibt es doch die alte Druckknopffabrik.«

»Meinst du …?« Lassner stutzte. »Ist das Gebäude denn nicht längst abgerissen?«

»Nein.« Mia schüttelte den Kopf. Sie ließ ihn an ihren Überlegungen teilhaben. Sie gingen das Bewegungsprotokoll von Claudia Beckers Smartphone durch, das Koch ihnen an die Hand gegeben hatte. »Demnach befand sie sich vom Büro des Vereins auf dem Heimweg.

Unterwegs muss was passiert sein. Unser Täter hat sie möglicherweise überrumpelt, ihr Smartphone ausgeschaltet und entsorgt und sie dann in die leer stehende Fabrik verschleppt.« Mia wandte sich zum Gehen und wartete in der engen Diele auf ihren Partner. »Komm schon«, rief sie aufgeregt. »Jetzt holen wir uns Claudia Becker, und mit etwas Glück ist ihr durchgedrehter Ex-Mann auch gerade in der leer stehenden Fabrik.«

»Hoffentlich kommen wir nicht zu spät.« Lassner klappte die Hülle des Tablets zu, klemmte es sich unter den Arm und folgte Mia. »Das Ding ist hiermit beschlagnahmt«, sagte er mit grimmiger Miene.

KAPITEL 39

Sie begegneten Frank Thies auf dem Flur, als sie eine halbe Stunde später ins Präsidium zurückkehrten. Florian Maschke musste in Polizeigewahrsam warten. Um ihn würden sie sich später kümmern, jetzt galt es, keine Zeit zu verlieren und Wülfrath zu finden. Später würden sie herausfinden, ob sie ihm eine Mittäterschaft nachweisen konnten oder ob seine Geschichte stimmte und er unschuldig war.

»Was habt ihr denn …?«, fragte Thies verdutzt.

»Komm mit«, rief Mia dem Abteilungsleiter zu. Wortlos folgte er ihnen in ihr Büro und war sichtlich gespannt auf den Bericht von Mia und Lassner.

Lassner hielt das Tablet von Jens Wülfrath in die Höhe.

»Das haben wir in der Wohnung von Jens Wülfrath gefunden und beschlagnahmt.« Lassner klappte die Hülle des Geräts auf und wählte sich in das WLAN-Netz des Präsidiums ein. Das Tablet war sofort wieder online und lieferte brauchbare Bilder.

»Dort hält er Claudia Becker gefangen«, berichtete Lassner. »Und auf den Bildern ist zu sehen, dass sie noch lebt. Wir sollten also keine Zeit verlieren.«

»Wo ist das?«, fragte Thies, während er die Schwarz-Weiß-Bilder betrachtete.

»Das muss die alte Knopffabrik an der Autobahnausfahrt sein«, erklärte Mia ihm. »Seit Jahrzehnten schon ein Lost Place.«

»Ich werde zusehen, dass ich Grundrisse von der Fabrik bekomme«, versicherte Thies. »Und dann stürmen wir den Laden.«

»Na endlich.« Mia rieb sich die Hände. »Höchste Zeit für das große Besteck.« Sie war froh, dass endlich Bewegung in den Fall kam.

***

Er spürte, dass seine Zeit gekommen war. Die Staatsanwaltschaft musste den Ermittlern im Nacken sitzen, denn die Öffentlichkeit schrie nach Ergebnissen. Doch so leicht würde er sich nicht ans Messer liefern lassen. Er wusste, dass sie ihn mit Hochdruck suchten.

Die Bullen standen mit dem Rücken zur Wand, wenn sie den dreifachen Mörder nicht bald schnappten. Aber er gab nicht auf. Als er das sich eilig nähernde Heulen der Martinshörner vernahm, schlug sein Herz schneller.

Wenn sie erst hier waren, würde es zu spät für ihn sein. Ruckartig erhob er sich, durchschritt den Keller und fand eine Hintertür, die sich mit etwas Kraft nach außen öffnen ließ. Die Sonne stand schon tief am Himmel, auf den Straßen hatte die Rushhour eingesetzt. Auch er musste verschwinden. Die Zeit rannte ihm förmlich davon.

***

Er war ihr unheimlich. Nachdem sie miteinander gesprochen hatten, war er stumm und mit regungsloser Miene aufgestanden, hatte seine Maske mitgenommen und war wortlos verschwunden. Obwohl sie gefesselt war, hatte er die Stahltür hinter sich abgeschlossen. Offenbar wollte er verhindern, dass sie gefunden und befreit wurde. Er meinte es ernst und war darauf bedacht, keine Fehler zu machen. Immer wieder geisterte ihr die Reise, von der er gesprochen hatte, durch den Kopf.

Nun saß sie wieder in der Dunkelheit. Das Blinken der Kamera nervte sie.

Jens hatte ihr eine Forderung gestellt. Er verlangte einen gemeinsamen Neustart mit ihm, wollte nach Spanien auswandern, in das Land ihrer gemeinsamen Sehnsüchte, die sie einst verbunden hatten. Angeblich gab es einen Freund, der ihnen gefälschte Ausweispapiere mit anderen Namen besorgen könnte. Sie würden eine neue Identität annehmen, und niemand würde sie unter der südlichen Sonne mit den Vorfällen im regnerischen Wuppertal in Verbindung bringen. Ein Schauer rieselte ihren Rücken herunter, als sie an den wahnsinnigen Glanz in seinen Augen dachte. Von dem Mann, den sie einst geliebt und geheiratet hatte, war nichts mehr übrig. Er hatte ihr zu verstehen gegeben, dass er sie für sich allein beanspruchte. Niemand sollte ihrem Glück im Wege stehen. Jens war zum Äußersten bereit. Immerhin schien er keine Schusswaffe zu besitzen, zumindest hatte er nichts davon erwähnt.

Sie dachte nicht im Traum daran, ihre Existenz für ihren wahnsinnigen Ex-Mann aufzugeben. Der Gedanke, dauerhaft in Spanien zu leben, war zugegebenermaßen verlockend. Allerdings nicht an der Seite eines Mannes, der sie gekidnappt und drei unschuldige Frauen ermordet hatte. Vergeblich suchte sie nach einem Ausweg. Sie war sich darüber im Klaren, dass er sie in seiner Gewalt hatte. Und er hatte deutlich gemacht, dass er nicht vor einem vierten Mord zurückschrecken würde, sollte sie sich weigern, ihn zu begleiten. Jens war zu allem fähig.

Zum ersten Mal sah sie die Schuld eines Mörders. Diesmal war sie selbst betroffen, sah sie sich in einer ausweglosen Situation gefangen. Es schien unmöglich, ihn von seinem Vorhaben abzubringen. Schon heute Nacht wollte er mit ihr losfahren. Er musste davon ausgehen, dass die Polizei ihm auf den Fersen war. Sicher lief die Fahndung auf Hochtouren, sicherlich waren sämtliche Flughäfen seit Tagen informiert. Deshalb hatte er sich dazu entschlossen, mit dem Auto zu fahren. Wenn sie die Nacht durchfuhren, würden sie bei Sonnenaufgang die Costa Brava erreichen.

Vielleicht, sagte sie sich, konnte sie auf dem Weg nach Spanien in einem günstigen Augenblick entkommen. Vierzehn Stunden Fahrt würden sie nicht ohne Unterbrechung schaffen. Sicher mussten sie Tankstopps und Pausen einlegen. Dann würde sie die Gelegenheit zur Flucht nutzen. Also würde ihr nichts anderes übrig bleiben, als ihm vorzugaukeln, sich zu fügen.

Sie hoffte, dass er ihr im Auto die Fesseln abnahm. Anderenfalls könnte es für ihn problematisch werden, wenn sie in eine Polizeikontrolle gerieten.

Jens war wie besessen und in diesem Ausnahmezustand unberechenbar und zu allem fähig. Er hatte ihr bewiesen, dass er kriminelle Energie besaß. Angeblich nur, um ihr zu gefallen. Also würde sie sich – zumindest zum Schein – weiterhin ihrem Schicksal fügen. Eine andere Wahl hatte sie ohnedies nicht.

Als sie seine eiligen Schritte auf dem Gang vernahm, klopfte ihr Herz bis zur Brust. Der Schlüssel wurde ins Schloss geschoben, dann öffnete sich die Stahltür.

»Bist du bereit?«, fragte er. »Wir müssen sofort los.«

Sie lachte humorlos auf. Er schien es ernst zu meinen. »Was soll die Frage? Soll ich in diesem Drecksloch meine Sachen für Spanien packen?«

Er zuckte die Schultern. »Ich habe uns eine Tasche mit allem Nötigen vorbereitet. Jogginganzüge, Unterwäsche, Zahnbürsten, Deo und Proviant. In Spanien werden wir uns neu einkleiden können.«

»Du hast tatsächlich an alles gedacht.«

»Natürlich, Liebste.« Er grinste. Sein Blick machte ihr Angst. »Dann komm, wir sollten keine Zeit verlieren. Ich habe lange genug auf diesen Moment gewartet.«

»Du hast also wirklich drei Frauen getötet.«

»Ich habe das nur für dich getan.« Er nahm ihre Hand und hauchte einen Kuss auf den Handrücken. Sie hätte sich am liebsten auf der Stelle übergeben, riss sich aber zusammen und machte gute Miene zum bösen Spiel. »Beeindruckend, das hätte ich dir niemals zugetraut.«

»Ich weiß, Liebste. Ich wollte dir beweisen, dass ich auch anders kann.«

»Ja.« Sie nickte. »Verrätst du mir noch, warum du das alles getan hast?«

»Was meinst du?«

»Die Überwachungskamera, die Lautsprecher, die Licht- und Toneffekte.«

»Ich bin Veranstaltungstechniker«, erinnerte er sie. »Und ich spiele gern.«

»Du hast psychologischen Druck aufgebaut, um mich einzuschüchtern.« Sie seufzte. »Der Lärm, das grelle Licht, der Nebel und die Kamera, mit der du mich Tag und Nacht überwacht hast …«

»Ich musste dich überzeugen und wollte dich immer sehen können, auch wenn ich unterwegs war, um …«

»Mit der Technik? Das war die reinste Folter, Jens.«

»Das tut mir leid, ließ sich aber nicht vermeiden. Jetzt bist du ja zur Vernunft gekommen, Liebes.«

Sie verkniff sich eine passende Antwort und nickte.

»Dann komm.« Er streckte seine Hand aus und zog sie aus dem Loch. »Das hier wirst du nie wiedersehen.«

Sie widersprach nicht, hatte längst erkannt, dass es sinnlos war, ihn von seinem Vorhaben abbringen zu wollen. Jens war ein Psychopath und besessen von seiner Idee, mit ihr durchzubrennen. Vielleicht wäre es die beste Lösung, zumindest so zu tun, als wolle sie sich ihrem Schicksal fügen.

***

Dr. Alexander Klinger hatte die Pressekonferenz, die für den frühen Abend anberaumt worden war, abgesagt. Er hatte sämtliche Teams zusammengetrommelt. Auch das LKA war in die Ermittlungen involviert, ein mobiles Einsatzkommando unterwegs zur alten Druckknopffabrik. Frank Thies hatte den Staatsanwalt nicht lange überreden müssen, als er ihm von Mias Plänen berichtet hatte. Alle verfügbaren Kräfte standen bereit, um die alte Fabrik zu durchsuchen. Eine Suchhundestaffel war im Anmarsch. Der Hubschrauber kreiste seit einer halben Stunde über der Stadt. Streifenpolizisten hatten sämtliche Straßen rund um die alte Knopffabrik abgesperrt. Längst war ein Verkehrschaos ausgebrochen, doch darauf konnten sie keine Rücksicht nehmen. Menschen drängten sich an den Absperrungen und versuchten, einen Blick auf das Geschehen zu erhaschen. Die Stimmung war angespannt, die Stadt erfüllt von Angst und Neugier. Das Surren der Drohnen in der Luft klang wie ein Schwarm wilder Hornissen in der hereinbrechenden Nacht.

Frank Thies hatte großformatige Grundrisse der Fabrikhallen und des Außengeländes besorgt, die sie vor der Abfahrt studiert hatten. Und es gab Fotos von Claudia Becker und ihrem Ex-Mann, die zur Identifikation dienen sollten. Nachdem die Fahndung nach den beiden erfolglos verlaufen war, konzentrierte sich die Suche der Beamten jetzt auf das leer stehende Fabrikgebäude.

Mit schwerem Werkzeug hatten die Männer des MEK für einen ungehinderten Zugang zum Gelände gesorgt. Alle standen per Funk in Verbindung, dann wurde auf ein Kommando die Fabrik gestürmt. Frank Thies, Björn Lassner und Mia Sommer bildeten ein Team. Ausgerüstet mit schusssicheren Westen, Taschenlampen und den Waffen im Anschlag betraten sie die alte Druckknopffabrik. Im Innern herrschte ein ohrenbetäubendes Schweigen. Ausrangierte Maschinen, die schon seit Jahren stillstanden, die Luft war erfüllt vom Geruch nach Staub und Schimmel. Ihre Schritte hallten unheimlich auf dem Betonboden.

Durch die offen stehenden Tore und die geborstenen Fenster drang das Rauschen der nahen Autobahn an ihre Ohren. Der Geruch von feuchten Wänden, zertrümmertem Mobiliar und Schimmelpilz in allen Ecken lähmte Mias Atemwege. Wasser tropfte von der hohen Decke. Es hatte sich im Laufe der Jahre seinen Weg durch das Mauerwerk und die größtenteils zerborstenen Fensterscheiben gesucht. Auf dem Boden hatten sich große Pfützen gebildet. Mia erschauderte. Das Gebäude übte mit seinem fast schon morbiden Charme eine eigenartige Faszination auf sie aus.

»Hier lang«, flüsterte Thies, der vorangegangen war. Sie folgten ihm in eine ehemalige Produktionshalle, in der sich das Gerümpel in den Ecken meterhoch stapelte. Die Scherben der von Vandalen zertrümmerten Fenster knirschten bei jedem ihrer Schritte. Ein eisiger Wind fegte um die Backsteinmauern und ließ Mia frösteln.

Gedämpft drangen die Laute der anderen Teams an ihre Ohren. Sie schlichen durch die verwinkelten Gänge und leeren Hallen, Mahnmale einer längst vergessenen Industrialisierung.

Lassner hielt das Tablet so, dass er versuchen konnte, die Positionen der Kameras zu identifizieren. Er leitete Mia und Thies in einen abgelegenen Seitentrakt des baufälligen Gebäudes.

»Ich glaube, ich hab was.« Thies führte sie zu einer Art Verschlag in einer Ecke der Halle. Es gab eine Tür und große Fenster, die nicht dem Verfall preisgegeben waren. Offenbar hatte der Bretterverschlag einst als Meisterbude gedient.

»Sieh einer an«, sagte Lassner, der als Erster einen Blick durch eine der Scheiben warf. »Die Kommandozentrale.«

Sie traten näher und nahmen den Raum in Augenschein.

Es gab einen großen Schreibtisch, auf dem sich eine Art selbst gebautes Mischpult befand. Darüber thronten vier Monitore, die Bilder des Außengeländes und der Zugänge zeigten. Und es gab einen kleineren Bildschirm, der nur Schwarz-Weiß-Aufnahmen lieferte. Bei näherem Hinsehen erkannten sie, dass es sich um eine Nachtsichtkamera handelte, die das Geschehen in einem fensterlosen Raum abbildete. Ein mobiler Router sorgte für die Datenübertragung.

»Das sind exakt die Bilder, die auch auf das Tablet übertragen werden«, sagte Lassner. »So konnte er sein Opfer jederzeit beobachten, auch wenn er unterwegs war.«

»So wie jetzt?«, fragte Thies.

»Anzunehmen«, entgegnete Lassner, während er die Anlage in Augenschein nahm. »Wer das gemacht hat, der versteht sein Handwerk«, sagte er. »Vermutlich hat er unsere Ankunft längst bemerkt.«

»Was macht Jens Wülfrath eigentlich beruflich?«, fragte Mia, die von dem Equipment beeindruckt war. »Sicher irgendwas mit IT. Bisher hatten wir leider keine Zeit, das herauszufinden.«

»Ich meine, gelesen zu haben, dass er als Veranstaltungstechniker arbeitet«, entgegnete Frank Thies.

»Was ist das?« Mias Blick fiel auf eine weiße Clownsmaske, die am Rand des Tisches lag. Leere Augenhöhlen starrten sie an, das Grinsen der rot geschminkten Lippen wirkte bizarr.

»Vermutlich ist er ihr nur maskiert gegenübergetreten, um seine Identität geheim zu halten«, schätzte Lassner.

»Warum das?«

»Keine Ahnung.« Er zuckte mit den Schultern. »Womöglich wollte er das Überraschungsmoment auf seiner Seite haben.«

»Das muss ein Psychopath sein.«

»Allerdings.«

Mia nahm die Maskierung in die Hand. Die Haltegummis waren gerissen. »Es könnte einen Kampf gegeben haben, und bei einem Handgemenge sind die Gummis gerissen«, überlegte sie und zeigte den Männern die zerfetzten Bänder am Hinterkopf der Maskierung. Ihr fiel auf, dass sie ungewöhnlich schwer war. Sie wendete die Maske und erblickte das eigenartige Innenleben. Dort war ein Gerät verklebt, das an ein Batteriefach erinnerte. Es gab Schlitze an der Vorderseite. Sie tippte darauf und vernahm ein unheimliches Kratzen. »Ein Stimmenverzerrer«, bemerkte sie. »Er hat das Ding mit einem Stimmenverzerrer versehen.«

»Kein Wunder – schließlich hätte Claudia Becker seine Stimme erkannt.« Thies nickte. »Er hat sich gut vorbereitet, um seine Tarnung so lange wie möglich aufrechtzuerhalten.«

Lassner deutete auf die Monitore. »Was mich aber viel mehr interessiert, ist das da.« Er beugte sich über den Bildschirm, der grob aufgelöste Schwarz-Weiß-Bilder darstellte. Er zeigte das Gefängnis der Geisel. Darin befanden sich zwei Personen. Ein Mann und eine

Frau. Offenkundig redete der Mann auf sie ein. Eine Tonübertragung schien es nicht zu geben – oder sie war deaktiviert.

»Bingo«, entfuhr es Lassner. »Er ist gerade bei ihr – holen wir ihn uns.«

Thies nickte grimmig. »Zwei Fliegen mit einer Klappe.«

»Ja«, sagte Mia. »Jetzt müssen wir nur noch den richtigen Raum finden.«

***

»Die Polizei ist da.« Seine Stimme klang gehetzt, auf seiner Stirn perlte der Schweiß. »Die geordnete Flucht können wir vergessen.« Er schimpfte wild. »Was machen wir denn jetzt?«

Tatsächlich hallten Stimmen durch das leer stehende Gebäude. Schritte polterten über die Gänge. Immer wieder wurde sein Name gerufen. Aus der Ferne wurde er aufgefordert, sich zu ergeben und das Versteck zu verlassen. Sicher war es nur eine Frage der Zeit, bis man ihr Versteck fand.

»Du lässt mich gehen«, sagte sie, während sie insgeheim auf einen Sinneswandel bei ihm hoffte. Doch er schüttelte energisch den Kopf. »Das hättest du wohl gern«, zischte er. »Dann bist du fein raus, und mich haben sie am Arsch.«

»Nein, wenn du mich jetzt gehen lässt, wird sich die Strafe verringern. Ich verzichte auf eine Anzeige. Und du hast eine fähige Verteidigerin.« Sie gab sich große Mühe, ihre Fassade aufrechtzuerhalten und ihm aufmunternd zuzulächeln. Rückblickend fragte sie sich, weshalb sie ihm dieses Angebot nicht schon früher gemacht hatte. Schließlich wusste er, womit sie ihren Lebensunterhalt verdiente. Jetzt, wo die Polizei da war, schöpfte sie Hoffnung.

»Claudia, ich habe drei Morde begangen.« In seinem Blick lag die pure Angst vor der düsteren Zukunft. Er fragte sich, wie sie ihn hier finden konnten.

»Und wenn schon. Ich werde dich im Knast besuchen.«

»Ich gehe aber nicht in den Bau.«

»Das wirst du nicht verhindern können«, entgegnete sie ruhig. »Aber ich stehe zu dir. Du hattest recht – wir gehören zusammen, Jens.« Sie rang sich ein Lächeln ab. »Und jetzt ist es an der Zeit, endlich vernünftig und besonnen zu handeln.«

Er schien Angst zu haben vor dem, was ihm außerhalb dieser feuchten Mauern bevorstand, wenn er verurteilt wurde. Angst vor der Zukunft, der Haftstrafe, die ihn erwartete, wenn die Falle gleich zuschnappte. »Ich werde auf gar keinen Fall …«, setzte er an.

»Jens«, sprach sie beruhigend auf ihn ein. » Sie werden keine Ruhe geben, bis sie uns hier finden. Hör mal, was da oben los ist – das muss eine ganze Hundertschaft sein. Und ich höre ein tiefes Summen. Vermutlich fliegen längst schon Drohnen durch die Fabrik.«

Er hing zitternd an ihren Lippen. »Und alles, weil ich ein Zeichen setzen wollte, weil ich Rache für alle Männer üben wollte und weil ich dich zurückhaben will.«

»Es läuft nicht immer alles glatt im Leben«, erwiderte sie mit einem sanften Lächeln. »Und deshalb wirst du mich jetzt gehen lassen.«

»Und dann?«

»Werde ich die Polizisten hierherführen. Du wartest und ergibst dich.« Sie erhob sich und machte Anstalten, ihr Gefängnis zu verlassen.

»Niemals«, gellte seine Stimme durch das Gewölbe. Er sprang auf und rannte aus dem Raum.

***

Sie durchsuchten jeden Raum, jeden Winkel und jeden Schrank nach Hinweisen. Die Polizisten stürmten durch die Hallen, die Waffen gezogen und jederzeit bereit zum Einsatz. Das Gebäude war umstellt und abgeriegelt. Niemand würde entkommen. Inzwischen hatte sich die Dunkelheit über die Stadt gesenkt, und sie arbeiteten sich mit starken Taschenlampen und Nachtsichtgeräten weiter voran. Ihre Lichtkegel geisterten über die Fußböden, Wände und die hohen Decken der Hallen. Das Gewirr an Kabeln und Rohrleitungen erschien Mia wie ein Operationssaal des Grauens. Sie erschauderte und hielt sich eng bei ihren Kollegen auf.

»Er ist sicher vorbereitet auf unseren Besuch«, raunte sie. »Bei dem Lärm, den die anderen Einsatzkräfte machen, würde es mich nicht wundern, wenn er uns mit vorgehaltener Waffe empfängt.«

»Mal den Teufel nicht an die Wand«, erwiderte Thies grimmig. Sie setzten ihren Weg fort. Über ein Treppenhaus gelangten sie in die unteren Gänge, die zu den Kellergewölben führten. Hier vermuteten sie Claudia Becker und Jens Wülfrath. Vor ihnen gähnte ein unterirdisches Labyrinth aus verfallenen Räumen und verlassenen Maschinen. An den Wänden erfassten die Lichtkegel ihrer Taschenlampen Schimmel und Graffiti. Der Boden war mit Staub und Schutt übersät. Mia atmete flach, denn die Luft hier unten war feucht und muffig. Das Einzige, was sich bewegte, waren die umherhuschenden Ratten, die sich in den Ecken und Ritzen versteckten.

Mia hielt inne. »Habt ihr das gehört?«, flüsterte sie.

»Was denn?« Lassner und Thies blieben stehen.

»Da hat jemand gebrüllt, und jetzt höre ich Schritte. Da kommt jemand auf uns zu. Das kann nur Wülfrath sein!«

***

Unschlüssig stand Claudia inmitten des Raumes, in dem sie die letzten Tage gefangen gehalten worden war. Von einem Mann, den sie einst geliebt hatte. Er hatte sich vorgenommen, um ihre Liebe zu kämpfen. Doch dabei hatte er sich in seine Idee verrannt, war zum Racheengel für Männer geworden, deren Frauen sich ebenfalls von ihnen getrennt hatten, weil sie sich in einen anderen verliebt hatten. In Männer mit krimineller Vergangenheit. Drei Frauen waren tot. Ihnen allen war das Engagement für Inhaftierte zum Verhängnis geworden, doch immerhin lebte sie. Jens hatte keinen Hehl daraus gemacht, Ana, Merle und Tessa getötet zu haben. Er vertrat die Ansicht, für die Gerechtigkeit gekämpft zu haben. Wie jeder Kampf, so hatte auch dieser seine Opfer gefordert. Und eine ganze Stadt in Angst und Schrecken versetzt.

Kein Richter der Welt würde sein Vorgehen tolerieren. Und Jens würde sicherlich eine lebenslange Haftstrafe verbüßen müssen. Sie war frei. Es fühlte sich eigenartig an. Es würde noch viel Zeit vergehen, bis sie die zurückliegenden Ereignisse verarbeitet hatte. Jens wurde vermutlich in diesem Augenblick festgenommen. Sobald es vorbei war, würde sie die Polizisten suchen und ihnen ihre ganze Geschichte erzählen. Es war endlich vorbei, und immerhin hatte sie diese Tortur überlebt.

***

Es ging alles ganz schnell. Tatsächlich kam ihnen ein hochgewachsener Mann in dunkler Kleidung entgegengestürmt. Sein Gesicht lag im Schatten einer Kapuze, schwer klangen die Schritte seiner Stiefel auf dem Betonboden.

Thies griff zum Walkie-Talkie. »Wir haben ihn«, rief er. »Im Keller des Nebentraktes. Bitte um Verstärkung.«

Bevor Mia etwas sagen konnte, tauchte Wülfrath vor ihnen auf. Wie eine Dampframme stürmte er vorwärts, offenbar mit der Absicht, sich notfalls den Weg freizukämpfen, um an ihnen vorbeizukommen. Doch der Gang war eng, und sie waren zu dritt. Jens Wülfrath hatte keine Chance, ihnen zu entkommen. Wenn der Schein der Taschenlampe sie nicht trog, führte er keine Waffe mit.

»Polizei – stehen bleiben!«, gellte Lassners Stimme durch den hohlen Gang. Er hatte die Waffe im Anschlag und war bereit, abzudrücken, sollte Wülfrath der Aufforderung nicht nachkommen.

»Machen Sie keinen Unsinn, das Gebäude ist umstellt, und Sie haben keine Chance«, rief Mia mit zitternder Stimme. Auch sie hatte die Waffe im Anschlag. Jens Wülfrath hielt kurz inne. Er blieb wie angewurzelt stehen und schien nachzudenken, dann setzte er seinen Weg fort, ohne auf Lassners Ansprache zu reagieren. Er, Thies und Mia stürmten gleichzeitig los. Es kam zu einem Handgemenge, bei dem Wülfrath sich wehrte, dann aber schließlich doch zu Boden ging. Unsanft landete er auf dem Betonboden und schrie wie am Spieß. Lassner und Thies drehten ihn unsanft auf den Bauch, sodass Mia ihm die Handfesseln anlegen konnte.

»Sie sind verhaftet«, sagte sie, nachdem Jens Wülfrath überwältigt war. »Wo finden wir Claudia Becker?«

»Wer ist das?«, keuchte Wülfrath. »Ich kenne keine …« Weiter kam er nicht. Er jaulte wie ein getretenes Tier auf, als Lassner sein Gesicht unerbittlich auf den Boden presste.

»Hören Sie auf, uns zu verarschen«, herrschte er den Mann an. »Wo ist sie?«

»Dahinten. In einem Nebenraum auf der linken Seite, ein altes Lager wohl.« Mia sah, wie die Anspannung langsam von ihm wich und er resigniert zu Boden schaute.

Sie atmete tief durch und spürte, wie sich ihr Herzschlag beruhigte. »Es ist vorbei.« Per Funk bat sie ein Team in den Keller, um Claudia Becker aus ihrem Versteck zu befreien. Auch sie sollte so schnell wie möglich wissen, dass der Spuk beendet war und sie die alte Fabrik unbehelligt verlassen durfte. Sicher konnte sie es kaum erwarten, endlich wieder in Freiheit zu sein. Draußen wartete bereits ein Rettungswagen, um sie zu untersuchen. Auch Polizeiseelsorger hatte Thies angefordert, die sich um sie kümmern würden.

Wülfrath keuchte, sein Gesicht verzog sich zu einer Grimasse. »Schon gut, schon gut, ich habe verloren. Das hab ich kapiert.«

Mia nickte Thies und Lassner zufrieden zu.

»Bitte lassen Sie mich aufstehen«, bettelte Wülfrath. »Ich bin bereit, meine verdiente Strafe anzutreten.«

»Wie edel«, erwiderte Lassner zynisch.

»Ich möchte das Gebäude erhobenen Hauptes verlassen.« Ein flehender Unterton lag in der Stimme von Jens Wülfrath.

Mia tauschte einen raschen Blick mit Thies und Lassner, die unmerklich nickten. Die Gefahr, die von dem dreifachen Mörder ausging, schien gebannt zu sein. Den Rest würden die Gerichte erledigen. Lassner ließ von ihm ab. Wülfrath stemmte sich ächzend in die Höhe.

»Dann los«, herrschte Mia ihn an, während Wülfrath sich die fixierten Handgelenke rieb, so weit es ging. Er leistete Mias Anweisung Folge und setzte sich in Bewegung. Langsam und mit bedachten Schritten ließ er sich führen. Dabei war sein Rücken durchgedrückt und der Kopf erhoben. Das Kinn streckte Wülfrath im Laufen trotzig nach vorn. Seine Miene war regungslos, doch Mia hatte den Eindruck, als würde er den Moment in vollen Zügen auskosten.

Schweigend führten sie den Mann aus der Fabrikruine ins Freie, wo er von wartenden Streifenbeamten in Empfang genommen wurde. Tim Heynen war auch wieder mit von der Partie. Als er Lassner und Mia erkannte, deutete er ein Grinsen an.

»Gute Arbeit, Leute«, lobte er leise, während er Wülfrath in den Fond des Wagens schob. Mit regungsloser Miene kletterte er in den Vito. Als sich die Schiebetür mit einem lauten Rattern schloss, fiel die Anspannung von Mia ab.

»Danke«, erwiderte Mia. Obwohl der junge Kollege ein wenig vorlaut war, so konnte sie ihm nicht böse sein. Bei ihr genoss er noch Welpenschutz. Heynen würde seine Erfahrungen bei der Polizei sicher noch machen. Doch jetzt schien er stolz zu sein, bei der Verhaftung eines dreifachen Mörders dabei gewesen zu sein. Lassner klopfte dem blonden Hünen in Uniform jovial auf die Schulter, Heynen errötete prompt und senkte kurz den Blick, dann wandte er sich ab, um hinter das Steuer des Vito zu klettern. Der Motor des Streifenwagens wurde gestartet, Heynen rollte langsam vom Firmenhof und tippte grüßend an die nicht vorhandene Hutkrempe.

Mia blickte dem Fahrzeug hinterher und spürte, wie die Anspannung der letzten Stunden von ihr abfiel.

»Wir haben es geschafft«, riss Lassners Stimme sie aus den Gedanken. Er lächelte zufrieden. »Endlich kehrt wieder Ruhe ein.«

»Großartige Arbeit«, lobte Frank Thies, während er seine Waffe ins Holster schob. »Ich gebe uns später eine Pizza aus, das haben wir uns verdient.«

KAPITEL 40

Nach der Abschlussbesprechung hatte Frank Thies sein Team tatsächlich noch zum Essen ins *Bella Ciao*, das schräg gegenüber dem Präsidium lag, eingeladen. Eine Interviewanfrage der WDR-*Lokalzeit* hatte er abgesagt und auf die bevorstehende Pressekonferenz am nächsten Tag verwiesen. Doch auch ohne den Fernsehauftritt des Ersten Kriminalhauptkommissars machte die Nachricht von der Festnahme des mutmaßlichen Mörders Schlagzeilen im Internet und dem Radio. Frank Thies war es ein persönliches Bedürfnis, den Abend in geselliger Runde mit seinen Mitarbeitern ausklingen zu lassen. Er vertrat die Ansicht, dass man so das Erlebte der letzten Tage verarbeiten konnte.

Es war spät geworden, und die anderen Teams des KK 11 waren schon gegangen. Mia und Lassner hatten ihm bis zuletzt Gesellschaft geleistet, um die Ereignisse noch einmal Revue passieren zu lassen. Jetzt war Frank Thies aber der letzte Gast im Lokal und beglich die Rechnung.

Regen hatte eingesetzt, der Wind frischte auf und ließ Mia frösteln, als sie vor das *Bella Ciao* trat. Der Asphalt der Friedrich-Engels-Allee glänzte im Licht der zahlreichen Autoscheinwerfer. Lassner wanderte mit dem Handy am Ohr auf und ab. Er sprach leise, seine Gesichtszüge wirkten entspannt. Als er bemerkte, dass Mia sich ihm näherte, beendete er das Telefonat, nachdem er einen Kuss in den Hörer gehaucht hatte. Mit rotem Kopf schob er das Smartphone in die Manteltasche und grinste.

»Und?« Mia schob lässig die Hände in die Hosentaschen und betrachtete ihn mit einem forschenden Blick. Den Helm hatte sie unter den Arm geklemmt. »Alles gut zu Hause?«

Björn Lassner zuckte die Schultern. »Ich denke schon.« Ein Lächeln erhellte sein markantes Gesicht. »Und ja, bevor du fragst, ich werde mit Lena reden und ihr sagen, dass du nicht auf Männer stehst.«

»Verkack es nicht wieder.« Mia grinste schief. »Sie ist die Liebe deines Lebens, deine Lena, oder?«

»Ja.« Lassner nickte. »Das ist sie.«

Mia dachte zurück an den Fall. »Es ist unglaublich«, murmelte sie.

»Was meinst du?«

»Wie schnell aus inniger Liebe Hass werden kann.«

»Ja.« Lassner nickte erneut. »Das ist krank.«

»Habt ihr kein Zuhause?« Lautlos war Frank Thies hinter sie getreten. Er hielt sein Smartphone in den Händen und lächelte versonnen. Mia ahnte, dass er kurz mit seiner neuen Eroberung telefoniert hatte. Sie wünschte dem Abteilungsleiter des KK 11 von Herzen, dass er sein Glück mit Katharina finden würde.

»Wir wollten gerade los.« Lässig warf Lassner den Autoschlüssel in die Luft, um ihn geschickt wieder aufzufangen. »Und du? Noch ein Date heute?« Mit dem Kinn deutete er auf das Smartphone in der Hand des Abteilungsleiters.

Thies schüttelte den Kopf. »Mich zieht es jetzt nach Hause.« Er gähnte herzhaft. »Ich bin ein alter Mann und müde.«

»Viel Zeit hast du nicht mehr«, frotzelte Mia.

»Ach was, für die Liebe ist man nie zu alt«, stellte Lassner klar. »Stimmt doch, oder?«

Thies nickte. Er war ernst geworden. »Wie dicht Liebe und Hass beieinanderliegen, haben wir heute gelernt.«

»Ein schmaler Grat«, stimmte Mia ihm zu. Plötzlich sehnte sie sich nach Lea. Ihre Beziehung war in den letzten Tagen viel zu kurz gekommen. Es gab Nachholbedarf. Wenn sie sich nicht irrte, hatten sie sturmfrei, denn Lisa verbrachte das Wochenende bei ihrem Vater, und das Loft gehörte ihnen. »Ich muss dann auch mal.« Sie angelte in der Jeanstasche nach dem Schlüssel ihres Choppers, der ein paar

Meter entfernt unter einem Alleebaum parkte. Der Helm klemmte unter ihrem Arm.

Lassner wandte sich an Thies. Er bot ihm an, ihn die paar Hundert Meter zum Präsidium mitzunehmen, doch der Abteilungsleiter des KK 11 lehnte dankend ab. »Ein kleiner Spaziergang an der frischen Luft tut mir gut«, versicherte er Lassner. »Ich nutze die Zeit, um meine Gedanken zu ordnen.«

»Kann ja nicht schaden nach dem Wahnsinn der letzten Tage«, fand Lassner. Auch sein Volvo stand unter einem der Bäume, denen die Straße ihren Namen verdankte.

»Na dann.« Mia stülpte den Helm über und hob die Hand zum Gruß. »Schönen Feierabend, Jungs.«

»Dir auch.« Lassner klopfte ihr auf den Helm.

Thies wandte sich zum Gehen und verschwand bald in der Dunkelheit.

»Feierabend.« Lassner seufzte. »Auf die Liebe«, sagte er.

»Auf die Liebe«, wiederholte Mia. »Hau rein, mein Lieber.« Nachdenklich marschierte sie zu ihrem tiefblauen Chopper. Lassner hupte zum Abschied kurz, als er mit dem Volvo an ihr vorbeirollte.

Nachdem Mia den Sattel mit einem Tuch aus dem Koffer abgetrocknet hatte, kletterte sie auf den Bock. Der Akku hatte noch genügend Spannung. Für eine kleine Runde durch die Stadt hätte es noch gereicht, doch Mia zog es nach Hause. So wendete sie den Chopper und sah zu, dass sie zu Lea kam. In der Stadt war Ruhe eingekehrt, doch Mia wusste genau, dass diese Ruhe trügerisch war.

DANKSAGUNG

Liebe Leserin, lieber Leser,
das war er also, der erste Band der neuen, düsteren Krimireihe mit den Ermittlern Mia Sommer und Björn Lassner. Gemeinsam haben wir den Fall gelöst und den Mörder seiner gerechten Strafe zugeführt.

Doch bevor Sie dieses Buch in den Händen halten konnten, ist eine Menge hinter den Kulissen passiert. Seit vielen Jahren schon schreibe ich Kriminalromane, und immer, wenn ich danach gefragt werde, warum das so ist, antworte ich, dass es womöglich die Faszination des Bösen ist, die mich immer weiterschreiben lässt. Und natürlich motiviert mich auch die Lösung eines Falls, denn am Ende soll m. E. immer das Gute siegen. Nur so können wir wieder in unsere vermeintlich heile Welt zurückkehren und uns auf das nächste Buch freuen. Vielleicht sind es aber auch die Einblicke in die Tiefen der menschlichen Seele, die mich faszinieren. Oder es ist mein ausgeprägter Gerechtigkeitssinn, den ich in meinen Büchern darin ausleben kann, der dafür sorgt, dass die Verbrecher am Ende immer gefasst werden und der Weltfrieden ein Stück weit wiederhergestellt ist.

Am Anfang steht immer die Idee zu einem neuen Buch. Der Initialfunke kann dabei sehr vielschichtig sein – sei es eine Schlagzeile in der Zeitung, ein Ereignis in meinem persönlichen Umfeld oder einfach nur meine beruflich bedingte blühende Fantasie, die mich dazu bewegt, einen Plot zu schreiben. Wenn mir dieser Plot schlüssig erscheint, geht es daran, die Protagonisten, aber auch die Antagonisten zu entwickeln. Erst dann beginne ich, das Exposé zu schreiben. Gerade beim Exposé – wahrlich nicht eine meiner liebsten Tätigkeiten, kommt meine liebe Agentin Anna Mechler alias »Agent A« zu Wort. Gemeinsam entwickeln wir die Idee weiter, plotten und planen, bevor das Konzept an den Verlag geschickt wird. Diese Phase ist eine besonders kreative, aber auch sehr konstruktive Zeit, die ich sehr liebe. »Agent A«, die meine schriftstellerische Laufbahn schon seit vielen Jahren begleitet, ist mir längst zu einer vertrauten »Mittäterin« geworden. Zeit also, danke zu sagen für all die Buchprojekte, die wir ins Leben gerufen haben.

Danach beginnt die dritte Phase – das Exposé wird an den Verlag geschickt, im vorliegenden Fall an die zauberhafte Eléonore Delair. Trotz jahrelanger schriftstellerischer Arbeit kam es einem Ritterschlag gleich, als der Verlag mit der Bitte an mich herangetreten ist, eine neue Krimireihe zu entwickeln, eine Reihe, die in meiner Heimatstadt Wuppertal verortet ist. Man sagt, Wuppertal sei die »grünste Großstadt Deutschlands« – meine Aufgabe lag also darin, die düsteren, ja mitunter unheimlichen Seiten meiner Heimat herauszuarbeiten. Dabei habe ich die Stadt mit ganz anderen Augen sehen dürfen.

Eléonore Delair hat zum weiteren Gelingen beigetragen, indem sie mir künstlerische Freiheiten ermöglichte, wie ich sie in dieser Form noch nicht kannte – auch dafür ist es höchste Zeit, mich zu bedanken. Das gilt natürlich auch für die weitere Arbeit am Manuskript, dessen Lektorat sie immer äußerst professionell betreut hat.

In der vierten Phase wird es spannend – dann nämlich entsteht ein Cover für das Werk, das ja zu diesem Zeitpunkt nur als sehr umfangreiche Textdatei existiert. Es ist immer ein aufregender Moment, wenn der Vorhang fällt und ich zum ersten Mal einen Blick auf das »Gesicht« des neuen Buches werfen darf. Im vorliegenden Fall haben die Grafiker Großes geleistet und *Hass ist meine Liebe* ein ganz besonderes Outfit spendiert – vielen Dank dafür!

Wenn das kommende Buch dann in der fünften Phase den Experten vom Marketing und dem Vertrieb vorgestellt wird, geht es ans Eingemachte: Der neue Titel soll überzeugen und beeindrucken, im Idealfall so sehr, dass die fleißigen Verlagsvertreterinnen und -vertreter den Menschen im Buchhandel davon vorschwärmen und sie mit ihrer Begeisterung anstecken. Das hat funktioniert, denn Menschen wie Silke Johnen und Dennis Woischneck, um nur zwei zu nennen, haben den Staffellauf von *Hass ist meine Liebe* mit ihrem tollen Einsatz und Feuereifer begleitet – ein herzliches Dankeschön auch dafür.

Es ist auch an der Zeit, den fleißigen Buchhändlerinnen und Buchhändlern zu danken – sie sorgen für Sichtbarkeit neuer Titel im lokalen Handel, schaffen Vielfalt zum Anfassen und beraten ihre Kundschaft kompetent, sie veranstalten Lesungen und Buchvorstellungen in einer schweren Zeit, um uns kleine Auszeiten vom Alltag zu bescheren. Sie sind mit voller Leidenschaft dabei, wenn es darum geht, den Freunden von düsterer Kriminalliteratur die neuesten Werke vorzustellen und zu empfehlen.

Einem Menschen, der mich in all diesen aufregenden Phasen nahezu aufopferungsvoll begleitet, möchte ich an dieser Stelle aber besonders danken: meiner lieben Frau Susanne – Susi, die mich, während ein neues Buchbaby entsteht, in allen emotionalen Situationen erträgt, die mich zu Neuem motiviert und ermutigt, die hinter mir steht und mich in meinem Schaffen bestärkt. Auch, wenn dieser Spruch alt und abgedroschen ist – hinter jedem Mann steht eine starke Frau. Danke, Susi, für alles – ich liebe dich! Es ist mir immer eine Ehre, wenn du mich auf den Lesereisen begleitest und wir auf den oft stundenlangen Autofahrten neue Ideen entwickeln. Du tust mir einfach gut.

Und – last but not least – möchte ich meinen seit vielen Jahren treuen Leserinnen und Lesern danken, die meinen Werdegang begleiten und mir durch alle Phasen meiner Schreiberei unermüdlich die Treue halten. Danke, dass es euch gibt, denn was wäre ein Buch ohne seine Leserschaft? Eben, nichts. Ihr alle seid großartig!

Ach so, um zum Anfang zurückzukehren: Ich verspreche, dass ich auch für den zweiten Fall, den Mia Sommer und Björn Lassner lösen werden, tief in die Abgründe der menschlichen Seele eintauchen werde, um es wieder spannend werden zu lassen!

Andreas Schmidt im Juli 2025